中国社会科学院　学者文选

周 扬 集

中国社会科学院科研局组织编选

中国社会科学出版社

图书在版编目（CIP）数据

周扬集／中国社会科学院科研局组织编选. —北京：中国社会
科学出版社，2000.9（2018.8 重印）
（中国社会科学院学者文选）
ISBN 978-7-5004-2808-4

Ⅰ.①周… Ⅱ.①中… Ⅲ.①周扬—文集②文艺理论—研究—
文集 Ⅳ.①I0-53

中国版本图书馆 CIP 数据核字（2000）第 43101 号

出 版 人	赵剑英
责任编辑	冯　斌
责任校对	石春梅
责任印制	郝美娜

出　　版	中国社会科学出版社
社　　址	北京鼓楼西大街甲 158 号
邮　　编	100720
网　　址	http：//www.csspw.cn
发 行 部	010-84083685
门 市 部	010-84029450
经　　销	新华书店及其他书店

印刷装订	北京市十月印刷有限公司
版　　次	2000 年 9 月第 1 版
印　　次	2018 年 8 月第 3 次印刷

开　　本	880×1230　1/32
印　　张	12.75
字　　数	301 千字
定　　价	79.00 元

凡购买中国社会科学出版社图书，如有质量问题请与本社营销中心联系调换
电话：010-84083683

出 版 说 明

　　一、《中国社会科学院学者文选》是根据李铁映院长的倡议和院务会议的决定，由科研局组织编选的大型学术性丛书。它的出版，旨在积累本院学者的重要学术成果，展示他们具有代表性的学术成就。

　　二、《文选》的作者都是中国社会科学院具有正高级专业技术职称的资深专家、学者。他们在长期的学术生涯中，对于人文社会科学的发展作出了贡献。

　　三、《文选》中所收学术论文，以作者在社科院工作期间的作品为主，同时也兼顾了作者在院外工作期间的代表作；对少数在建国前成名的学者，文章选收的时间范围更宽。

中国社会科学院

科研局

1999 年 11 月 14 日

目　录

编者的话

周扬是中国共产党的优秀党员，无产阶级革命家，著名的马克思主义文艺理论家，无产阶级革命文化文艺运动的先驱者之一，党在文艺战线上的卓越领导人。

周扬从 30 年代登上文坛，参加中国左翼作家联盟起，在半个世纪中，除"文化大革命"的特殊时期外，他始终处在文化文艺思想战线的领导岗位上。如果要研究党所领导的无产阶级革命文化文艺运动的历史，周扬是一个不可或缺的具有说服力的典型代表。

简要说来，在整个 30 年代，周扬是以介绍苏联为主。他以马克思、恩格斯、列宁的文艺理论为指导，介绍俄罗斯—苏联文学，介绍高尔基，介绍社会主义现实主义创作方法，介绍车尔尼雪夫斯基的美学，并用以参加文艺大众化讨论，参与和"自由人"、"第三种人"的辩论，进行"两个口号"的论争。在组织上，他在极其艰苦的条件下，坚持反围剿，领导左翼文艺活动，保存了革命的火种；在理论上，他学习马列，奉行文艺的真实性、党性、典型性、形象性、大众化原则；在思想上，尤其是在处理与鲁迅、与党中央特派员的关系上，存在片面性。

1942年毛泽东《在延安文艺座谈会上的讲话》问世以后，20余年中，他是毛泽东文艺思想的宣传者、解释者、贯彻者和捍卫者。他编写《马克思主义与文艺》，领导编选《中国人民文艺丛书》，赞美秧歌剧，评论赵树理，在第一次全国文代会作报告，总结工农兵文艺运动的成就和经验。中华人民共和国成立后的每一次文化文艺思想领域的运动，从批判《武训传》，批判胡适、胡风，反右派，到"文化大革命"前夕文艺界的贯彻"两个批示"，他都是参加者、领导者，都是最后做总结的人。执行了"左"的错误路线，打棍子、戴帽子，伤害了不少人，他有责任。他的某些关键性的大块文章，如《文艺战线上的一场大辩论》等，受到毛泽东的好评，并由毛泽东修改定稿。他呼吁、倡导建立中国自己的马克思主义文艺理论体系和美学体系。在60年代初，他领导编写高等学校文科教材，力图摆脱苏联的影响，总结中国革命与建设的实际经验，建设中国自己的高校文科教材，取得了实质性的成绩，收到了良好的社会效果。这是周扬有限地发挥自己的作用的工程。可惜没有做完即因"文化大革命"而夭折。

"文化大革命"十年，周扬也尝到了极"左"路线的苦果。他被打倒、批判、斗争、关押。

粉碎"四人帮"以后的历史新时期，周扬重新登上领导岗位。鉴于"文革"的严重教训，他积极宣传贯彻党的十一届三中全会精神，努力做拨乱反正、实事求是、解放思想的工作。他一再检讨他在"十七年"的错误，向被他整过的人赔礼道歉，深得人心。他参与实践是检验真理的惟一标准的讨论，领导制定中国社会科学院的学科规划。他在全国第四次文代会上的报告，在左联成立50周年大会上的报告，关于重新认识鲁迅、学习鲁迅的多篇文章和报告，尤其是在纪念五四运动60周年大会上所作的《三次伟大的思想解放运动》的报告，都引起强烈反响，起到了解放思想、解放生产力、有利于四个现代化的社会作用。他批判闭关锁国、夜郎自大，提倡打破禁区，鼓励实践，鼓励探讨。

周扬一生以介绍学习苏联始，以探索马克思主义理论问题终。他的理论文章，各式报告、讲话，总是从大处着眼，把握全局，高屋建瓴，气势不凡。他犯过种种错误，也留下了正反两个方面的理论遗产，积累了可宝贵的值得反思的实践经验。他的理论著作大都搜集在五卷本《周扬文集》中，他的人品文品，懿行美德，缺点错误，大体反映在王蒙、袁鹰主编的《忆周扬》一书中。

此次《周扬文集》中收入的文章，除个别文字外，一律保持原文风格。

张大明

2000 年 1 月 10 日

关于"社会主义的现实主义与革命的浪漫主义"

——"唯物辩证法的创作方法"之否定

在去年 10 月 29 日至 11 月 3 日在莫斯科举行的全苏联作家同盟组织委员会第一次大会上,跟清算"拉普"(以前的普罗作家同盟)的功绩和错误一同,重新展开了关于创作方法问题的讨论,批判了从来"唯物辩证法的创作方法"的不正确,提出了"社会主义的现实主义"这个新的口号来代替它。在这大会上,古浪斯基(J. M. Gronsky)先在开会辞中触到这个问题,接着,委员会的书记长,也是苏联最优秀的理论家之一的吉尔波丁(V. Kirp-otin)作了接连几个钟头的,题名《苏联文学之十五年》的报告,主要地是提起这问题的。

截到现在为止,这个问题虽然还是一个未被解决的问题,但这个新的口号的提出无疑地对于创作方法的发展有着划期的意义,它已经在全苏联的,不,全世界的进步的艺术家批评家之间卷起了一大 Sensation①。在苏联,如名剧作家基尔洵(Kirshon)②所说,"没有一次演说不重复着社会主义的现实主义这句话。辩

---

① 轰动。
② 通译迦尔洵。

士们口里讲着社会主义的现实主义，批评家们笔下写着社会主义的现实主义，评论家们站在社会主义的现实主义的基础上活动着。社会主义的现实主义已经成了咒文。"在日本，对于这个问题，也给予了极大的注意，进步的文学刊物上都登载了关于社会主义的现实主义的论文，由外村史郎编译的《社会主义的现实主义的问题》一书听说也在最近出版了。第一次把这个问题介绍到中国来的，是数月以前揭载在《艺术新闻》上的一篇题名为《苏联文学的新口号》（？）的短文，那篇文章是根据上田进的论文做的，不但极不充分，而且包含了不正确的理解。但从那时以后，也并没有看到对于这个问题的多大反响，或更详细的，更正确的介绍。直到最近，《国际每日文选》上才又连载了华西里珂夫斯基和吉尔波丁著的，两篇都题名为《关于社会主义的现实主义》的论文。

但是，自从这个问题提出来以后，即在苏联，也还是不见得都能正确地理解社会主义的现实主义这个口号的真正意义；在日本左翼文学的阵营内，对这问题，更是表露了种种皮相的理解（如上田进等）和机会主义的，甚至取消主义的歪曲（如德永直）。新的口号在中国是尤其容易被误解和歪曲的。特别是，这个口号是当作"唯物辩证法的创作方法"的否定而提出来的，假如我们不从全体去看这个苏联文学的新的发展，而单单从"唯物辩证法的创作方法是错误的"这个命题出发的话，那就不但会给那些一向虽不明言但心里是反对唯物辩证法的文学者们一个公然反对唯物辩证法的有利的根据，给那些嘲笑我们"今日唱新写实主义，明日又否定……"的自由主义的人们一个再嘲笑的机会，而且会把问题的中心歪曲到不知什么地方去，会不自觉地成为文学上的种种资产阶级影响的俘虏。

首先，我们有在这里强调这个新的提倡的现实的根据之必要。只有这样，我们方才能够明了这个问题的全貌吧。

我们知道，第一次把社会主义的现实主义的理论有系统地提出来，是在全苏联作家同盟组织委员会的第一次大会上。这不是偶然的。这个新的提倡是和全苏联作家同盟的结成有密切关联的；这个同盟的结成的基本的要因，就是旧知识阶级各层（包含着艺术家）的压倒的多数向社会主义建设方面的决定的转变和从工厂与集体农场出身的优秀的新作家、批评家的长成。"拉普"，在过去虽曾巩固了无产阶级文学的地盘并推动了无产阶级文学的发展，但在这个新的情势之下，就因为它的小集团的关门主义，和现代政治任务的脱离，和许多同情于社会主义建设的作家和艺术家的隔绝，而成为文艺创造的大量发展之障碍了。"拉普"的指导者们不但在组织上犯了宗派主义、关门主义的错误（如"没有同路人。不是同盟者，就是敌人。"这个口号，即其显例）；而且在创作批评问题上也犯了这个同样的错误。"唯物辩证法的创作方法"这个口号便是"拉普"组织上的宗派性之在批评活动上的反映。"拉普"的批评家们常常用"唯物辩证法的创作方法"这个抽象的烦琐哲学的公式去绳一切作家的作品。他们对于一个作品的评价并不根据于那作品的客观的真实性，现实主义和感动力量之多寡，而只根据于作者的主观态度如何，即：作者的世界观（方法）是否和他们的相合。他们所提出的艺术的方法简直就是关于创作问题的指令，宪法。结果，为唯物辩证法的创作方法的斗争就变成了唯物辩证法的歪曲，和创作实践的脱离，对于作家的创造性和幻想的拘束，压迫。从这里，就发生了"拉普"和许多作家之间的隔阂乃至不和。他们对付这些作家，是不惜采取组织的处罚，叱咤，命令的手段的。这种批评上的宗派主义，官僚主义，古浪斯基曾在开会辞中痛切地指摘出来：

　　"拉普"的批评常常是宗派的和不宽容的。一个作家标错了一个逗点，就会马上被看成一个阶级敌人，甚至会从文学界被驱逐出去。"我们要把你赶出文学界"这句话已经成了口头禅。我们不要跟真正的阶级敌人多费口舌，我们对于阶级敌人是毫不容情的，但也正因为这个缘故，我们对于"阶级敌人"这个用语就非慎重一点不可。

　　批评应该是彻底的。和我们联合的旧作家必须克服内在的矛盾。批评应该帮助他们跟着我们的路走。批评应该用同志的态度，它应该帮助作家去克服困难，它必须为艺术家宽容。坚忍地去建立新的布尔什维克的批评，也正是我们的责任。

　　为了要对正在转变的旧作家和从大众中生长出来的新作家，给予有力的指导和援助，使他们向着社会主义发展的事实之真实的艺术的表现这个共同的目标走，新的批评的建立就成为十分必要了。反映"拉普"组织上的宗派性的从来"唯物辩证法的创作方法"的口号已经不但不能适应而且障碍这个新的情势的发展，而非和"拉普"这个组织本身一同改变不可了。吉尔波丁等所提倡的"社会主义的现实主义"的理论就是从适应这个情势的运动的必然产生出来的。

　　但在这里，我们必须注意：这决不说文学理论上的辩证法的唯物论可以抛弃，不要。相反地，为了要用具体的批评去指导许多的作家，抛弃了"唯物辩证法的创作方法"这个口号的批评家，今后是非把自己的唯物辩证法更加强化不可的。

　　"难道说我们组织委员会是反对辩证法的唯物论的吗？"吉尔波丁就这样说过，"当然不，因为只有由辩证法唯物论的方法所指导的，而且，像我们的一切社会科学一样，是马克思主义的列宁主义的那样的批评，才是有益的。我们从来就反对而且今后还要继续不断地反对对于这个原则的任何修正。……虽然我们赞成艺术上的辩证法的唯物论，但我们却认为这个口号是一个错误的口号，因为它太简单，它把艺术的创造和意识形态的意义之间的细密的关联，艺术的创造对于意识形态的意义的依存，艺术家对于他的阶级的世界观的复杂的依存，转化为呆板的，机械作用的法则了。"

固然，艺术家是依存于他自身的阶级的世界观的，但这个依存关系，因为各人达到这个世界观的道路和过程的多样性以及客观的情势之不同，而成为非常复杂和曲折。艺术家的世界观又是通过艺术创造过程的复杂性和特殊性而表现出来的。艺术的特殊性——就是"借形象的思维"；若没有形象，艺术就不能存在。单是政治的成熟的程度，理论的成熟的程度，是不能创造出艺术来的。因为艺术作品并不是任何已经做好了的，在许久以前就被认识了的真理的记述，而必须是客观的现实的认识。艺术家是从现实中，从生活中汲取自己的形象的。所以，决定艺术家的创作方向的，并不完全是艺术家的哲学的观点（世界观），而是形成并发展他的哲学，艺术观，艺术家的资质等的，在一定时代的他的社会的（阶级的）实践。艺术家在创作的实践中观察现实，研究现实的结果，即他的艺术的创造的结果，甚至可以达到和他的世界观相反的方向。吉尔波丁就说过这样的话："艺术家有时是违反他的世界观，通过对他的世界观的斗争，达到艺术上的正确而有益的结论的。"这并不是吉尔波丁的创见，恩格斯在写给英国女作家赫克纳思①的信中，就早已这样说过："我意想中的

---

① 通译哈克奈斯。

现实主义是甚至会显得和作者的意见相反的"（圈点是我加的，以下仿此），并且以巴尔扎克做例子，说："巴尔扎克不能够不违背自己的阶级同情和政治成见，他见到了自己所心爱的贵族不可避免的没落，而描写了他们的不会有更好的命运，他见到了当时所仅仅能够找得着的真正的将来人物，——这些，我认为正是现实主义的最大胜利之一，老巴尔扎克的最大特殊性之一。"但是，这种作家的世界观和他的艺术的创造的结果的背驰，如吉尔波丁所指示的一样，对于艺术自身并不是"正"（Plus），而是"负"（Minus），是常常破坏作品的艺术的组织的一个缺点。巴尔扎克之所以不能达到现实之全面的真实的反映，也就是因为他的世界观的界限性和缺陷的缘故。

虽然艺术的创造是和作家的世界观不能分开的，但假如忽视了艺术的特殊性，把艺术对于政治，对于意识形态的复杂而曲折的依存关系看成直线的，单纯的，换句话说，就是把创作方法的问题直线地还原为全部世界观的问题，却是一个决定的错误。"唯物辩证法的创作方法"就是这样一个错误的口号。这个口号实际上就是哲学上的德波林主义之在文学方面的反映。德波林派的特征是把特殊和一般分离，把感性和论理分离。这反映在文学方面，就是把辩证法的一般的命题绝对化，而忽视文学的特殊的性质。"拉普"在文学上的行政的手段就是根据这个来的。

艺术的特殊性使批评家负了这样的义务，就是：他不但要发见作家的创作的阶级的和思想的意义，而且也非发见他的艺术的价值，他的才能的程度不可。因为"文学必须当作文学来处理，我们一面要发现它的社会的意义和意识形态的内容，一面也要注意到它的艺术的性质，它的构成，形式的技巧等等"（吉尔波丁），这就复杂得多了，但这却是十分必要的。我们从恩格斯的文学著作中就可看出这位科学的社会主义的创始者对于文学的技巧是给予了怎样的注意。恩格斯尖锐地批评了"青年德意志"派的"文学的技巧之不足"，他称赞维尔特（Weert），说他的创作"从独创性，机智以及特别是感情的力量看来"是优于佛策里希拉特的。他对于赫克纳思的"艺术家的勇气"也加以称赞。作家的形式的水准主要地是依存于他的艺术的才能的。但才能并不是凝固的东西，它是长成着，变化着的。所以，为创作的实践，文学的技术的获得的斗争就有着至大的意义。高尔基对于文学技术问题的看重，并不是偶然的。"必要的——高尔基常常强调着说，——是知道创作的技术。"把创作的复杂的过程简单化了的"唯物辩证法的创作方法"，对于形式技巧等等的问题，不待说，是没有给予必要的注意的。

作家为获得高度的表现技术，即，为达到更完全的形象化的努力，是正当的，必要的努力。但是真正使大众感动的，却还不是美丽的，洗练的形式，而是被描写的深刻的，活生生的现实。要在形象的形式中，描画出现实的完全的真实的光景，作家就有通过现实的社会的实践去和劳动阶级结合，把劳动阶级的世界观变成自己的世界观的必要。古浪斯基说："我们要我们的作家充分地了解马克思，列宁主义，精通历史，经济学和哲学，把辩证法的唯物论的方法变成自己的东西。但是我们却不能要求作家'依据辩证法唯物论的方法来写作'。"这话是并不矛盾的，因为作家要怎样才能完成自己的马克思主义的世界观这个问题是必须紧紧地脚踏实地地去解决的。但"拉普"的批评家们却把它顶在头顶上，开口"从辩证法出发"，闭口"照辩证法写"，一若作家只要背熟了唯物辩证法的命题，就可认识现实，反映现实似的。但是，实际上，"唯物辩证法并不是魔术的公式：只要背熟了它，就可毫不费力地获得对于自然界一切秘义，对于从外科学到造靴术的一切专门技能的关键"。（斯铁兹基：《辩证法的卑俗化》）成熟的前卫的马克思列宁主义的世界观，不用说，对于作家，是十分必要的，但作家若不在那具体性上了解生活，就决不能够把那生活在他的作品里面如实地具体化。就是要懂得辩证法，也非浸入辩证法地发展的现实自身中不可；仅仅是在书斋中研究了辩证法的命题，就断不能算是真正懂得辩证法了。辩证法的智慧是从活生生的现实中汲取来的。吉尔波丁说：“一个作家把现实的本质的方面，它的趋势的目标和展望，愈深刻，愈真实地吸进他的作品中来，则他的作品中所包含的辩证法的和唯物论的要素就愈多。常常有这样的情形：从歌德和莎士比亚的作品里面，我们可以引出丰富的例证，以说明辩证法的方法是什么。”这话是全然正确的。

向社会主义建设转变的旧作家也并不是因为研究了“唯物辩证法”的命题而转变的，而是由于看到了现实这个东西的不可掩蔽的发展——资本主义国家的激烈的经济恐慌，五年计划的完成，集体农场化的胜利的发展，等等——而渐渐地接近无产阶级的世界观的。他们虽还没有获得“百分之百的马克思主义的世界观”，但他们却愿意正确地看取现实，并有艺术的地表现这个现实的专门能力。但是，“拉普”的批评家们却并不向这些作家要求社会主义发展的事实之真实的艺术的表现，而只向他们要求“百分之百的马克思主义的世界观”，好像不先有完备的世界观就决不能产生好的作品似的。其实，世界观这个东西是在作家的努力及其社会实践中发展的。他们没有率先强调他们的作品的真实的部分，而单单为了辩证法的唯物论没有彻底，就一笔抹杀那作品的全部的价值。因此，“唯物辩证法的创作方法”这个口号，对于虽没有获得高度的无产阶级的世界观，却极力想要接近无产阶级的，有才能的旧知识分子的作家，是不但无益，而且有害的。对于从工厂和集体农场出身的新作家，在他们文学的表现

力还未成熟的时候，如果不给予适当的技术上的指导，而只以
"唯物辩证法的创作方法"的命题的空洞的说教，也是同样地有
害的。

从上面所说的看来，我们对于"唯物辩证法的创作方法"
这个口号的不正确，大概可以明了了吧。现在再移到"社会主
义的现实主义"这个问题上面来。

在进到关于"社会主义的现实主义"的理论的讨论之前，
我们必先注意两点，就是：

第一，如吉尔波丁所指出的一样，"社会主义的现实主义
——不是凭空想出来的。它是已经存在着的苏联文学的 Style"①。
吉尔波丁在他的报告和论文中陈述了苏联文学中的种种事实，从
优秀的苏联作家的作品中引出了许多表明"社会主义的现实主
义"的实例，证明了：苏联的作家，虽然走各不相同的道路，
却都在朝着社会主义的现实主义这个共同的方向走。苏联文学是
一定要依着这个方向而进步，而发展的。

第二，虽然这样，但社会主义的现实主义却不能当作"一
般的应用的万应药"。"社会主义的现实主义——不是凝固的圣
典，不是空想出来的死规矩。社会主义的现实主义——是已在诞
生着发展着的文学的 Style，它——是过程。社会主义的现实主
义，是由种种的作家，在技巧的种种程度上，在其所领会到的种
种程度上去实现的。它是由个人的特殊的方法，在不同的创作方
法和倾向的竞争中去实现的。"（吉尔波丁）这就是"社会主义
的现实主义"和"唯物辩证法的创作方法"根本不同之所在；
明乎此，方可以谈"社会主义的现实主义"的理论。

———————————————

① 文体，风格，样式。

"社会主义的现实主义"，借它的提倡者吉尔波丁的话说来，就是"在肯定和否定的契机中生活的丰富和复杂，及其发展之胜利的社会主义的根源之真实的描写"。真实性——是一切大艺术作品所不能缺少的前提。真实使文学变成了反对资本主义拥护社会主义的武器。正因为这个缘故，那必须说谎，必须掩饰现实的资产阶级，就再不能创造出活生生的大艺术作品来；也正因为这个缘故，"只有无产阶级文学和正转向到劳动阶级方面来的作家所制作的文学，才能在艺术形象之中，在其一切的真实上，在其矛盾上，在其发展的方向上，在无产阶级党和正建设着的社会主义的历史的展望上，体现着现实。正在这中间，就最包含着'社会主义的现实主义'的这个口号的意义"。（吉尔波丁）

社会主义的现实主义是动力的（Dynami），换句话说，就是社会主义的现实主义是在发展中，运动中去认识和反映现实的。这是社会主义的现实主义和资产阶级的静的（Static）现实主义的最大的分歧点，这也是社会主义的现实主义的最大的特征。关于这一点，卢纳察尔斯基在全苏联作家同盟组织委员会第二次大会的演说中的一段话，是可以引用在这里的：

> 看不见发展的过程的人是决不会看见真实的；因为真实并不是不变化的，它并不是停顿的；真实是飞跃的，真实是发展的，真实是有冲突的，真实是包含斗争的，真实是明日的现实，而且它是正应该从这一方面去看的；因此，像资产阶级一样地去看它的人就一定会变成悲观主义者，忧郁家，而且常常会变成欺骗的伪造者，而且无论如何会变成有意的或无意的反革命者和破坏者。也许，他自己不会意识到这个，而且常常地，当共产主义者要求他"说出真实来"的时候，他会这样地说："我是在说着真实的话呀！"也许他

对我们并无反革命的恶意；也许他还自以为说出了这个可悲的真实是大有贡献于我们的，但实际上这是虚伪，这并没在发展中去分析现实，所以这是和社会主义的现实主义毫不相干的。

只有不在表面的琐事（Details）中，而在本质的，典型的姿态中，去描写客观的现实，一面描写出种种否定的肯定的要素，一面阐明其中一贯的社会主义革命的胜利的本质，把为人类的更好的将来而斗争的精神，灌输给读者，这才是社会主义的现实主义的道路。对革命的不完全接受，对非本质的琐事的爱好，表面性，空虚的辞藻，公式化——这些，不但妨碍社会主义的现实主义的完成，而且会成为对革命的虚伪。拉金在《社会主义的现实主义》中说："社会主义的真实——不是事实的总和，而是许多事实的综合，从那里面选择了典型的东西和性格的东西。"在这里，我们只要想起恩格斯在写给赫克纳思的信中所说的这句话："我以为现实主义是要在细目的真实性之外正确地传达典型的环境中的典型的性格"，就可知道，典型的环境中的典型的性格之正确的传达，对于社会主义的现实主义，是有怎样重大的意义了。作为社会主义的现实主义的创始者的高尔基，就是在他的作品里面创造了典型的人物和典型的环境的。

社会主义的现实主义还有一个重要的特征，就是，它的大众性，单纯性。吉尔波丁说："这种文学（指社会主义的现实主义的文学），是为大众的文学。它必须为大众所理解。"这自然是和苏联的文化的巨大的跃进有着不可分离的关系的。因为大众的文化的要求提高了，作品，若要对几百万的大众读者的精神，心理，意识给予强力的教育的影响，就非具有易为大众所理解的明确性和单纯性不可。高尔基，富玛诺夫，绥拉菲摩维支的作品在大众中间的"成功的秘密",——拉金说,——就包含在他们的言语的极度的单纯性里面,他们的形象之结晶的明确的透明性里面,他们的故事的特殊的而又接近大众的表现性里面,他们没有故意的饶舌和文句的不分明的"游戏"这个事实里面。但是,艺术的这种单纯性和大众性是和一切通俗化,单纯化的企图截然相反的。假如把社会主义的现实主义的文学变成迎合工人农民的低级的文学,那是绝对错误的。

和"社会主义的现实主义"一同,吉尔波丁提出了"革命的浪漫主义"的口号。

现实主义和浪漫主义,从来是被看成两个绝对不能相容的要素的。文学史家——甚至进步的文学史家往往将现实主义看成文学上的唯物论,浪漫主义看成文学上的观念论。但是,这种分法是独断的。因为文学上的现实主义和浪漫主义并不是和哲学上的唯物论和观念论一致的。如托尔斯泰是严峻的现实主义者,但他却是贯彻着观念论的说教的,即其明例。而且,在文学的现实中,没有一般的现实主义这个东西,也没有一般的浪漫主义这个东西;这两个倾向,在种种的时期和时代,具有种种的艺术的和社会的内容。在同一个浪漫主义的屋顶之下,竟住着这么多相反的作家,如夏陀勃立安①,席勒,嚣俄②,海涅,初期的高尔基和伊凡诺夫;在同一个现实主义的屋顶之下,也住着像巴尔扎克,左拉,蒲宁和法兑耶夫那样全然相反的作家。还有,在同一个作家的创作之中可以有现实主义的要素和浪漫主义的要素

---

① 通译夏多布里安。
② 通译雨果。

（如郭歌尔①，海涅，席勒）。所以，把浪漫主义和现实主义当作主观的观念论的创作方法和客观的现实主义的创作方法而对立起来，显然是错误的。

但是，在这里，我们也不能把"社会主义的现实主义和革命的浪漫主义"看成两个并立的东西，虽然在吉尔波丁的报告中，这两个名词是连在一起的。但我们如果注意到古浪斯基和吉尔波丁在最初提出"革命的浪漫主义"这个口号来的时候，是用了下面这样的语气说的："我们主张社会主义的现实主义，但也不拒绝革命的浪漫主义"，"我们提出社会主义的现实主义的问题，但这意思并不是和革命的浪漫主义相矛盾冲突的"，就可明白：作为苏联文学的主要口号的，还是"社会主义的现实主义"，"革命的浪漫主义"只是当作和"社会主义的现实主义"并不矛盾的，而且是可以包含在"社会主义的现实主义"里面的一个要素提出来的。

社会主义建设的时代是一个英雄主义的时代。英雄主义，伟业，对革命的不自私的献身精神，现实的梦想的实现——这一切正是这个时代的非常特征的本质的特点。社会主义的现实主义是要求作家描写真实的；革命的浪漫主义不就包含在这个生活的真实里面吗？所以，吉尔波丁说："在社会主义的现实主义，社会主义建设的浪漫司和一般地无产阶级的阶级斗争的浪漫司的传达的倾向，是特征的。……革命的浪漫司的性质是社会主义的现实主义所固有的，只有在不同的艺术家有不同的程度。社会主义的现实主义，无论怎样，也不是古典的资产阶级的现实主义之简单的反复。在它的创作上，可以有擅长革命的浪漫谛克的方面的描写的艺术家。"

---

① 通译果戈里。

从上面这些话看来，则"革命的浪漫主义"不是和"社会主义的现实主义"对立的，也不是和"社会主义的现实主义"并立的，而是一个可以包括在"社会主义的现实主义"里面的，使"社会主义的现实主义"更加丰富和发展的正当的，必要的要素，就可完全明白了吧。正就是这一点上，"革命的浪漫主义"才有它的至大的意义；也正就是在这一点上，"革命的浪漫主义"是和古典的资产阶级的浪漫主义乃至"揭起革命的小资产阶级文学的旗帜"的所谓"革命的浪漫谛克"没有任何共同之点的。

我算是把吉尔波丁所提倡的"社会主义的现实主义"的理论，作了一个简单的介绍了。这个提倡无疑地是文学理论向更高的阶段的发展，我们应该从这里面学习许多新的东西。但这个口号是有现在苏联的种种条件做基础，以苏联的政治——文化的任务为内容的。假使把这个口号生吞活剥地应用到中国来，那是有极大的危险性的。

（原载 1933 年 11 月 1 日《现代》第 4 卷

第 1 期，署名周起应）

典 型 与 个 性

我在《现实主义试论》一文里关于典型问题曾作了如下的解说：

> 3. 典型的创造是由某一社会群里面抽出最性格的特征，习惯，趣味，欲望，行动，言语等，将这些抽出来的东西体现在一个人物身上，同时，使这个人物并不丧失自己独有的性格。

并对胡风先生的意见略加批评。因此，引起了他对我的"修正"的"修正"。

他的反驳的主要论点就是针对我上面的那一段话。他说，典型既具有某一社会群共有的特性，就决不能有自己独特的东西，假如有，那就会成为一个神话里的角色，绝对不会成为典型了。他因此说，我一面主张社会的群体性，一面又主张独特的个性，以致顾此失彼，陷进了无法收拾的混乱里面。

可惜得很，陷进混乱里面的是胡风先生自己。我不是形式逻辑主义者，共同的和独特的两个概念我不觉得是不能同时并存的。作为文艺表现之对象的人原就是非常复杂的包含了矛盾的东西。在"人的本质是社会关系的总和"① 这个意义之下，人总是群体的人，各个人具有群体的共同性，但是在同一个群体的界限里面，各个人对于现实的各方面有各种各样的接近和体验，因此虽同是群体的利害的表现者，但是各个人的性格却是沿着不同的独特的方向而发展的。在我们面前有着各色各样的人。正如高尔基所说，有的人是饶舌的，有的人是寡言的，有的人是非常执拗而又自负，有的人却是腼腆而无自信的。这种个人的多样性并不和社会的共同性相排斥，社会的共同性正通过各个个体而显现出来。一个典型应当同时是一个活生生的个体。从来文学上的典型人物都是"描写得很生动，各具特色，各具不同的个性征候的人。"（苏联文学顾问委员会：《给初学写作者的一封信》）

不错，高尔基常常提到典型是由某一群体里的本质的共同特征造成的，但是胡风先生却似乎不应忘了高尔基同时也说过下面这样的话："在要表现的各个人里面，除了社会群共同的特性之外，还必须发见他的最特征的，而且在究极上决定他的社会行动的那个人的特性。"在给青年作家的一封信里，高尔基把这个意见说得更具体而明确："作家应当把他的主人公当作活生生的人去观察。作家在他们中间的各个人物里面探究和指摘出说话的神情，举止，姿态，容貌，微笑，眼睛的转动等等的性格的独创的特殊性，而把它强调的时候，他的主人公才是活生生的。这样，作家才能使他自己表现出来的东西很鲜明地印入读者的耳目。完全相同的人物是不会有的。人无论外表内面都各有其特异的东

① 原注：胡风先生屡次引用这句话为"人是社会关系的总和"，其实应当是"人的本质是社会关系的总和"，没有"本质"（essence）两个字，那意义就会变得非常暧昧而且不可解。这是一句被千万遍引用的名言，参看《Thesis on Feuerbach》就知。

西。"照胡风先生的观点判断起来，高尔基主张在"社会群的共同的特性"之外还要发见什么"个人的特性""独创的特殊性""特异的东西"等等，那岂不是等于否认"典型"，诱导青年作家去创造"神话里的角色"吗？或者是高尔基竟也陷进了"无法收拾的混乱"里面吗？然而这样的判断，高尔基却不能接受。

文学典型的实例就明示了群体的意义和个别的个人的可惊叹的融合。我们试考察一下过去文学里面各个社会群，如地主，贵族，资产者的典型吧。在人生中看不见任何目的，给自己找不到任何职务，因而对人生感到倦怠，无所事事地度着日子，这，我们知道是充溢于俄国文学中的所谓"多余人"的共同的特性。奥涅金，皮喀林，罗丁，奥勃罗摩夫都属于这个灰色的"多余人"的范畴，但他们却各以其灿烂多彩的独特的才华和智力投进在寄生的生活使他们不能不成为多余的存在的那贵族群的共同的命运里。果戈理笔下的地主的 Variety 是常使我们发出惊叹来的。虽然都具有以吮吸"灵魂"们的血为生的地主的共同的本质，玛尼罗夫在感情，气质等等方面和梭巴克维奇之类有着不小的距离。两个伊凡在保守，顽固，贪欲之点上并无二致，但两人的个性是可惊地相反，一个文雅到肉麻的程度，另一个却粗暴不堪。两种个性的强烈的对照却并没有抹杀他们那种地主的共同的特性，反而使那些特性更加明显和凸出起来。

罗森达尔在《生活与文学中的"典型的诸性格"》一文里很明锐地指出了资产者群的典型是以对利润的追求和私有为最本质的特性。在资产者世界里，实质上简直可以说只有一种"性格"，一种"典型"。因为私有财产，个人幸福的利害支配了人们的一切思想和感情，而使他们的个人性消失，把他们铸成了一个模型。巴尔扎克在《人间喜剧》里描写了几十个不同的典型人物，都贯彻着利欲这一个感情，这一个情热，这一个思想。借勃兰兑斯的正确的表现，货币是"巴尔扎克作品中没有姓名无分男女的主人公"。但是典型的一样性并不妨碍事件和人物中的个人的、特殊的东西。"各个资产者都有某种的个人的特殊性"（罗森达尔）。事实上，我们在巴尔扎克的小说里遇见了非常多的强有力的性格，各个人物都具有各自的情热，感情，气质，虽然个人的感情和情热都集中在金钱的利害里，而物质的利害和感情之间又常常起着不和，矛盾和分裂。

胡风先生对于典型的一面的机械的解释，不但使我们对于过去的文学典型穷于说明，而更有害的地方是因为缺乏对于各个人物的特殊性的具体的分析，无由把典型的社会群的意义发掘出来。在像哈孟雷特那样非常复杂的性格上面是决不能贴一个某某社会层的签条就完事的。对于创作者，更不应在他们还没有获得深刻地观察和解剖各个具体的活生生的人的能力之前，就叫他们去做概括群体的不成熟的努力，那样，结果不独创造不出典型来，反而有使"个性消解在原则里面"去的危险。

我并不抹煞胡风先生也承认典型是应当有个性的，但他的"个性"却有另外不同的解释。"作为典型的作品里的个性是代表许多个体的个性。是包含了某一社会群的普遍性和个性。"这实际上是否认了文学中具体的、个人的东西，把个人的多样性一笔勾销了。典型之所以能够成为活生生的个人，就在作家所处理的是"实际生活上的人"，即"混淆的，非常复杂的，充满了矛盾的人物"（高尔基）。艺术家以自己最熟悉的某一个人做创造典型的样本，如屠格涅夫之写巴扎洛夫，那样的例子，在文学史上是不少的。车尔尼绥夫斯基①也说："在诗人'创造'人物的想象之前常浮现出某个实在的人的形象，而无意有意地他就把这

---

① 通译车尔尼雪夫斯基。

个人'再现'在他的典型人物身上了。"车氏并指出许多的作品，其中的主要人物都是作者自己的多少真实的自画像，如浮士德，堂·卡洛斯，拜伦的诗里的主人公，乔治·桑特①的男女主人公，奥涅金，皮喀林等等。由这，我们可以知道这些艺术家对自己或自己最接近的人的个性观察和认识得最深刻，因此，他们就能够把那个性表现得最生动和具体，而在那具体生动的个性上体现出时代的社会群的意义来，这时，他们所表现出来的已经不是单单个人的肖像画，而是普遍化的典型，概括的典型了。

胡风先生说我既认阿Q有独特的地方，那阿Q就不能代表农民，为甚么阿Q有独特的地方就不能代表农民，这意见实在奇怪得很。我们知道，历史上的伟人是最"不同于众"的特异的人物，但他们却常常是"众"的利害的最大的代表者。阿Q虽不是历史上的伟人，但关于他我们可以说同样的话。旁的不讲，成为阿Q性格之一大特点的那种浮浪人性在农民中就并不能说是普遍的。记得作者在甚么地方说过这样的话，如果当做纯粹农民的话，他一定要把阿Q描写得更老实一些。但是阿Q的这些特殊性并不妨碍他做辛亥革命前后的农民的代表，并不必"农民们写一纸请愿书或甚么揣在他怀里派他到甚么地方去"，因为在他的个人的特殊的性格和风貌上浮雕一般地刻出了一般中国农民的无力和弱点。

《子夜》里面的吴荪甫是一个具有刚毅果敢的性格的人物，这个人，在那以软弱，无能，屈服为共同特色的中国民族资产者群里不能不说是特殊的，但在他的性格的发展，矛盾，和最后的悲剧里，我们却读出了中国民族资产者的共同的命运。

具体的个性的描写对于典型的创造实有着非常重要的意义，

---

① 通译乔治·桑。

文学是必须"通过各个个性的行动和特征，表现出社会关系的本质和运动来"（吉尔波丁）的。

最后我必须指出：典型问题的提起应当和中国目前文学的主要任务配合。国防文学由于民族危机和民众反帝运动而被推到了第一等重要的地位。文学者应当描写民族解放斗争的事件和人物，努力于创造民族英雄和卖国者的正负的典型。在现代中国历史舞台上展开着的，就正是这两类人的生死的决斗的壮烈的光景。胡风先生既以现实的文学形势作立论根据，对于文学的这个最神圣的任务竟没有一字提及，这样，所谓典型的创造云云，就成为和现实的历史的运动没有关系了。不但如此，胡风先生的关于典型的理论是还有取消文学的武器作用的危险的。他说：

> 较进步的见解也不过以为文学家应该描写可歌可泣的事实。写"事实"而忘记了人，于是来了"标语口号"。

这里，我们如果考虑了中国社会的急遽猛烈的发展，以及文学的一般的落后和技术的低下等等具体情形，那末我们就不会把创造典型的希望放得太近太高。（连世界上最前进的国家不都在叹着艺术概括力的贫弱吗？）目前重要的是要克服文学落在现实的后面，作家和实践隔离的那可悲的状态。要使文学成为民族解放的武器之一。因此，反映这个解放运动的事实的小形式的文学作品不应当得到低的评价。事实上，这类文学和世界革命文学的发展曾结了很深的姻缘。济希的报告文学，白得内伊①的政治讽刺诗，这些，我们能说是"标语口号"吗？把描写了各种典型

---

① 通译别德内衣。

和性格的现实主义的艺术评价得最高的大思想家也并不因此就轻视时事政治诗和一般的关于时事问题的小形式的文学，不但不轻视，而且非常看重。他们并不曾像胡风先生那样担心于"标语口号"。

胡风先生主张群体的典型，而抹杀作为典型之重要的一侧面的个人的个性，把典型的创造的意义和目前中国文学的战斗的任务分离开来，而对于在迅速地反映社会事变一点上有非常积极的意义的小形式的文学又取着一种多少是轻视的观点，这样，胡风先生的理论将把读者，作家引导到什么地方去呢？

（原载 1936 年 4 月 1 日《文学》第 6 卷第 4 号）

文学与生活漫谈

一

有一天，一位同志来考鲁艺美术系，我和他是早就认识的，且知道他爱好文学，我便顺口问他：

"你是很喜欢文学的？"

他许是误解了我的意思，以为我是在暗示着他考文学系更适合一些，于是他便半带解释半带自炫地说：

"文学是不需要怎么去学的。哪里有生活，哪里就有文学哩。"

我被这个朴素的见解惊骇了。以同样的朴素，一个最恰当的反驳是：

"哪里有生活，并不一定哪里就有文学哩。"

然而我没有这样说出来。有自信，见解大胆，爱好警句，青年们所常具有的这些德性，我并不以为是坏事情。而且，关于文学与生活两者的关系，我总是把后者看得高于前者的。在美学上，我是车尔尼雪夫斯基的忠实信奉者。他的"美即生活"的有名公式包含着深刻的真理。

"哪里有生活，哪里就有文学"这句话自然也说了一部分的真实，这就是，文学从生活中产生，离了生活，就不能有文学。然而文学和生活到底是两个东西：在创作过程上讲，还是互相矛盾互相斗争的两极。创作就是一个作家与生活格斗的过程。形象要在生活里面去找，它虽充塞在生活里面，却不是可以容易把捉的东西。借用巴尔扎克的譬喻，形象是比传说里的浦累求斯①还难捉得很，还蜿蜒得幻变厉害的一个浦累求斯。文学家就是要和这样千变万化的海神斗法的术士，而除了语言文字他又再没有别的法宝。

你不会常有这样的感觉吗？我天天在过着生活，而且是有意义的生活，却看不到一点可以变成文学的东西。说生活本身太散文式了吗？但在生活的平凡中看出诗来，正是艺术家的本领。有时你也好像确实看到了一些什么，你有一种冲动要把它写出来，形象在你脑中骚动，但是，可诅咒的笔呀，在这样的紧急关头，它竟不听你的提调，你无法指使它把你脑中的东西移到纸面上来。

所以问题并不如所想象的那么简单。有了生活，还要会"看"，看了还要会"写"。这是艺术上的认识与表现的问题，生活实践与创作实践的统一的问题。生活对于一个作家只是一种材料；如何取材，如何加工，这才是作家的工作；这需要有专门的技术，专门的知识；一句话，这是需要好好地去学，苦苦地去学的。以为有了生活，就有了文学，文学是不需要怎么去学的，这实在是不高明的见解。

大家常喜欢提高尔基，说他是没有进过大学的，却成了世界上最伟大的作家。学高尔基，自然是好的；但是不要忘了：高尔

---

① 通译普洛透斯。

基虽没有机会进沙皇时代的大学，却是在苏联最初创议开办专门文艺学校的；他是自学出身，曾在文学上用过苦功的，他总是主张文学青年不但应当多读本国和外国的作品，而且还必须通晓本国和外国的文学历史；在创作上他又是一个深历了"语言的痛苦"的人。我们学高尔基，与其向往于他那段色彩绚烂的漂泊流浪生活，我以为倒不如踏踏实实学取他那在任何环境中都能埋头苦读的坚忍精神为有益。

口里嚷着：生活呀，生活呀，既没有生活，又放松了学习，这是最不值得的事情。

有了生活，不一定就能写出作品；作品中写了生活，也还不一定就是好的作品。因为文学的任务，不只是在如实地描写生活，而且是在说出关于生活的真理。关于作家与生活的关系，王国维在他的《人间词话》里有一段话是最透辟的了，他说：

> 诗人对宇宙人生，须入乎其内，又须出乎其外。入乎其内，故能写之；出乎其外，故能观之。入乎其内，故有生气，出乎其外，故有高致。

艺术和生活的关系就是如此。要能"入"，又要能"出"，这正是一个微妙的辩证的关系。深入到生活里面去，而又能超越于生活之上，这两者是不可分的，后者只能是前者的结果，或者说极致。但如若潜没于生活的事实的海洋里，不能从一定的思想的高度窥取人生全貌，探其真髓，这就是所谓"只见树木，不见森林"，在哲学上是狭隘经验主义，在文学上是自然主义，都为我们所不取的。

艺术，用简单的定义，就是体现思想于形象。有形象，才能够写，才有生气；有思想，才能观察，才有高致。恩格斯为艺术悬下了一个理想的标的，就是：巨大的思想深度，历史内容与莎士比亚式的行动的泼辣和丰富之完美的混合。这不就正是艺术上的生气与高致结合之最好的说明，最高的标准吗？

高致，在创作家主观上说，是一种澄清如水，洞澈万物的心境。这是超然物外，一丝不染吗？是康德式的"无关心"吗？是对生活缺少热情吗？都不是。这正是深味了人生的结果，热情被控制的形式。大思想家大文学家都是能够保持一种心境的平静的。他们用血肉和生活搏战过来，辨识了生活的每根纤维，直探了它的心脏，掌握了生活全部的规律，所以在任何变化面前都能从容自如。只有他们，才真懂得幽默。

席勒在他的有名的《论朴素的与感伤的诗》里，关于荷马和莎士比亚，这两位现实主义的大诗人，曾说过这样意思的话：他们写到最凄恻悲痛的地方，也好像叙说一件日常事情一样，他们简直就好像没有心肠。他们真是没有心肠吗？完全不然。他们的心深入到了他们的对象中去，和对象全然融合为一了。正如席勒所称赞莎士比亚的："他的心脏并不如普通金属一样就浮在表面，而是如同金子一样必须向深处探寻。"他将莎士比亚的创造作品比同上帝的创造世界。上帝与世界同在。"他就是作品，作品就是他。"他就是生活本身，生活的精髓，他是不哭，也不笑，而是引人哭，引人笑。这就是为什么大艺术家，看来是那样冷静，却用熊熊烈火燃烧了我们的灵魂。

我们常常自以为体验过生活来了，写出来的都是生活，然而读者竟一点不感动。作品中总是缺少了一点什么，我们就说是缺少一点"诗的"东西吧；或是说缺少一点"思想的"东西吧。总之，这不是有生命的作品。这原因在哪里呢？这就是因为：对于生活，没有深入，因而也不能高出。你在实生活中对生活所处的距离太远，（你是一个旁观者！）而在创作上又太近，你不懂得从一定的高度来俯瞰生活；你在生活中热情用得太少，你对于许多问题都感不到兴味，对于人缺乏热爱，而在作品中却又表露出过剩的热情。文学是最老实的东西，只有一分的，它不能说成两分。作品如同人一样。人愈是生活丰富的，愈能取一定的距离来看生活；愈是情绪饱满的，情绪愈不外露。真正出色的作家，他不是随意抓到一件什么事物就来写，一有感触就发泄无余，他要搜集无数生活的事实，从它们里面提炼出精粹来，他把自己的全部精神贯注在它们上面，一直到自己的主观和客观完全融合为止。记得有个什么作家关于创作过程仿佛曾有过类似这样的比喻：一大堆潮湿的干草垒在那里，里面有火在潜燃着，却烧不出来，尽是在冒烟，这样酝酿又酝酿，于是突然一下子，完全出你意外地，火从里面着出来了，火舌伸吐着，照得漫天通红。这个火就是融化了客观的主观，突入了对象的热情。借用王国维式的表现法，叫做"意境两忘，物我一体"。这是创作的最高境界。

这个境界不是容易能够达到的，但每个有志于文学者都必须向这努力。

我的结论：就是做一个作家，首先当然是要有生活，然而却决不可以为一有了生活，便万事大吉了。更重要的，是要有认识生活，表现生活的能力，一种思想的和技术的武装；而要获取这，就必须付出长期地专一地刻苦地学习的代价。文学上的票友或才子派是必须打倒的。

二

我是主张创作家多体验实际生活的，不论是去前线，或去农村都好。因为这，我曾被讥为"前线主义者"，但我却至今不以我的主张为错误。

　　然而问题是多的。有许多问题中，最重要的是如何使自己同新的生活打成一片，如何从那生活里面去搜寻材料。

　　人进入到一种未知的生活，开头总是感觉得新奇的；但几经接触之后，实际便渐渐露出它本来面目，被你借幻想所渲染上的辉煌色彩很快地褪去，一切都显得平淡，甚至厌烦了。你看见了你不愿看的东西。战争中有血，有死亡，有残酷。肮脏、愚昧、黑暗仍然在农村中占有势力。于是你感到了痛苦，但是这种生活原是你曾认为有意义，而努力追求过来的，你又不能且不愿马上脱离它。你努力克制自己，使自己慢慢适应于这种生活。

　　然而适应不是一下子能够做到的。这需要生活一个相当时期。走马观花地到处游一下，自然很容易，却不能有所收获。必须参加一点实际工作，而要这样做，你就得不怕麻烦。写钢板，来；做发行，也来；不论是教部队中的小鬼，或在乡政府上跑腿都好。安于工作，热心地活动，不妄想在这里求得创作的环境和时间。和周围的人们打成一片，向他们学习，请教他们。不怨他们不理解自己，倒是自己必须理解他们。尝味各种生活，努力去理解各种样式的人，这就是为创作必须储蓄的资本。然而要经过多少的，甚至还意想不到的麻烦呵。

　　我多次地接到过在前方的文艺工作者们的来信。大部分都是开始不习惯，不安心，后来才慢慢变好，积极起来的。就是一些曾写信给我诉说过自己在前方的失望和苦恼表示十分消极的同志，听说现在也都工作得很起劲了。自然也有一两位到底忍耐不住，开了小差。这正是大时代给与我们的一个试炼。

　　马克思曾引用过车尔尼雪夫斯基的一句话："制造历史的人是不怕弄脏了自己的手的。"我们，一个大时代的艺术家，空前的巨大事变的目击者，记录者，自己不弄脏了手，至少也应当有看弄脏了的手的勇气。我们必须正视生活。一切无益的幻想都抛弃了吧。

西方许多自由主义的文学家，报馆访员，为搜集写作材料，采访新闻，是不怕忍受一切困难，冒最大危险的。而他们仅只是为了写作的和职业的目的！我们是在参加着民族解放战争，参加着新的社会的建设。即使不为写作，我们也应当使自己适应于我们所过的生活的。应当有这样的决心：不要让生活迁就我，让我来迁就生活。

凡这些，就是我们实际去体验生活的精神的准备。

第二步的问题就是如何搜集材料了。到过前方的同志都异口同声地说那里有多少多少可歌可泣的事迹，令人难于置信的超人间的英勇故事。写不完，写不尽的呵！于是你不由得被这些故事完全吸引了。你的兴味集中在它们上面了。你把这些听来的故事，用你独特的方式编制出来，尽量地使情节新奇，再添上一些枝枝叶叶，使它显得丰茂一点，这样你就以为你写出文学作品来了，其实，容我直说，常常离真正意义上的作品还很远呢。

所以就不能不惹起读者们的责难了：我读了这些，简直不感动。要讲到故事吧，我知道的还多呢。讲那么一点故事，为什么要兜那许多圈子？这些责难我想并不是完全没有理由的。你说了自己并不熟悉的故事，自己却扮装作故事里面的人。你注意写故事，却没有注意写人；你的人物是没有血肉的。你传达给读者的往往是你自己的情感，却不能借生活本身来打动读者。你有描写，有时甚至是过多的，但却不是你作品的有机部分，而是为了点缀，硬加上去的。一切这些就都是由于我们没有在那具体性上去了解生活的缘故。

文学作品到底不只是说书，讲故事；它必须写人，写性格，写个性。它写任何一件细小事物，都必须忠实，具体。文学可说是最需要精细准确而深忌粗枝大叶的。所以我们到实际生活中去，就先不要多听，还是多看的好。听来的故事只能供作一种参考；就是要写，我以为也是老老实实就用听来的形式写反而来得自然和亲切一些。但是这些材料都可以间接得来。对于创作有决定作用的还是自己直接从生活中体验得来的东西。信任自己的眼睛，用它来看周围的一切。细心地看，反复地看，比较地看。要像佛罗贝尔①所教导莫泊三②的："为着描写一道正在燃烧着的火和一株生在平原上的树，我们便得一直面对着这火和这树，待到它们在我们眼中同任何旁的树和任何旁的火显得不同才止。"

朋友们，你们专为到实际生活中去体验的，可曾用过这样的功夫吗？大家都看见了八路军，看见了边区的农民了，然而关于他们，十分出色的作品不是还很少吗？实际上，又有几个文艺工作者真个和他们较长久地生活在一起，同他们打通了心，了解了他们的一切生活习惯，他们极细微的心理？我们和他们的接触是不经常的，常常是不自然的，我们总是喜欢挑选他们中间有特异生活经历的，探问他的身世，想从他身上立刻找到大宗材料，不，简直是想发现奇迹。人是太爱取巧，太爱贪便宜了。但是世界上便宜的事是没有的。你把他简单地当材料来对待，他就会机警地将自己的心向你关上。

一个创作者必须更广泛地，多方面地，而且更深入地，即是在一种日常生活上去和人接触，你得要和他们做朋友，谈家常话，心坎上的话，做到彼此心理上不再有一点戒备或隔膜。他们的心将会完全袒露出来任凭你看。这时候你就可以看到真正的民众，你所了解的就将不是民众的抽象概念，而是具体的有血有肉的个人了。带一本笔记簿在身上，不只为的记人物的行状，写他

---

① 通译福楼拜。
② 通译莫泊桑。

的阶级身份说明书，而更重要的是随时记下你所瞥见的每个不同的个性所闪露出来的特有的动作言语和姿势。材料这个东西，不是现成的，俯拾即是的，而是必须你去发见，一点一滴的去积累的。在人中间，你不要专挑特异的，你要更多接触平凡的人；不要只看一个两个人，而应多看几个。关于一个人，不要满足于只知道他一点两点，而必须知道他许多点。你的眼睛不要向上，而要向下，不要单看大处，更要看小处。这就不但需要有很大的工作的耐心和细心，而且需要有对于人的深挚的热爱。

毛泽东同志在《农村调查》中所显示的工作方法和精神，是值得每个文艺家深刻学习的。那不是普通社会学者的枯燥无味的统计调查，而是浸润了一个伟大革命家对于民众的伟大的爱的，那种爱也应当在我们胸中燃烧。

怀抱那样的爱，和科学精神，我们深入到生活中去，民众中去罢。不用预先想好主题，拟就大纲，编造情节，让生活自身以它自己的逻辑来说它动人的故事。

三

在延安，有些弄创作的同志感觉到写不出东西来了。我们过的原是一种新的有意义的生活，而创作在这里又是自由的，为什么会写不出来或写得很少呢？莫非在新的生活面前创作才情反而会枯窘了吗？当然不是。于是我们听到了各种各样的甚至有趣的解释：有的说一位大思想家（好像是恩格斯吧）讲过人类文明是靠吃肉类来的，而我们肉吃得太少了，或者说因为我们的食物缺少维他命 C，营养太不够。又有的说大家都拿津贴，生活虽苦，却不愁衣食，毋需乎卖稿子。再有的说延安文艺刊物太缺乏了，不能刺激大家。诸如此类。

这些"唯物的"解释虽或不无它的理由，却不能使我们满足。作家既然被称为"灵魂的工程师"，我们还是于精神的方面来寻求原因罢。

一个作家在精神上与周围环境发生了矛盾，是可能有两种决然相反的原因的。一种是周围生活本身是压迫人，窒息人的，是一片黑暗，作家怀抱着对于光明的热望不能和那环境两立，他拼命反对它。另一种是他处身在自己所追求的生活中了，他看到了光明，然而太阳中也有黑点，新的生活不是没有缺陷，有时甚至很多；但它到底是在前进，飞快地前进。作家走着他特有的艺术知识分子的步伐，和那生活的步调就不一定合得很齐。有时他觉得生活还远落在他理想后面呢，他停下来，微微觉得失望；有时生活却又实在跑过他前头去了，有一种什么旧的意识的或者习惯的力量绊住了他，他感到了某种程度上的和生活的不能协调。

我想起了玛耶阔夫斯基①。这个布尔塞维克的诗人，这个被斯大林同志称为"苏维埃最优秀的诗人"的诗人，他是深深理解一个大时代的知识分子的苦闷的。悼念叶赛宁的死，他曾写了这样的两句话：

> 在这种生活中，死不是难事，
> 最难的是去把生活重新建起。

而他自己，在同样的结束自己生命之前，也留下了这样凄悲的诗句："爱的船在生活上撞破了。"

比起他们，我们是更年青了的一代，我们当然要健康得多。

---

① 通译马雅可夫斯基。

正如同所有别人一样，作家在延安是感到精神上痛快的，他们都把这里当作了自己的家。然而却不是一点没有问题。我们不是有时听到这样的一些话语吗：我感觉生活有些单调，狭窄呵；大的方面很痛快，小的事情却常弄得人不舒服呢；上面的同志很好，下面许多同志可实在机械呢，等等，等等。这些好像都是小的地方，但却是日常的，厌烦人的，非常之影响心情的。

我们不能说这些都是作家自己的敏感和偏见。不错，作家常为自己设下一个圈子，不容易叫人打破。然而延安也自有它一个圈子，它的一套。都穿同样的制服，拿相差不多的津贴，都同样工作，同样开会，你在路上走，会从前后左右到处听得见挂在人们嘴上的老一套的革命术语。多么的千篇一律，丝毫没有变化啊！然而眼前的又分明是新的东西，蕴藏着无限丰富的内容，充满了生命。你待要赞美它吧，却又有好些地方使你刺目。你不能不加入到这个圈子里面去，因为除了它再没有别的美好的生活，然而又总感觉到它太狭窄，太呆板，好像容不下自己。假使作家能够株守在自己的圈子里，故步自封，不求和新的生活打成一片，那也没有问题。反过来，延安也决不能满足于自己已有的一套，而必须力求改进，使自己成为更广阔，更包罗万象。如果有一个作家在这里感到了苦闷，是必须首先努力祛除那引起苦闷的生活上的原因。所以作家和延安的生活，即使有些许扞格不入的地方，因为基本方向是一致的，而又两方都在力求进步，是终会完满地互相拥抱起来的。现在正是毛泽东同志所特别称呼的"在山上的"和"在亭子间的"两股洪流会合的过程。

延安被称为"圣地"，然而，我们却不是教徒，而是马克思主义者；我们不排斥异己，热望批评。我们是依靠自我批评而进步的。所以不要因为哪个作家说了一两句延安不好的话（而且并不是说整个延安），就以为是他在反对着我们了。这时候，只有反省和正当的解释是必要的。小小的意见分歧，习惯不相同，一时的个人心情不好或感情冲动，这些都不应当提到原则的问题上去。而且在延安的作家几乎都和革命结有血缘的，他们可以说都是革命的亲骨肉。这里大概不会出纪德，也更不致有布宁①吧。

我不赞成作家把自己看得比别人特殊，那实在是很要不得的心理，但延安却必须成为这样一个地方，在这里作家特别地被理解，被尊重着。它真正是一块能够结出丰盛的文化艺术果实的沃土。

作家在这里写不出东西，生活和心情自然并不是惟一的，甚至也不是最重要的原因；有关创作本身的一个问题，写什么的问题，我想有很大的关系。

这不是延安单独的问题。抗战以后，许多作家都碰着了这样一个难关：写抗战吧，不熟悉；写过去的事情，又觉得现在不是时候。而到了延安，我们更觉得应当写一些新的，有意义的题材。

对于延安，我们已经唱了我们的赞歌了，但却还没有能实写出它的各方面来。住在窑洞里，和外界几乎没有接触，来往的仍然是外面来的知识分子的朋友，对于延安当然难得有深刻的了解，更不用说对于边区一般农村的情形了。然而正在这些农村里，充满了新鲜的生活的故事，斗争的故事。值得在艺术上来加以反映。如其你感觉现在没有东西可写，就让强烈的生活的欲望来代替创作的冲动吧。走出窑洞，到老百姓中间去跑一趟，去生活一下，是一定会有益处的。

自然，过去的题材也是可以而且应该写的。一定要选取反映

---

① 通译蒲宁。

边区八路军或至少有关抗战的题材，这虽是一种可尊重的责任感觉，却可以反转成一种对于创作的限制的。在题材、样式、手法等等上必须容许最广泛的范围。在延安，创作自由的口号应当变成一种实际。

写，大胆地写，写不出书来要呼吸一点新鲜空气的时候，就去生活。一切心情的不安都扫除净尽吧。

（原载 1941 年 7 月 17—19 日《解放日报》）

精神界之战士

——论鲁迅初期的思想和文学观，
为纪念他诞生 60 周年而作

鲁迅在 1907 年写的有名的《摩罗诗力说》中，曾这样地呼吁着：

> 今索诸中国，为精神界之战士者安在？有作至诚之声，致吾人于善美刚健者乎？有作温煦之声，援吾人出于荒寒者乎？

这个期待中的"精神界之战士"，正是鲁迅自己。那时他虽还不为人所知，还没有开始用鲁迅这个笔名，却已开始了文学活动。他曾计划办刊物，企图以文艺来改变中国人的精神，这样来挽救中国。他之从学医转到学文学，就是为的要从文学身上去寻求医学所无能为力的对于自己民族的精神麻木症的药方。

医治精神麻木，不是容易的事。鲁迅所开始活动的时候，中国已经历了 20 年的维新，那是曾在他少年时代的智慧生活上烙下了深深印迹的。然而维新的一般结果如何呢？随着旧的封建社会的解体，封建意识形态固已不可避免地开始崩溃，但是这个崩溃的过程却并不是迅速顺利的。在中国以孔子为代表的封建意识形态，曾统治了两千多年，深经锤炼，系统严整，条文周密，它具有比西欧中世纪思想更大得多的一种历史惰力来钳制正被启迪的人心，对于外来的新文化新思潮发生消极的排拒作用。民主主义新思想只是在一种歪曲或割裂的形式下被了解与接受。新与旧之间还不是十分界线分明的。维新20年，在中国启蒙思想史上一方面说是一个新旧斗争的时期，另一方面也可以说是一个新旧混杂的时期。新的气象还太少了。一切仍然很萧条。在这样的精神的氛围中，鲁迅不能不感觉到如在沙漠中似的寂寞。作为"精神界之战士"，他又无法使自己宁静。他号召反抗，要求"雄声"：预言了"第二维新之声亦将再举"，他觉得需要再有一次更新的文化运动，这正是旧民主主义旧文化向新民主主义新文化转进的先声，"五四"新文化运动的预示。他发出的是真正"不同凡响"的"先觉之声"。

鲁迅初期的思想主要表现在同一年发表的《文化偏至论》与《摩罗诗力说》这两篇文章中，他那思想的基本内容，就是如他在前一篇中所说的："掊物质而张灵明，任个人而排众数"，或者更简单些说，就是"非物质，重个人"。你如果拘泥在字面上，以为初期的鲁迅是反对唯物，反对大众的，那就会陷入不可容许的错误，而这恰又不幸地构成了某些鲁迅研究者的理论的结论。这种错误就是由于不了解：鲁迅的中心思想是反对市侩，主张个性，这在当时已经是最激进的革命的观点，这个观点在他整个的生活和艺术中起了重要的作用，对于我们今天也仍不失它巨大思想教育的意义。

鲁迅自己已说得很明白："非物质主义者，犹个人主义然，亦兴起于抗俗。"反抗凡庸，反抗流俗，这就是他社会批评，文化批评的基本，他作为文学战士的最初姿态。他处在经过了洋务运动、维新运动之后的中国，他当时所能看见的新兴势力，资产阶级，在谱系上来自地主买办的血统，是先天地亏损虚弱的，不是真能挽救中国于危亡的强健的，纯正的，有生的力量。所以鲁迅一方面痛诋了较开明的贵族地主官僚的所谓"洋务派"的船坚炮利的政策，他骂那些"竞言武事"，"谓钩爪锯牙，为国家首事"的是"轻才小慧之徒"，另一方面也不赞成维新派的"制造商估，立宪国会"的学说，他对于自由派买办资产阶级及其政治上思想上的代表者，也同样地不但没有丝毫希冀或幻想，且充满了不信任和憎恶。他已明若观火地烛照了他们的面目和心肝。那些人将是"愚屯之富人"，"善垄断之市侩"，他们但求"广有资金，大能温饱"，就是将来中国亡了，他们变成犹太人，也还是能"温饱如故"的，他们没有一丝民族观念。那将是些口里讲民主，实际上专制起来比暴君还厉害（"托言众治，压制乃尤烈于暴君"）的流氓野心家，一些"无赖之尤"，真正的民主的敌人。民国以来的中国政治史全部证实了他这些预见的可叹的正确。

这就是鲁迅所反对的物质主义，所反对的"民主"。由于中国生活的落后，他当时还没有可能看到那在中国能够发展新物质力量，实现民主的真正的阶级；启蒙主义者的他，只执著了一面，说是要救中国，必先反对愚昧，盲从，独断，启发民智，他决然地说："黄金黑铁，断不足以兴国家"，这也正是他的卓识。所以对于物质主义的反对并不能就视为唯物论的摈弃。他从来都是热烈信仰科学的，在《科学史教篇》（1907 年）中就曾说："科学者，神圣之光，照世界者也"，可见他对于科学的推崇，这种科学的信念在他的一生中始终贯彻着。那末在他的思想，特别是初期思想中就没有观念论存在吗？有，而且相当浓厚呢！他因为重视个性，重视思想，便把这些看作了改造社会的原动力，这固然显示了一个启蒙主义者的本色，然也正由此使他陷入观念论的见地了。也正是在这维护个性的一点上，他对一般的民主政治，或是毋宁说对已露出百孔千疮的西方资产阶级的民主政治，都表示了深刻的不满。他觉得那种社会是泯灭个性，杀害天才的。他反复申诉着"思想之自由"、"个性之尊严"、"人类之价值"。这个政治上的所谓"民主"的反对者，正是一个坚决勇敢的战斗的民主主义者的思想战士。

鲁迅对于西方资本主义社会的批判，自然并没有能够站在时代最先进的理论水平上，他那时还没有机会接受马克思主义。在当时日本风行一时的西方资产阶级反动期的哲学，尤其是小资产阶级的无政府主义的个人主义思想，是深深牵引了他的兴味的东西。他介绍了斯契纳尔①，叔本华，尼采，契开迦尔，易卜生。他憧憬于他们所描写，所讴歌的极端发达的个性的世界。易卜生尤为他所喜爱，后来对于中国的影响也特别大；虽不能逾越小资产阶级的界限，易卜生作品中的人物，正如恩格斯所说，到底"还具有自己的性格，有创造能力，能够独立行动"，比之市侩，他们倒还是"真正的人"，的确值得我们取法。所以个人主义的思想体系，不管横在那根柢上的有害的观念论，不管张扬个人到尼采式的超人地步，鲁迅仍然能够从那里面吸取了适合于他的启蒙目的的精华，虽然同时也吞入了不少的观念论的糟粕。

摆在他的作为启蒙主要的活动的日程上的，首先是，而且主要地是思想改造，国民性改造的工作。从他早年的朋友，许寿裳的一篇关于他的回忆，我们知道他从年轻时代起就热心于中国国民性的研究。他曾探索怎样才是理想的人性，中国国民性中最缺乏的是什么，它的病根何在。在《摩罗诗力说》里，他对中国

---

① 通译斯蒂纳。

国民性的弱点，作了一次精明的诊断。他说："中国之治，理想在不撄。""不撄"是不触犯的意思，换句普通的话说，就是安分守己。安分守己的结果必然是"宁蜷伏堕落而恶进取"，"无上征，无希望，无努力"。这就构成了不长进的民族的普遍国民心理的基础。鲁迅知道这种国民心理不是生来具有的，而是长期封建阶级统治的恶果。老百姓安分，对于统治者自然是再好没有的事，这样他可以高枕无忧；所以一发见有不安分的分子，统治者就会竭全力去消灭他。那时鲁迅看不见真正的不安分的力量是革命的群众，他只是把耸动人心扭转世界的希望寄托在天才身上。安分守己的消极心理的形成，清静无为的老子的思想也负有责任，虽然这种哲学体系和统治阶级的愚民政策在意图上是并非一致甚至相反的。正因为这点，鲁迅始终是老子主义，一种中国式的虚无主义的反对者，这在他晚年作的《〈出关〉的"关"》一文里表现得尤为明白。在现代的实利的世界里，安分守己既不是也不可能是一种古朴民风的自然表现，于是就成为了苟且偷生的一个变相名词。这就是如鲁迅所说的："卑懦俭啬，退让畏葸，无古民之朴野，有末世之浇漓"那样一种卑劣的俗恶的市侩主义。最可怕的是这种市侩主义曾伸根于几千年的封建社会中，又更将在新物质基础上茁长。鲁迅之所以那样反对物质者，主要意义也就在这里。

不撄之治，也许在闭关自守的时代，或者还有可能，现在却只足以招致中国的迅速殒灭。自己的民族，自己的同胞的千钧一发的命运，这就是鲁迅所苦恼，所最关怀的问题。信奉着进化论，他从生存竞争优胜劣败的公例来预测了中国可能的最坏的前途：灭亡，世界历史中并不乏沦落古国的先例。所以他虽十分尊重自己国家的历史，却非常反对满足于已往的光荣。他很明白中国今天在世界历史舞台上所演的角色。他慨叹着："所谓古文明国者，悲凉之语耳，嘲讽之辞耳！"他警醒大家，不要只回顾过去，眼睛要向前看；不要安于和平，要起来斗争。他有一段非常精辟的话语：

> 平和为物，不见于人间。其强谓之平和者，不过战事方已或未始之时，外状若宁，暗流仍伏，时劫一会，动作始矣。故观之天然，则和风拂林，甘雨润物，似无不以降福祉于人世，然烈火在下，出为地囵，一旦愤兴，万有同坏。其风雨时作，特暂伏之见象，非能永劫安易，如亚当之故家也。

鲁迅的进化论在这里迫近了辩证法的观点。虽然朴素，但他已认识出了自然界和人类社会的进化都不是和平渐进的，而是要通过斗争和突变；并且认识出了斗争是绝对的，平和只是暂时的，相对的现象。这实在是一种可惊的天才的灼见，在这个上面，他为他的主张奋斗的思想安放了一个可靠的哲学的根基。他因此得出了这样一个惊心动魄的结论："不争之民，其遭遇战事，常较好争之民多，而畏死之民，其苓落殇亡，亦视强项敢死之民众。"不抵抗主义所给与中国的教训，一种血的教训，完全证实了30年前鲁迅之所见为丝毫不爽。

鲁迅的号召斗争，号召反抗，当然偏重在思想精神的一方面。他的《摩罗诗力说》，就是表彰战斗诗人的光芒千古的言行。摩罗是梵文，欧洲人叫撒旦，就是恶魔的意思。"举一切诗人中凡立意在反抗，指归在动作，而为世所不甚愉悦者悉入之。"这样的诗人，第一个而且也是最伟大的一个就是拜伦。拜伦虽身为贵胄却做了革命者，他的名字变成了革命行动的象征，反抗的象征。拜伦主义，这是一个响亮的名词。他对于世界文学的影响是无比地巨大的。鲁迅在他的文章中所列举的其他摩罗诗人，除与拜伦为良朋，被马克思称为"彻头彻尾的革命家，始终是社会主义的先驱"的雪莱以外，余如俄国的普式庚①，莱孟托夫②，波兰的密克威支③，斯洛伐支奇④，匈牙利的裴多飞⑤都深深浸透了拜伦精神，可以称为拜伦宗的。

　　鲁迅之尊重拜伦，主要就因为他是一个革命者，行动家。他在意大利公开同情过那里的烧炭党，参加了他们的运动，后来他援助了希腊的独立，并且在这个独立战争中最后支付了自己的生命；后一件事是非常之有名的，而且正由于这，使他和被压迫民族的我们结成了特别亲密的血肉般的关系。他成了被中国认识而且热爱的第一个外国诗人，他的《哀希腊》曾经过四次的翻译。颂扬拜伦，颂扬爱国诗人裴多飞，以及介绍弱小民族作品，正表现了鲁迅一贯的热烈的爱民族的立场。然而他却决不是一个狭义的爱国主义者。他心向往之的是作为一个为人类的自由的战士的拜伦的更广博的精神。他关于这伟大诗人的性格，曾作了这样的描写：

　　　　索诗人一生之内　　，则所遇常抗，所向必动，贵力而尚强，尊己而好战，其战复不如野兽，为独立自由人道也，……故其平生，如狂涛如厉风，举一切伪饰陋习，悉与荡涤，瞻顾前后，素所不知；精神郁勃，莫可制抑，力战而毙，亦必自救其精神；不克厥敌，战则不止。

----

①　通译普希金。
②　通译莱蒙托夫。
③　通译密茨凯维支。
④　通译斯洛伐茨基。
⑤　通译裴多菲。

自尊心（"尊己"），顽强反抗性（"所遇常抗"），绝不妥协的精神（"不克厥敌，战则不止"），这就是鲁迅所终生服膺而又身体力行了的拜伦主义的基本特点，也是一切摩罗诗人的共同品质。诗人对于世俗，投以傲慢的轻蔑，但却并不如中国所曾有的那种隐逸高蹈之士一样超脱尘埃，置人群于不顾，而正是抱着改造世界拯救人类的火山般的热情；这热情化作了行动。鲁迅是行动的极端赞美者。他说那些摩罗诗人好像角剑的人，拿着兵器，流着血，在群众的眼前辗转。他们的好斗，当然不是同野兽一样，而是有原则立场的，就是：为独立自由人道而战。诗人在作品中所歌颂，一生所实践的就是如此。他们的力量如像怒涛一般，直激荡了旧社会的台基。能不能和旧社会战斗到底，这成了鲁迅估价诗人的主要标准。他所以对于普式庚微有不满，而将更大的崇敬倾注莱孟托夫者，就是因为前者曾一个时期和沙皇妥协过，而后者则是奋战力拒，不稍转退的。在极微小之点上，不都可以看出鲁迅的"明确的是非，热烈的好恶"来吗？

鲁迅的推崇拜伦，还不只是因为他能反抗，且也因为他能同情。他这样地述说着拜伦性格的两方面："自尊而怜人之为奴，制人而援人之独立，无惧于狂涛而大傲于乘马，好战崇力，遇敌无所宽假，而于累囚之苦，有同情焉。""既喜拿破仑之毁世界，亦爱华盛顿之争自由，既心仪海贼之横行，亦孤援希腊之独立，压制反抗，兼以一人矣。"这是对于拜伦精神的卓越的理解呵。的确，拜伦的诗篇是强有力者的呐喊，也是创痛者的申诉。正如柏林斯基所说的："拜伦的诗是一种痛苦的呼声，一种哀哭，但却是这样一个骄傲的人的哀哭，他与其领受宁愿给予，与其祈求宁愿垂顾。"这悲哀是深沉的，它扩展成为了对人类一切的痛苦与不幸的同情，个人的自我的硬壳破裂了，从那里面迸出了热爱自由的爱，人道的爱。这在鲁迅，一个被压迫民族的思想代表者的心上就不能不引起了最高度的共鸣。鲁迅成了一个拜伦主义者，他和尼采主义不能不站在了相反的立场。

人们常夸大了鲁迅思想上的尼采影响。譬如欧阳凡海先生在一篇论鲁迅初期思想的文章（这是他正从事的关于鲁迅的一个有意义的长篇专著的一部分）里就说鲁迅接受了尼采学说，并且说，"他之能取得尼采主义，就证明他是一个进入一步的有国际眼光的人"，这实在是谬误已极的见解。不错，鲁迅在文章中曾多次地引证了尼采，后来且翻译了他的有名的《扎拉图斯忒如是说》的序说。但鲁迅不是一个尼采主义者（即使在初期），正如早期的高尔基不是一样。巧合的是，这两位伟大的作家都同样蒙受了这样的误解。两人都是以反叛者战士走上文学界的，在他们还没有能够在革命群众中觅见自己的同盟者的时候，就只能在强有力的常常是孤独的个人身上去寻找大胆的不顾一切反抗世俗的力量，这大概就是误解的来由。

要强可以有两种完全相反的目的。鲁迅关于尼采主义和拜伦主义曾作了一个原则性的明确的区别："尼佉欲自强，而并颂强者；此（指拜伦）则亦欲自强，而力抗强者，好恶至不同，特图强则一而已"，这是两个路线的根本分歧：前者是主张强凌弱，主张压迫人，是便利于法西斯主义窃取的思想源流；后者是主张除强扶弱，主张解放人，是真正人道主义的思想，和共产主义正一脉相通。鲁迅和高尔基都是属于后者的。他们歌颂强有力的孤独的个人，不是出于对强者的崇拜。而正是为要反抗强暴，援助弱者；个人的孤独，也不是和群众脱离，而只是在一个先觉者的声音还没有十分传入群众耳鼓或者说个人反抗的光芒还没有融合在革命群众斗争的鲜明烽火里之前的一种状况；那孤独不是永远的。所以两人以后都成为了共产主义者，就不是一件偶然的事情。

为例示两位作家在对尼采思想的态度上的可惊的吻合，请容许我不惮烦地再进一步地引证罢：

鲁迅在后来"五四"的时候写给钱玄同的一封信里曾说："耶稣说，见车要翻了，扶他一下。尼采说，见车翻了，推他一下。我自然是赞成耶稣的话；但以为倘若不愿你扶，便不必硬扶，听他罢了。此后能够不翻，固然很好，倘若终于翻倒，然后再来切切实实的帮他抬。"

高尔基也谈到了耶稣与尼采。他在他的《谈技巧》一文中，曾叙述正当他精神成熟的时期，他遇到了两种不同的相敌对的意识形态：这就是尼采的"主人道德"与基督的"奴隶道德"。他说他因为涉猎了一点马克思主义理论，所以"主人道德"在他看来，是和"奴隶道德"一样地讨厌。他想出了一个第三道德：帮助人反抗。

这不但表示了他们两人和尼采的大相径庭，而且提出了一个共同的新道德的尺度，这就是帮助人反抗的高尔基所谓的"第三道德"。

帮助人反抗，第一自然需要帮助者有高度的自觉：正直、忠诚、勇敢、不怕任何磨难与牺牲，一种普洛美修士的气魄，这就是鲁迅所理想所渴求的伟大的个性。然而单是这还是不够的。第二步你还得唤起被帮助者的自觉。使他们都乐于接受你的帮助，而且大家团结得像铁一样。落后的被压迫民族的中国人民，他们反抗的火焰是同时向着两个方向在燃烧：一是对着坚固地盘踞着的几千年的封建主义的僵尸，一是对着来势凶猛的外国侵略者的巨爪。这就更需有广大人民的普遍觉醒，一种全民族的觉醒，和全民族的团结。个人的自觉和民族的自觉是联结而不可分离的。鲁迅正看取了这一点，他说："国人之自觉至，个性张，沙聚之邦，由是转为人国。人国既建，乃始雄厉无前，屹然独见于天下。"他虽过高地估衡了个性解放的力量，但由这也正可以见出一个伟大民族民主革命思想家的赤热的心脏。

所以鲁迅初期思想中的个性主义，虽然从西方资产阶级反动期的哲学吸取了营养，却完全不是那种病态的萎缩的狭隘的个人中心思想；因为立脚在被压迫民族的苦难历史现实上面，和被重重剥削的农民大众又保有血肉关联，他的为人类之尊严的辩护就决不只是带着个人的主观的性质，而正是为自己的每个同胞，自己的整个民族的人类之尊严的辩护。这是真正的人权主义，深广的人道主义，民族自尊心的高尚的表现。这就是鲁迅初期思想的真实的内容，它的真髓。

最后且略为述说一下鲁迅初期的文学观吧。那作为他整个初期思想的有机的一部分，是不能不要求着战斗的文学的。他之那样激赏摩罗诗，就是因为它们含有"刚健抗拒破坏挑战之声"。而这声音在中国历来的文学里，几乎是不能听到的。有的只是歌吟花月，感旧怀古的作品，下焉的就是卑劣虚伪的歌功颂德的文章。鲁迅鄙薄了这一切传统。就是对于中国旧的文学中最杰出的《楚辞》，他也因为那里面"多芳菲凄恻之音"，少有"反抗挑战"，而觉得那感动人的力量不强。

正是这一种炽烈的战斗要求，使鲁迅亲近了文学上的浪漫主义，这自然是属于高尔基所谓的积极的革命的浪漫主义。那些摩罗诗人都是浪漫派，也就都是社会的被摈弃者、叛逆者。他们诅咒社会；他们哀哭、痛苦，同时又扬言，他们的眼泪、痛苦才是世界上最可宝贵的，他们哀哭、痛苦，就正因为是他们伟大，而世人都渺小。社会在他们看来是完全由养驯了的"被阉割的市侩们"组成的，强有力的个人只有在他们的圈子之外才能找到。还看不见现实的革命力量，他们常常从神话传说的空想的世界里吸取了否定精神的崇高宏大的形象，这些都是完美的人间个性的楷模。在这些个性身上，正如他们的创造者一样，鲁迅寄托了他的改造人类社会的无限的热望。

鲁迅当时对于浪漫主义的偏爱，是从改造社会的热望出发，而又有他自己现实主义理论的基础的。在《摩罗诗力说》中，他曾这样说过：

> 世界大文，无不能启人生之 机，而直语其事实法则，……所谓 机，即人生之诚理是已。……故人若读鄂谟（即荷马）以降大文，则不徒近诗，且自与人生会，历历见其优胜缺陷之所存，更力自就于圆满。

这就是说文学应当探究人生的本质，窥寻它的规律，换言之，就是阐明人生的真理，要这样文学对于人生才有益处。他是同时主张文学表现人生而又作人生教科书的。这是完全的现实主义的观点。所以一方面颂扬摩罗诗人，另一方面介绍东北欧写实作品；一方面写《斯巴达之魂》那样的传奇，另一方面又写了卓越的现实主义之作的《怀旧》，这在鲁迅是那么巧妙而又合适地调和。他初期的浪漫主义正燃烧了改革现实的热情，而他后来的现实主义也充满了对现实未来的眺望，只是后来他在思想和艺术上更成熟，他的现实主义便发展到了最高度，为中国新民主主义文学奠下了坚牢而不可摇动的基石。

（原载 1941 年 8 月 12—14 日《解放日报》）

《马克思主义与文艺》序言[*]

毛泽东同志的《在延安文艺座谈会上的讲话》给革命文艺指示了新方向，这个讲话是中国革命文学史、思想史上的一个划时代的文献，是马克思主义文艺科学与文艺政策的最通俗化、具体化的一个概括，因此又是马克思主义文艺科学与文艺政策的最好的课本。本书就是企图根据这个讲话的精神来编纂的。这个讲话构成了本书的重要内容，也是它的指导的线索。从本书当中，我们可以看到毛泽东同志的这个讲话一方面很好地说明了马克思、恩格斯、列宁等人的文艺思想，另一方面，他们的文艺思想又恰好证实了毛泽东同志文艺理论的正确。

本书选辑了马克思、恩格斯、普列汉诺夫、列宁、斯大林、高尔基、鲁迅及毛泽东同志的有关文艺的评论和意见，按照他们的内容，分为五辑：一、意识形态的文艺；二、文艺的特质；三、文艺与阶级；四、无产阶级文艺；五、作家，批评家。他们

---

　　* 本文原载 1944 年 4 月 11 日《解放日报》。作者所编《马克思主义与文艺》初版于 1944 年，这本书比较系统地介绍了马克思主义文艺理论的基本原理。这次由作者对"序言"作了个别文字上的修改。"序言"所引马克思、恩格斯、列宁和高尔基的文字，则一律改为现在通行的译文，并注明出处。

的意见虽是在不同的历史情况之下，针对不同的具体问题而发的，但是在他们中间却贯串着立场方法上的完全一致：最科学的历史观点与无产阶级的革命精神之结合。

贯彻全书的一个中心思想是，文艺从群众中来，必须到群众中去。这同时也就是毛泽东同志讲话的中心思想，而他的更大贡献是在最正确最完全地解决了文艺如何到群众中去的问题。

文艺为什么是从群众中来的呢？马克思主义者回答：人类的一切文化，包括艺术与文学，都是群众的劳动所创造的。手本是劳动的器官，恩格斯却证明了它同时是劳动的产物。正是由于劳动，由于适应日益复杂的新的工作，人的手才达到了这种熟练的程度，以致它仿佛凭着魔力似地产生了拉斐尔的绘画，托尔瓦德森的雕刻以及帕格尼尼的音乐。普列汉诺夫根据他对于原始艺术的精深研究，证实了劳动先行于艺术。鲁迅在《门外文谈》里浅显地、科学地解说了文学的产生于劳动：

> 我们的祖先的原始人，原是连话也不会说的，为了共同劳作，必须发表意见，才渐渐的练出复杂的声音来，假如那时大家抬木头，都觉得吃力了，却想不到发声，其中有一个叫道"杭育杭育"，那么，这就是创作；大家也要佩服，应用的，这就等于出版；倘若用什么记号留存了下来，这就是文学；他当然就是作家，也就是文学家，是"杭育杭育派"①。

高尔基在苏联作家大会的报告中，开宗明义就是说劳动创造文化：

---

① 《鲁迅全集》1959年版，第6卷，第75页。

劳动过程把直立的动物变成了人，并且创造了文化的始基；这种劳动过程的作用，从未得到应有的全面而深刻的研究。这是自然的，因为这种研究对于劳动剥削者是无利可图的，劳动剥削者是要把群众的精力当作一种原料变成货币，在这种情况下，当然不能提高原料的价值①。

真是一针见血之言！劳动的剥削者当然不会正确地评价劳动的作用。高尔基认为一切思想，就连这种降贬了劳动的决定意义的思想在内，都是在劳动的基础上创造出来的。但是在人类社会文化发展过程中，思想长期地与劳动分离，用高尔基的话说，就是头脑脱离了两手。高尔基说：

> 只有在双手教导头脑，随后聪明一些的头脑教导双手，而聪明的双手又再度更有力地促进头脑发展的时候，人类的社会文化发展过程才能正常地发展起来。劳动人民文化发展的这种正常的过程，在古代就由于你们所知道的一些原因而中断了。头脑脱离了双手，思想脱离了土地。在大批行动的人们中间出现了一些袖手旁观者，他们抽象地解释世界和思想的发展，离开了那依照人们的利益和目的来改变世界的劳动过程②。

这就是脑力劳动与体力劳动的分离。统治阶级内部有一部分人离开了劳动过程，"把编造这一阶级关于自身的幻想当作谋生

---

① 高尔基：《论文学》，1978 年版，第 96 页。
② 同上书，第 103 页。

的主要泉源"①，他们把科学、艺术及其他一切属于智力范围的事业通通据为己有。人类社会文化的发展走了一个之字路。首先是两手和头脑结合，以后是分离，再以后又重新结合。两手与头脑，体力劳动与脑力劳动之最后的完全的结合，是只有在共产主义的条件之下才能实现的。那是一种最高形态的结合。这就是马克思主义的文化观，同时也是文化革命的最终目的。

劳动分工是社会发展的必经之路，造成了社会物质生产力的伟大进步，它大大发展了人类的文化，但却是以牺牲广大劳动群众的精神生活为代价的。这是一笔很高昂的代价。分工所加于劳动群众的生命力与创造力的损害是不可计量的。马克思说："由于分工，艺术天才完全集中在个别人身上，因而广大群众的艺术天才受到压抑。"② 他预言到了共产主义社会，每个人都将摆脱职业上的限制和对于分工的依赖，那时"没有单纯的画家，只有把绘画作为自己多种活动中的一项活动的人们"③。这样，艺术活动就将不是特殊阶级的特殊领域，而成为全体人类所共有的了。

所以马克思从资本主义生产的特点找出了一条规律："资本主义生产就同某些精神生产部门如艺术和诗歌相敌对。"④高尔基也说，从来对于资产阶级在文化创造上特别是文学创造上的作用是过于夸大了的。自然，资产阶级在它还没有完全取得统治地位，还是革命的阶级，它的利益还和全体劳动人民的利益相一致的时候，它曾产生了自己伟大的文学家、艺术家。文艺复兴时代和启蒙主义时代就是这样。恩格斯称文艺复兴为"人类从来没

---

① 《马恩列斯论文艺》，1980 年版，第 28 页。
② 《马恩列斯论文艺》1980 年版，第 28 页。
③ 同上。
④ 《马克思恩格斯全集》第 26 卷第 1 册，第 296 页。

有经历过的最伟大的、进步的变革"①，那个时代的活动家是创立了近代资产阶级的统治，但却没有为资产阶级所限制的人们。他们热情澎湃，富于思想，而又多才多艺，他们还没有成为像后来所发生的那样的分工的奴隶。他们生活在当时的一切利害冲突中，公开站在这个或那个党派里面参加实际的斗争。但是到资产阶级完全取得统治地位，变成反动阶级的时候，它就再也不能产生像这样的艺术家了。

资产阶级社会的最伟大的文艺只能由资产阶级的"浪子"所创造，这就是批判的现实主义的文艺。高尔基指出：这种现实主义由于它对现存社会的批判态度而有很大的价值，它在文学描写艺术上的形式的成就也值得我们高度的重视，但是这种现实主义是作者作为"多余的人"的个人创作而产生的，这些人不能为生活而斗争，感到自己在社会里是多余的，他既反对资产阶级，也不赞成无产阶级，至少是不能理解无产阶级，他常常自觉处在资本的铁锤与劳动人民的铁砧之间，因此，这种现实主义虽然有力地批判了社会，却找不到逃出这个不合理社会的出路，它只是否定，而不能肯定，甚至更坏，转而肯定它曾经否定了的东西。至于资产阶级中赞扬和辩护本阶级的文艺家，那就只有灵巧和庸俗，更是一无足道了。在其他艺术部门，例如绘画，艺术家则几乎是完全为市场而制造商品的。资产阶级就始终是雇主、立法者。

文学与艺术就这样在资产阶级社会里处于一个可怜的地位，而且随着资本主义的没落，它已再不能在资产阶级的基础和方向上前进一步，它已临到创造的绝境了。法西斯主义更是给文学与艺术带来了毁灭。文艺需要得到解放，得到解救。文艺本是从群

---

① 《马克思恩格斯选集》第3卷，第445页。

众中来的，必须到群众中去。这反过来对于群众也是一个大的解放，他们多少年来被束缚和压抑了的精神生活的解放。这个解放是只有革命才能给予的。

列宁在 1905 年写的《党的组织与党的文学》一文里指出了真正自由的文学"不是为饱食终日的贵妇人服务，不是为百无聊赖、胖得发愁的'几万上等人'服务，而是为千千万万劳动人民，为这些国家的精华、国家的力量、国家的未来服务"[①]。在十月革命以后，他在和蔡特金的谈话中，更是十分明确地发挥了他的这个思想：

> 艺术是属于人民的。它必须在广大劳动群众的底层有其最深厚的根基。它必须为这些群众所了解和爱好。它必须结合这些群众的感情、思想和意志，并提高他们。它必须在群众中间唤起艺术家，并使他们得到发展。[②]

列宁提出了并且解决了革命所提出的问题。他把艺术应当直接服务于劳动群众，当作艺术运动的全部方针提出来了。马克思、恩格斯的时代是还不能这样提出问题的，因为那时候还没有进入无产阶级革命的时代，无产阶级还没有取得政权。但是马克思恩格斯却已经提出了文艺作品应表现群众和群众斗争的问题。马克思、恩格斯在与拉萨尔的通信中，他们批评拉萨尔的《济金根》，一篇描写骑士暴动的剧本的一个根本缺点，就是没有着重地写农民运动。恩格斯在给哈克奈斯的信中对于哈克奈斯的

①　《马恩列斯论文艺》，1980 年版，第 165—166 页。
②　《列宁论文学与艺术》第 2 册，第 912 页。

《城市姑娘》的惟一批评，就是说在这篇小说里把工人阶级描写成不能自救的消极的群众，恩格斯认为这样的描写在当时已经不是真实的，不是典型的了。因为当时工人阶级已经参加了五十年光景的战斗，"解放工人阶级应当是工人阶级本身的事业"，已成为了指导的原则，虽然伦敦东头的工人是最不积极反抗，最消极服从，最消沉的。恩格斯指出了工人阶级的革命斗争已是"属于历史，因而也应当在现实主义领域内占有自己的地位"①。

十月革命以后，工人阶级的革命斗争已经是属于历史的主导部分，在现实主义的领域中已经取得主导的地位了。列宁关于艺术与群众的关系的原则成为了全世界革命文艺的总方针。中国的革命文艺运动也是在列宁的原则的指导之下进行的。革命文艺运动一开始的时候就提出了大众化的口号。文艺大众化运动从1929年至1930年左右一直到抗战，经过了将近十年的时间，中间卷起过论争，也作了一些实验的努力，是有收获的，但却始终没有得到应有的成绩。要完全彻底地解决大众化问题，在当时是不可能的，因为当时缺乏这种解决的政治条件。但是我们之所以不能做得更好，主观指导上也是有错误的。我们有过错误的经验，错误的思想。

毛泽东同志《在延安文艺座谈会上的讲话》最正确、最深刻、最完全地从根本上解决了文艺为群众与如何为群众的问题。他把列宁的原则具体化了，丰富了它的内容，使它得到了辉煌的发展。他解决了中国革命文艺运动的许多根本问题，首先是明确地全面地解决了革命作家人生观的问题，并且把这问题作为全部文艺问题的出发点，同时这个问题的提出和解决，恰是纠正了过去革命作家对于这个问题的疏忽和不理解。我不准备在这里对毛

---

① 《马恩列斯论文艺》，1980年版，第135页。

泽东同志这个讲话中的各种问题——加以说明，我现在只想说明下面的三个根本问题：

一、什么叫做"大众化"？

二、提高与普及的关系。

三、如何表现新的群众的时代。

这三个问题我们过去从没有解决过，至少没有完全解决过，有的甚至从没有提出来过。这三个问题解决了，就解决了革命文艺的基本原则，基本方针。

"大众化"。我们过去是怎样认识的呢？我们把"大众化"简单地看做就是创造大众能懂的作品，以为只是一个语言文字的形式问题，而不知道同时甚至更重要、更根本地是思想情绪的内容的问题。初期的革命文学者是自以为已经"获得无产阶级的意识"（"无产阶级意识"当时也叫普罗列塔利亚意特渥洛奇，是很时髦的）。那时所理解的"大众化"就是将这"无产阶级意识"用大众容易接受的形式灌输给大众，为的是去改造大众的意识。我们常常讲改造大众的意识，甚至提出过和大众的无知斗争，和大众的封建的、资产阶级的、小资产阶级的意识斗争的口号；却没有或至少很少提过改造自己的意识。我们没有或至少很少想到过向大众学习。虽也曾提出过"作家的无产阶级化"的口号，但什么是无产阶级化呢，既然我们已经"获得无产阶级的意识"了，所以"无产阶级化"结果被了解为只限于一些表面的形式，而且连这个自然也并没有做到。只有鲁迅对这个口号作了正确的解释："无产阶级化"是要使革命作家"和革命共同着生命，或深切地感受着革命的脉搏"①。

中国革命文学运动是在大革命失败之后旺盛起来的，这个运

① 《鲁迅全集》，1981年版，第4卷，第300页。

动在中国文学史上是破天荒的伟大运动，对革命事业有它一定的贡献，这是谁也不能否认的。但是这个运动也有它的严重的缺点。革命文学的许多作者都是"被从实际工作排出"的青年，在他们身上，对于实际斗争的疲惫情绪和革命的狂热幻想结合在一起，他们没有放弃斗争，却离开了群众斗争的漩涡的中心，而在文学事业上找着了他们的斗争的门路。他们各方面都表现出小资产阶级的思想情感，但却错误地把这些思想情感认做了无产阶级的思想情感。因此文艺工作者的思想意识的改造就没有提到日程上。这就形成了革命文艺运动的最大的最根本的缺点。

鲁迅懂得在中国最容易希望出现的是反叛的小资产阶级的作家，同时他也懂得小资产阶级作家最容易翻筋斗的。鲁迅暴露了某些小资产阶级作者的可耻的卑劣的心理：他们脚踏两只船，一只是"革命"，一只是"文学"，当环境较好的时候，他就在革命的船上踏得重一点，分明是革命者，待到革命一被压迫，则在文学的船上踏得重一点，他变了不过是文学家了。这自然是消极的现象，但这样的现象难道少吗？

高尔基也是最猛烈地反对小市民在文学上的影响，反对市侩主义的各色各样的表现的。市侩们有他们共同的哲学：就是总想沿着"抵抗最小的路线"工作，来求个人发展，在两种力量之间来寻找某种稳定的平衡，实际也就是脚踏两只船。这种情形假如在苏联社会主义的条件下还存在的话，那末在中国就更要严重了。自然，中国小资产阶级的文艺家是表现了很大的进步性，革命性的，但是就在革命的文艺家里面，也不能说已经摆脱了这种市侩主义的影响。

所以一方面，在文艺界统一战线的各种力量里面，小资产阶级文学家在中国是一个重要的进步的力量，这是毛泽东同志指出了的；另一方面，在革命文艺阵营内部，小资产阶级的思想对于无产阶级思想来说却又是有害的东西。文艺界需要整风的运动。毛泽东同志恰当其时地警惕了我们："小资产阶级出身的人们总是经过种种方法，也经过文学艺术的方法，顽强地表现他们自己，宣传他们自己的主张，要求人们按照小资产阶级知识分子的面貌来改造党，改造世界。"①毛泽东同志有力地指摘了革命文艺工作者的小资产阶级思想和作品的缺点，这一切缺点都只有在文艺工作者真正做到了和工农兵大众结合才能克服。毛泽东同志作了关于"大众化"的完全新的定义：大众化"就是我们的文艺工作者的思想感情和工农兵大众的思想感情打成一片"。②这个定义是最正确的。

对于从事语言艺术的文艺工作者，要与群众打成一片，首先要学习群众的语言。毛泽东同志在《反对党八股》的讲话里就反复申述了革命工作者学习人民语言的重要。他说："人民的语汇是很丰富的，生动活泼的，表现实际生活的③"。所以他指出在学习人民的、外国的、古人的三种语言中要特别学习人民的语言，在学习人民的语言中又要特别学习工农兵的语言。过去文艺大众化的运动虽是把语言当作中心问题的，且曾有过大众语的运动，我们曾拿"读出来可以懂得"作语文标准，这是不错的。但问题是，如何达到这个标准呢？如果我们先不懂得群众的语言，又如何能达到这个标准呢？而且大众化不单纯地为了读出来可以听懂，这当然是首要的条件，同时也为了使文艺语言本身更丰富、更生动活泼，更富于表现力。这样学习群众语言就是革命文艺工作者的一个最中心最根本的任务，但是我们却没有把这任

①　《毛泽东选集》，第3卷，第832页。
②　《毛泽东选集》，第3卷，第808页。
③　同上书，第794页。

务这样提出来过。我们介绍过高尔基的语言理论：文学语言是从劳动群众口头上采取来的，但却经过了文学者们的加工，他们从日常语言的自然奔流中，严选了最正确、恰当、适切的语言。但我们先就强调了加工的一面，而没有着重原料的采集。没有原料，又何从加工呢？我们的文艺作家一般地都只在描写人物的对话中，采用了民间口语（这比初期革命文学者写工农兵，都是满口知识分子话，是一个很大的进步），但却没有学会在作叙述描写时也运用群众语言，自然是经过提炼了的群众语言；或者甚至没有感觉到这样做的必要。于是人物对话中的土语方言在大堆的欧化语的叙述描写中，成了不过一个耀目的点缀罢了。文艺作品中"欧化"的毛病，并没有因为大众化的提倡而得到适当的改正。因为既看轻了群众的语言在艺术创造上的重要性，又看轻了群众摄取新词汇、新语法的消化力，于是就不去以群众的语言为基础，而逐渐地加进新的字眼和语法，这样来创造真正自己民族的、新的文艺语言；反而形成了一方面是所谓"高级"的实际是"欧化"的革命文艺，另一方面是"大众化"的主要是"旧形式利用"的革命文艺，两个高低不同的领域，提高与普及完全分离。结果是低的被高的挤到了极不重要的地位。或者在理论上空谈艺术性与大众性的统一，而实践却恰得其反。鲁迅关于大众语文的理论却是正确的，他提倡大众语，主张采用方言土语，也主张采用外国语和文言，和毛泽东同志在《反对党八股》中所主张的是大体相同的。但毛泽东同志却更明确地强调地提出了学习人民语言特别是工农兵语言的任务。

毛泽东同志把感情的变化看做由一个阶级变到另一个阶级的重要标志。这种感情的变化对于文艺工作者是特别重要的。高尔基说文学是阶级的感觉器官，文学以血和肉饱和着思想。鲁迅也说文人的是非要格外分明，爱憎格外热烈。一篇文艺作品如果不是情绪饱满的，就必然成为不是矫揉造作的词藻主义，就是瘦骨嶙峋的公式主义，或者二者兼而有之。文艺工作者是富于感情的，问题是革命的文艺工作者必须有革命的无产阶级的感情。但是我们文艺工作者差不多都是知识分子出身的。他们大部分对于革命，对于无产阶级的认识是抽象的，他们多少保留了个人知识分子的情感。他们有过自己特殊的趣味、爱好，他们有过自己的狭小的感情世界。他们没有体验过什么大的群众斗争的紧张和欢喜。个人情感常常成为一种太大的负担。高尔基说过："人们受到历史上的两种力量——小市民阶层的过去和社会主义的将来——的吸引，他们显然犹豫着：情感的因素倾向于过去，理智的因素倾向于未来。"①这并不是主张感情和理智可以分开，如有些同志所常为自己辩护的那样，而正是说明了情感的惰力之大，立场的彻底转变不容易。这是一种危险的动摇状态。经过整风，我们文艺工作者的感情是大大改变面貌了，毛泽东同志所说的"小资产阶级的王国"受到了空前的冲击。我们要在生活和工作的实践中来进一步地更彻底地改变我们的情感，使得我们的思想情感真正地做到与工农兵大众的思想感情打成一片，这样才能完成文艺大众化的任务。

现在移到普及与提高的问题来吧。这是一个跟着立场而来的方法的问题。我们过去的错误是把普及和提高机械地分开，而把提高放在第一位。毛泽东同志则把普及和提高有机地联结起来，而把普及放在第一位。在毛泽东同志，一切问题的中心就是一个为群众的问题。他正是从工农兵出发解决了普及和提高的关系，他说：

---

① 高尔基：《论文学》，1978年版，第328页。

我们的文艺，既然基本上是为工农兵，那末所谓普及，也就是向工农兵普及，所谓提高，也就是从工农兵提高①。

他规定表示普及与提高的正确关系的有名的公式：

我们的提高，是在普及基础上的提高；我们的普及，是在提高指导下的普及②。

我们过去为什么错误了呢？列宁在论艺术应当属于人民的那篇谈话中曾说过一句话："我们应该经常把工人和农民放在眼前"③，我们就没有这样做。这是一切错误的根源。列宁说到了新的伟大的共产主义的艺术只有在最广大的人民的文化基础上才能真实地生长出来，而在这个路途上，"知识分子"要解决许多最重要和崇高的任务。这就是说真正的提高必须是在普及基础上的，列宁把"知识分子"在这个工作过程中所要解决的任务看成是"最重要和崇高"的。

我们过去的轻视普及同我们的轻视民间文艺是有关系的。一切伟大艺术都在民间艺术中有他们的渊源，这个真理我们没有很好地认识。高尔基对于劳动人民的口头文艺是评价很高的。他说：

最深刻、最鲜明、在艺术上十分完美的英雄典型是民间创作、劳动人民的口头创作所创造的④。

---

① 《毛泽东选集》，第 3 卷，第 816 页。
② 同上书，第 819 页。
③ 《列宁论文学与艺术》，第 2 册第 912 页。
④ 高尔基：《论文学》，1978 年版，第 104 页。

　　如果不知道人民的口头创作，那就不可能知道劳动人民的真正历史，人民的口头创作对于这样一些伟大的书本文学作品的创造有着不断的和明显的影响①。

　　鲁迅也是极端重视民间文学的。他认为民间文学虽不及士大夫文学的细致，但却刚健清新，它能给旧文学一种新的力量，旧文学衰颓时往往因为摄取了民间文学或外来文学而起一种新的变化。他曾辩护了连环图画是艺术，而且主张了从唱本说书里可以产生托尔斯泰、福楼拜。他在《论"旧形式的采用"》一文中说过一段有名的话：

　　　　旧形式是采取，必有所删除，既有删除，必有所增益，这结果是新形式的出现，也就是变革②。

　　鲁迅的这些意见，很正确地说明了：民间形式在文学历史上是有决定作用的，从它们里面可以产生伟大作家，能够蜕变出新的形式。但这些意见并没有得到大家普遍的注意和正确的理解。

　　但是不论是高尔基，或鲁迅，都没有把普及与提高的相互关系从理论上最有系统地全面地加以解决；对于这个问题的解决，毛泽东同志是有很大功劳的。他关于普及与提高问题的解决是马克思主义方法论在文艺理论上的最杰出的应用。

　　毛泽东同志《在延安文艺座谈会上的讲话》的结尾，指出了文艺工作者必须与新的群众的时代相结合。假如说关于大众化

---

　　①　高尔基：《论文学》，1978年版，第112页。
　　②　《鲁迅全集》，第6卷，第20页。

及普及与提高的关系解决了方法问题，那末，这里就提出了革命文艺的当前任务了。毛泽东同志指出了根据地与非根据地的区别，不但是两种地区，而且是两个时代。到了根据地，就是到了中国历史几千年来空前未有的工农兵和人民大众当权的时代。因此根据地的作家必须描写新的人物，新的世界。这个问题，在整风和毛泽东同志这个讲话以前，我们很多作家也是没有清楚认识的。在延安有过写光明与写黑暗的争论，有过"杂文时代"、"鲁迅笔法"的不适当的提倡。这段经验，我们是不应当忘记的。还是毛泽东同志出来纠正了文艺工作者中间存在的这些糊涂观念。他断然地解决了歌颂与暴露的问题。他说：

> 一切危害人民群众的黑暗势力必须暴露之，一切人民群众的革命斗争必须歌颂之，这就是革命文艺家的基本任务①。

他这样尖锐地把问题提在每个文艺工作者前面：

> 你是资产阶级文艺家，你就不歌颂无产阶级而歌颂资产阶级；你是无产阶级文艺家，你就不歌颂资产阶级而歌颂无产阶级和劳动人民，二者必居其一②。

无产阶级文艺家应当歌颂无产阶级和劳动人民。这是一个伟大然而困难的任务。我们文艺工作者一方面没有和群众紧相结合，他不懂得、不熟悉群众；另一方面又没有完全摆脱过去文学

---

① 《毛泽东选集》，第 3 卷，第 828 页。
② 同上书，第 829 页。

的陈旧传统，他们比较地习惯擅长于揭露旧现实的缺陷，而还不善于歌颂新时代的光明。苏联似乎也有过和我们相仿佛的经验。高尔基在 1929 年写的《年轻的文学及其任务》一文里指摘了当时苏联的文学对于苏联的国家和人民的复兴过程还反映得很微弱，而他认为这个微弱的主要原因就在："文学的注意力主要是放在正在死亡的东西上"，"它消极地屈服于揭发和否定现实这一旧传统，没有充分鲜明地反映出第二现实，在描写陈旧的真理当中没有指出新的真理，没有指出在崩溃的古老事物的混乱中间人的内心中那种新的东西，那种已经诞生出来而且将要永远生存下去、不会消灭、只会变得更好的东西。"③

苏联文艺界现在当然不同了。他们已经产生了反映社会主义的伟大时代的艺术作品，而且为目前的爱国自卫战争作了有效的光荣的服务。他们已无愧于斯大林所给与他们的"灵魂工程师"的称号。比起人家来，我们是惭愧的。新民主主义的伟大时代也应当产生它的伟大的作品，而且我相信，只要有了正确的方向和坚持的努力，一定会产生伟大的作品，我们急起直追吧，毛泽东同志的《在延安文艺座谈会上的讲话》就是对于我们的一个有力的鞭策和号召！

我就在这个希望中结束我的序言。至于本书，它在选材、体例、译文各方面都还有许多缺点和很不足的，这就只有等待同志们的指正和以后再版时的增订和修改。对在校阅和翻译上曾为本书出力的乔木等同志，我在此一并致谢。

---

③　高尔基：《论文学续集》，第 258、259 页。

新的人民的文艺[*]

伟大的开始

要把毛主席 1942 年在延安文艺座谈会讲话以来，最近七八年间解放区文艺的全部发展过程及其在各方面的成就和经验，作一简要而又概括的叙述，实在不是一件容易的事。这个文艺是如此年轻，充满了强烈无比的生命力，它又在广大群众的考验中积累了如此丰富的经验，以至我们还没有来得及将这些经验加以全面的研究、总结和提高。但有一点是肯定的：文艺座谈会以后，在解放区，文艺的面貌，文艺工作者的面貌，有了根本的改变。这是真正新的人民的文艺。文艺与广大群众的关系也根本改变了。文艺已成为教育群众、教育干部的有效工具之一，文艺工作已成为一个对人民十分负责的工作。

"五四"以来，以鲁迅为首的一切进步的革命的文艺工作者，为文艺与现实结合，与广大群众结合，曾作了不少苦心的探索和努力。在解放区，由于得到毛泽东同志正确的直接的指导，

---

[*] 本文是 1949 年 7 月在中华全国文学艺术工作者代表大会上关于解放区文艺运动的报告，原载于《中华全国文学艺术工作者代表大会纪念文集》。

由于人民军队与人民政权的扶植，以及新民主主义政治、经济、文化各方面改革的配合，革命文艺已开始真正与广大工农兵群众相结合。先驱者们的理想开始实现了。自然现在还仅仅是开始，但却是一个伟大的开始。

毛主席的《在延安文艺座谈会上的讲话》规定了新中国的文艺的方向，解放区文艺工作者自觉地坚决地实践了这个方向，并以自己的全部经验证明了这个方向的完全正确，深信除此之外再没有第二个方向了，如果有，那就是错误的方向。

解放区的文艺是真正新的人民的文艺，这可以从以下几个方面来观察和说明。

新的主题，新的人物，新的语言、形式

新的主题、新的人物像潮水一般地涌进了各种各样的文艺创作中。我就《中国人民文艺丛书》所选入的 177 篇作品（包括歌剧、话剧、小说、报告、叙事诗等）的主题，作了一个粗略的统计：

写抗日战争、人民解放战争（包括群众的各种形式的对敌斗争）与人民军队（军队作风、军民关系等）的，101 篇。

写农村土地斗争及其他各种反封建斗争（包括减租、复仇清算、土地改革，以及反对封建迷信、文盲、不卫生、婚姻不自由等）的，41 篇。

写工业农业生产的，16 篇。

写历史题材（主要是陕北土地革命时期故事）的，7 篇。

其他（如写干部作风等），12 篇。

由以上统计，可以看出解放区文艺面貌的轮廓，也可以看出中国人民解放斗争的大略轮廓与各个侧面。民族的、阶级的斗争

与劳动生产成为了作品中压倒一切的主题，工农兵群众在作品中如在社会中一样取得了真正主人公的地位。知识分子一般地是作为整个人民解放事业中各方面的工作干部、作为与体力劳动者相结合的脑力劳动者被描写着。知识分子离开人民的斗争，沉溺于自己小圈子内的生活及个人情感的世界，这样的主题就显得渺小与没有意义了，在解放区的文艺作品中，就没有了地位。"五四"以来，描写觉醒的知识分子，描写他们对光明的追求、渴望，以至当先驱者的理想与广大群众的行动还没有结合时孤独的、寂寞的心境的作品，无疑地是曾经起过一定的启蒙作用的。但现在，当中国人民已经在中国共产党领导之下，奋斗了二十多年，他们在政治上已有了高度的觉悟性、组织性，正在从事于决定中国命运的伟大行动的时候，如果我们不尽一切努力去接近他们，描写他们，而仍停留在知识分子所习惯的比较狭小的圈子，那么，我们就将不但严重地脱离群众，而且也将严重地违背历史的真实，违背现实主义的原则。

解放区文艺工作者为与广大工农兵群众相结合，曾作了极大的努力。在火线上、在农村、工厂中，都有他们的足迹。他们积极地参加了战争，参加了土地改革、生产运动。他们经过了不少的磨炼。在此特别值得表扬的是，许多部队文艺工作者直接参加战斗，与战士们完全打成一片，在火线上进行了战壕鼓动演唱，有的就在战场上流了最后一滴血，他们值得我们崇高的尊敬和永久的纪念。

解放区文艺工作者学习了马列主义、毛泽东思想，参加了各种群众斗争和实际工作，并从斗争和工作中开始熟悉了、体验了中国共产党、中国人民解放军与人民政府的各项政策，这就是解放区文艺所以获得健康成长的最根本的原因。所以，很自然地，我们的作品充满了火热的战斗的气氛。我们已经有了若干反映抗日战争、人民解放战争与人民军队，反映农村各种斗争，反映劳动生产的比较成功的作品。中国人民解放军（抗战时期的八路军、新四军）所进行的战争，是中国历史上前所未有的真正人民的战争，它取得了人民的全力支援和他们在各方面斗争的配合。这个战争的群众性质，在我们的许多作品中反映出来。马烽、西戎的《吕梁英雄传》，赵树理的《李家庄的变迁》，袁静、孔厥的《新儿女英雄传》，邵子南的《地雷阵》（以上小说），胡丹沸的《把眼光放远点》（话剧），马健翎的《血泪仇》、《穷人恨》（新秦腔），柯仲平的《无敌民兵》（歌剧），晋冀鲁豫文工团的《王克勤班》（歌剧），战斗剧社的《女英雄刘胡兰》（歌剧），洪林的《一支运粮队》（小说），记录了农民在反对日本侵略者、反对国民党反动派的武装斗争以及其他各种形式的斗争中的英雄事迹。刘白羽的《无敌三勇士》、《政治委员》，华山的《英雄的十月》，李文波的《袄袖上的血》，韩希梁的《飞兵在沂蒙山上》（以上小说、报告），战斗剧社的《九股山的英雄》（话剧），直接反映了人民解放军战士的无比的英雄气概和对革命事业的无限忠心。反映农村斗争的最杰出的作品，也是解放区文艺的代表之作，是赵树理的《李有才板话》。其次，王力的《晴天》，王希坚的《地覆天翻记》，丁玲的《太阳照在桑干河上》，立波的《暴风骤雨》，马加的《江山村十日》（以上小说），李之华的《反翻把斗争》（话剧），都在一定规模和深度上反映了农村减租减息和土地改革的运动。贺敬之等的《白毛女》（歌剧），阮章竞的《赤叶河》（歌剧）及长诗《圈套》，赵树理的《小二黑结婚》，菡子的《纠纷》，孔厥的《一个女人翻身的故事》，洪林的《李秀兰》，康濯的《我的两家房东》（以上小说），则是以封建社会中受压迫最深的妇女为主人公，展开了农村反封建斗争的惨烈场面，同时描绘了解放后农村男女新生活的愉快光景。以劳动生产为主题的作品，可以举出曾流行一时的小秧歌剧《兄妹开荒》、《动员起来》，傅铎的《王秀鸾》（歌剧），欧阳山的《高乾大》，柳青的《种谷记》，草明的《原动力》（以上小说），陈其通的《炮弹是怎样造成的》（话剧），鲁煤等的《红旗歌》（话剧）及电影剧本《桥》。历史题材方面，有描写陕北土地革命故事的有名长诗《王贵与李香香》（李季），歌剧《周子山》及高朗亭的《雷老婆》等短篇。

　　所有以上作品反映了中国人民如何在反对民族压迫与封建压迫的各式各样的斗争中，克服了困难，改造了自己，产生了各种英雄模范人物。我们的许多作品写了真人真事，例如《一个女人翻身的故事》、《李国瑞》、《女英雄刘胡兰》等等。这种情况正表现了新的人民时代的特点。我们是处在这样一个充满了斗争和行动的时代，我们亲眼看见了人民中的各种英雄模范人物，他们是如此平凡，而又如此伟大，他们正凭着自己的血和汗英勇地勤恳地创造着历史的奇迹。对于他们，这些世界历史的真正主人，我们除了以全副的热情去歌颂去表扬之外，还能有什么别的表示呢？即使我们仅仅描画了他们的轮廓，甚至不完全的轮廓，也将比让他们湮没无闻，不留片鳞半爪，要少受历史的责备。因此写真人真事是不应当笼统地去反对的。应当肯定：写真人真事是艺术创造的方法之一，只要选择的对象是适当的，而又经过一定艺术上的加工，是可以产生不但有教育意义而且有艺术价值的作品的。苏联的《夏伯阳》不就是很好的现成的例子吗？

　　英雄从来不是天生的，而是在斗争中锻炼出来的。人民在改造历史的过程中，同时也改造了自己。工农兵群众不是没有缺点的，他们身上往往不可避免地带有旧社会所遗留的坏思想和坏习惯。但是在共产党的领导和教育以及群众的批评帮助之下，许多有缺点的人把缺点克服了，本来是落后分子的，终于克服了自己的落后意识，成为一个新的英雄人物。我们的许多作品描写了群众如何在斗争中获得改造的艰苦的过程。在斗争中，也只有在斗争中，人的精神品质，我们民族的勤劳勇敢的优良性格，才能得到充分的发展。以描写妇女的作品来说，从《白毛女》、《赤叶河》中的女主人公到《一个女人翻身的故事》中的折聚英，《王秀鸾》一直到《女英雄刘胡兰》，在精神上不知经历了多少世纪呵！在这么一个长距离中，不知流了多少眼泪，多少血！描写部队中落后战士转变的作品，是特别具有教育意义的。它们反映了我们的部队所进行的阶级教育、民主教育的卓越成效，同时反过来又推动了部队的教育。杜烽的《李国瑞》（话剧），鲁易的《团结立功》（话剧），白桦的《杨勇立功》（歌剧），刘白羽的《无敌三勇士》，都是在这一方面获得成功的作品。描写农村中二流子转变的，有马健翎的《大家欢喜》（歌剧）及其他许多同样题材的短剧。《红旗歌》则反映了在生产竞赛中工人的两种不同的劳动态度及工厂管理人员两种不同的工作作风，落后的工人终于在代表正确作风的管理人员的耐心教育与关心之下，改变了自己的旧的劳动态度，而成为生产中的新的积极分子。

中国新文化运动的最伟大的启蒙主义者鲁迅曾经痛切地鞭挞了我们民族的所谓"国民性"，这种"国民性"正是帝国主义、封建主义在中国长期统治在人民身上所造成的一种落后精神状态。他批判地描写了中国人民性格的这个消极的、阴暗的、悲惨的方面，期望一种新的国民性的诞生。现在中国人民经过了30年的斗争，已经开始挣脱了帝国主义、封建主义所加在我们身上的精神枷锁，发展了中国民族固有的勤劳勇敢及其他一切的优良品性，新的国民性正在形成之中。我们的作品就反映着与推进着新的国民性的成长的过程。对人民的缺点，我们是有批评的，但我们是抱着如毛主席所指示的"保护人民，教育人民"的热情态度去批评的。我们不应当夸大人民的缺点，比起他们在战争与生产中的伟大贡献来，他们的缺点甚至是不算什么的，我们应当更多地在人民身上看到新的光明。这是我们所处的这个新的群众的时代不同于过去一切时代的特点，也是新的人民的文艺不同于过去一切文艺的特点。

解放区文艺的内容是新的，而且也正因为内容是新的，在形式方面也自然和它相适应地有许多新的创造。这首先表现在语言方面。"五四"以来，进步的革命的文艺工作者不止一次地提出过与讨论过"大众化"、"民族形式"等等的问题，但始终没有得到实际的彻底的解决。直到文艺座谈会以后，由于文艺工作者努力与工农群众相结合，努力学习工农群众的语言，学习他们的萌芽状态的文艺，"大众化"、"民族形式"的问题就自然而然地得到了解决，至少找到了解决的正确途径。解放区文艺作品的重要特色之一是它的语言做到了相当大众化的程度。语言是文艺作品的第一个因素，也是民族形式的第一个标志。赵树理的特殊的成功，一方面固然是得力于他对于农村的深刻了解，他了解农村的阶级关系、阶级斗争的复杂微妙，以及这些关系和斗争如何反映在干部身上，这就使他的作品具有了高度的思想价值；另一方面也是得力于他的语言，他的语言是真正从群众中来的，而又是经过加工、洗炼的，那么平易自然，没有一点矫揉造作的痕迹。在他的作品中艺术性和思想性取得了较高的结合。除了赵树理以外，许多文艺工作者，特别是做过群众工作的文艺工作者，都在语言上有不少的创造。

解放区文艺的另一个重要特点之一，就是和自己民族的、特别是民间的文艺传统保持了密切的血肉关系。小说方面，《李有才板话》；诗歌方面，《王贵与李香香》；戏剧方面，《白毛女》、《血泪仇》。这些在群众中比较最流行的作品都是如此。《白毛女》、《血泪仇》，为什么能够突破新剧的纪录，流行如此之广，影响如此之深呢？其主要原因就在：它们在抗日民族战争时期尖锐地提出了阶级斗争的主题，赋予了这个主题以强烈的浪漫的色彩，同时选择了群众所熟习的所容易接受的形式。《白毛女》是在秧歌基础上，创造新型歌剧的一个最初的尝试。文艺座谈会以来，文艺工作者在搜集研究与改造各种民间形式上，都做了不少的工作。其中最主要的收获是秧歌，我们在农村旧秧歌的基础上创造出了新的人民的秧歌，它的影响现在已遍及全中国。此外，绘画方面，解放区的木刻、年画、连环画等，都带有浓厚的中国作风与中国气派，如大家熟知的古元、彦涵、力群等人的木刻，华君武、蔡若虹的漫画。音乐方面，也产生了许多在群众中广泛流行的民歌风的歌曲。我们对待旧形式，已不再是简单的"旧瓶装新酒"，而是"推陈出新"，这是完全符合一个民族的文艺发展的正常规律的。鲁迅曾经说过："旧形式是采取，必有所删除，既有删除，必有所增益，这结果是新形式的出现，也就是变革。"鲁迅的这个预言在解放区是已经初步实现了。现在没有人会说《李有才板话》、《王贵与李香香》是旧形式，秧歌是旧形式，相反地，它们正是我们所追求所探索的新形式。过去我们把封建阶级的文艺看成旧形式，是对的，但把资产阶级的文艺看成新形式，却错了。后一种看法是来源于盲目崇拜西方的心理，而又反过来助长了这种心理；说得不客气，这是一种半殖民地思想的反映。对于人民的文艺来说，封建文艺的形式也好，资产阶级文艺的形式也好，都是旧形式。对于两者我们都不拒绝利用，但都要加以改造。在民族的、科学的、大众的基础上，将它们改造成为人民服务的文艺，这就是我们对一切旧形式的根本态度。对民间形式，也是如此。

解放区文艺从民间形式学习了许多东西，今后还要继续学习，这是没有疑问的。但这并不等于说除了民间形式以外，一切外来的形式都不要了，或者不重视了。不，完全不是这样。我们十分重视而且虚心接受中外遗产中一切优良的有用的传统，特别是苏联社会主义文学艺术的经验。我们采用民间形式是不断地加以改造和发展的，例如，秧歌舞从模仿工农兵的新的动作而发展出"生产舞"、"进军舞"一类的新式舞蹈。任何外来的艺术形式，一经用来表现中国人民的生活和斗争，而且为群众所接受，那末，它们必然逐渐变形为自己民族的人民的艺术。工农兵群众和干部接受新东西的能力是很快、很大的。郭沫若的《屈原》，茅盾的《清明前后》、《腐蚀》，以及国统区许多优秀的有思想的作品，都在解放区获得了广大的读者，对他们起了教育的作用。

解放区的文艺，由于反映了工农兵群众的斗争，又采取了群众熟悉的形式，对群众和干部产生了最大的动员作用与教育作用。农民和战士看了《白毛女》、《血泪仇》、《刘胡兰》之后激起了阶级敌忾，燃起了复仇火焰，他们愤怒地叫出"为喜儿报仇"、"为王仁厚报仇"、"为刘胡兰报仇"的响亮口号，有的部队还组织了"刘胡兰复仇小组"。文艺与人民、与政治的关系是达到了如此密切地步，解放区文艺工作者不能不充分地考虑与重视观众读者的要求和反映，并且把全心全意为他们服务，当作自己光荣的愉快的任务。

工农兵群众的文艺活动

解放区的文艺，除了专业文艺工作者的创作活动以外，还有工农兵自己业余的文艺活动，解放区人民由于政治、经济上的翻身，文化上也开始翻身，因而广大的工农兵群众积极地参加了文艺活动，并表现出了惊人的创造能力。

在人民解放军部队里面，继承着红军时代的优良传统，文艺成为政治工作的有力武器，无论练兵、整训、行军、作战，战士们自己搞俱乐部、鼓动棚、墙报、火线传单、阵地画报和战壕演出等，反映他们自己的生活和斗争，这些在战士当中已形成了广泛的群众性的运动。这里只随便举几个例子：在东北锦西阻击战中，四野某纵队从战士们创作的枪杆诗、火线传单、快板等等里面选印了71种，25000多份，战士们在战壕里抢着阅读，并且根据这些内容进行检讨、挑战、比赛，又随时根据情况，创作更多新的快板诗歌来教育大家和鼓励斗志。二野某部队在淮海战役中，枪杆诗、战场传单也创作很多，仅他们选印出版的就有29首，近两万字，他们的诗传单并且经常与画结合，传单画成为战士们最心爱的东西，他们二十八团有个战士看了表扬英雄的画，便下决心："我也要争取上小画报。"另一个战士在战场上中了敌人的燃烧弹，想起小画报上的画，马上滚在地下，果然火熄了，他说："小画报救了我的命。"此外，在华北、华东、西北，战士诗和战士画同样活跃，作品数成千上万。陕甘宁出版的《战士诗选》就包括一百多首较好的诗歌。在战士创作的枪杆诗中，是有很多优秀的作品的，比如《打仗要打新一军》：

> 砍树要砍根，
> 打仗要打新一军。
> 兵对兵，
> 将对将，
> 翻身的好汉，
> 哪有打不过抓来的兵？

> 打垮新一军，
> 杜聿明门牙去一根。

三气周瑜周瑜死，
三气杜聿明放悲声。

生铁百炼成钢，
军队百战无敌挡。
敲掉蒋介石的老本钱，
我军主力更坚强。

这是何等的英雄气概，何等的充满信心！这样的军队怎么能够不打胜仗？下面再引两首：

八二炮，你的年龄真不小，
可是威信很不高。
这次进攻的机会到，
不能再落后了！

————《不能再落后了》

我的七九枪，
擦的亮堂堂，
这次去反攻，
拼命打老蒋。

————《我的七九枪》

前一首诗中所说的八二炮，据说后来经过包括该诗作者在内的全班战士的精心耐苦研究，果然提高了效力，后一首诗的作者在战场上真的喊着"我的七九亮堂堂"，勇敢无比地向敌人冲去。艺术和战争是如此密切地联系起来了。

连队的戏剧歌咏运动，一般地采取小型演唱的形式，效果也是很大的。兵演兵，本连人演本连事，演完戏就拿戏上的事联系检讨自己，"就像拿镜子照自己的脸，有了灰就赶快洗掉；再查自己的思想，生了毛就赶快在大队里晒晒"（东北某部战士语）。就是这样，广大的连队文艺运动，在部队的文艺工作团与宣传队的帮助指导之下，随着人民解放军走遍广大的战场，表现了战士们丰富的创造性，产生了很多优秀的作品和无名的作家。

在农村，农民的文艺运动，具有更广大的规模和影响。在老解放区，农村剧团是非常之普遍的，有的地方，甚至村村都有。他们的活动一般带有季节性，新年就是他们的艺术节。他们自编自演，他们写的大都是他们本村的事情，而且紧密配合着当前的中心工作，主人公就是他们自己。这些作品虽然大都以民间旧形式为基础，但都或多或少地经过了改造，成为多样的群众文艺的新形式。这是真正农民自己创造的戏剧，他们所产生的节目是数以千百计的。各地所已出版的农村剧团的剧本，只不过是挑选出来的极少一部分；有很多且是没有文字记录的。这些作品对发动农民斗争，推动农村生产，教育与改造农民自己，发生了直接的立即的效果。农民把新秧歌叫"斗争秧歌"，在土改运动中，把很多戏叫作"翻身戏"，这实在是很正确的称号！秧歌舞秧歌剧已成为群众生活中不可缺少的部分。自然，农民不仅在戏剧，而且也在其他文艺形式上，都表现出他们的丰富创造力。特别是在土地改革中，农民创作了无数的翻身诗歌，其中包含了不少的民间艺术的珍品。例如：

集镇观（道士庙），
好地方，
松柏树长在石板上。

揭开石板看，

长在穷人脊背上。

——《揭开石板看》

这是一首多么含义深长充满力量的诗！

进了地主门，

饭汤一大盆，

勺子搅三搅，

浪头打死人。

窝窝长了翅，

饼子生了鳞，

使的碗不刷，

筷子拉嘴唇。

支钱不支给，

说话吹打人，

这样的日子没法混！

——《进了地主门》

为人莫借印子钱，

一年借，

十年还，

剩个尾巴算不算？

"不算！不算！"

过上几年脸一变，

又算你三万二万！

——《印子钱》

这对地主高利贷者的讽刺又是多么痛快淋漓！

我们不但搜集与发现了农民诗歌，并且也发现与培养了民间艺人，如说新书的，陕甘宁有韩起祥，华北有王尊三，他们都是说书的能手。各解放区都做了许多改造民间艺术与民间艺人的工作，例如华北冀鲁豫地区，训练了710多个艺人，组织了各种研究会，到最近为止，两年来创作唱词、剧本、年画等六七十种。

工人业余的文艺活动，由于过去我们没有大的城市，现在才开始不久，但也已经取得了一定的成绩和经验。现在工人秧歌队已遍及各城市、工厂、铁路、矿山。天津解放不过半年，已有了40左右的工厂文娱组织，多数厂有壁报，有不少的职工通讯员、职工画家，据统计直接参加文艺活动的约5000人左右。工人在创作上已开始显露了他们的才能。由于工人文化水平较高，政治觉悟较快，今后工人的文艺活动必将获得迅速的更大的开展。

广大工农兵群众的参加文艺活动，给解放区文艺灌注了新的血液，新的生命。解放区文艺是由专业文艺工作者的活动与工农兵群众业余的文艺活动两个方面构成的。工农兵群众不但接受了新文艺，而且直接参加了新文艺创造的事业。工农群众蕴藏的革命精力，一经发挥出来，是取之不尽、用之不竭的，同样地，他们在艺术创造上也能发挥出无穷的精力和才能。发动群众创作的积极性，就成为了普及工作的最重要的条件。专业文艺工作者一方面指导群众创作，一方面又从群众创作中吸取营养，以丰富和提高自己的创作。对群众创作采取轻视或不关心的态度是错误的，这种态度在文艺座谈会以后有了基本的改变。但是另一方面，在指导群众文艺活动的时候，必须注意群众文艺活动的业余的特点，以不妨碍工农群众的生产（部队则是战斗）为第一条原则。我们的文艺既然是为政治服务，具体地说，就是为战争、为生产服务的，那末，文艺就应当推动战斗、生产，而决不应妨碍战斗、生产。因此，在农村必须注意季节性而不要过分地强调"经常性"，在工厂注意生产的集中性、纪律性，在部队注意战斗的环境和特点。有的农村、工厂剧团提出"演戏不误生产"作为团规的第一条，这是很对的。在文艺活动方式上，必须采取小型活动方式，而克服与防止铺张浪费演大戏的偏向。一时一刻不能忘记，开展群众文艺运动，主要是为了教育工农兵群众，提高他们的政治觉悟、战斗意志和生产热情，决不是为群众文艺而群众文艺。文艺脱离了当前的政治任务与群众的需要，是既不能普及又不能提高的。

旧剧的改革

要发展新的人民的文艺，必须肃清为帝国主义、封建主义、官僚资本主义服务的文艺及其在新文艺中的影响，采取适当步骤和方法改造尚在民间流行的封建旧文艺。经过文艺座谈会以后，文艺上的"洋教条"是吃不开了，但是以旧戏为主的封建艺术，虽然经过了若干改革的努力，仍然有它很大的市场。旧剧是中国民族艺术重要遗产之一，和广大群众有密切联系，为群众所熟悉所爱好，同时旧剧一般地又是旧的反动的统治阶级用以欺骗麻醉劳动群众的一种阶级斗争的工具，因此改造旧剧是一个非常重要的任务，也是一个非常复杂的思想斗争。我们对于旧剧采取了从思想到形式逐步加以改革的方针。一方面，我们反对将旧剧看成单纯娱乐的工具，盲目地无批判地鼓吹旧剧，或者对旧剧的技术盲目崇拜，在"掌握旧技术"的口号下，实际拒绝对旧剧的改革；另一方面，也不主张对旧剧采取行政手段加以取缔，因为群众喜欢旧剧，是一个思想问题，而凡是关涉群众思想的问题是决不能依靠行政命令的办法所能解决的，同时也应看到，群众觉悟提高了，旧剧的市场自然而然地就会缩小。改革必须从实际出发。首先对于旧剧目，应以是否符合人民利益为标准全部加以审定。对人民有害的剧本，必须加以限制，应向群众揭露它的反动内容，使旧戏班自动不演，群众自动不看。对人民有益的剧本，例如表现反抗封建压迫、反抗贪官污吏、歌颂民族气节、歌颂急公好义等等，这些都是旧剧遗产中的合理部分，必须加以发扬。旧剧把中国民族的历史通俗化了，但它是通过封建统治阶级的意识将历史歪曲了，颠倒了，我们的任务就是要恢复历史的本来面目，用历史唯物主义的观点来创作新的历史剧，使群众从旧剧中得来的一堆杂乱无章的历史知识，得到新的科学的照耀。几年来，我们创作了《逼上梁山》、《三打祝家庄》等剧本，它们的价值，主要就在标示了京剧向新的历史剧发展的方向。

当然，旧剧，特别是京剧以外的各种地方戏，经过改造之后，也一样能够表现现代的生活，而且应当向着这个方向发展。新秦腔、新越剧、新评戏都证明了这一点，并且表现了可观的成就。

要改革旧剧，必须团结与改造旧艺人。在新的人民政权下，旧艺人的社会地位是大大提高了，他们中间的大部分都愿意改造自己，愿意取得新观点、新方法，从思想上艺术上提高自己。在毛泽东文艺思想指导下，新旧艺人不但结成了统一战线，而且这个新旧的界线将逐渐消除。

为提高作品的思想性、艺术性而奋斗，创造无愧于伟大的中国人民革命时代的作品！

以上我把文艺座谈会以来解放区文艺的面貌作了一个轮廓式

的叙述。必须承认，解放区的文艺工作是有成绩的。但能不能因此就自满起来呢？我们是丝毫没有可以自满的理由的，我们的文艺工作还远落后于革命形势的发展与革命任务的需要。文艺战线比起军事战线所达到的水平来是相差很远很远的。

现在全国革命已取得基本胜利，中国正迈入一个广泛地从事经济建设、政治建设、国防建设和文化建设的新历史时期。我们的文艺工作者必须继续深入群众、深入实际，积极参加人民解放斗争和新民主主义各方面的建设，并通过各种艺术形式更多地更好地来反映这个斗争和建设。国家建设的过程基本上就是一个变农业国为工业国的过程。过去因为我们工作重心在农村，我们的作品反映农村斗争、生产的，就占了最大的比重；反映工业生产和工人阶级的作品非常之少，到现在为止，较好的还只有《原动力》、《红旗歌》几篇。工人阶级、农民阶级和革命知识分子是人民民主专政的领导力量和基础力量，我们的作品必须着重地来反映这三个力量。解放区知识分子，经过整风和长期实际工作的锻炼，在思想、情感、作风各方面都有了根本的改变，他们已经相当地工农化了，我们的作品中应当反映他们的新的面貌。自然，文艺可以描写一切阶级、一切人物的活动，工农兵的生活和斗争也只有在与其他阶级的一定关系上才能被完全地表现出来。但是重点必须放在工农兵身上，这是没有问题的，因为工农兵群众是解放战争与国家建设的主体的缘故。

工农业生产建设的主题将获得新的重大的意义。但是建设也决不会和和平平地进行的，建设本身就是斗争。一方面，武装的敌人虽然打败了，但暗藏的敌人还在时时企图破坏我们，特别破坏我们的工业建设，我们必须加倍警惕；另一方面，工人阶级与资产阶级虽然在"公私兼顾、劳资两利、发展生产、繁荣经济"的总目标上是大体一致的，但他们之间存在不可调和的矛盾，却也是不可否认的事实，而文艺作品则必须揭发社会中一切的主要矛盾和主要斗争。

革命战争快要结束，反映人民解放战争，甚至反映抗日战争，是否已成为过去，不再需要了呢？不，时代的步子走得太快了，它已远远走在我们前头了，我们必须追上去。假如说在全国战争正在剧烈进行的时候，有资格记录这个伟大战争场面的作者，今天也许还在火线上战斗，他还顾不上写，那末，现在正是时候了，全中国人民迫切地希望看到描写这个战争的第一部、第二部以至许多部的伟大作品！它们将要不但写出指战员的勇敢，而且要写出他们的智慧、他们的战术思想，要写出毛主席的军事思想如何在人民军队中贯彻，这将成为中国人民解放斗争历史的最有价值的艺术的记载。

我们的作品是有思想内容的，因为它们反映了人民的斗争、人民的思想、意志、情绪，但思想性还不够，必须提高一步。一切前进的文艺工作者必须站在像黑格尔所说的时代思想水平上；今天具体地说，就是站在马列主义毛泽东思想的水平上。只有如此，才能获得独立地观察、分析与综合各种生活现象的能力，也就是，艺术上概括的能力。只有如此，才能将多方面地、深刻地反映生活与明确地、坚持地宣传政策，两者统一起来，不致于为了宣传某一具体政策而歪曲了生活中的基本事实，或者为了生活的局部的细节的真实，而模糊了基本政策思想。只有如此，才能更有力地表现积极人物，表现群众中的英雄模范；克服过去写积极人物（或称正面人物）总不如写消极人物（或称反面人物）写得好的那种缺点。只有如此，才能不但反映群众中的情况和问题，而且反映领导上的情况和问题。反映与批评领导思想作风的，如像苏联《前线》那样的作品，我们是十分需要的。而要能够写出这种作品，就必须自己有较高思想水平，同时又熟悉各种领导干部（包括高级干部在内）的作风、思想、性格。文艺座谈会以后，文艺工作者深入到了工农群众中去，开始学会了描写工农群众，这是很大的收获，现在又还必须学会描写工农兵干部，特别是领导干部。一切问题要从群众与领导两方面的角度去观察，这样我们就会看得更全面，因而作品的思想水平就必然会更高。

为了创造富有思想性的作品，文艺工作者首先必须学习政治，学习马列主义毛泽东思想与当前的各种基本政策。不懂得城市政策、农村政策，便无法正确地表现城乡人民的生活和斗争。政策是根据各阶级在一定历史阶段中所处的不同地位，规定对于他们的不同待遇，适应广大人民需要，指导人民行动的东西。每个个人的命运，都被他所属阶级的地位，以及对待这一阶级的基本政策所左右的，同时也是被各个具体政策本身或执行的好坏所影响的。在人民民主专政的新社会中，人民已成为自己命运的主人，他们的行动不再是自发的、散漫的、盲目的，而是有意识的、有组织的、按照一定目标进行的；这就是说，他们的行动是被政策所指导的，人民通过根据他们的利益所制定的各种政策来主宰着自己的命运。这就是新的人民时代不同于过去一切旧时代的根本规律。因此，离开了政策观点，便不可能懂得新时代的人民生活中的根本规律。一个文艺工作者，只有站在正确的政策观点上，才能从反映各个人物的相互关系、他们的生活行为和思想动态、他们的命运中，反映出整个社会各阶级的关系和斗争、各个阶级的生活行为和思想动态、各个阶级的命运。作品的高度思想性主要就表现在对于社会各阶级的相互关系和斗争的深刻的揭露。一个文艺工作者，也只有站在正确的政策观点上，才能使自己避免单从偶然的感想、印象或者个人的趣味来摄取生活中的某些片断，自觉或不自觉地对生活作歪曲的描写。"以感想代政策"，对文艺创作来说，也是有害的。

当然，文艺作品对政策的宣传，必须从实际出发，而不是从政策条文出发，必须着重反映各地各部门领导干部执行政策的各种不同的情况，各阶层群众对于政策的各种不同反映，群众接受我们党和政府的政策变为他们自己的政策的整个曲折复杂过程，只有这样，文艺才能真实地反映情况、发现问题。因此文艺工作者学习政策，一方面是将政策作为他观察与描写生活的立场、方法和观点，但同时他又必须直接深入生活、深入群众，具体考察与亲自体验政策执行的情形，否则，不但不可能产生真正的艺术创作，而且也不可能对政策有真正的理解。同时，文艺工作者还必须学习马列主义基本理论与中国革命的总路线、总政策，只有这样，才能对各个时期各个地区的各种不同的具体政策作连贯起来的思索和理解，不致在宣传某一具体政策时发生偏差，而损害或降低艺术作品的思想性。

作品的艺术水平也必须提高。必须承认现在解放区的作品还远没有达到形式上完成的程度，我们必须学习技术。但我们又必须反对与防止一切技术至上主义（例如技术与思想分开，盲目崇拜西洋技巧等等）、形式主义，必须确立人民文艺的新的美学的标准：凡是"新鲜活泼的、为老百姓所喜闻乐见的中国作风与中国气派"的形式，就是美的，反之就是丑的。

现在摆在一切文艺工作者面前的主要任务就是创造无愧于这个伟大的人民革命时代的有思想的美的作品。

仍然普及第一，不要忘记农村

今天文艺工作，是提高为主呢？还是普及为主呢？这个问题必须明确地加以回答：就整个文艺运动来说，仍然是普及第一。这不只是因为全国胜利，新解放区扩大了，对那些地区的群众必须首先做普及工作，例如工厂文艺工作就必须用大力去进行；而且也因为老解放区普及工作的基础还不巩固，普及的面也还不够广大。现在我们整个工作的重心已由乡村移到城市，如果我们进了城市，就忘了农村，那原来打下的那点基础都可能垮台的。近两年来，农村旧剧的风行已是足够我们警惕的一种威胁。毛主席在《新民主主义论》中早就说过："大众文化，实质上就是提高农民文化。"在最近发表的《论人民民主专政》中又说了："严重的问题是教育农民。"因此，我们必须利用有了现代城市和交通的一切优越条件，采用各种方法，继续对农民进行普及的工作。继续深入地开展农村剧团及其他文艺的活动。老解放区农村戏剧运动是有较良好的基础的，必须对原有农村剧团加以整顿和充实，对旧子弟班加以改造。此外并应组织与改进说书。组织与发动群众创作，同时从上而下地供给他们以足够的可用的剧本和歌词。各地方剧团应建立与农村剧团的经常联系，采取典型培养、示范演出、定期轮训等方法帮助他们，把帮助与指导农村剧团作为自己的主要任务之一。除了农村原有艺术活动以外，还应将各种新形式的艺术推广到农村去，例如我们的电影，在条件许可下就应在农村大量放映。

在城市，我们必须开展工厂文艺的活动。我们进入城市的时候，向工人介绍了在农民艺术形式基础上发展起来的新秧歌，向工人宣传了农民如何受地主剥削，他们如何起来进行斗争，农民在抗日战争与人民解放战争中作了多么重大的贡献，使工人阶级认识农民这个永久同盟军的重要。我们还要告诉工人，城市必须用一切方法帮助农民，不但供给他们工业日用品，而且还应供给他们精神食粮。我们在农村工作的同志，自然同时也必须向农民宣传工人阶级如何为恢复和发展工业生产而流汗奋斗，要如何依靠工人阶级，使中国从农业国变为工业国，以及工人阶级为什么是中国人民革命的领导阶级。我们必须用事实证明给农民看，城市是在帮助他们，设法满足他们物质与精神的需要。这样才可以促进与巩固工农的联盟，使城乡不但在经济上互相合作，而且在文化上也互相交流，并且通过农村合作社及一切其他方法继续帮助农民在文化上翻身，以最后打垮封建文化的阵地，这也就是新民主主义文化革命、文艺革命的最终目标。

一切文艺工作者，包括专家在内，必须时时将眼光放在工农兵群众的文艺活动上，注意研究群众文艺活动的情况与问题，把指导普及作为一切文艺工作者无可推卸的共同的责任。这个指导工作不能是零零星星的、附带的、可有可无的，而必须是有计划、有系统的、用全力去做的，这样，才能满足普及的需要，也才能达到提高的目的。

有计划有步骤地改革旧剧
及一切封建旧文艺

旧剧（包括京剧及其他地方戏）不但在新解放城市中而且在老解放区的农村中，还有极大的势力，这是开展普及工作所不能忽视的。一切封建艺术，从旧剧到小人书，都必须改造。京津两地的经验证明，群众是欢迎演新内容的京剧与地方戏的，旧剧人也愿意而且正在积极排演新的节目。现在的问题是新剧本太少，因此，改革旧剧的中心关键就是供给足够的可用的新的剧本。为此，必须组织广大旧艺人和新的文学戏剧工作者亲自动手创作或修改剧本，人民政府和文艺领导机关，则对他们加以指导和必要的协助。

在改革旧剧上，一方面要防止急躁态度，另一方面则必须反对不适当地强调旧剧（主要是京剧）艺术上的"完整性"，强调掌握技术的困难，因而不敢大胆突破旧剧形式的那种错误的保守观点。

在毛泽东文艺思想的指导之下，发动与依靠旧艺人的协同努力，旧剧改造的工作一定可以收到新的成果。

建立科学的文艺批评，加强
文艺工作的具体领导

需要批评，已成为大家一致的呼声。现在的情况是十分缺少批评，特别是切实的、具体的、有思想的批评。文艺工作中批评的空气太稀薄了。广大读者由于缺乏正确批评的引导，对作品的选择就成为了自流的状态。许多年青作者由于缺乏正确批评的帮助，在写作上只好自己摸索，有时就要走一些本来可以避免的弯路。文艺界的团结也由于缺乏必要的批评，有时就成为无原则的团结。我们必须在广泛的文艺界统一战线中进行必要的思想斗争。必须经常指出，在文艺上什么是我们所要提倡的，什么是我们所要反对的。批评必须是毛泽东文艺思想之具体应用，必须集中地表现广大工农群众及其干部的意见，必须经过批评来推动文艺工作者相互间的自我批评，必须通过批评来提高作品的思想性和艺术性。批评是实现对文艺工作的思想领导的重要方法。

为有效地推进解放区文艺工作，除了思想领导之外，还必须加强对文艺工作的组织领导，适当地解决文艺工作者在他们的工作中所碰到的许多实际困难和问题。这次大会后将成立全国文学艺术界的统一机构，这对广泛团结全国各方面的文艺工作者共同致力于新中国文艺的建设事业，将起重大的作用。我们相信，这次大会以后，新中国的人民的文艺必将有更大的开展，在中国文学史上将放出万丈光芒来。

（录自《周扬文集》第 1 卷）

关于在戏剧上如何继承民族遗产的问题

——1952 年 6 月 11 日对中央戏剧学院的同学和干部的报告（节录）

每一个民族不管大小都有它自己的特点，这种民族的特点就形成每个民族文化的特点，它丰富了世界文化，同时也是对世界文化共同财富的贡献。什么是民族的特点呢？斯大林举出形成一个民族的四要素，就是：共同的语言，共同的地域，共同的经济生活，以及表现于共同文化中的心理状况。因此在文学艺术上最能代表民族特点的，表现为民族形式的因素，是语言，心理状况，以及风俗习惯的不同。

第一，民族的语言。这里指的民族的语言是人民大众的语言，是大多数人的语言，是有代表性的语言。表现在艺术作品中则是从老百姓的语言中提炼出来的艺术的语言，所以它既不是方言、行话，也不是少数知识分子讲的话。为什么从我们的新作品中，感觉不到像《红楼梦》《水浒传》那样亲切的民族色彩呢？问题就在于我们的新作品采用的语言还不是真正的老百姓的语言，用的那些词汇还不是在老百姓中流行的词汇，表现方法也不是老百姓的表现方法。这样就使我们感到不习惯，不合乎中国语言的规律，不能表现民族的色彩。过去学习旧形式只学了些皮毛和渣滓，学了个"欲知后事如何，且听下回分解"，学了个"妈的！""欲知后事如何，且听下回分解"虽然普遍的存在中国文学中，但不是中国文学本质的东西，代表的东西，"妈的！"虽然是工农常说的，但也不是工农本质的东西，代表的东西。对民族的语言，我们也要加以区别，哪些是好的？哪些是不好的？我们应该找的，是合乎人民群众语言习惯的，反映新生活的，能自如的表现人民的情感和思想的那些话，那些字眼。音乐舞蹈也是一样，它们的旋律、节奏大体上和中国语言的规律差不多，大家一听就听得出这是否民族的音乐，一看也看得出这是否民族的舞蹈。但是语言不是惟一的问题，并不是语言问题解决了，民族形式的问题就解决了。

第二，民族的心理状况。这是指大多数人民的、经过历史上每个时代的劳动人民的、在长期阶级统治之下所形成的心理状况，也就是形成的思想，形成的感情。（当然，今天我们的心理和过去我们祖先的心理比较起来是有所改变的。）对遗产我们要加以辨别，对心理状况同样也要加以辨别。我们民族的文化产生于封建时代，其中有许多属于封建的部分需要剔除掉，但不是整个文化都是封建的，也有许多民主的部分，反封建的部分我们要继承下来。中国有许多伟大的作品，如屈原的作品，杜甫的作品，元曲等，其中都含有民主的，反封建的合理因素；中国戏剧中的京戏与地方戏也是如此，而地方戏、民间小戏中的民主性，反封建性就更浓更强烈，它们不一定都采取《水浒》《打渔杀家》一样的方式，拿起刀枪来搞人民革命，有很多是采取比较曲折的形式来反抗封建统治，反抗封建制度，反抗封建道德，表现了人民的愿望：老百姓喜欢它，就因为它表现了我们民族的心理状况。

毛主席说："中国人从来就是一个伟大的勇敢的勤劳的民族……"（《政协会开幕词》）我们民族的勇敢勤劳的优秀品质曾产生了一种力量，培养了我们人民的爱国主义精神。在我们民族中也有蒋介石这种败类，他虽是中国人，但决不是勇敢勤劳的中国人，他不能代表我们的民族，在我们生活中不起决定作用。在我们生活中起决定作用的是推动历史前进的东西，尽管有人裹小脚，尽管有人磕头，但是历史仍然前进，推动历史前进的就是中国人民勇敢勤劳的优秀品质。有些人认为老百姓喜欢京戏、地方戏是习惯那些形式，是落后的。这个看法不正确，群众喜欢京戏和地方戏和它的形式固然有关系，但更重要的是喜欢它的内容，中国的旧戏里虽然现在还存在一些封建的、肮脏的、丑恶的东西，但是它所以获得群众的喜爱，是因为从它里面可以找到许多合理的因素。群众为什么喜欢杨家将、薛仁贵、包公，为什么喜欢梁山伯、祝英台，为什么喜欢《白蛇传》，这里面都有个道理，因为他们代表了民族的心理，人民的心理。杨家将一家在边疆抗战（现在的山西北部），一家都牺牲了，而他们的功劳却让潘仁美夺去了，因此老百姓都同情他们，爱戴他们，你能说这种心理不好？我看这种心理是好的，代表了我们民族勇敢方面的。再如《千里送京娘》和《柳毅传书》，赵匡胤并不因为送了京娘回家就要娶京娘，柳毅也不因为救了龙女就要与龙女结婚，这种行为并没有什么不好，不虚伪，没有私心，算得上是侠义的行为，比那种帮助了人家一定要人家报酬自己的好得多，这不见得是封建道德，我们也可以学习的。旧戏里还有许多是描写了人与人之间的真诚的关系，不是虚伪的欺骗的，而是朋友之间的友谊，夫妇之间的恩爱，这也表现了我们优良的民族心理，这些都是在长期的封建内部统治和外来侵略压迫下形成的心理和美德，也是我们民族优秀的品质。当然，封建统治者也利用这些东西来麻醉人民，使人民服从他的封建道德，老百姓也受到这种封建意识的影响，讲忠君尽孝，但是老百姓并不完全依照皇帝所想的那样做，他们还按照自己的经验从现实里得来的教训去生活，贪官污吏可恶，他们就要说贪官污吏可恶，最多加上个尾巴，皇帝是好的，假若连贪官污吏可恶都不允许他们说，那就不行！所以在我们民族的遗产里，特别是民间的东西里，保留了。反映了许多在黑暗年代里，人民的希望，人民的理想，人民的要求，以及不甘于受压迫要求反抗的心理。这些都是民主的因素，进步的因素，我们要善于去发掘，不能把它抛弃了，否则对我们是莫大的损失，当然，群众也不允许这样做，我们也不会把它抛弃掉。

第三，民族的风俗习惯。去过国外的同志都会感到这个问题，比如到苏联去，首先感到的是讲话听不懂，其次是吃外国饭不舒服，这就是风俗习惯。你说这是不喜欢苏联，不喜欢社会主义吗？完全不是，喜欢得很，拥护得很，但就是喜欢吃中国饭。如果你非要他吃面包，不准他吃中国饭，他还是想吃中国饭。

柏林斯基说，文学的民族性有三个要素：一是语言，一是宗教信仰，一是风俗习惯，而最突出的是风俗习惯。

作品必须忠实的描写生活，这必然写出来一个民族的风俗习惯，所以有人把文学作品称之为风俗画。没有民族风格的作品一定只剩下政治议论，我们写一个爱国增产的主题，假若没有自己民族的风格，你说它是在匈牙利也可以，波兰也可以，苏联也可以，因为这些国家也在进行爱国增产运动。好的作品为什么能打动人心呢？就因为它有民族风格。

风俗要改，但要慢慢的改，不能一刀斩断似的一下子就要改掉，柏林斯基讲过这样的话，违反人的习惯，等于把一个人的手捆起来叫他跑路，那他怎么跑呢？等于害他。这句话很深刻。当然，像随地吐痰这种坏习惯是不能代表中国民族的，要坚决改掉。但又有一些习惯，比如我们表示不同意就摇摇头，这很好，又何必要耸耸肩呢？强迫改掉这种民族的习惯就没有什么必要了。新风俗是从旧风俗的基础上逐渐产生的。在我们的作品中，如《新事新办》，送嫁妆是旧风俗，在这个基础上改成送耕牛，老百姓很喜欢，因为它保留了旧风俗的一部分，而又添加了新风俗，假若不送耕牛，而送一架钢琴，大家就会奇怪，农村里怎么会出现钢琴呢？就会感到不伦不类。为什么会有这种感觉？因为这违反了我们民族的风俗习惯。

我们改造旧戏也好，创造新歌剧也好，要注意的是这些根本的东西，构成我们民族特点的东西。要研究我们民族的语言，我们民族的心理状况，我们民族的风俗习惯。但是，我们有些搞戏改的同志没有学到这些根本的东西，他们在戏改工作中应该慎重的地方采取了粗暴的态度，应该改革的地方采取了保守的态度。《空城计》是一出表现我们民族智慧的戏，可以增强我们民族的自尊心，群众看了很高兴，引起了他们的骄傲心，但是有人偏要批评诸葛亮，说他是冒险主义的军事路线，并且要大家从这儿取得经验教训，然而结果怎样呢？诸葛亮并没有失败，相反的是成功了，那么到底是要学他好呢？还是不学他好呢？愈搞愈混乱。就在这种应该谨慎的地方采取了粗暴的态度。旧戏中的锣鼓，过去为适合露天演出的条件，所以锣鼓要打得响一些，现在搬到剧场里来演了，可以打得轻一些，然而还是打得那么响，我想这可以改，这不是旧戏的生命线，观众不会因为锣鼓声音小了就不来看戏的，但是我们的同志在这儿就不敢改；旧戏中的化装也是这样，有些脸谱可以改一下，画得好看一些，然而我们的同志认为不合规格就不改：就在这种应该改革的地方采取了保守的态度。

继承遗产，学习民间传统，这里面包括一个什么意义呢？就是一定要从这个基础出发，因此谈到新歌剧的建立问题，与研究地方戏的音乐是不能分开的。京戏也是从民间来的，但是被满清统治者劫持去，按照满清王朝的宫廷的需要提高了；而我们要的不是这种提高，是另一种提高，是把所有地方戏，连同京戏中为反动统治阶级所抛弃的，所看不起的，所压迫的东西收集起来，整理起来，加以提高。如花鼓戏、秧歌等，过去我们没有重视，没有去搜罗，发现，任其自生自灭，多少年来它们有的被挤垮了，消灭了，有的是不死不活。中国的封建阶级没有很好的利用它们，中国的资产阶级也没有很好的利用它们，资产阶级并且给民间的传统加上黄色歌曲，加上爵士音乐，加上好莱坞手法，形成极端低级、庸俗、商业化、买办化的东西，完全失去民间传统的本来面目。然而封建阶级没有解决的问题，资产阶级没有解决的问题，今天我们都要解决，而且只有我们才能解决，我们也必须解决。我们有决心把专家组织起来到各个地方去搜集这些丰富的民族遗产，这个工作不是短期能见效的，而是要一年、二年、三年，长期的进行，这样做，对于我们创造民族的戏剧会有无限的帮助，会决定我们新歌剧发展的前途。

旧戏的演技，比如欧阳院长、梅兰芳先生和其他一些名演员，他们在长期的艺术生活中都有很好的创造，这些东西也是要加以整理，加以继承的。我们反对单纯技术观点，因为它不注意政治，不注意生活，不注意群众，但是我们不反对技术，要建设新的戏剧，学习技术是很重要的，我们继承的遗产，也包括我们民族多年积累起来的技术经验。

现在我们对各种地方戏提出"百花齐放"的口号，这是不是要使中国的戏剧分裂呢？不是的，充分发展地方戏，正是建立统一的、民族的歌剧的必经之路。充分发展的结果，一定会有些地方戏采纳它周围能采纳的东西，充实自己。如常香玉的豫剧，现在已不仅是河南梆子，并且吸收了河南坠子、秦腔、河北梆子，甚至新歌剧；袁雪芬的越剧也在吸收；评剧也在吸收。这样一来它们流行的区域就广泛起来，比如豫剧，不但在河北演，在河南演，并且演到陕西去了，将来演到北京来，还要演到上海去，范围一天天扩大，逐渐在全国会出现几种特别突出的地方戏，它们慢慢地融合起来，一种全民的统一的歌剧就产生了。这和斯大林所讲的语言的发展规律是一样的，我们是向着统一，而不是向着分裂，艺术一定要统一，因为愈统一教育人民的作用愈大。这种统一必须经过许多地方戏的互相竞赛，互相交流，互相观摩，互相吸收，慢慢形成起来的，但是究竟以哪一种地方戏为主，哪一种地方戏可以采用得多些，或是以我们现在的新歌剧，如《白毛女》《王贵与李香香》等为基础，增加地方戏的因素，民族戏剧音乐的因素，现在还很难答复这个问题，只有经过较长期的努力工作，一方面分散的发展，一方面集中的研究，经验集中起来，好的加以推广，在中国会出现一个戏剧的繁荣的时代，这个问题也将获得解决。

还有一个学习社会主义经验的问题，这与学习遗产是同样重要的。如果我们今天的艺术事业（包括戏剧事业）不向苏联先进的社会主义学习，我们会犯另一个错误，就是民族主义的，也就是狭隘民族主义的错误，只看到自己的东西，根本不看别人的东西。应该承认苏联的社会主义的文学、戏剧、舞蹈等比我们的好，就是那些历史较短的新民主主义国家，我们也应承认，他们的艺术创造在某些方面也比我们高明。这不是洋教条，而是虚心的向社会主义文化学习，它们不仅是我们的榜样，并且是我们的一部分，那么多的苏联翻译小说，现在成为我们广大青年喜爱的读物，这种经过翻译的苏维埃文化难道不是我们文化的一部分吗？应该承认不仅仅是一部分，并且是领导的一部分，这在电影事业方面就看得更清楚了。在戏剧事业这一方面，我们同样的应该学习先进经验，比如学习他们怎样办学校的，怎样训练演员的，怎样进行舞蹈训练的，当然我们要保留自己民族的特点，发挥我们民族的特点，这样我们的戏剧事业才能建设起来。至于创作，它的惟一源泉还是生活，特别是剧本创作与演员的角色创造，都应深入生活，体验生活。虽然如此，却也不能丝毫降低我们向遗产学习，向传统学习，向先进经验学习的重要意义。

具体的来说该怎么做呢？一方面应有计划的组织专家深入各地作广泛的艺术调查，收集民族的遗产，民间的东西；另一方面搞创作的同志应长期深入生活，深入群众；同时要请苏联专家来帮助我们，甚至我们可以派人去学习。这样才能按照社会主义的方向，社会主义的规模来建设我们真正的民族的新的戏剧。在座的同志都应负起这一责任，我自己也有很大责任，我们也能把这一责任担负起来。尤其经过整风，经过三反，我相信，我们的戏剧事业是会不断前进的，是有光辉前途的。

（录自《周扬文集》第 2 卷）

论艺术创作的规律[*]

　　对艺术的规律、特性过去是存在不正确的认识，我想讲讲这个问题。艺术的规律是什么，艺术认识现实的手段是什么？——科学和艺术都是反映现实的，艺术反映现实的特点是通过形象，通过艺术的特殊规律——形象思维，不是艺术没思想，任何艺术都是有思想的，和科学、政治不同的地方是艺术通过形象表达思想，艺术的特点是形象思维。科学也是反映物质的，物质中最小的是原子，原子里还有原子核，认识了这些才能制造原子炸弹，以原子作动力。艺术科学都反映现实，影响现实，只是手段不同，艺术是通过形象。形象思维和逻辑思维的问题，这会上讨论很多，这个问题不要神秘化，逻辑思维实际上就是概念，逻辑就是正确的、科学的概念，逻辑的基础是概念，离开了概念就没有逻辑。譬如"你是人，你不能不是人"，假如没有逻辑就不得了了，"你是你，好像又不是你"；没有概念就不能思想，"这是茶杯，又不是茶杯"，"人不是鬼"，人是人，鬼是鬼，一定要有个概念。艺术与科学不同，就是科学以概念为基础，没有

　　* 本文是作者 1955 年 2 月 20 日在电影创作会议上的报告的后四部分。

概念作人都不行了；逻辑和概念都是抽象的，如"桌子"、"人"都是概念，把具体的东西抽掉，这人同那人的区别抽掉，把根本的留下，——就是"人"，这就是概念。艺术就不能抽掉这些，就要具体，如"豪爽"、"勇敢"、"勤劳"是概念，究竟怎样勇敢法，怎样勤劳法？逻辑要是搞具体人，人有好多人，姓张、王、李、赵……这么多姓，那逻辑搞不成。人，什么人？他的全部特点？感情？样子？脾气？眉毛黑不黑？眼睛大还是眼睛小？有没有酒窝，有多少社会关系，这些都要，少一点形象就有残缺。这里专家很多，不知我讲的对不对？

观察人，就要全部观察，勇敢、豪爽、先进……都是概念，不是要知道勇敢的概念，而是要知道许多具体人，而不是抽掉了具体的概念。艺术同科学不同之处是艺术用形象，同科学相同的是都有概括的过程，科学的概括同艺术的概括不同，艺术要看许多人、许多个性、许多英雄，作了观察，抽出来变成一个人，这个人和一个普通人又同又不同；相同的是"一个人"，不同的是经过了综合，如只是具体没有概括，那就变成画像。艺术要观察具体的，通过形象，形象要经过概括的过程，和逻辑一样同是经过概括的过程。没有经过概括，就不能提高到事物的本质。不同之处是概括的问题，一个是用形象，一个是用概念。一个是能看到、感觉到，一个是看不到感觉不到。二者有区别也有共同，有联系。艺术没有逻辑思维、没有概念就不能活下去，必须有逻辑思维，因为逻辑思维反映了客观，我们常常用逻辑代表规律，就是总合乎规律，逻辑思维是形象思维的基础，但不能代替形象思维，那可以说是一篇革命的文章，但不能说是艺术品，是宣传，是提纲，而不是艺术。艺术是要通过形象，要感人，具体的形象是个别的，又是经过概括的。是个具体人，他什么都有，内心、外形、环境历史都有。这具体人又是经过许多人概括、综合集中在这人身上就是典型，否则就不是典型。个别怎能成典型呢？这个问题并不太复杂，就是个形象问题，形象才可以感人，人的形象，事物的形象，风景的形象；首先是人的形象。艺术的思想要通过人的形象表现，不能离开人来表现，高尔基讲："文学就是人学"，这名字多怪，他给文学起个名字叫"人学"。艺术就是通过人的形象，影响人，通过人的形象，反映社会，各个社会阶级关系的渗透，通过人的形象影响人，影响人的精神，形象问题是个关键问题。古时有句话"现身说法"，也就是说讲道理就最好用个人来说，用具体人来讲，这只是讲话，是有概念成分，如果能有一完整形象则感人更大，证明这是一个真理。为什么革命宣传要化装讲演？因为化装讲演比不化装好，要人去打日本，要讲一套道理，化装讲比不化装讲好，它是有根据的，所以说世界上的事都有一个道理。但这比我们现在的艺术创作要差多了，"现身说法"，实际上就是真人真事，真人真事有它的力量，但也有它的限制，说某个道理时就以某人为例，说："大家要爱国，要交公粮"，就有人出来交粮，下面看的人说："呵，有这么回事。"如果这人是真实的、完整的，观众对这人的印象不仅是交粮，还有旁的事，那么可信性就更大了，看见这人不但交粮，还做其他的事，就不会想这人交粮但不是其他各方面都好，观众不但看见他交粮，还看见他做其他的事，就更可信。形象的力量就是生活真实的力量，生活是最能教育人的，全面的生活更能教育人，形象把生活集中起来教育人。任何理论，随便什么事都没有生活更能教育人，生活是人人都有的，人人都懂的，理论不一定人人都懂，"形象的力量就是生活真实的力量"，这话很好，"现身说法"即说明形象的力量，但"现身说法"是有限制的。中国还有句古话也很好，就是"潜移默化"，使你看了以后，不知不觉就受了它的影响，造成一种环境，使你几个钟头内进入这个真实的环境，能不潜移默化？如果艺术不造成这种环境，就不能潜移默化，顶多是引起你的同感。而艺术是要在不知不觉中把你的灵魂塑成作品中的人物一样，让你不知不觉就像小说里的人物一样。鼓动只是做一件事，你让我交粮，我交了，下回你又来说我，后来要征兵，又说征兵，作用是临时性的。"化装演讲"也有它的作用，这点应该承认，不承认鼓动的作用，就是不承认鼓动工作。但艺术不是鼓动，不是教人做某一件事，而是教人怎样做人，告诉整个社会真理是什么，形象的好处就在这儿。所以要创造形象，否则为什么要创造形象呢？那还不如化装演讲。艺术作品中要有生活的真实，要有道德的力量，美的力量，这三者结合在一起。美的魅力使人看了以后要为什么事情奋斗，要恨某人，要爱什么，哪些是令人喜欢的，哪些是丑的？《红楼梦》社会真实的道德力量就是确立了反对封建道德的道德标准，就是人要自由恋爱，林黛玉就是美的典型，不是外表的美，而是灵魂的美，真实的道德的力量就是有这样的美的。有时，我们太忽视艺术的美的作用，道德的作用与美的作用结合在一起。艺术培养人的情感、趣味、感受都提高了，是不是有这样的作用？我想是有的。强调艺术的特性，就是找到了艺术的真正的力量，任何事物把它的特性放弃，如大炮的特性是射程很远，但把它拿来当棍子多么不当，如果造不出大炮就用棍子，能造出大炮就要用大炮，艺术的真正力量就是潜移默化，艺术世世代代都影响着人，旧时的艺术能影响人，为什么新的艺术不能影响人了呢？使艺术影响人，使艺术与政治结合，就是最好的为政治服务。如果艺术不与政治结合就不能最好的为政治服务，我们追究艺术的力量，找到力量就会有影响，大家开会就是找这力量，原子核是看不见的东西，但找着了它的特性，找到原子核的规律就可制原子弹，我们如果找不着艺术的规律，说："这是共产党员写的，你一定要看"，看完了，他也不高兴，说："你是教育我呢，我接受，下次有事，你再告我。"我们艺术是影响人的一生，不是告诉人一件事，告诉一件事说什么事该做，什么事不该做，这不是艺术的主要功能。当然人家要这样做，要把艺术搞得像广告画，我们也不能禁止，你画是可以的，你那就是广告画，你化装讲演，你就是化装讲演，我是艺术，我们不反对广告画，不反对化装讲演，这也需要，但你要创造艺术就要富有生活的真实，就要努力创造。古人创造了好多艺术作品，至今还感动我们，我们要创造，今天创造不出，明天要创造出，我创造不出，我的儿子要创造出，儿子创造不出，孙子要创造出，一定要创造出来。我写不出，也一定要写，要认识艺术的规律，艺术的规律就是形象问题，就是要创造人的形象，苏共中央给第二次作家代表大会的贺电中说："要创造光荣的同时代人的真实、生动而鲜明的形象"，这话也应该成为我们的号召，什么形象？——光荣的同时代人的形象，古时候的人可不可以写，可以写的，但主要要写光荣的同时代人，因为我们的同时代人比贾宝玉要高明些（当然贾宝玉还是值得纪念的），我们同时代人比林黛玉要高明一些，起码不那么孤独，不那么容易流眼泪，我们同时代人还是比较富于行动的吧?! 为什么是"光荣"的同时代人？因为我们是要建设社会主义、共产主义，是要开辟历史上新的一页。过去任何时代都是有剥削的，现在我们正要开辟没有阶级、没有压迫、没有剥削的历史的新的一页，还不光荣？要创造真实的、生动的形象，这形象是真实的，不是概念化的，是真实的，不是假的，不只是真实的，而且还是生动的形象——是很值得我们考虑的。苏联同时代人要创造共产主义社会，我们比他们迟几十年，但我们跟着走，我们要建设社会主义，我们同时代人是最值得写的。这一点在1953、1954、1955年的文代会上都讲过了，我们形象没创造好，主要就是因为艺术的规律还没找到。

形象没创造好，我认为有以下几个原因：

第一，作家对创造典型的政治意义认识不足。为什么说非要创造人物不可呢？因为不通过典型就不能表现艺术的党性，应该把典型问题，当作立场问题、政治问题、党性问题，不创造典型就是政治不行，"我反映运动，我政治行"，不，你的政治就是不行，政治很差，不要认为我写运动、写生产就是我政治行，现在我们就把它标清楚了，你就是政治不行，对生活、对现实、对阶级没有正确的观点，就是政治不行。我这样提问题，不知道是不是可以？

艺术作品的价值，艺术作品的思想价值，不在于表现政治运动、生产过程。而要向创造世界的人，创造政治运动、生产过程中的人，把他当主人，而不是运动的附属品、不是运动的傀儡，现在我们把人当作生产的附属品，写运动，把人安进去。应该运动是背景，中心是人，这人不是你的工具，不是傀儡，不是作者可以支配的，人，是有独立性的，有自己的思想、情感，按照客观的规律行动，要创造这样的人。现在的人没有独立性，去掉也可以，加一句话，少一句话都可以。这点很值得我们注意的。过去，我就常给别人的作品加一句话，的确是很粗暴的，但固然我是粗暴，同时也证明这作品中的人物本来是假的，要是真的，就加不进；随便可以加一句话，这就证明是傀儡，要他讲什么，就讲什么，任何人可以随意增删。人物应该有他自己的思想感情，按客观规律行动，这人该怎么样，不但领导不能变动，就是作者也不能变动。你们常讲人物没树立起，这就是没有树立起。以后要花时间创造，把人物活起来，在创造人方面，作者要付出最大的劳动，创作者创造得差不多了，作者自己也不能指挥他了。是不是这样说"神"了，说"活"了，就是活了，我有时创作——我的创作是写文章——我当然写不好，写起来以后往往不是原来所想的，因为把想的写下来时，文章的逻辑要求严格，就要推翻许多原来的观点；原来想的以为写下来一定头头是道，到写下来时就感到不行，因为在脑子里是主观的，一到纸上就成了客观，就不听自己指挥。文章写出来，人家要看，自己也要看，看文章通不通，不通就要改。写人也要逻辑，他是这样发展的，你写他，最后这人要死，你不能叫他活，我们有时候领导上看作品，认为人死得太多了，这人最好不死，人家感到很奇怪，我们的确是相当野蛮的，要他死就死，要他活就活。所以法捷耶夫写美谛克时，本来要美谛克自杀的，写到最后写得不能自杀了，而必须叛变了，在这个问题上，把法捷耶夫的世界观改变了。而现在对人物作者可以随便处理，领导上也可以随便改变，自杀好，还是不自杀好，可以听我们自便。曹雪芹写《红楼梦》，处理贾宝玉、林黛玉的结局就是合乎生活真实的规律的，你想："林黛玉可不可以不死"？领导上说："林黛玉死太悲观了"，改一改，叫她不死，而且最后肺病也好了，这样可以不可以？那样艺术就没有它的规律了，不合乎客观了；艺术的规律就是要反映客观，林黛玉只能死，贾宝玉只能做和尚。他也不能和林黛玉结婚（虽然我们都这样希望）。因为这是规律，假使贾宝玉和林黛玉结了婚，那作者的政治态度就改变了，就歪曲了生活，就是说，在封建社会也可以有婚姻的自由，那《红楼梦》的进步政治倾向就没有了，就成了反动的倾向了。典型的政治倾向非常清楚，现在是不是把创造人物提高到这样的程度？雕刻家一天雕一点，后来雕出来，就不能改变了，因为它已经成长了，已经成了客观，这不是说写了作品就不能修改，而是如果真正写成了，成了客观存在，要改就困难了。譬如巴尔扎克写《高老头》，写到老头要死的时候，自己躺在地上也奄奄一息了，当然我不是说写人死就要你们自己也死死，而是说我们写人物是不是花了心血，我们没花心血，怎么感动人呢？这例子多得很，请同志们努力，无论是编剧、导演或演员今后都应该把创造人物提到首要的高度。

第二，对人物创造过程的简单化的、片面的、颠倒的了解。

形象从哪儿来？形象从生活中来，而且能从生活中来，但是我们创造过程中经常发现，作者先有一个概念再去找人物，当然也不是说绝对不可以这样，但一般是应该先有了生活，有了人物，再形成主题。即使先有了主题，当时，一定经过对生活和人物的观察、了解才能写。现在却相反，是先想好主题，再去找人物。这种方法的缺点是限制了我们对人物作全面的考察，先确定了一定要写先进、落后的斗争，再下去找生活，这种颠倒的方法，不是从生活出发，而是从主观、从假想出发。

还有一种情况是对人物有一固定的概念，是勇敢的，豪迈的，然后到生活中去找合乎这个概念的人物，这过程是不对的，不能这样做，先进、落后不是抽象的，勇敢、豪迈都不是抽象的，怎么先进，怎么落后，怎么豪迈，都要到生活中观察。概念是有的，但不要把概念变成强制，要到生活中去看。到生活中不要说这人先进，那人落后，在运动中先进的也能变成落后的，落后的也能变成先进的。人物创造过程应该先有人物，然后确定作者的具体思想。现在创造过程主要都是颠倒的，好像是，观察了生活，实际上这种观察是片面的，有局限性的。这是第二个问题。我们对人物的观察应该强调全面和多方面的，对这个人物作全面的、多方面的观察，而不是说先进的创造发明什么样，落后的创造发明什么样？先进农民对合作社什么样，落后的又是什么样，——这是我们创作公式化的主要来源。在座许多人经过土改，发动群众诉苦时，什么时候不是费很多事，才搞起来。我们有时搞群众工作，就是指挥，把群众当傀儡，不是以人为主，而是以运动为主，很少去启发群众的觉悟。真正的诉苦是你一句，我一句，东一句，西一句，如果大家讲的一样，那一定是有布置的，否则就是透了，但很少是真透了，90％是布置的，斗地主各人有各人的目的。作品应写群众的各种思想、各种问题，有一个人参加斗争很积极，每次都来，我问她"想什么"，她说："什么都不想，就是想儿子生病想去看儿子。"她在斗地主，想着另外的事，各人有各人的想法。对人要全面考察，在会上考察，在会后考察，了解人们的各种顾虑。

第三个原因是不是我们对新的人物的性格掌握不了：新人物的本身就较难写，他也正在成长，没有定型，所谓新生的社会主义的过去是没有的，过去没有社会主义，新的生长起来还没有稳定，掌握起来不容易，如掌握工业干部，不说作家不会掌握，就是领导也难掌握，发展中的事物是不容易了解的，固定的事物容易了解，三仙姑、二孔明容易了解。赵树理虽有天才，但这些人物要不是几千年来就这样，写起来也是困难的。对新生的东西不容易写生动，还有个原因也很重要，作为艺术工作者对新人物的思想、感情有距离，和新的思想没有打成一片。作者可以赞美它，喜欢它，但是没和它一致起来，还是有距离。要打成一片，毛主席讲要十年八年。作家表现正面人物简单化，也应鼓励他努力，要防止过分谨慎，写得不好，不要随便责备，因为他也没有把握。演员演劳动英雄，没演过不熟悉，这方面要多帮助他、鼓励他，不要过分地责备他，朝这方向努力就是好的。英雄是可以表现的，现在没有全部掌握是我们的思想感情有距离，生活有距离。还有个问题是水平问题，譬如作家要描写高级干部，就要有高级干部的水平，或者还要更高一点，才能批判他，了解他，应该承认和正视这个事实。许多艺术家想和人民结合，和人民接近，应赞扬、鼓励，说："不要紧，你们创作吧！"在熟悉的基础上创作，不要过多的责备；或者说："是死人"，或者说："过火了像小资。"那他就要说："还是少表现些好"，要多鼓励，要体会创作谨慎小心的心情，好的地方要估计。这方面苏联不同，苏联演员和人们的联系多，我们作家和人们的联系也不断增加，新的文艺工作者和人民的联系更多一些，但应该承认比苏联要少些。加强联系，经过联系才能熟悉人民的思想、感情，才能有创造的自由，创造的自由的获得是要在对新人物的掌握的基础上的，没有熟悉，怎么能有自由。创作高级干部，怎么创造，要形象化，没有了解，怎么"化"呢？他只能写高级干部的"嗯，啊！"就要差不多，他不懂就是没办法，不应付怎么办呢!？演员不懂，就按老办法演，但如果这样办，会不会受欢迎呢？进步了就要鼓励，顾虑减少一点，干部也可以表现，干部也是人，也有个人主义，不要想"神"了，有些也是知识分子出身。

讲这个问题，是不是这三个原因？为什么创造不好？是不是对典型的意义认识不足、创作过程颠倒的问题、对新人物没有掌握的问题，想抓，抓不住，这都是创造不好人物的原因，是可以克服的，对不对请同志们考虑。

今后我们要把创造人物放在第一位，放在最重要的第一位。多方面地表现人物的性格，过去我们对人的观察、理解，常常是片面的，创造方法也是片面的，要克服。观察各种人，好人、坏人都要观察，要多方面表现人物的性格，因为人物性格是多方面的，但人的性格又是统一的，一个人只有一个性格，如果一个人有两个性格，那就非驴、非马了。性格只能有一个，性格可以改变，可以发展，变好或变坏，但大体是统一的。性格可以有矛盾，性格表现在人对各种事的看法，情感的反映。所谓性格表现在许多方面，性格可以有矛盾，矛盾有各种性质，也有两重人格，这矛盾就大。人可能是虚伪，性格还是统一的——就是虚伪。这人的性格虚伪。人前是一个做法，人后又是一个做法，但他还是一个性格。性格的矛盾要多方面表现。苏联第二次作家代表大会上提到："要多方面地表现苏维埃劳动人民的社会主义生活和个人生活的统一，"过去我们表现劳动人物，就只表现劳动，也表现家庭生活，但我们在家也是劳动，连觉都睡不着，在家也搞创造发明，休养时弄一堆沙土，还是搞创造发明。表现葡萄连结婚也是葡萄，兴修水利就结婚也修水利，合作社就只有合作社，创造发明就只有创造发明，脑子里就一件事，人的生活不是这样的。多方面表现性格的问题，我们在理论上是解决了，应该多方面表现人，除了劳动外，还有社会生活、个人生活。西蒙诺夫特别提到感情问题，从来的作品都表现人的感情生活、表现恋爱，我们的作品对这点作了个"革命"，我偏不表现。恋爱没有从前那么重要了，但它还是有自己的地位的，没有过去重要，不是放在第一位，现在却把它的地位搞掉了，不给它一个地位，古往今来，人就有爱情，爱情最能体现对人的关心，对爱人最能讲真心话，谈恋爱的时候，个性最没有拘束，对人的关心提到了最高的程度，很有些好的东西呢。讲恋爱是人的感情生活的重要的一部分，不能排斥它，应该包括它，把它放在适当的地位。和过去的地位不同，这是需要的，不是《红楼梦》《西厢记》的地位，但可以把它放在"收获"的地位，总之得给它个位置。那时有人提出："为什么作品中一定要写恋爱？"吃饭，在生活中也是重要的，为什么作品中不写吃饭？中国的饭好吃，还有北京的烤鸭也不写，恋爱是每个人都经过，吃饭也是每个人都经过呵，恋爱还有时间限制，年纪大了就不谈恋爱，吃饭可没有限制……但恋爱更能表现人的情感，吃饭能不能表现情感，从多方面表现性格，要注意这方面，以后作品会好一些。

正面反面人物的问题，我们说反面人物比正面人物写得生动，但绝不能得出结论说，以后可以不注意反面人物，正、反面人物都要同时强调，现在说反面人物写得好，只是在某种意义上讲。我们有没有喜剧？没有，这是缺点，我们需要喜剧，需要讽刺作品。无论正面、反面人物都需要典型，想象、夸张。要典型就要想象，因为典型在生活中是没有的，要创造典型就要想象。想象少就是典型化不够的主要关键。要典型就要想象、夸张，许多作品平淡乏味就是想象、夸张太少。香港片这些地方就比我们好，虽然有些低级，但它夸张了，好笑。我们就不敢，怕坏事。要夸张，要突出，对正面人物要夸张，反面人物也要夸张，能使人爱和恨，如果正反人物都差不多，怎么能引起人的感情——爱和恨呢？要使主人翁的奋斗经过多少阻碍、困难，引起观众对主人翁命运的关心，对坏人恨，恨透了，这样才有艺术效果，政治目的才能达到，夸张也是党性的问题。过去的影片如《白毛女》《钢铁战士》《赵一曼》《翠岗红旗》《渡江侦察记》是有缺点的，不管缺点多少，为什么给观众的印象深？一个原因是因为有人物。《白毛女》的人物就很突出，最重要的原因还是因为斗争比较严重，正面人物经历了较多的考验，是不是这样？可以研究。因为受了考验，观众对人物有了情感。《白毛女》里并没有多少细致的描写，但为什么能打动人？就是因为它把人物放在严重的斗争中。反映了多少年中国妇女受的迫害，"我要活"、"我要活"，也不过就是："我要活"、"我有仇"！《钢铁战士》的小刘讲的话也很简单，也不过就是"革命到底！""我有仇！""我要革命！"那样讲了，而且那样做了，就打动了人，就产生了力量。白毛女说"要活"，是很难活下去，革命困难，但要革命到底，如果没有这些，可以活，可以不活；革命可以到底可以不到底，——没有环境逼迫，观众就不能被吸引。要夸张，这些片子夸张了，有较严重的斗争，这是不是可以做一条经验？我总认为

《白蛇传》没改编成电影，是很遗憾的一件事，很希望哪位艺术家把它写出来，这个故事表现了女性对自由的追求，高度的自我牺牲精神，明知不可得的，还要为它坚决的斗争；明知不可抵抗的，还是要抵抗；明知不可靠的，还是要去追求；明知爱情要付出多大代价，还是要斗争，小青为了友谊，不论付出多大代价，还是要干到底。哪个人能把这种精神表现出来呢？希望哪个大师把它表现一下，尤其是《断桥》这场戏最好了。

关于写人物，不在写多少话，主要把人性格、精神写出来，鼓舞人们！现在就需要这样的作品，这个问题解决了，电影艺术将提高一大步。《夏天的故事》很好，写了人物。这个问题就讲这些。

以后创作，想象，夸张要多运用一下，这是艺术概括的基本手法，要创造典型，要艺术概括，没有想象、夸张就不行，没有选择，艺术创作选择是很重要的，这是艺术概括的力量。

要创造人物就要技巧，没有技巧，就不行。这个会议很好的一件事就是强调了技巧，这是这个会的收获。过去，我们反对片面强调技巧，认为有技巧就有饭吃，有技巧任何政府都吃得开，反对这些是对的。另外还有一种看法认为只要有思想，技巧就不成问题，这个观点，我们反对得很少，要反对这种观点，这种观点是同样有害的；目前更有害。目前应该提倡学习技巧，钻研技巧，我们生活中就要谈技巧，谈思想，谈对生活的观察、判断，形成谈技巧的空气。技巧这个问题怎么提法呢？技巧不是以别的为标准，而以表达内容为标准，为了表达内容，而寻找新的适用的形式，新的内容，需要新的形式。技巧是为了寻找观众最喜爱的形式，技巧是关系作品的成败的问题，内容和形式不统一，内容好，没有形式要失败，所以是成败问题，是作者的思想、立场问题。思想明确，形式也一定明确，不要以技巧差没关系，技巧差是思想不清楚。形式常是表达思想的，我们都有这经验，问题讲不清楚。不单是生活的表现方法问题，而是思想就没有清楚，思想清楚了，一定可以讲清楚的，所以技巧是思想、立场问题，技巧把作者的思想、立场表达出来，找到一个媒介和观众接近。如为人民服务，找不到人民喜爱的形式，怎么为人民服务？我们的小说、诗歌、电影都要寻找群众喜爱的、更美的形式，技巧问题应当当作严重的问题，技巧与生活是分不开的，生活了很久，才能积累形象。不是单纯强调技术，认为只要有了技术就可以表现生活，技巧是从观察生活时开始的，不是在写作时、坐在桌子上才有的。所谓形象思维，观察人的每个行动是什么意思？技巧是从观察生活开始，对生活加以思索，技巧是观察生活、表现生活的整套手段，整套观察生活的方法。思想、生活是密切联系着的，离开了思想、生活谈技巧是抽象的，是匠人观点。技巧是从观察生活开始的，是观察生活的能力，表现生活的能力，所以，我们这个会强调技巧这个问题是有好处的。不着重技巧，认为技巧就是形式主义，这种说法实际上与形式主义是共同的。形式主义讲形式不讲内容，不要形式是反面的形式主义者，同样地把形式和内容割裂了，以为只要有内容形式自然就来了，不知道技巧就是观察、表现生活的手段，形式和内容是一齐来的，二者是辩证的统一，是艺术的规律，破坏了这个规律，就破坏了艺术，我想我们过去对艺术的看法是错误的。现在要改变这看法，技术问题是很高的，如语言问题。

语言问题。电影技巧另一个问题是语言，荒煤同志和总顾问都谈到了，现在的电影语言很多，不好。语言的作用：一是用来传达一件事，另一方面是表现一种性格，我们现在的语言是只传达一件事情而没有性格，不是性格的语言。作为艺术语言要求简练和性格化，否则，我可以写，陆定一同志可以写，滕部长都可能写了。没有性格、没有个性即概念的语言。《南征北战》中，陈戈同志演的那个师长，最后讲到什么大后方的斗争、民主改革等那样一大段话，是不真实的。

结构问题。今天不能详细谈，许多同志不注意这个问题，尤其是一些年轻同志，认为不重要。我们要讲讲结构，不怕说是形式主义。任何艺术形式都有它的规律，应该讲究这些：结构、处理问题、情节、线索等等，一条线索说几条线索，一个情节还有几个副情节，我们现在是混淆不清。写得好的，应该一条主线很清楚，不管有多少条副线。还有人物的出场问题，主要人物随便出场，使观众都不知道，随随便便就出来了。主要人物嘛，应该引起观众注意，旧剧就很好，先是龙套，然后是旗牌，一道一道，最后主帅才出来，给观众很好的准备；还有报纸上的所谓"新闻道语"。总之，可以使人一目了然，清楚了是讲什么一回事。像安娜·卡列尼娜一开头就很好："所有的幸福家庭都是相似的，每个不幸家庭有它自己的不幸。"证明了作者有一定的高度，你要跟着他的思想走。结构要起这样的作用，观众要跟着你的布局走，要有这样的本事，如苏联同志给我们提意见，电影院、剧院里不应该有钟，应该把钟取掉，有钟观众就老想看钟，分散了注意力，我想剧演不好，观众就老看钟，戏写得好，演得好，抓牢他，他走不了，要有这样的本事。所以我说以后还要钟，演不好他就要看钟。如《三国演义》里写孔明登场，就费了好大的工夫！开头写徐庶如何如何厉害，但是说孔明比他还厉害！写了两三章，使观众等了这么久，这样重要，你就忘不了，出来的派头就不同，《红楼梦》中宝玉、黛玉登场、凤姐登场，凡是这几个重要人物的登场，都有所不同，都有个布局，京戏里倒板的作用也在于此。人还没出来就吸引起观众的注意，倒不是给观众个特殊印象，而是有特征，主人翁嘛，观众看到就愿意跟着他走，就要密切地关心他的命运，这里面不能有平均主义，有的人就要写得多，有的人就不可能写很多。

这些东西都要研究，花工夫，如果说艺术的特征，那么这也是个特征。故事情节要安排得好，有高潮，有低潮等等。

技巧的来源是从对生活的观察，从学习古典作家而来的，多看些书，看他们是怎样写的，当然不是模仿，而是借鉴，我主张"文无定格"，没有一定的规格。像《欧也妮·葛朗台》中巴尔扎克写葛朗台的性格就是要钱，对金钱的狂热，对其他什么都没有感情，也没有别的愿望；也不想游历，也不想女人，老婆死了也无所谓，只是要钱，非常简单，但我们就是感到这就是活人，谁看过后脑子里没有葛朗台这形象？作家就是在某一点上抓住了，加以夸张、发挥。

掌握技巧的关键在于劳动，技巧是能够掌握的，但是没有一本书来解答这个问题，"小说作法"、"诗法"都不能解决这个问题。不能找到一本书能说明写好作品，用什么方法。

创造人，掌握技巧，进一步深入的观察生活，研究生活，掌握了马列主义基础，深入的研究生活，这是解决公式化的道路，除这条道路外，没有别的道路。有的同志说：我们的生活差不多了，有生活就是写不出。我们反对这种说法，要写作一定要有技巧，技巧是从观察生活中学来，我们要防止"生活已差不多了"的说法，这说法是危险的，生活是没有止境的，生活前进得非常快，赶还赶不上，任何作家、艺术家不能说："对生活已熟悉了"，任何艺术家不能说："我马列主义已掌握"，"我技术已掌握"，这些都是没止境的，如果这样就把生活的源泉割断了，说自己马列主义够了，思想就会堕落。问题一定要这样提，会上反对这说法是对的。了解生活，生活是复杂的，进展得非常快，追求生活，进一步了解生活，是作家的经常的任务，同时，提这个问题还有一点，不只生活没止境，向前进展的快，我们体验生活是怎样的呢？过去我们体验生活是有成绩的，但也要承认，过去体验生活带片面性、局限性的。不能说已经够了，解放以后是出了很多作品，但我们应该有这样的觉悟，承认自己的不是，不要以为已熟悉了。在座的人，对生活比我熟悉，但是不是真的就熟悉了呢？过去体验生活的方法是，跑到工厂、跑到农村、跑到区里，是好的，但局限性也很大，到区里就只看见一个区，到工厂就只看见工厂，把生活割裂。苏联反对把文学割裂，所谓"工厂的文学"的说法，同样也不能把生活割裂，不能对部队熟悉就光写部队，熟悉农民就只写农民，分成部队文学、农民文学。生活是整个的，如《葡萄熟了的时候》、《一件提案》就有缺点，就是把生活割裂了，过去体验生活是有成绩的，但还有缺点，有的对体验生活是旁观的，担任工作有临时性、有旁观的，不是积极参加斗争。胡风认为到处都有生活，它的危险是在于叫作家不要到群众的生活中去，既然到处都有生活，苏联作家协会为什么要保证作家和群众的联系，到处都是生活，作家也是人，那就在作家协会就行了。不行，我们是要同广大人民生活在一起，我们过去号召作家到生活中去，到工农兵中去，缺点是把下面体验生活孤立起来，下面是生活，上来就没有生活，当然就错以为花园饭店是没生活的，是生活的空虚地带，那是由于作家不是经常的注意生活，通过各种方法与生活联系。可以交朋友、可以写信，我们反对到工厂才有生活，回来就没有生活，这种看法使得作家的视野非常狭小。编剧、导演、演员对生活应该当作社会现象了解，观察生活，对观察的对象和资产阶级作家的态度不同，不是把生活当作材料，当作盗取革命之名的材料，而是把它当主人。还要有观察生活的能力，判断生活的能力，自己能估价生活，找出生活的意义。应该以马列主义政策的观点观察生活，但不是只要有马列主义就行了，而是一种帮助。生活是什么样的？马列主义不能告诉，政策只能告诉要依靠贫农，团结中农……你还要到生活中看贫农怎样，中农怎么样？政策没告诉这些，只告诉要依靠，但依靠什么，为什么可以依靠？你还要观察。有人说土改依靠贫农，合作社要依靠中农，思想是模糊的。为什么要依靠贫农，政策只给我们一个路线、方针，具体的要自己观察，判断，作家要有独立判断生活的能力，现在只是用生活来证明政策条文，我们依靠贫农，开会了，正是根据政策的观点去全面观察生活，作出判断，作出独立的估价。过去体验生活是孤立的、旁观的、缺乏判断能力，怎么能说生活已经够了？何况生活进步的很快，还要进一步的研究生活，要参加到生活中去。有一说法说作品中有公式化，生活中也有公式化，譬如开会有公式化的，但如果把生活全面考查，是没有公式化的，如果看见公式化，那只是表面的，而没全面、本质的了解，如《三年》中赵秀妹穿灰衣服，为什么一定要穿灰衣服，现在就有穿花衣服的，可见穿灰衣服不是本质，即使要穿灰衣服，可以不要穿的那么难看。开会，有公式化，但也有不公式化的，生活中公式化是暂时的，局部的，是被否定的现象。对新生的东西要爱，但新生的不一定就全好，要看那棵树是能长成大树的。作家观察生活，不要满足，要深入的观察、评价生活，作家才能成为生活的主人，生活的教师，在生活中奋斗的战士，离开了这个，任何问题都是没基础的。

最后一个问题是编剧、导演、演员要建立创作上的合作关系，编剧、导演、演员创作上要经常互相交换意见，互相补充，我看你的戏，看了要研究，互相补充，电影是集体的艺术，主要是编剧、导演、演员，当然还有摄影、美工等等。但最主要的是编剧、导演、演员。剧本只是基础，导演有发挥的余地，编剧应该鼓励、依赖导演和演员。导演、演员也要深入了解剧本，不要有些内容因导演的粗心而被忽视。创作是具体的，创作要经常交流，互相补充、丰富，这是艺术的新道德，要克服任何个人主义，平均主义。平均主义也是个人主义。要服从整个艺术创作的需要，我个人演什么角色是服从整体的，现在我们已是这种关系，但还要继续建立，建立这种创作上的、集体主义的合作关系。建立这种关系的基础是对国家、对人民的责任心。我们对国家、人民是负责的，不要互相推诿，是要在大家提高政治、艺术水平的基础上建立这种关系。统一战线是严肃的友谊关系，是严肃的艺术事业的合作关系，是对人民的责任感。对待艺术的水平提高了，合作精神也就提高了，我们的创作就会好。我们有信心，我们的水平的提高正是要由我们在座的同志的努力，在党和上级的领导下，向苏联学习，我们互相帮助，取得更大的成就。

（录自《周扬文集》第2卷）

关于高等学校文科教材编选情况和
今后工作意见的报告[*]

中央书记处并

总理：

　　高等学校文科教材编选工作，从去年 4 月文科教材编选计划会议结束以后开始，迄今已有一年。现将这一阶段工作情况报告如下：

　　（一）文科教材编选计划经多次修订增删，除共同政治理论教科书的编写已另有安排外，现在确定编选的有中文、历史、哲学、经济、教育、政治教育、外语等方面 14 个专业所需要的教材，共 273 种。其中教科书 130 种，参考教材 143 种。按专业分，中文 34 种，历史 34 种，哲学 35 种，经济 25 种，教育 29种，政治教育 16 种，外语（包括俄语、英语、德语、法语、西班牙语、日语、印地语、阿拉伯语）100 种。教科书一般都是新编选的，参考教材则包括译自社会主义和资本主义国家的有参考价值的课本和学术著作，以及选辑的一些反面资料（主要是现代资产阶级反动学者和修正主义的资料），其目的在使学生扩大

---

　　* 这是作者 1962 年 5 月 5 日写给中央的报告，未公开发表过。

眼界，增长知识，知己知彼，有所借鉴和比较。

这些教科书和参考教材，多数是委托高等学校和研究单位负责组织人力编选；有20多种教科书，则从高等学校和学术研究机关抽调了近300人，分别在北京、上海两地集中编选。截至今年3月底止，在教科书中，全书或分册已出版和已付印的有《中国文学史大纲》、《中国历代文论选》、《外国文学作品选》、《中国史稿》、《中国历史文选》、《中国历代哲学文选》、《形式逻辑》、《外国教育史》和各不同专业用的俄语、英语教科书等共15种，预计八月前可以完稿的有18种，今年年底可以完稿的22种，三项合计共55种，占计划编选的教科书总数的42%；其余的将在今后两三年内陆续完成。参考教材的编选计划布置较晚，故大都未定完稿期限，但是由于其中相当大的一部分是翻译外国著作以及选辑资料，比自己编写究竟容易一些，估计在两三年内也可大体完成。艺术院校计划编选的教材约190种，编选工作也在进行中，当另报告。

去年工作开始时，我们曾提出文科的教材建设既是一个限期完成的任务，又是一个长期的任务。从这一阶段工作看来，文科教材的编选工作，的确需要一个较长的时间。但中国的高等学校，许多教材是搬用或抄袭欧美资本主义国家的东西。解放以后，大量采用了苏联的教材（有不少是来华专家编的），自己编写的很少。1958年以后，教育革命，解放思想，青年人集体编了不少教材，出现了一种新气象，但由于对旧遗产和老专家否定过多，青年人知识准备又很不足，加上当时一些浮夸作风，这批教材一般水平都低，大都不能继续采用。这一次文科教材编选工作就是在这样一个基础上开始的。我们在总结过去经验的基础上，重新制定了文科各专业的教学方案，集合新老力量，重新编选教材。目前，有些专业（例如政治、法律、经济学等等）因课程设置和教学方案还没有完全定下来，教材编选工作尚未开始。已经编出的教材许多还需要经过一段时间的试用之后，收集意见，加以修改，使之逐步完善，才能成为比较稳定的教科书。要建设一套既符合教学实际需要又具有较高水平的文科教材，不是短短几年之内所能完全解决的，需要有更长的时间和更多的努力。文科教材建设同整个学术建设是密切联系着的。教材的水平正反映出整个学术界的水平，同时通过教材的编选和讨论，又有助于活跃学术空气，推动学术研究，培养人才，促进学术水平的提高。因此，我们认为，多花一些时间和力量在这上面，是必要的。

（二）已经编出的各类教材，虽然质量高低不一，但一般比过去各校自编的都有所提高：材料比较充实了，空洞抽象的议论减少了；在观点和资料的结合上也有了一些进步。但编选过程中问题不少。主要是：掌握资料还很不够，在运用马克思主义观点上简单化和贴标签的现象还不能完全避免。我们在编选工作过程中，对教材质量，反复提出以下几点要求：

第一，要以马克思列宁主义、毛泽东思想为指导。文科的许多学科有很强的阶级性，其中的不少内容同革命斗争和社会主义建设有密切联系，有些还是马克思主义的基本组成部分。因此，编写文科教材，必须努力运用马克思列宁主义、毛泽东思想的立场、观点、方法，占有资料，分析问题，研究问题；充分利用中外马克思主义学术研究的优秀成果；反对修正主义，同时克服教条主义。在教材中，正确的观点、立场、方法，不仅表现在正确的论断上，而且要表现在知识的正确选择和介绍上。论断必须有材料作依据。摘引马克思主义经典著作中的某些词句，把马克思主义的现成结论作为套语，空发议论，乱贴标签，不但不能起教科书应有的传授知识的作用，而且首先是违反马克思主义的。正确运用马克思列宁主义观点，处理人类长期积累起来的有关文化知识，作出科学的论断，不是容易的事，需要长期的刻苦钻研。鉴于我国目前学术界的状况，还不能要求每一本教材都具有完备的马克思列宁主义的观点，勉强要求只能助长庸俗化、简单化的倾向。因此，要采取实事求是的态度，对教材质量只能要求逐步提高。只要挑选的资料是适宜的、可靠的、有用的，观点是比较正确、比较进步的，就可以说达到初步的要求了。由于各类教材的性质不同，具体要求还应有所区别。如对理论性强的教材与对技术性强的教材要求就不应该一样。但不论哪一种教材，都必须是有比较丰富的知识材料，并对这些材料进行具体分析，然后得出比较正确的结论，力求观点和资料统一。

第二，注意中外古今不可偏废。研究现实问题，研究我国革命的社会主义建设的规律问题，研究当前世界人民革命斗争的经验及社会主义和资本主义两种思想体系的斗争问题，在文科教学中应占一个特殊重要的地位。但是，材料中所介绍的应当是比较成熟的经验总结和比较肯定的研究成果。时事问题和当前政策问题应向学生作专题报告，或结合有关课程讲解，不要轻易写进教材。教材的任务，一般来说，只是阐明已有的经验总结和已经探索清楚的规律，不要把一些还不成熟的、还不肯定的经验和意见当作定论、当作规律来介绍给学生。同时，为了使学生得到比较全面的知识，既要介绍中国的今天，也要介绍中国的昨天和前天，既要介绍中国，也要介绍外国。对于外国知识的介绍，我们过去做得不够，今后应大大加强。在这次教材编选工作中，我们强调了关于外国的语文、历史、哲学、经济、政治等方面知识的介绍，特别注意到关于亚洲、非洲和拉丁美洲各国知识的介绍。

第三，教科书的叙述方法要力求简明生动，要有科学的论证，要有分析和比较，既能使学生发生兴趣，又让教师有补充发挥的余地。对一些重要理论问题的说明，需要把有关这个问题的古今中外的各种主要学派和观点，正反面的意见，先扼要地介绍给学生，然后再加以分析、评价和判断，说明为什么这个正确，那个不正确。不能只介绍一方面，就简单地说只有这个正确，其他都是不正确的。既要反对虚伪的客观主义，也要反对武断。只有这样，才能使学生获得较为全面的观点，锻炼独立思考的能力，学会正确的判断。

总之，我们对教材的要求，是既要注意政治性和革命性，又要注意知识性和科学性，并使两方面较好地结合起来。我们认为，提出以上要求是必要的，是可以逐步做到的。

（三）经过一年来的实践，对如何组织编选教材的工作，我们有以下几点意见：

第一，必须坚持党内外新老专家合作的原则。过去几年组织青年集体编书，取得一些好的经验；缺点是对老专家否定过多，没有注意调动老专家的力量。实际上今天我国的学术界，掌握书本知识比较多的还是老一代的专家。因此，如何对待老专家，如何使青年和老专家团结合作，就成为一个关系到文化遗产的继承和学术事业发展的重大问题。由于过去几年思想改造和学术批判中发生了一些简单粗暴的现象，青年和老专家之间存在着一定紧张的不正常的关系，要做到真正的团结合作，还需经过一段努力。在我们工作初期，曾经有些青年对老专家不够尊重，要求偏高，往往只看到他们思想立场、生活作风上的某些缺点，看不到他们知识和治学经验比较丰富的长处；有些老专家则只看到青年知识不足又不虚心的一面，看不到他们勇于进取的优点。因此，我们既注意调动老专家的积极性，同时也要继续发挥青年的作用；提倡青年要向老专家学其所长，老专家要关心青年，培养青年，彼此互相尊重，团结合作。

　　第二，在编写过程中必须保证学术争论的自由。由于学术见解不同，在集体编书过程中，争论是不可避免的，也是有益的。在学术问题上绝不能采取少数服从多数的办法。为了既要完成编书任务又要保证学术争论的自由，我们采取了以下的措施：（1）提倡由学术见解相同或接近的人合作编书，人选最好由主编挑选，这样效果较好。结合要根据自愿原则，不愿合作的就不勉强组织在一起。同时也提倡个人写作，鼓励写一家之言。同一门课程，可以因学派不同和合作条件不同而同时组织编写几本教材。例如中国哲学史一课，我们既组织集体编写一本，又鼓励冯友兰教授个人写一本，冯的积极性很高。（2）已编出的教材初稿，印发有关专家，特别是不同学术见解的专家，广泛征求意见，展开学术讨论，然后根据讨论结果作适当的必要的修改。我们鼓励不同学术见解的争论，但反对宗派、门户之见。（3）既统一组织编选教材，也提倡和鼓励各高等学校、研究机关和专家个人编选教材。不论采取什么方式编选的教材，经过审定，只要质量好，都可以选为通用教材。

　　第三，集体编书必须实行主编负责制度，以保证每本教材观点的一贯性和完整性。自愿结合的集体编书，是一种好的写作方式，问题在于运用是否得当。过去几年，集体编书经验中有好的一面，缺点在于过分强调集体，强调所谓"大兵团作战"，强调短期突击，忽视个人作用，尤其是忽视主持者和骨干力量的作用。我们认为，精神劳动必须以个人独立钻研为基础，必须重视个人研究和个人写作，只有在这个基础上实行必要的集体协作，才能获得成效。为此，做了几项具体规定：（1）集体人数不能过多，一般三人、五人，至多十人、八人。（2）凡集体编选的书，都要有主编。全书的编选和争论的问题，主编有最后决定之权。个人不同意见可以保留，必要时还可在书上适当说明。（3）

主编和所有写作的人都在书内列名，以尊重编选人的劳动，明确责任。这段工作实践证明，要使主编制度真正发挥作用，关键在于主编是否所托得人。因此，选定主编要格外审慎。

为了更好地保证教材质量，我们还规定了审阅办法，教科书付印前由一至二人负责审阅。审阅人可以由主编提出，也可以由他人推荐，经主编同意。审阅人也要在书内列名。

第四，必须建立由专家组成的专业组，分别领导各专业的教材编选工作。这次编选的教材，数量很大，门类很多，为了便于具体贯彻学术政策，进行学术领导，我们建立了中文、历史、哲学、经济、教育、政治教育、外语等八个专业组。每组由十几位党内外专家和部分优秀青年组成，并设组长一人，副组长若干人，负责经常的具体领导工作。专业组的主要任务是：①拟定本专业的教材编选计划；②对本专业的教材编选工作进行学术指导，解决编选工作中的重要问题；③组织书稿的讨论、审查；④搜集教材使用中的意见，组织进一步修订的工作。我们认为，建立这样的组织十分必要，但它能否发挥作用，关键则在于组长。从这一段工作情况来看，各组在组长领导下，一般都发挥了良好的作用。现在，各组组长由下列同志担任：中文组——冯至，历史组——翦伯赞，哲学组——艾思奇，经济组——于光远，教育组——陈元晖，政治教育组——许立群，外语一组——李棣华，外语二组——季羡林。

第五，需要统一计划和调动组织全国的学术力量。过去几年，由于没有总的领导和计划，各校自编一套，互不合作，又不调动研究机关的力量，花费力量很大，效果不好。鉴于这种情况，我们认为，需要在统一的计划和领导下，调动全国的学有专长的专家和优秀的青年，进行教材的编选工作，有些书还要抽调人力集中编选。虽然有些专业和学科，由于基础十分薄弱，甚至毫无基础，编选教材相当困难，势必需要较长的时间，但如不及早组织力量着手进行，就更难改变目前这种状况。集中一批人在一定时间内专门从事编选教材的工作，不免和学校当前的教学工作发生矛盾，但从长远看，这样做是完全必要的。

以上报告当否请予指示。

周　扬

1962 年 5 月 5 日

（录自《周扬文集》第 3 卷）

在外国文学规划座谈会上的讲话

（1978 年 3 月 13 日）

党中央粉碎了"四人帮"，使我们今天有机会聚在一起来谈外国文学研究工作，这是很令人高兴的。

我讲两点意见：

第一，要不要研究外国文学？第二，怎样研究外国文学？

要不要研究外国文学？这似乎不成其为问题。但是在"四人帮"横行的时候，谈外国文学就有些谈虎色变。谁要研究外国文学，"四人帮"就说他是"崇洋"、"媚外"，是复辟资本主义。罪名可大呢，谁还敢谈。所以，现在我要先谈一谈要不要研究外国文学的问题。到底是研究有利于我国的社会主义文化建设，还是不研究有利？我们说研究有利。而"四人帮"就是反对研究外国文学。过去我们对外国文学研究的工作，不是做得太多，而是少。这个工作，做得还不够好。

为什么要研究外国文学？这要从马克思说起。《共产党宣言》里讲过，资本主义生产的发展，大规模的商品生产和交换，产生了世界市场。产品交流，互相依赖，各国闭关自守的状态再也不能存在了。随着物质生产向世界的扩大，人类的精神生产也成了世界人民的共同财富，哲学、科学、艺术等方面的著作都成为世界性的，这样，也产生了世界文学，使文学摆脱了地方性、狭隘性。这是资本主义对历史的巨大贡献。世界文学也不是马克思第一个讲的。早在马克思以前，歌德就预言了"世界文学的时代"的即将到来。

当前，党中央提出抓纲治国，实现四个现代化，这是个艰巨的光荣的历史任务。许多资本主义国家，早就现代化了。我们要的是社会主义制度下的现代化。我们不能走资本主义的老路。不搞四个现代化，闭关自守，盲目自大，我国就会落后，就会挨打。只有实现四个现代化，中国才能进入世界先进民族的行列。"四人帮"诬蔑搞现代化就是搞资本主义，吓唬我们，似乎卫星一上天，红旗就要落地。我们一定要作到卫星上天，而红旗决不落地，我们要为此而共同奋斗。我们既要研究外国文学，又不要被西方资本主义文化所同化。不介绍、不研究外国文学，不了解外国文学情况，不同它交流，不向它学习于我们有用的东西是不行的。这是一种愚蠢的政策。另一方面，盲目崇拜外国文学，对它亦步亦趋，不用马克思列宁主义、毛泽东思想为指导来对它进行评价和批判，对它们的反动倾向不进行坚决的斗争，那就是投降主义，当然也不行。

落后国家向先进国家学习，历史上是不乏先例的。俄国的彼得大帝，学了西方，使俄国强大起来。日本明治维新，学了西方也强大了。当然，事物在一定条件下，总是向反面转化的。它们后来都成了帝国主义国家。中国清朝末年，一些有点见识的人士，提倡学西方，造枪炮，建海军，这就是所谓"洋务运动"。但当时也只是提倡学西方的技术，而反对学西方的先进思想，即资本主义上升时期的资产阶级民主和科学的思想。当时有个口号，是"中学为体，西学为用"。要学习西方资本主义国家先进的物质文明，又要保持中国几千年来的封建主义的思想体系，上层建筑和经济基础相矛盾，这怎么行得通呢？到了伟大的"五四"运动，这才打开了一个向西方先进文化，向马克思主义、列宁主义学习的新局面。如果有人要问，我们今天学习毛泽东思想能不能说是"中学为体"呢？那也不能这样说的。因为毛泽东思想是对马克思主义的创造性的发展。马克思主义是产生在西方，它的原则是放之四海而皆准的。毛泽东思想的伟大就在于它把马克思主义的普遍真理应用于中国具体的革命实践，并从而大大发展了马克思主义。

四个现代化，向外国学习，引进先进技术和设备，这是我们国家和人民的需要，这和独立自主、自力更生的方针是相辅相成的。自力更生为主，并不是闭关自守，而是要把外国的东西拿过来，按照我国的实际情况，应用到我们的建设上。在自然科学、技术方面是这样，在社会科学、文学方面，有所不同，但也不能采取一概排斥的态度。不能说外国社会科学、文学都是资本主义思想，一无是处，我们就不去研究它们，就不去从它们里面吸取一些于我们有益的东西。马克思、恩格斯和列宁对于当代资产阶级的学术成果采取了认真研究的态度，只有经过这种认真研究才能给以正确的批评。即使说这些东西都是反动的，但是它们不但在西方世界，而且在第三世界还有很大的影响，那我们就有必要研究它们，不研究，无从取舍。既然是反面的材料，也要研究。不研究，我们就没有办法驳倒它们，战胜它们。本来我们对外国文学的研究就落后，经过"四人帮"的破坏就更落后了。闭关自守，是自甘落后，是违背历史潮流的，是不得人心的。马克思讲过，理论在一个国家实现的程度，取决于它满足这个国家的需要的程度。理论不解决实际问题，不能满足人民的需要，违背人民的需要，这种理论讲得再好听，也是行不通的。"四人帮"反对四个现代化，反对向外国学习，他们的种种谬论，不管说得如何天花乱坠，因为违背人民的需要，还是行不通。"四人帮"骂莎士比亚也好，骂贝多芬也好，但人们还是要看、要听他们的作品。世界古典名著，你即使封存禁止，人们还要看，你不让他看，他就偷偷看。好书不让他看，他就看坏书。我们有责任把好的外国文学作品，介绍给广大的读者，并指导和帮助他们正确地去阅读这些作品。中国人民需要知道外国的事物，需要通过文学作品来了解外国的社会、历史和人情风俗，增加自己的知识，扩大自己的眼界，提高自己的文化水平。要提高整个中华民族的科学文化水平，除了科学技术外，文学知识也是一个重要方面。在这方面，需要指导，不能放任自流。

任何一个国家的文化，都有它自身的发展历史，有它历史的联系，无论对本国和外国的文化，都不能割断这种联系。苏联十月革命以后，以波格丹诺夫为首的"无产阶级文化派"的错误，就是割断历史，脱离实际，关起门来"创造"所谓"无产阶级的文化"。列宁坚决地反对了这种错误思潮。记得我有一次和毛主席谈到这个问题，毛主席曾经说过，我们解放以后没有犯苏联十月革命后波格丹诺夫那些人所犯的那种否定过去文化的错误。我们在对待中外文化遗产的问题上也曾有过这样或那样的缺点和错误。"四人帮"诬蔑我们"崇洋复古"，叫嚷要对整个人类进步文化来一个"彻底扫荡"，比波格丹诺夫还厉害万倍。当然，"四人帮"不只是什么思想路线问题，他们是要篡党夺权，他们实行法西斯文化专制主义，毁灭文化艺术。当我们制订规划的时候，我们要看到"四人帮"对外国文学研究方面的破坏，同时也要看到，我们在这方面的工作过去还做得不够，或有偏差的地方。

既然需要研究外国文学，那么怎样进行研究，这是一个比较复杂、比较细致的问题。我们主要研究的外国文学，一般是资本主义社会的产物。怎么研究好呢？能关起门来研究吗？那是不行的。我们的各个研究所的方针任务，都要密切配合当前国内外的形势和需要，为人民服务、为社会主义服务，不这样就是错误的。同时又要按照当前和长远的需要，从事本学科的基本理论建设，研究和提出新的问题，写出新的有分量、有水平的著作，在这一学科中对马克思主义理论有所建树，不这样也是不行的。因此，对外国文学的研究如何结合现实的需要，如何运用马克思列宁主义、毛泽东思想来研究和评论外国文学，对外国文学作品如何介绍，哪些要公开出版，哪些作为内部参考材料印行，如何写序，写前言，这些都需要花费气力，认真去做。我们的一切工作都是要对人民负责的。外国文学的研究介绍，大体上可分为三个方面。

第一，介绍当代外国文学的新成果和新思潮，给予恰当的实事求是的评价。这些年来，我们对当代世界文学状况知道甚少，十分闭塞。一谈到当代外国作家，似乎不是资产阶级就是修正主义，没有什么值得我们介绍的东西。我们经常引用列宁关于两个文化的观点，认为有少数统治者的文化，也有大多数被统治者的人民的文化。这种观点难道今天就不适用了吗？在沙皇统治的黑暗时代，俄国产生过许多伟大的作家、艺术家，难道今天的苏联，过去的光荣传统就通通丧失，就一个进步的作家都没有了吗？这是不可能的。至于西欧、日本、美国等资本主义国家，尤其是第三世界的国家，进步作家总会有的，而且不会少的。我们要尊重别的国家和民族在文化上的成就，要互相交流、互相学习，不能把自己孤立起来，封锁起来。这不但是我国文化建设的需要，也是我们应有的国际主义的精神。不论自然科学和社会科学，各种学科的新成果，我们都要认真研究、学习和汲取它们中间一切对于我们有用的东西。我们不能拿只对我国适用的标准来要求外国的作家，我们要了解他们所处的环境，所受的文化教养，他们在政治上思想上的局限，他们的民族传统和风俗习惯，不能把我们的意志强加于人。我们要肯定他们在当前条件下的每一个进步的表现，他们在艺术上的成就和贡献。当然，我们在肯定他们成就的同时，又要指出他们的错误、缺点和不足，进行恰如其分的批判。对于反马克思主义的文艺思潮，我们要进行有力的批判，但这种批判也必须是说理的，有分析的，有说服力的，而不是谩骂。

第二，用马克思主义的历史唯物主义的观点和方法来研究和评价外国古典文学，主要是欧洲文学的遗产。建国以来，我们在这方面做了不少翻译介绍的工作；翻译工作是有成绩的。这个工作今后还要加强和改进。在人类文化历史上起了巨大作用的希腊罗马、文艺复兴和启蒙运动时期的代表作品，要翻译齐全，并提高译文的质量，要承认它们是各个时代的文化高峰。这是客观历史事实。比如，我国文学史上有过楚辞、唐诗、《红楼梦》、鲁迅，这些也都是高峰。我们应当实事求是地承认这些高峰，研究这些高峰产生的原因和发生的影响，并向它们学习。当然，任何高峰都有其局限性，而后人总是要超过前人。我们决不能在它们面前拜倒。

19世纪欧洲的文学曾经对世界文学有过很大的影响，至今还被青年所喜爱，其中有积极的东西，也有一些消极的东西。1960年我们曾打算对19世纪的欧洲文学进行系统的批判，有同志主张大张旗鼓地来批，邓小平同志指示我们，这是细致的思想工作，要细水长流地去做。后来我们虽然没有大张旗鼓，但也没有细水长流。时间一过快20年，这个工作至今还没有做，只有今后来补课了。

对外国文学，首先需要有一些专门研究外国文学的人来研究它，要精通它。毛主席说过，对别人的东西，如果要掌握它，先要学，甚至要经过一段模仿，然后才能自己独创。鲁迅写《狂人日记》，不就是模仿果戈里，又超过果戈里，表现了自己独到的思想，创造了自己独特的风格吗？所以不能把模仿和独创截然分开。所以，我们对外国文学要学习、要研究，不然就无法批判，也难超过它们。外国文化遗产，和中国文化遗产同样宝贵，同样重要，它们都是人类文化的财富。我们要用马克思主义的观点方法对它们加以研究，给予正确的评价和批判。这样，就可以扩大我们的眼界，丰富我们的文学知识，锻炼我们的鉴赏能力和识别能力，促进马克思主义文学理论的发展。

第三，研究马克思主义文艺理论以及它的发展历史，研究世界无产阶级文学运动的历史经验，这对于建设我国的马克思主义的文艺理论是十分必要的。我们的文学研究所和外国文学研究所都要认真地来进行这一工作。

我们研究马克思主义的文艺理论，当然首先要研究马、恩、列、斯关于文艺问题的经典性的论述，研究毛主席的文艺思想，同时也要研究马克思主义文艺理论在世界和中国的发展历史。普列汉诺夫是最早研究马克思主义的文艺理论、而且卓有贡献的人，鲁迅接受马克思主义的文艺理论，就是从翻译普列汉诺夫等人的著作开始的。那时他只能通过日文来重译，是多么困难啊。梁实秋挖苦他"硬译"，他为了尽量保持忠实，不怕人骂。我们现在人才众多，英文、俄文、法文以及其他各种文字都有人翻译，如果我们不能作出更多的贡献，那就有愧了。从普列汉诺夫到现在，已经快一个世纪了。普列汉诺夫前后，还有梅林、拉法格、卢那察尔斯基、高尔基等许多人，虽然他们并不完全是马克思主义的，但都对早期马克思主义文艺理论有所贡献。最近时期以来，还有哪些研究马克思主义文艺理论的著作，我就不大清楚了，大概总有一些吧。不论是正面的或反面的，我们都需要知道。在西方有相当大的影响的卢卡契的著作，我们过去多少介绍了一点，但是没有很好地进行研究，我们要进一步加以研究和批判。当然不能说西方的著作完全都是资产阶级的，或都是修正主义的，一点进步的东西都没有了。最近英国出了一本《马克思与世界文学》，虽然是一本西方作家的著作，但作者用了工夫，也可以供研究者参考。江青和"四人帮"诽谤30年代的左翼文学鼓吹19世纪俄国的别林斯基、杜勃罗留波夫、车尔尼雪夫斯基，其实那时我们还没有怎样介绍他们，那时主要翻译了一些普列汉诺夫、卢那察尔斯基等人的著作，但也是很不完全的。比较多地介绍俄国三个批评家的著作，是新中国成立以后的事。我们知道，马克思和恩格斯，对于这三位大思想家曾经给予很高的评价，正如他们高度评价狄德罗、莱辛一样，他们常常把这些俄国的伟大思想家和莱辛并提。列宁对于他本国的这些大思想家更是赞扬备至。他们是伟大的革命民主主义者，是俄国马克思主义思潮的先驱。当我们研究马克思主义文艺思想发展史的时候，一定也要研究他们的思想。此外，我们还要研究苏联文学发展的历史，研究资本主义国家，主要是英国、美国、德国、法国、日本等国家的无产阶级文艺运动的发展历史，不能因为他们中许多人后来变了或者当时就有错误，就对他们采取一概否定的态度，要承认他们的历史功绩，他们的经验也是值得我们借鉴的。我国早期的左翼文学工作者都曾受到过他们的教益，当然也从他们那里学了一些不好的东西。我们研究他们的历史经验，对我们总结自己过去的经验也是有帮助的。

我们应该以毛主席的文艺思想为主线，结合当前思想界、文艺界的实际，参照外国的有关著作，编选一部适合我国情况的具有较高水平的马克思、恩格斯、列宁、斯大林论文艺的书，应该争取编得比苏联的更好一些。可是我们直到现在没有编出这样一本书来，目前还是用苏联的。文学所和外国文学所应该通力合作，编出这样一本来，那大家就受益不浅了。外国的马克思主义文艺理论的著作，主要是总结了西方的文学经验，我们则要总结我国文学的经验，从我国文学的现状和历史的研究中探索出自己特殊的规律。马克思主义本身也不是德国一个民族的产物，而是德、英、法三国的产物。我们的马克思主义文艺理论当然也要吸收和采纳外国的经验。我国的无产阶级文艺运动已经搞了半个世纪了，我很希望出现几个出色的真正的马克思主义的文艺理论家，出几本真正像样的有水平的马克思主义的文艺理论著作。我自己很惭愧，在这方面没有做出什么成绩。

外国文学研究工作，也要注意普及和提高相结合的问题。我们要普及中国的优秀作品，也要普及外国的优秀文学作品，要帮助人们，尤其是青年人，通过阅读外国文学作品来扩大眼界，了解世界，增加社会历史知识，提高鉴赏和辨别能力，同时指导和帮助青年如何正确地阅读这些作品。

最后，关于外国文学研究者的队伍和人才培养问题。外国文学研究者（包括翻译工作者）的队伍很小，这方面有素养的专门人才很少。对这种人才要爱护，要在政治上、思想上关心他们，帮助他们，特别是一些学有专长的老专家，要尊重他们，年青人要虚心地向他们学习。要适当扩大外国文学研究队伍，特别要注意培养新人，要尽一切方法帮助他们提高思想政治水平和业务能力。研究机关和高等院校里从事外国文学研究的人员要建立一定联系，研究所除本所的研究员外，还要有所外的特约研究员。外国文学研究工作，要贯彻执行"百花齐放、百家争鸣"的方针，鼓励学术问题的自由讨论。自1956年毛主席提出这个方针，经过历次激烈的政治运动和思想斗争，有的人从消极方面吸取经验，不敢讲话，特别是"四人帮"横行时，不仅老专家，很多中年青年也不敢讲话了，学术研究工作出现了"万马齐喑"的局面，现在大家仍然是心有余悸。现在党中央落实知识分子政策，科学技术的春天已经到来了，文学研究的园地也应该是百花盛开的时候了。"百花齐放、百家争鸣"会不会出现毒草呢？有香花就有毒草。毒草是不可避免的。不要害怕毒草。我们在研究工作上一定要有勇气，要敢于探索，敢于创新，敢于辩论，敢于坚持真理；当然，也要敢于修正错误。打棍子、戴帽子，那是"四人帮"的暴行，也是他们的愚蠢做法，不能解决问题，只能使问题复杂化，不能解决矛盾，只能使矛盾尖锐化。只有用民主的方法、讨论的方法，才能解决人民内部的争论问题。要使"百花齐放、百家争鸣"沿着正确的道路前进，关键在于要有一支马克思主义的理论队伍，要有不只是几个，而是几十个、上百个马克思主义的文艺理论家和批评家，这样，我们的社会主义文艺事业就一定会繁荣昌盛起来。我们希望在座的同志们都要为此而共同努力。

（录自《周扬文集》第 5 卷）

关于真理标准问题的讨论[*]

这次讨论会，专门讨论真理标准问题，我非常拥护。我看了些会议简报和发言稿，得益不少，我想有些好的发言可以在《哲学研究》上发表。哲学所的同志们要我来讲一讲，实在是讲不出什么东西，一个原因是没有参加会，再一个是我对哲学没有什么研究。讲实话，我很愿意跟同志们见见面，但又有点害怕。倒不是因为我在"文化大革命"中受过批判，怕再犯错误，怕讲错话，这个我倒不怕。我说有点怕，主要是因为自己对哲学没有研究，对自己没有研究的东西，随便发言不好。今天既然来了，还是讲点个人的意见，讲得不对的地方请同志们纠正。

讲三点意见：

第一点：现在讨论真理标准问题的意义何在？

这次讨论的意义，同志们已经讲了很多了，意义很大，我想再补充讲一点。因为这个问题不单单是个哲学问题，而且是个思想政治问题。这个问题的讨论，关系到我们的思想路线、政治路

　＊ 本文是作者 1978 年 7 月 24 日在理论与实践问题讨论会闭幕会上的讲话。原载《实践是检验真理的惟一标准问题讨论集》（1）。

线，也关系到我们党和国家的前途。如果我们放弃了实践是检验真理的标准这一马克思主义的基本观点，那么我们就会离开马克思主义的轨道。所以这次讨论很有必要。

实践是检验真理的惟一标准，这是一个马克思主义的基本原则。这就是理论和实践的结合，这是毛主席一贯教导，我们党历来提倡的。那么这个问题为什么成了问题，而且要开这个会来讨论呢？当然，作为理论问题、学术问题，是可以长远讨论的，而且可以写各种各样的专门著作，因为它是个认识论问题，对它可以从各个侧面去研究，写出各种各样的书。但是从现在的情况看，这个问题不仅是个学术问题。大家知道，《实践是检验真理的惟一标准》这篇文章最初是在中央党校《理论动态》上刊登的，后来《光明日报》、《人民日报》相继发表了这篇文章。这篇文章是不是还有什么问题，我没有很好研究，文章的基本观点是正确的，站得住脚的。但是有人从这篇文章中看出了问题。看出问题当然很好，可以讨论。但是至今还没有看到持反对意见的同志的文章。听说有的同志认为这篇文章理论上和政治上是错误的，是"砍旗"的。这样，问题就严重了，这就关系到对毛泽东思想是举旗还是砍旗的问题。事关重大，这样重大的问题必须搞清楚，对它做出明确的回答。当前确实存在着不承认实践是检验真理的标准的这样一种观点、一种思潮，所以值得我们来讨论。

如果说坚持实践是检验真理的惟一标准是"砍旗"，那是砍林彪、"四人帮"的旗。这次讨论会就是对着林彪、"四人帮"的反动思想流毒来的。林彪倒了很久了，"四人帮"也倒了快两年了，"四人帮"的帮派体系也被摧毁了。但是他们的思想流毒还在，他们的阴魂并没有散，它不仅附在"四人帮"的帮派人物身上，也还附在我们某些同志身上。否则，我们就用不着开这个会讨论这个问题了。正因为林彪、"四人帮"的阴魂不散，需要我们同林彪、"四人帮"的不散的阴魂作斗争。现在我们开这个会就是做驱散林彪、"四人帮"阴魂的工作。如果人家问，你们写这些文章干什么？我看就是做驱散阴魂的工作，这是个艰苦的工作。这个工作做不好，打好第三战役就是句空话，社会主义新时期的总任务就不能很好完成。林彪、"四人帮"的阴魂不散，我们大家都可以想一想，有没有这种阴魂附在自己身上。要驱散阴魂，因为这是反马克思主义的阴魂，我们要用马克思主义思想把它驱散。这次讨论会，应该看做不是单纯的哲学问题、学术问题，而且是思想政治路线问题。从简报上知道，有的同志来开会，别人劝他要小心，多看多听，不要多说，因为这不是单纯的学术问题，而是个政治问题。这就是"四人帮"的流毒，致使我们不少人心有余悸呀。我们共产党人还怕政治问题吗？一个共产党人就是搞无产阶级的政治斗争的，还能怕政治问题吗？要消除余悸，不要怕。理论斗争是政治斗争的一种表现形式，理论斗争就是与政治斗争密切联系的。相反地，如果离开了当前的实际斗争孤立地空洞地进行理论讨论，就直接违犯了这次讨论会的命题——实践是检验真理的标准。讨论实践是真理的标准而又不敢联系实际，你这个讨论就离开了实践，就是对实践是检验真理的标准的违反，这就等于自己反对自己，直接违反了马列主义毛泽东思想的理论联系实际的原则。所以，我们的讨论应当同开展三大革命运动，应当同发扬党的三大作风，同坚持党提出的三要三不要原则结合起来。哲学理论讨论，一定要同这三个"三"结合起来。

我们讲的实践是什么实践呢？是千百万人民群众的革命实践。毛主席历来讲阶级斗争、生产斗争、科学实验三大实践，从延安时就讲，《实践论》就讲了的。这三大实践是三个伟大的革命运动，是人类最基本的实践，离开了这三个伟大的实践，就是离开了马克思主义的基本原则。"四人帮"仇恨和反对革命实践，他们宣扬和实行的是反革命的实践。他们以鼓吹阶级斗争为名，反对什么"唯生产力论"来破坏社会主义生产，破坏科学实践。他们借口反对"经验主义"来否定老一辈无产阶级革命家的宝贵经验，用反动的实用主义的观点来任意篡改和歪曲马克思列宁主义、毛泽东思想。我们重视实践标准，既同唯心主义的实用主义是根本对立的，同经验主义也是相反的。

其次是要发扬三大作风。邓力群同志讲了实事求是和民主集中制的问题。三大作风头一条就是理论和实践相结合，也就是实事求是。第二条就是联系广大的人民群众，第三条是批评与自我批评。三大作风是马克思主义的精髓，是我们党的生命，是经过延安整风总结出来的。三大作风保证我们党取得了抗日战争和人民解放战争的伟大胜利。"四人帮"破坏最厉害的就是三大作风，因为没有三大作风，就没有马克思主义，就没有我们党的生命。

我要特别讲一讲"四人帮"破坏批评与自我批评。马克思主义经典作家从来都讲批评与自我批评的重要。我们需要批评与自我批评，如同需要空气一样。实践是检验真理的标准，离开了广大群众的实践，离开了群众的监督，离开了批评与自我批评，靠谁来检验呢？怎样检验呢？理论要符合实际，完全符合是不可能的，只有通过不断的实践，通过不断的批评与自我批评，才能逐步做到比较符合。但是这些年来，在林彪、"四人帮"的淫威下，根本没有什么批评与自我批评了，他们实行的只是"残酷斗争，无情打击"，"打倒一切，全面内战"。毛主席在七大闭幕词中谆谆教导我们，要实行正确的而不是歪曲的，认真的而不是敷衍的批评和自我批评。这种批评我们多少年没有了，我们要把它恢复起来，发扬起来。没有这种批评和自我批评，真理怎么来检验？谁来检验呢？

再次，要坚持毛主席指示的"三要三不要"的原则。"三要三不要"原则是经过批判林彪之后总结出来的，头一条就是要搞马克思主义不搞修正主义。这是根本。第二条是要团结不要分裂。团结只能是在马克思列宁主义、毛泽东思想的基础上的团结，没有这个基础，团结就没有可能。第三条是要光明正大，不要搞阴谋诡计。不要忘记这一条，因为林彪、"四人帮"不是一般正常情况下的错误路线的代表。我们党有过多次路线斗争，但和林彪、"四人帮"的斗争，却有一个非常突出的特点，就是，他们是一伙大阴谋家、野心家。在路线斗争中，我们的同志难免犯这样那样的错误，我就是犯过很多错误的，但我们同这伙搞阴谋的人完全是两回事。我们怎样学会同阴谋家、野心家作斗争，这是一个很值得重视的问题。我们从对林彪、"四人帮"的斗争中取得的一条重要经验，就是要学会如何识别阴谋家、野心家，学会如何同他们进行斗争。恩格斯说过：任何一个大的党，总会有阴谋家，今天把这个赶跑了，明天还会有另一个跑出来。像我们这样一个在人民中享有无上威信的执政党，总会有大大小小的投机分子、阴谋家、野心家要钻进来，并千方百计爬上高位。林彪、"四人帮"及其帮派体系就是这类人。怎么办？这是客观存在。你同他讲马列，他口头也会讲马列，甚至比你讲得还多。此外，他还比你多一条，会搞阴谋。搞阴谋你搞不过他。怎么办？经过"文化大革命"的锻炼，人们的觉悟普遍提高了，逐步学会了识别哪些是正派人，哪些是不正派的人。任何人要搞阴谋诡计就不那么容易了，人民的眼睛是雪亮的。

马克思、恩格斯在领导国际共产主义运动时，就遇到了同阴谋家巴枯宁之流的斗争，他们也有过痛苦的经验，也许比我们少些。恩格斯把同阴谋家的斗争的经验总结了三条。第一条是，敌人总是想让我们在个别字句上犯错误，因此我们要尽可能字斟句酌，措词上尽量不要让对方抓住辫子。第二，阴谋家惯于把主要问题掩盖起来，因此我们不要在枝节问题上同他们纠缠，不要上当，要紧紧地抓住主要问题。第三，当阴谋家野心家还未彻底暴露时，你不要先发制人，要后发制人。待他完全暴露之后，就全线出击，狠狠打击。这三条就是马克思恩格斯同阴谋家野心家作斗争总结出来的三条经验。① 阴谋家的专长就是搞阴谋，要对付他，首先是对付他的阴谋。恩格斯说，干正事的人就是斗不过搞阴谋的人。因为你整天干正事，忙得很，他什么事也不干，专门搞阴谋，你没有戒备呵！经过"文化大革命"，我们大家在这个问题上都增长了一点点见识。大大小小的投机分子、阴谋家、野心家，各个地方免不了都有，我们要提高警惕，时刻当心。

第二点：讲一讲实践是检验真理的惟一标准，是不是还有第二个标准？承认实践是检验真理的惟一标准，是不是否定或削弱马克思列宁主义、毛泽东思想的指导作用？

我想我们应该明确地回答：检验真理的标准只有一个，就是实践，就是千百万群众的革命实践。这是惟一的标准。承认实践是检验真理的惟一标准，绝不会否定马克思列宁主义、毛泽东思想的指导作用，不是否定而是肯定，不是削弱而是加强。问题在于你对马克思主义、毛泽东思想怎样理解。如果你对马克思主义、毛泽东思想只是背诵个别词句，而不是领会它的精神实质、它的立场、观点和方法，也就是不是完整地准确地理解它的整个思想体系，那你的这种"马克思主义"，正如毛主席早在延安整

① 参看《马克思恩格斯全集》第 38 卷，第 404 页，恩格斯《致倍倍尔》的信。

风时说过的,就是反马克思主义。对于这种反马克思主义或者假马克思主义的东西,就是要否定它,要削弱它。只有彻底否定这种反马克思主义或假马克思主义的东西,真正的马克思列宁主义、毛泽东思想才能够得到巩固和加强。

当然,我们不是反对个别词句,相反地,我们对于马克思列宁主义经典作家的个别词句都要重视,虽然不是像林彪所说的那样,一句顶一万句,但要了解马克思主义的精神实质,也必须通过熟悉和钻研这些词句,从这些词句里吸取智慧和真理。我们反对的只是不顾时间、地点和条件,割裂上下文字的意思来滥用这些词句,歪曲和任意篡改这些词句。林彪、"四人帮"就是这样干的,这是他们的反动的实用主义,也是他们的反革命阴谋,这是我们必须坚决反对的。不反对掉这些,我们就不但不能高举马克思列宁主义、毛泽东思想的伟大旗帜,而且会让这个旗帜受到玷污。我们要高举马克思列宁主义、毛泽东思想的伟大旗帜,还必须把马克思主义当作发展的理论,而不是当作僵死的教条。如果是把它看成僵死的教条,多少个词句也不顶用。马克思主义是发展的理论,这个概念要在我们头脑中牢固地树立起来。这是马克思主义经典作家多次反复讲过的,我们不把世界看成是一个一个不变的事物的集合体,而是把世界看成一个一个过程的集合体。世界就是一个过程。过程就有产生和消灭。所谓发展的观点,就是把世界看成一个过程。承认世界是一个发展过程,就不会有"天不变,道亦不变",就不会有"绝对权威"或"顶峰"一类的思想。把世界看成一个发展过程,是马克思主义的一个伟大的、基本的思想。把世界看成是一个发展过程,就不会产生以为承认实践是检验真理的惟一标准,就会否定马克思主义、毛泽东思想的指导作用这样的错误思想,因为马克思主义、毛泽东思想也是要发展的。如果把马克思主义看成是僵死不变的教条,那真理还怎么发展呢？当然，马克思列宁主义的基本原则是不能背离的，这是毛主席早就讲过的。背离了这些基本原则就是修正主义。马克思主义的理论又是必须发展的。否则，马克思主义就停止了，僵化了，这就变成了马克思主义对立面。

毛主席在《实践论》中指出，马克思列宁主义并没有结束真理，而是开辟了认识真理的道路。实践和真理都是发展的，需要我们在不断的实践中探索新的真理。已有的真理也需要我们在新的实践中去丰富和发展。我记得一本什么书上讲过莱辛的故事。大家知道，莱辛是为马克思恩格斯所高度评价的一个德国伟大作家。莱辛说，如果上帝一手拿着真理，一手拿着寻找真理的能力，任凭你选择一个的话，他宁要追求真理的能力。当时资产阶级的伟大思想家还有一股锐气。他们要自己去寻求真理。我们无产阶级有了马克思主义的真理，我们要掌握这个真理，作为我们思想的指导。但是我们不能像斯大林所批评的那样，躺在马克思主义身上过日子。我们要像毛主席那样坚决地反对"本本主义"。我们还需要根据客观形势的发展，研究和总结新的实践经验，提出新问题，形成新的理论。不这样，马克思主义就不能发展了。因此，强调实践是检验真理的惟一标准，不会否定更不会削弱马克思列宁主义、毛泽东思想的指导作用，而正是为发展马克思主义开辟道路。为什么有些人要反对实践是检验真理的标准呢？有些人凭个人私利，个人意见办事，甚至凭个人感想、印象和冲动办事。有些人自己不动脑筋，谁让他说什么就说什么，谁让他做什么就做什么。做错了事，讲错了话，又不肯认错，不肯按照实际情况来改正错误。实践和他们的主观意见相违反，他们不愿放弃自己的主观，却硬要让客观来适合他的主观，因此就千方百计要反对实践这个客观标准。黑格尔说过，意见同真理是两回事。意见往往只是按照事物的现象、外表、或一时的效果来作判断，而真理却要解决客观事物的规律性问题，要符合客观事物的真实。这是只有靠实践才能检验出来的。意见同真理有所区别。正确的意见反映真理，但有许多意见并不反映真理，甚至跟真理是相反的。如果意见就是真理，那我们获得真理就太容易了，我们就用不着为真理而奋斗了。

有些人口里说的是一套，做的又是一套。当面是一套，背后又是一套。言和行不一致。口和心不一致，有些人只讲动机，不讲效果。这些人当然不愿意承认实践的标准。马克思主义者从来都讲，判定一个政党不是看它的宣言，而是看它的行动。这不但对资产阶级政党来说是如此。对于我们无产阶级政党来说，也是如此。听其言观其行。对一个人，一个政党都是这样，对任何事物我们都应取这种态度。这就是实践是检验真理的标准，只听你的话还不够，还必须看你的行动。话说得再好听，不见之于行动也是没有用的，只有行动才能解决问题。

第三点：科学无禁区，这话对不对？

科学无禁区是不是否定党对科学的领导作用？如果是否认党的领导，这话就是错误的。科学无禁区这句话原来是针对"四人帮"设置的大大小小的禁区讲的，这些禁区窒息了人民的民主空气和活泼思想，严重阻碍了科学和艺术的自由发展，造成了封建法西斯的恐怖局面。不打碎他们设置的禁区，人们的思想就不能解放，我们的科学就不能发展。给科学设置禁区，那就是承认某些客观事物的领域是科学所不能接触、不能探索的，那就是否定科学之所以为科学，就是扼杀科学，宣布科学的死亡，那就必然要引导到不可知论、怀疑论、神秘主义、迷信和宗教。我们就不能实现从必然王国向自由王国的转化，就不能有所发现、有所发明、有所创造、有所前进。科学也有不能进入的地区，例如，我们现在还不能到月亮上去，但那不是因为那里是禁区，而是因为我们的科学水平还不行，我们的科学成就还没有达到那个程度。也许有人会说，自然科学的对象是自然界，可以没有禁区，社会科学的对象是社会，社会科学是阶级斗争的学问，怎么能没有禁区呢？如果我们的社会主义不是空想的感伤的社会主义，而是科学的、现实的社会主义，我们就应把它当作一个头等重要的科学研究的对象，根据国际共产主义运动的历史经验，根据我国社会主义革命和建设的经验，从各方面来加以科学的研究和总结，是不应当设置禁区的。至于在这个研究中是否会发生这样或那样的错误，研究的成果是否适宜于公开发表，那是另外的问题。这些都需要以认真严肃的态度来对待。科学无禁区，不但不是否定和削弱党对科学事业的领导，而且正相反，体现了党对科学事业的正确领导，我们应当千百倍地加强党对科学事业的领导。在党中央领导下，向科学进军的号角已经吹响了，我们社会科学不应当落在自然科学的后面，更要加倍努力，急起直追。

如何加强党对科学事业的领导呢？这就要：一、明确地给每个学科的研究指出正确的方向，不是设禁区。方向定了，你这个学科三、五年内完成什么任务，要攻破那些难关，要解决什么问题，攻占什么高地，这不就是党的领导吗？二、贯彻党的一系列政策，发展科学事业要有正确的科学政策；三、讲求领导方法。党如何采取适合于领导科学的方法，而不是采取一般行政领导的方法来领导科学。政治也好，学术也好都需要民主。学术特别需要有民主空气，需要有自由讨论的空气。要反对对学术问题采取粗暴态度，要严格区别两类不同性质的矛盾，又考虑到科学艺术的特点和特殊规律，坚决反对乱扣帽子、乱打棍子，逐步清除"四人帮"在知识分子心中造成的"心有余悸"的状态。恩格斯讲，对于科学没有什么法定的少数服从多数的问题，只有民主讨论，不能民主表决。个人意见可以坚持，只要不是反党反社会主义的，你可以发表，大家讨论。科学的民主，就是一方面科学家要尊重群众的意见，尊重别人的劳动成果，不要搞学阀；另一方面我们也要尊重科学家，虚心听取他们的意见。党应当支持和鼓励科学家的积极性和他们的独立见解和创造精神。任何工作都应有创造性，科学工作更应有创造性。世界上有哪一种科学没有独创，而能成为科学呢？同志们应该敢于坚持自己的正确意见，不怕压力，也要敢于修正自己的错误意见，而这两方面都需要勇气。没有这种勇气，怎么能成为无产阶级的科学战士呢？现在党中央一再强调"百花齐放、百家争鸣"。粉碎"四人帮"以后一年多来，政策深入人心，我们国家形势大好，虽然目前困难还多，阻力不小，但只要我们坚决执行党中央的指示，坚决依靠群众，凭着我们个人和集体的努力，我们是一定能够有所成就的。团结起来，为我们的事业，特别为科学事业而奋斗！

今天就讲这些。

（录自《周扬文集》第 5 卷）

哲学社会科学的发展规划和
"百花齐放、百家争鸣"的方针[*]

　　同意胡乔木同志关于哲学社会科学规划问题的讲话。我也讲点意见。我讲的题目是：哲学社会科学的发展规划和"百花齐放、百家争鸣"的方针。

　　现在发给会议的"哲学社会科学八年发展规划的初步设想"，只是一个发展哲学社会科学的大致的规划，一个粗略的蓝图。这个规划是否可行，是否符合实际，还有待于大家的讨论、修改、补充，使之趋于完善，在执行过程中，还要不断地加以修订。

　　社会主义社会，是一个高度组织起来的社会。我们的社会主义经济建设是有计划的，文化建设也应当是有计划的。我们有自然科学、技术的规划，也要有哲学社会科学的规划。比较起来，制定哲学社会科学规划，要更困难一些。我们的哲学社会科学是以马克思列宁主义、毛泽东思想为指导的科学，是关于社会发展规律的科学。它的政治性是很强的。它要随国内外错综复杂、变

　　* 本文是作者 1978 年 9 月 19 日在全国哲学社会科学规划会议预备会上的讲话。原载《哲学研究》1978 年 10 月号。

化多端的斗争的形势而变化，因此，社会科学的规划就不可能那么稳定，那么严整，它的伸缩性、流动性就比较大。比如，在清除"四人帮"以前，我们的规划中能够列入"四人帮"批判这样的项目吗？当然是不可能的，而现在这却是当前的一个重要项目。

我国哲学社会科学战线，由于大家的努力，过去做了不少的工作，也有一定的成绩，但是距离党和人民对我们的要求还是很远，和我国的国际地位，和毛泽东思想的世界威望，是很不相称的。在哲学社会科学学部的时代，在相当长的一段时间内，哲学社会科学遭到了林彪、陈伯达、"四人帮"的严重破坏，研究工作陷于停滞的状态，混乱和倒退的状态。"文化大革命"前，我们也做过哲学社会科学的规划，但是规划执行的情况是不好的，这除了林彪、"四人帮"的破坏这个原因之外，我们这些过去参与管理过学部工作的人，特别是我个人，工作没有做好，也是有责任的。

中国社会科学院成立后，开始出现了一种欣欣向荣的兴旺的气象，人们对它的期望是很殷切的。由于我们在制定和执行规划方面缺少经验，又由于目前我们哲学社会科学还不健全的现状，所以今天要制定一个既有雄心壮志而又切实可行的规划是有不少困难的。例如，现在我们的规划大都只是列举了许多必需的应有的项目，而没有规定每个项目要探讨什么问题，哪些单位或个人担任这一项目，完成这一项目的期限是多少时间。又如：有比较长远的基本建设性质的著作，如马克思列宁主义、毛泽东思想的基础理论和中国史、世界史、断代史及各种专史等，又有配合当前斗争任务的著作，如"四人帮"批判等；有集体写作，也有个人专著。所有这些项目都要按照需要和可能，按照轻重缓急的程度不同，适当安排，不可畸轻畸重，顾此失彼。我们的时代不只需要大量的政论性通俗性的小册子，也需要，甚至更需要有高度思想学术水平的大部头著作。我们要大力组织集体写作，但也不可以忽略个人的专长和志趣。集体写作班子要有一个有眼力、有见解而又善于群策群力、博采众长的主编。总之，现在的规划还只是一个草案，一个粗线条的东西。但有规划总比没有规划好，规划也只能从粗到细，而且也不可能太细。将来冒出的一鸣惊人的著作，很可能超出于我们这个规划之外。文化史上多少鸿篇巨制，多少惊人之作，有几本是规划出来的？几乎都不是的。但尽管如此，在我们社会主义社会，规划还是需要的、必要的，它体现了我们党和国家对哲学社会科学事业的领导，它指明哲学社会科学的航向，促进和推动哲学社会科学的健康发展。

党中央粉碎了"四人帮"，清除了哲学社会科学发展上的一大障碍，使"百花齐放、百家争鸣"方针的贯彻执行有了重要保证。现在我们可以按部就班地制定、讨论和执行我们的哲学社会科学的发展规划了。现在党中央提出了社会主义新时期的总任务，提出了加速四个现代化的宏伟计划，这就向我们哲学社会科学工作者提出了新的任务、新的课题，给我们以极大的鼓舞和鞭策。

哲学社会科学是属于意识形态的上层建筑，属于思想、理论的领域。马克思说过："理论在一个国家的实现程度，决定于理论满足这个国家的需要的程度。"我们的理论是否有用，就看它能否满足我国社会主义新时期的需要，能否满足加速四个现代化的需要，以及满足得好还是不好，违反这个需要，是根本不允许的。满足得不好，软弱无力，也不是行的。

我们今天的哲学社会科学工作，一定要和当前揭批"四人帮"的斗争紧密结合起来，一定要和实现社会主义新时期的总任务的斗争结合起来，要为这个总任务的实现服务。这是哲学社会科学工作的根本的长远的任务。我们的研究工作，脱离了当前现实的斗争，那就偏离了正确的方向，就会犯方向性的错误。

我们的研究工作，应当始终以马克思列宁主义、毛泽东思想作为指导。如何正确地对待马克思列宁主义、毛泽东思想,这是一个首要的问题。这里,有两种截然不同的态度,有两条针锋相对的思想路线。究竟是领会马克思主义的精神实质,掌握它的立场、观点、方法呢?还是把马克思主义当作万古不变的"教条",死记马克思主义的"个别词句"?这就是伟大的延安整风运动中所争论的问题。经过这场大辩论,巩固地树立了毛主席在全党的领袖地位,毛泽东思想的伟大和路线的正确,被全党和全国人民所承认。在11年的时间内,就取得了抗日战争和人民解放战争的伟大胜利,这是全国和全世界人民所亲眼看见了的,是被实践所充分证明了的。中华人民共和国建立以后,毛主席根据我国社会主义革命和建设的新的经验,根据国际共产主义运动中出现的新的问题,创造性地继续发展马克思列宁主义、毛泽东思想,继续取得胜利。正是在这种时候,我们党内出了林彪、"四人帮"这样一批最阴险最凶恶的阴谋家、野心家。他们叫嚷马克思主义已经过时,只有毛泽东思想才是"顶峰",才是"绝对权威",他们打着"忠于毛主席"、"拥护毛泽东思想"的旗帜,把毛主席和毛泽东思想"偶像化","宗教化",这样来彻底地、肆无忌惮地践踏毛泽东思想,以达到他们背叛毛主席、篡党夺权的罪恶目的。我们党和林彪、"四人帮"的斗争,是对党内最大的阴谋家、野心家的斗争,是在新的历史条件下党内两条路线斗争的继续,也是对国民党反动派长期斗争的继续。

经过"文化大革命",我国人民,特别是青年的思想政治水平和识别真假马列主义、真假毛泽东思想的能力是空前地提高了。在天安门悼念周总理的群众活动中,广大革命青年表现了为坚持真理,不怕挨打,不怕坐牢的大无畏的英雄气概。这就证明,他们是毛泽东思想的真正捍卫者,真理是在他们手上。毛泽东思想的伟大旗帜是砍不倒的。那些担心"砍旗"的人们,是完全想错了。"砍旗"的刽子手是林彪、"四人帮",肃清了这些坏蛋的思想流毒,就是保卫了这面伟大旗帜不被污染褪色,保持了它的鲜红的色泽。在革命人民的保卫下,我们更高地举起了这面旗帜,这是真正的高举。

最近报刊上关于实践是检验真理的惟一标准的讨论,就是涉及如何正确对待马克思列宁主义、毛泽东思想的问题,涉及对毛泽东思想的旗帜究竟是真高举还是假高举的问题,这是有关党的思想路线政治路线的大问题。

这个讨论是很及时的,很有必要的,具有深远的意义,产生了广泛的影响。讨论所取得的成果,不只是理论上的,更重要的是政治上的收获。

要把长期被林彪、"四人帮"所颠倒了的思想是非、理论是非、路线是非再颠倒过来,首先就要端正对待毛泽东思想的态度,把实事求是的传统和作风恢复和发扬起来。

实践是检验真理的惟一标准,这是马克思主义的基本原则。毛主席在有名的《实践论》中说过,"只有人们的社会实践,才是人们对于外界认识的真理性的标准。""真理的标准只能是社会的实践。"在毛主席的其他著作中,类似这样的话不知说过多少。那些热衷于背诵个别词句的人为什么偏偏忘记了这些最重要的话呢?我们所说的实践,当然不是狭小的个人的实践,而是千百万人民群众的实践。有些人对实践是检验真理的惟一标准表示怀疑,不赞成,对讨论这个问题不热心,采取模棱两可的态度,甚至表示惶惶不安的情绪。这究竟是什么原因?这除了由于林彪、"四人帮"的思想流毒之外,就是因为这些人脱离实际、脱离人民,所以他们害怕实践、害怕群众,他们不是根据最大多数人的利益看问题、办事情,而是根据个人或少数人的私利看问题、办事情。当客观实际和他们的主观愿望、人民的利益和他们的个人利益发生冲突的时候，他们不是努力使自己的主观符合于客观，使自己的个人利益服从人民的利益，而是反其道而行之。所以在实践标准这个问题上的意见分歧，不只反映了两条不同的思想路线，也代表了两种不同的利益。哲学社会科学是党性很强的科学，有资产阶级派性，就没有无产阶级党性，就没有马克思主义的哲学和社会科学。有个人私心，谋个人私利，这样的人不可能成为真正的马克思主义者。

是否真正高举毛泽东思想的旗帜，不在乎口号喊得多响亮，在这一点上有谁能够及得上林彪呢？而在于我们对待毛泽东思想是否采取正确的态度，对毛主席全部学说，能否作出符合实际，适应当前斗争需要的比较正确的阐述和解说，而更重要的是在于马列主义、毛泽东思想的具体运用，就是我们能不能用毛泽东思想来观察和研究当前中国和世界的现状，研究中国和世界的历史。研究历史也是为了更好地了解现在。毛主席早在四十多年前就号召我们写近百年中国经济史、政治史、军事史、文化史，我们至今没有交卷。列宁发表《帝国主义论》有半个多世纪了，我们现在还没有一本论述当代帝国主义、社会帝国主义的书。中华人民共和国成立快30年了，搞社会主义建设也有20多年了，我们还没有一本根据新中国经济建设经验写的社会主义政治经济学，也还没有一本中华人民共和国史。我们也没有一本阐述毛泽东生平和思想的概括性的著作。两年来，报刊上批判"四人帮"的文章是很多很多的，但像《反杜林论》那样的全面的系统的批判著作却还没有，虽然"四人帮"在学术上远远不能和杜林相比，但他们的影响，却大大超过杜林。现在，社会科学院正在组织力量编写这些著作。这是我们哲学社会科学规划中的一个最重要的核心的部分，这类著作也是全国和全世界人民所最为盼望的。我们应当满足他们的这种热烈期望。明年是建国30周年纪念，又是"五四"运动60周年纪念。我们应该有些纪念性但又是学术性的有分量的著作问世。我们有理由要求我们的著作具有我们的时代所能达到的最高的思想学术水平，但也不能要求他们百分之百的正确。百分之百正确的东西，世界上是没有的。有的同志说："人无完人，书也不能有完书。"我很赞成这个意见。要求太高，就反而达不到目的。不要忘记，我们今天还处在一个草创的时代，我们在学术上成熟的程度还很不够。一本著作，只要有新的材料，新的观点，有些创见，不是人云亦云，也就可以满意了。

为了配合现实斗争的需要，在哲学社会科学规划中，研究当前的问题应当占据优先的地位。但是研究外国的经验和研究本国的遗产，却是两个不可缺少的方面。我们研究的对象是中外古今。研究方法，也正如毛主席所曾经很形象地说过的，是中外古今法，这个中外古今法也就是全面的历史的观点，马克思主义的观点。我们研究的出发点，是立足于我国当前的现实来研究和解答我们面临的问题，不是孤立于世界之外，割断历史联系地来研究和解答这些问题。

由于"四人帮"长期实行闭关自守、故步自封的蒙昧主义的反动政策，我们对于外国的事物本来了解不够，就越发生疏了。清除"四人帮"以后，我国加速实现四个现代化，加紧向外国交流科学技术文化，向外国学习，就更加重要，更加迫切了。对中外文化学术交流，我们应该抱更自觉、更主动、更热情的态度。毛主席在《论十大关系》中，提出了"向外国学习"的口号。毛主席说向外国学习，要有勇气。什么"勇气"呢？就是放下架子，不夜郎自大。我们在自然科学、技术方面，要向外国学，这点是没有谁能够反对的了。但是在哲学社会科学方面，是否也要学，是否也有可学之处呢？这就有问题了。要明确地回答这个问题，也应当学。每个民族都有长处，也有短处。每个民族都有两种文化，即人民的文化和反人民的文化。我们不但要学别人的先进经验，也要研究别人的反面经验。作为批判的对象，也作为自己的鉴戒。这就是"洋为中用"的意思。

一百多年前，《共产党宣言》中就说过，资本主义开创了世界市场，相应地也开创了世界文学，即世界文化。民族和地域的狭隘性片面性越来越没有存在的余地了。中国的万里长城终于被打破了。在学习外国的问题上，既不能一概排斥，也不能一概照搬；既不能妄自尊大，也不能妄自菲薄。长期以来，西方资产阶级学术界传播了一种"欧洲中心"论的思想，这种思想是错误的。人类文化发展的历史上欧洲并不总是中心。古埃及、西亚、两河流域的古巴比伦、波斯、印度和中国，都曾是世界古代文明的发源地。对世界文化作出了特殊伟大贡献的古希腊，就是汲取了古埃及和古巴比伦的文化营养。世界三大宗教都产生在亚洲地区。在欧洲处于中世纪的黑暗时代，我国唐代的文化正达到了高度的繁荣。只是到了 14 至 16 世纪，欧洲才有"文艺复兴"，18 世纪才成为"启蒙的世纪"。19 世纪在德国人中产生了马克思主义，这是英、德、法三国理论思想发展和工人运动的产物。马克思主义思想移向东方，在俄国产生了列宁主义。再向东移，在亚洲中部的中国，产生了毛泽东思想。人类文化的中心和作为人类文化最高成就的马克思主义思想，就是这样往返流动，影响遍及全世界的。世界各国的文化总是互相联系，互相影响，互相推移的。我们应当用世界历史的眼光来观察和评价世界文化的发展过程。

我国有三四千年的绵延不断的有文字的历史，文化遗产十分丰富。清理这份宝贵财富，重新给以估价和利用，这是一个极其重要的任务，这对提高我们的民族自信心，发展我们的社会主义新文化，都是非常必要的，这就是"推陈出新"，"古为今用"的意思。我国的新文化，是从古代的旧文化发展而来的，要尊重自己的历史，不能割断历史。要批判地继承我国文化遗产，对它加以革命的改造。只有用马克思列宁主义、毛泽东思想研究和总结当前的运动，参照外国的先进经验，汲取本国历史文化的精华，我们哲学社会科学的各个学科才能创造出具有中国特点的马克思主义理论，才能在各个学科形成马克思主义的中国学派。我们要彻底批判"四人帮"的极端反动的民族虚无主义思想，批判他们以贯穿所谓"儒法斗争"的主线来歪曲和篡改中国历史，用"影射史学"借古讽今，作为他们妄图篡党夺权的手段。我们要还自己国家的历史以本来面目。对于历史人物作出符合实际的公正的评价，既不要美化他们，也不要丑化他们，不要把只有我们今天的人才有的思想感情强加在他们身上。现在西方各国和日本的许多学者，由于他们本国的战略需要，或者出于他们本人对研究中国的求知欲望和对中国人民的友好感情，都在纷纷研究中国，研究中国的现状、历史和文化，有的地方甚至形成了一种"中国热"。比起他们的努力，我们对自己国家的研究就显得太不够，太逊色了。这使我们感到惭愧。

我们的哲学和社会科学规划能否付诸实施，变成行动，化为成果，这需要我们付出长期的持续的艰苦的劳动，还需要创造保证完成这些规划的各种必要的不可缺少的条件，其中一个最重要最根本的条件就是创造一个"百花齐放、百家争鸣"的局面。我们的科学文化事业能否发展和繁荣起来，在很大的程度上取决于"百花齐放、百家争鸣"的方针执行得如何。

自从毛主席在1956年提出"百花齐放、百家争鸣"的方针，已经23年过去了。"百花齐放"的口号则提出更早，在1951年就提出了。毛主席关于这个方针反复地做过多次的论述。这是他对于科学社会主义理论和实践的一个伟大的创造性的贡献。"百花齐放、百家争鸣"的方针已经正式写进了我们的宪法，成为我国根本大法之一。

我们应该回顾一下执行"百花齐放、百家争鸣"方针的历史，研究和总结正反两方面的经验，从中吸取教训。这个方针，本来是在承认社会主义社会存在矛盾和斗争，要正确处理两类性质不同的矛盾这个前提下提出的，是根据科学、文化艺术工作本身的特殊规律提出来的。执行这个方针的过程，是一个十分激烈的斗争过程。既有人民内部矛盾，又有敌我矛盾；有两条道路的斗争，也有两种倾向的斗争；既要反对右的或修正主义的倾向，又要反对"左"的教条主义、宗派主义的简单粗暴的倾向。两类矛盾，两条道路，两种倾向，互相交错，互相转化。斗争是非常错综复杂的，非常微妙而又尖锐的。毛主席一提出这个方针，就遭到了一些同志的怀疑和反对。这些同志的用心是好的，他们怕这样一来，从此天下就大乱了。毛主席从爱护同志出发，及时地批评了这种错误观点。还有的同志怕犯错误，提出了"力求避免毒草"这样的口号。毒草是客观存在的，是不可避免的，要避免就是一厢情愿，主观幻想，就是不敢正视毒草，害怕和毒草斗争，软弱无力，精神状态不健康。毛主席批评了这种想要"避免毒草"的错误思想。

在"文化大革命"以前，在对待文化的问题上我们和江青之间就曾有过明显的意见分歧。我们曾反对过对待文化工作的粗暴态度，江青却说我们反对粗暴就是反对革命，仿佛粗暴就等于革命。到"文化大革命"中，江青及其"四人帮"同伙，就以最粗暴、最专横、最野蛮的法西斯式的手段来横扫一切，清除一切他们不顺眼的、妨碍他们篡党夺权的东西。古典的和现代进步的中外书刊几乎全被禁止出版和阅读，许多好的电影和戏剧都遭到禁锢的命运。江青对文化艺术创作实行了最粗暴的专制和垄断。她窃取和霸占了所谓"革命样板戏"，不许任何人改动一个字。一切艺术创作都要按江青他们的什么"三突出"一类的公式来向壁虚构。稍稍摆脱了江青的控制，反映了革命生活的真实的电影《创业》就被扣上"十大罪状"而大张挞伐。在"四人帮"的法西斯文化专制主义的淫威下，本来应当欣欣向荣的社会主义的文化却变成一片荒芜，死气沉沉。人民被剥夺了享受正当文化生活的权利。人民和广大青年缺少最起码的精神食粮。精神的饥饿是和肉体的饥饿一样难以忍受的。许多青少年看不到好书、好戏、好电影，就去看手抄的黄色小说，看有害的侦探故事，寻找各种无聊的消遣。不少人在精神上被"四人帮"所腐蚀，丧失了理想，看不见前途，没有信念，一片虚无主义。有的人就走上了堕落犯罪的道路。这就是"四人帮"的法西斯文化专制主义所造成的严重恶果。毛主席严厉地批判了"四人帮"，说"没有小说，没有诗歌"，"百花齐放没有了"。这种状况是再也不能继续下去了。

要不要"百花齐放、百家争鸣"，这不只是关系社会主义文化和科学发展的问题，也是关系千百万人民群众文化生活需要的问题，关系对广大青年进行社会主义教育的问题。总之，关系到最广大人民当前和长远的利益和需要。在这个问题上，文艺界和科学界同"四人帮"之间存在着极其尖锐的不可调和的矛盾和斗争。这种斗争，采取各种形式，有时隐蔽，有时公开，一直没有停止。

现在，"四人帮"虽然已经被打倒了，但是他们在人们思想上所设置的"禁区"还没有完全打破。他们套在人们的脖子上的种种精神枷锁还没有完全粉碎。人们还是"心有余悸"。随着我国社会主义民主的扩大和"百花齐放、百家争鸣"的方针的贯彻，人们"心有余悸"的精神状态，必将逐渐成为过去。但是要消除顾虑，解放思想，还需要时间，需要彻底摧毁林彪、"四人帮"所设置的种种"禁区"及其所遗留的恶劣影响。

我们说过，科学无禁区。设置和承认禁区，就是承认世界上有些事物是科学所不能接触，不能探索的，就是否认科学的权威，就是宣扬不可知论、神秘主义，宣扬迷信。人类思想发展史上，其所以存在"禁区"，是由于各个时代的历史和阶级的局限性。由于人类知识发展的水平和社会划分为阶级，对人们的思想来说，"禁区"，从来是存在的，现在存在，将来很长的一个历史时期内仍将继续存在。社会科学还和自然科学不同，是和阶级斗争密切联系的科学，关系每一个阶级阶层和集团的实际利益，触犯它们的利益总是不允许的，"禁区"就更多。随着人类社会的发展，科学的进步，阶级的消灭，思想"禁区"越来越缩小，直至完全消灭。人类心灵的自由发展将获得无限广阔的天地，这就是人类从必然王国向自由王国的飞跃。

在以图腾为标志的原始氏族社会，人们崇拜动物，视某一特定动物为神圣不可侵犯，为谁也不许碰的"禁区"。"禁区"最初是和迷信联在一起的。任何宗教，无论是原始宗教，或世界三大宗教，都有"禁区"，无数坑害人的清规戒律。一神教取代了多神教，这是人类社会的一个很大的进步，但"禁区"也更厉害了，清规戒律也更多了。摩西"十戒"，头一条就是："我是你们的上帝，除我之外，你们不可信别的神。"别的神通通不准信，全是"禁区"。宣传无神论，更是大逆不道的，在"福音书"中无神论就等于魔鬼。在罗马教皇的血腥镇压下，谁宣传无神论，宣传科学思想，就要活活烧死。布鲁诺就是一个为了坚持科学真理，不怕烧死的千古卓越的英雄。中国长期处于封建社会，没有经历过欧洲那种教皇势力的血腥统治，长期支配人民思想的是以孔孟之道为核心的封建主义的思想体系，是吃人的礼教。孔子被尊为"万世师表"。在"五四"以前，批判孔子是不允许的，是"禁区"。虽然嵇康早就说过"非汤武而薄周孔"这样大胆的话，但没有动摇得了孔子的权威。直到明代李卓吾公开提出反对以孔孟之是非为是非，这才在封建学术界中引起了一场风暴。"五四"新文化运动的代表人物，把李卓吾作为他们的一个光辉先驱是有道理的。经过"五四"新文化运动，孔子这个偶像才动摇了，关于他的"禁区"，才算打开。欧洲经过资产阶级革命，从"文艺复兴"时代到启蒙世纪，有几百年的时间，对于封建社会的政治和思想的上层建筑是清扫得比较彻底的。我国由于封建社会的历史特别长，它的意识形态的影响特别大，所以虽然经过新民主主义革命，彻底的土地改革和社会主义的改造，封建意识的残余还是相当大量的存在着。毛主席一方面非常重视从孔夫子到孙中山的我国全部历史遗产，另一方面也十分强调批判孔子的必要性和重要性。所以批判以孔子为代表的封建主义的意识形态及其各种表现，仍是当前思想战线的重要任务之一，在林彪、"四人帮"身上封建宗法思想是表现得最为突出，最为惊人了。

在封建宗法意识形态中，君和父的观念是天经地义，神圣不可侵犯的"禁区"。林彪想当国家主席，创立林氏王朝，江青想做党的主席，当女皇。在我们党内出现这种怪现象，是完全不可想象的，然而这是事实。我们看到，有些负责干部，把自己所管辖的地区或单位当作自己的"世袭封地"，针插不进，水泼不进，他们不是人民的勤务员，而是人民的统治者，他们是"土皇帝"。在这种人的权力管辖范围内，就遍地是"禁区"，处处有"忌讳"。在"四人帮"横行时期，"禁区"、"忌讳"不是多到不可胜数吗？一千多年前，唐代的韩愈，写过一个短文，叫做《讳辩》，就是批判"忌讳"的，诗人李贺考进士，因为他父亲叫晋肃，"晋"和"进士"的"进"字同音，他去考就犯了禁，因此有人反对他去考。但是以推崇孔子著称的韩愈，从爱护年青天才诗人的观点出发，却赞成他去考，韩愈是言必称孔孟的，他说孔子并没有立这种规矩。现代人是很难了解这种奇怪的、荒谬绝伦的规矩了。"四人帮"给人罗织罪名，造成大批冤案、假案、错案，他们所立的规矩，其荒谬绝伦的程度竟远过于此。

我们所以要彻底摧毁林彪、"四人帮"所设置的"禁区"，是因为他们是禁革命人民的，而不是禁反革命的，他们自己就是反革命。现在有些人还不认识这种"禁区"的为害之烈，它堵塞言路，破坏民主，窒息革命精神，扼杀民族生机。有些人在摧毁了林彪、"四人帮"的"禁区"之后，还想继续设新的禁区，下新的禁令。这就是使得我们许多同志至今顾虑重重，"心有余悸"的一个重要原因。

任何社会的统治思想都是统治阶级的思想。我们无产阶级专政的社会也是如此，所不同的只是我们是最大多数人向最少数人的专政，我们是代表最大多数人民的最大利益的。我们并不要设置什么"禁区"，只有真正反党反社会主义的言论，我们才禁止。我们禁止的方法也主要不是靠行政命令，我们是靠亿万人民用马列主义、毛泽东思想的批判武器，用摆事实，讲道理的方法，来对它进行批评和斗争。资本主义世界总是夸耀他们的什么"言论自由"，"出版自由"，这是虚伪的，骗人的，因为在它们的国家里，真正革命的共产主义思想就缺少宣传的自由。我们反对对人民的思想设"禁区"，也反对什么"绝对自由"的虚伪思想。

我们实行的是在无产阶级领导下的"百花齐放、百家争鸣"的方针。

要正确地执行这个方针，必须很好地解决政治问题和学术、文化问题的关系。恩格斯曾经指出过，工人阶级的斗争，包括理论、政治、经济三个方面，这三者是互相配合，互相联系的。政治要统帅学术、文化，贯穿于学术、文化之中，但不能代替学术、文化。政治问题和学术文化问题，既有联系又有区别。把政治和学术混同是不对的，把二者截然分开也是不对的。有些同志有一种幼稚的错误的想法，要求在政治和学术两者之间划出一条泾渭分明的界线，这样，我只要不越出这个界线就什么危险也没有了，自己就可以高枕无忧了。要想一劳永逸地划出这样一条固定不移的界线，这是不可能的。两者之间的关系是极其错综复杂的、不稳定的、经常变化的。我们不能因为这个界线难划，就索性不划，而是更要经常注意地、细心地、谨慎地来划，使我们的政治和学术文化经常保持统帅和被统帅的正常关系，不是互相排斥，而是互相协调。对学术文化来说，政治问题，大量是人民内部矛盾的问题，而不是敌我矛盾的问题。现在很多同志还"心有余悸"，就是因为"四人帮"不但把学术文化问题都当成政治问题，而且把政治问题都当成敌我矛盾问题，这样"无限上纲"，人们就不能不提心吊胆了。

马克思主义的灵魂，就是对具体事物作具体的分析。对政治问题或学术问题都应如此。政治问题不但有人民内部和敌我两类不同性质的矛盾的区别，就在人民内部矛盾中，这种矛盾的性质也有各种错综复杂的不同情况。毛主席曾经说过章士钊反人民不反共，照一般情况来说这是难以设想的，但这种特殊情况确是存在的，如果不承认这种特殊情况，就不能对章士钊这个人作出公正的判断，对于他的政治观点和学术著作就不能作出恰当的评价。我这里不过是举一个例子来说明对具体事物作具体分析是如何重要罢了。我们不能简单地把学术问题都归结为政治问题，更不能简单地把政治问题都归结为敌我矛盾的问题。和学术、文化有更加密切而不可分的关系是世界观问题。世界观不但包括着政治观点，这是最重要的，也包括着学术观点和对其他一切事物的观点。人们的世界观往往不是统一的，而是矛盾的，不是凝固的，而是发展的。我们不能把一个人的世界观简单地说成要么是唯物主义，要么是唯心主义，要么进步，要么反动。就在进步的、信仰马克思主义的人们当中，由于他们的思想视野的宽阔程度的不同，斗争经验的丰富程度的不同，历史文化知识的修养程度的不同，也呈现出很大的差异，其情况是十分复杂的。总之，我们对学术文化问题必须采取慎重的有分析的态度，要想采取简单的办法来解决这类复杂的精神世界的问题，是有百害而无一利的。

党中央号召我们打好揭批"四人帮"的第三战役，在涉及理论是非、思想是非、路线是非这样一些重大原则问题上，我们每个在思想文化战线上工作的同志，既要十分慎重，又要旗帜鲜明，支持正确意见，反对错误意见。为了党和人民的利益，对重大原则问题要敢于明确表示态度，敢于点头，敢于摇头，如果点错了，摇错了，允许大家批评，也允许被批评者反批评。这样大家都知道该说什么，该做什么，不该说什么，不该做什么，党内的民主生活和民主集中制的原则就能够得到保证，那么，无所适从，"心有余悸"的精神状态就可以逐渐消除了。我们共产党人要服从党的领导，遵守党的纪律，又要解放思想，独立思考，这是党员所应有的神圣权利和义务。我们要敢于坚持真理，又要敢于纠正错误，只要真理在手，什么扣帽子、打棍子、抓辫子都是毫不足畏的。问题是你所坚持的是不是真理，这就不能依个人的主观来判断，而要靠千百万群众的客观实践来检验了。

"百花齐放、百家争鸣"的方针是发展我国社会主义的科学和文化最正确的方针，也是最正确的方法。不彻底肃清林彪、"四人帮"的流毒，就不能很好地贯彻执行这个方针，反过来，不很好地执行这个方针，就不能彻底肃清林彪、"四人帮"的思想流毒，问题就是这样明显地摆着。

没有"百花齐放、百家争鸣"，没有不同艺术形式和风格上的自由发展和不同学派的自由讨论，我们的思想就会僵化，我们的学术、文化就会停滞不前。如果说我们的政治需要民主，我们的学术文化就更需要民主。没有生动活泼的民主空气，它们就不能健康地发展。我们要支持和鼓励自由讨论，特别要保护和鼓励各种不同的艺术风格和学术观点。可以说，没有自己独特的风格，就没有真正的艺术；没有自己独立的见解，就没有真正的学术。

要不要"百花齐放、百家争鸣"，这就是要不要在学术文化工作中实行群众路线的问题，要不要满足社会主义新时期广大工农兵的日益增长的文化需要的问题，相不相信群众的政治和艺术的鉴别能力的问题。把"百花齐放、百家争鸣"的方针和我们的文化为工农兵服务，为无产阶级政治服务的方向对立起来，把领导的要求和群众的需要对立起来，是完全错误的。应该看到，群众对文化的需要，越来越高了，方面也越来越多了，远非解放区时期，也非开国初期所能比拟。群众的眼界和识别力也越来越高了。究竟是领导高明还是群众高明呢？我看还是群众高明。许多问题，往往只有通过群众的讨论，通过学术文化工作者的实践，才能弄得清楚。群众最熟悉生活，对政治也最敏感，而领导往往是落后于群众的。这点，我们应当有自知之明。

要不要实行"百花齐放、百家争鸣"，就是要不要按照学术文化工作本身的特点和规律办事的问题。任何工作不按照它的规律去办，总是要碰壁的。行政方式、简单粗暴、官僚主义，对学术文化工作是特别有害的。我们一定要改进领导作风，学会新的领导方法。

我国形势大好，困难不少，前途无量。我们大家努力吧。

（录自《周扬文集》第 5 卷）

关于社会主义新时期的文学艺术问题^{*}

这次广东召开文学创作座谈会，感谢同志们盛情地邀请我来参加。我预祝广东的文艺工作取得新的更多的成就。同志们要我讲话，现在就讲一点意见，请大家指教。

我谈谈下面这样几个问题。

一 社会主义新时期文学艺术的任务

党中央提出了社会主义新时期的总任务，现在号召全党和全国人民把工作的着重点转移到社会主义现代化建设上来。这是一个十分艰巨的宏伟的任务。这是经济、技术领域的一场大革命，也是包括意识形态在内的整个上层建筑领域的一场大革命。

我们的文学艺术工作怎样才能适应这种形势，并把我们工作的着重点也转移到社会主义文学艺术的建设上来呢？我们的文艺怎样去反映新时期人民群众的生活和斗争呢？我们的文艺工作者

---

* 本文是作者 1978 年 12 月在广东省文学创作座谈会上的讲话。原载 1979 年 2 月 23、24 日《人民日报》。

应当怎样和群众同呼吸、共命运，喜群众之所喜，怒群众之所怒，表达他们内心深处的真实思想和情感，回答时代所提出的各种新的问题呢？怎样深刻地反映我国人民实现四个现代化的伟大斗争，勇敢地揭露这一斗争进程中的各种矛盾，激励人民同心同德地夺取"新长征"的胜利呢？为了实现这样的任务，我们首先要清除基地，扫清道路，彻底肃清林彪、"四人帮"的思想流毒和帮派残余，大力革除妨碍实现四个现代化的各种旧思想、旧作风，特别是群众深恶痛绝的官僚主义作风。我们要实事求是，解放思想，破除迷信，其中包括对任何个人的迷信。马克思主义的创始人就是反对个人迷信的。因为个人迷信和科学社会主义，和人民创造历史的思想，和民主集中制的原则绝对不能相容。迷信和正确的信仰完全是两回事。人民根据他们自己的切身经验和感情，信仰和爱戴自己的领袖，是合情合理的，决不是什么迷信。我们应该珍惜和尊重这种情感。至于林彪、"四人帮"大搞"个人迷信"，他们并不是真正爱戴和信仰毛主席，只不过是欺骗群众、蛊惑群众，制造对他们自己的个人迷信，以便他们篡党夺权的一种最险恶的阴谋手段罢了。

我们党粉碎了"四人帮"以后，正在大力恢复和发扬党的优良传统和作风，提倡马克思主义的实事求是的科学精神，发扬人民民主，健全社会主义的法制，提倡"百花齐放、百家争鸣"的方针，并将它列入宪法，作为人民基本权利之一。"天安门事件"得到了平反，伟大的"四五"运动被公认为"五四"运动在我国历史曲折的条件下的继续和发展。"文艺黑线"论被推倒了。许多冤案、错案、假案得到了纠正和昭雪。党内的民主集中制和国家的民主生活都正在恢复和发扬。正气正得到伸张，邪气正在被压倒。我们的社会主义经济建设和科学技术正在蒸蒸日上。革命的外交路线取得了伟大的成功。中日缔结和平友好条约和中美关系走向正常化是世界的大事。中外经济技术合作和科学文化交流的大门，已经打开。所有这些，都为社会主义的文学艺术的发展繁荣创造了十分有利的条件。

毛泽东同志《在延安文艺座谈会上的讲话》中提出了我们的文艺要为工农兵服务，为最广大的人民群众服务。这是一个根本的方向，是我们必须坚持、不能动摇的。现在的问题是，我们怎样为社会主义新时期的工农兵群众服务呢？是简单背诵为工农兵服务的口号呢，还是根据新的时代特点，新的实际情况来认识它，运用它和发展它呢？必须看到我们今天的情况，不但和延安时期，而且和建国初期都大不相同了。中国和世界都发生了空前巨大的变化。我们经历了从新民主主义革命到社会主义革命的伟大变革，经历了社会主义时期的各种复杂曲折的异常激烈的斗争，经历了胜利和前进的喜悦，也经历了挫败和倒退的痛苦。我们的文艺作品怎样正确地而又有力地来反映这些呢？经过社会主义改造和社会主义建设，特别是经过"无产阶级文化大革命"的风暴，我们的服务对象，工农兵和广大人民群众，特别是青年群众的思想政治觉悟和识别能力都空前地提高了。许多青年工人、学生、解放军战士和革命干部，在伟大的"四五"运动中演了最活跃的光荣的角色。革命知识分子作为脑力劳动者是和体力劳动者并肩作战的战友，已成为整个劳动人民的一个重要组成部分。这些服务对象的变化是多么大啊。我们的文艺作品怎样才能真实地表达所有这些服务对象的新的思想和情绪，满足他们不断增长的精神需要呢？我们的文艺为之服务的对象，同时也开始成为我们文艺的主体。当我们的文艺真正为有社会主义觉悟、有文化的工农兵群众和广大人民群众所掌握的时候，就真正称得起是社会主义的文艺了。

全国解放以前，是民主革命时期。那时为工农兵服务，就是为抗战服务，为解放战争服务，为民族民主革命服务。进入社会主义时期，我们的文艺为工农兵服务，主要的就不是为民族民主革命服务，而是为社会主义服务了。当然，"三十年代"以来的无产阶级的革命文艺，从广义上说，也是社会主义文艺，因为它是以科学社会主义作为指导思想的，只是那时文艺描写的对象是民族民主的斗争，社会主义只是作为一种思想体系、一种理想照耀我们前进的道路，而开国以后，社会主义已经不只是理想，而是逐步成为活生生的现实了。反映社会主义的现实就成了当前文学艺术的首要任务。

要表现社会主义的现实生活，首先要正确地认识社会主义，积极投入社会主义斗争中去体验它、观察它、思索它，熟悉和描写各种新人新事。这比之表现民主革命，要困难得多，复杂得多。毛泽东同志胜利地领导了反对帝国主义、封建主义和官僚资本主义的新民主主义的革命，并且正确地总结了它的经验。实践已经证明这些经验是正确的，有些经验并具有世界的意义。许多作者亲身经历了这一革命的胜利过程。但表现社会主义就不同了。虽然党中央和毛泽东同志也为我们制定了社会主义时期的总路线，我们的社会主义改造和社会主义建设也已经取得了许多重大的成绩，但社会主义还在进行的过程当中，有正确的和成功的经验，也有错误的和失败的经验。特别是"文化大革命"中，由于林彪、"四人帮"及其同伙的干扰破坏，我们社会主义的事业遭到了严重的挫折。因此，如何正确地认识社会主义，就是首先要解决的问题。

现在国际国内形势确实很好，前途是光明的。但摆在我们面前的困难也是非常之多的，生活中有不少令人痛心和消极的现象。有些人就在这种现象面前，产生了对社会主义前途的忧虑和怀疑。为什么中国会出现林彪、"四人帮"？为什么社会主义国家经济发展速度还不如某些资本主义国家？为什么社会主义的民主和法制经常受到破坏？在世界范围内，社会主义能不能战胜，什么时候才能战胜资本主义？类似这样一连串的问题，在一些人们，特别是青年人的头脑中盘旋。我们的文学艺术不应该回避这些问题，而应该正确地来回答这些问题，帮助人们正确地、从历史的发展中来观察和认识社会主义，克服各种糊涂观念和不健康的情绪。比较是研究问题的一个良好的方法。对社会主义和资本主义都不要只看到它的今天，而要看到它的过去和未来。

如果说资本主义社会，从诞生到现在，已经经历了六七百年的时间，其间经历了无数的纷争和多次的复辟，但终究没有退回到黑暗的中世纪去。历史是曲折前进的，在它的发展过程中，不可避免地有一时的、局部的后退，但总的趋势是滚滚向前，无可阻挡。从人类历史上出现第一个社会主义国家到现在还只有六七十年的时间，比之资本主义社会的历史，连十分之一的时间还不到。中国出现了林彪、"四人帮"，从整个历史看，都只是一时的倒退现象。世界革命的潮流，社会主义潮流是谁也阻挡不了的。我们是历史的乐观主义者，没有任何理由要悲观。但是我们如果只从光明的方面来看问题，看不到困难，看不到可能遇到的曲折和后退，看不到社会主义社会中也有阴暗面；看不到在像中国这样一个原来是半殖民地半封建的经济文化十分落后的国家，封建专制主义的传统、官僚主义的习气和小生产者的习惯势力都根深蒂固，在这样的国家里建设社会主义社会将会遇到多么巨大的困难，经受多么巨大的痛苦，要付出多么巨大的努力和牺牲；看不到20多年来，我们在社会主义革命和建设中虽然取得了巨大的成就，但也犯了一些严重的错误，教训是深刻的，沉重的；如果看不到这些，盲目乐观，那也是不对的。我们决不能把搞社会主义看成轻而易举的事。我们要有勇气正视困难，克服困难，而不是在困难面前唉声叹气，无所作为。我们也要有勇气正视错误，改正错误，而不是掩盖错误，文过饰非。我们不是空想的感伤的社会主义者，而是科学社会主义者。我们要实事求是，要作敢于正视现实的革命现实主义者。

我们的作家要正确地表现社会主义的现实，就要认真地、全面地研究我国和世界社会主义的历史经验，也要研究我国和世界社会主义文学运动的历史经验。《国际歌》是第一首伟大的无产阶级歌曲，但社会主义文学运动却是在马克思主义传播之后才开始的。1905 年以后，列宁写了《党的组织和党的文学》，高尔基写了《母亲》，这是社会主义文学的奠基石。从那时到现在，还不到 100 年，而资本主义文学艺术却已经有了几百年的历史，虽然它已经趋向没落，比起社会主义文学来，是正在衰亡着的东西，但它所积累的艺术经验和它所达到的熟练程度，从某些方面来说，要比无产阶级文艺更丰富，更高明。它们中间的一些具有进步内容的作品以及它们的某些艺术技巧，也还有值得我们借鉴和学习的地方。

我国 30 年代的左翼文学，是世界无产阶级文学的一翼。它是在我们党领导之下发展起来的。它以马克思列宁主义的思想为指导，以十月革命的苏联文学为榜样，是密切地配合我国当时的革命斗争的。它们引导许多对现实不满，倾向进步的青年走向革命，这是真正革命的文学。美国称它们 30 年代的革命文学是"红色的 30 年代"，台湾当局曾把某些暴露当地黑暗的所谓"乡土文学"称为"30 年代文学的幽灵"，可见"30 年代"是一个代表革命而不是代表反动的名词。林彪、"四人帮"诬蔑"30 年代"的革命文学运动，只能证明它们自己的反动。我国 30 年代的革命文学运动是以伟大的鲁迅为盟主，为旗帜的。毛主席早在《新民主主义论》和《在延安文艺座谈会上的讲话》中，对鲁迅给予了崇高的评价，并对 30 年代的革命文艺作了正确的估计，既充分肯定它的成绩，又指出了它的错误、缺点。我们不要怕人家批评"30 年代"，那时我们有过教条主义、宗派主义的倾向，不同程度地受过党内错误路线的影响。因为当时正值革命大转折的时期，左翼文学还处于幼年时代，有缺点、错误是难以避免的。但是文学毕竟是人民的生活和斗争在作家头脑中的反映，而不只是某一政治路线的传声筒，虽然有一些作家的创作不能不受当时占统治地位的政治路线的影响，不管这种路线是正确的还是错误的，但更多地还是反映作家自己头脑中的世界观和艺术观。他们的资产阶级、小资产阶级的思想，没有得到很好的改造，不能完全归咎于错误路线，因而也不能把任何错误都提到路线的高度。

林彪、"四人帮"诬蔑从 30 年代到开国 17 年的革命文艺贯串一条所谓"文艺黑线"，而且"又粗又长"，是"文艺黑线专政"。这种种诬蔑诽谤之词，早已被文艺界同志们批驳得体无完肤。实践是检验真理的惟一标准。17 年中并不存在一条什么"文艺黑线"，已被实践所证明。开国 17 年，我们的文艺工作一直是在毛主席和周总理的领导之下进行的，我们是努力执行党和毛泽东同志的文艺路线的，虽然在工作中也犯过这样那样的错误，有过"左"的或右的偏差。但是我们从没有执行过一条与党和毛泽东同志的文艺路线相对立的路线。30 年代，我们党内发生了错误路线，文艺也不能不受到一定的影响。我们党就是在不断地经受正确和错误路线斗争的艰难过程中发展和前进的。文艺战线也是这样。承认文艺工作某些时候受过错误路线的影响又有什么奇怪呢？

林彪、"四人帮"及其同谋者，打着"文化大革命"的旗帜，在一个相当长的时间内，推行了一条极其反动的封建法西斯的文化专制主义的路线。但那也只是一时的乌云，现在乌云已经驱散，阳光开始重回大地了。我们应当实事求是地按照历史的真实情况来研究和总结我们革命文艺运动的历史，总结正反两方面的经验，以帮助社会主义新时期的文学艺术更好地前进。

要正确表现社会主义新时期的生活和斗争，最要紧的是，我们的文艺工作者要积极地投身到为实现社会主义新时期的总任务，为加速社会主义现代化建设的伟大斗争中去，观察、体验和描写这场火热的轰轰烈烈的斗争。这是一个伟大的群众运动，又是一场科学、技术的伟大革命。我们的文艺工作者既要继续深入群众，又要和群众一起学习新的科学技术和科学管理，以便获得新的科学知识来描写人民的新的生活实践，新的智慧和毅力。只有投身于这种新的社会实践中，新时期的社会主义文艺才能获得新的内容和新的技巧，使我们的文艺焕发新的光彩。艺术和科学相得益彰，这是四个现代化对革命文艺的要求，是社会主义新时期文艺的需要，这也是共产主义文艺的理想。当然，文艺为新时期总任务服务，为四个现代化服务，并不是要我们去直接描写科学技术，而是要描写新时期人们思想感情的新变化、新风貌，新的生活和新的斗争。同时，文艺的题材还是多样化的，要动员多种多样的题材为共同的目标服务。

二 歌颂和暴露的问题

文艺是反映现实生活的，又是对于各种生活现象的评判。作者对于他所反映的事物，总要表示自己的态度，或是赞成，或是反对，或是歌颂，或是暴露。不表示态度实际也是一种态度。归根结底，总是有一定倾向性，不过有的明显，有的不那么明显罢了。中外古今的文学作品，莫不如此。《诗经》是我国最早的民

间诗歌。《诗经》的内容，照古人的解释，无非"美"和
"刺"。"美"就是歌颂，"刺"就是暴露。

社会主义文学，从不掩饰它的倾向性，它赞成什么，反对什
么，是旗帜鲜明的。这也正是它的党性的表现。但是这种倾向
性，无论表现为歌颂还是暴露，都不能违背生活的真实。这就是
现实主义的原则，这个原则和无产阶级的党性是一致的。

在文学中，无论古今中外，都有现实主义和浪漫主义这样两
种文艺思潮和创作方法。两者是对立的，又是统一的。就表现手
法来说，在作品中有时是现实主义占主导，有时是浪漫主义占主
导，有时是两者水乳交融，浑然一体。这种情况，不但同各个作
家、艺术家的不同创作个性和风格有关，也同他们所选取的题材
和体裁有关。就思想内容来说，无论现实主义或浪漫主义，都有
积极和消极、前进和后退的分化。现实主义可以演变为自然主
义。自然主义表面上强调纯客观，实际上并不客观，只是对现实
主义的歪曲。浪漫主义可以演变为形式主义，形式主义和自然主
义相反，只强调纯主观，不顾客观实际，单凭主观的幻想和华美
的形式，它同自然主义殊途而同归，都是违反现实主义的正道
的。

我们不是一般地提倡现实主义和浪漫主义，而是提倡革命的
现实主义和革命的浪漫主义，提倡两者的结合。革命现实主义和
革命浪漫主义究竟怎样结合呢？两者中究竟以何者为主导呢？应
该根据作家的创作个性、风格和他所描写的对象而有所不同。不
应当也不可能规定一个固定公式，下一个固定的定义。一个真正
的作家是决不会按公式或定义去写作的。总之，要遵从革命现实
主义的原则，从现实生活出发，观察、研究现实，既要忠实于现
实，又不局限于片面的、琐屑的现象，而是要站得高一些，看得
远一些，把革命理想融合于现实主义的描写之中。毛主席所讲的

革命浪漫主义，就是革命理想主义的意思。革命现实主义和革命浪漫主义相结合，也就是列宁所提倡的求实精神和革命气概相结合。

既然社会主义文学是为工农兵服务的，为最广大的人民群众服务的，那么歌颂工农兵，歌颂革命人民中的英雄人物，就是社会主义文学区别于旧时代的一切文学的显著特征，是革命文艺工作者的一个责无旁贷的义务。我们的文学是人民的文学，人民是我们文学的主人公。我们不歌颂人民，不歌颂人民的英雄，不歌颂人民中间的领袖人物，那还有谁更值得歌颂呢？

要塑造我们时代的英雄人物，但不能要求把这种人物写成天生的英雄，十全十美，高大完美，没有任何缺点，没有成长过程，这样的英雄在现实生活中是没有的。按照"四人帮"的"三突出"公式制造出来的什么"英雄人物"，正是英雄人物的反面和丑化，只能引起读者的厌恶和嘲笑。我们的作家应当塑造我们时代的先进人物的形象，这种人物应当是多种多样的，有血有肉，真实可信的。英雄人物当然具有优秀的品质，但也可能有缺点，有一点缺点并无损于英雄人物，包括任何伟大人物在内，哪个人的身上能够没有他那个时代的和阶级的烙印，没有一定的历史局限性呢？

在表现英雄人物的时候，如何正确地表现领袖和群众的关系是一个十分重要的问题。我们应该以高度的无产阶级的感情来歌颂我们的领袖人物。无产阶级领袖是从人民中来的，是和人民血肉相连的，而不是凌驾于阶级、政党和人民群众之上的"救世主"。我们的领袖人物之所以伟大，正因为他们最忠实、最正确、最坚决地代表了无产阶级和最广大人民群众的根本利益。我们不应当把领袖当成"救世主"来歌颂，《国际歌》就表达了无产阶级只有自己救自己的伟大思想。无产阶级的革命领袖，也不是只有一个人，而是有一群人。林彪、"四人帮"一方面借口"反对写真人真事"来反对我们表现老一辈无产阶级的革命家；另一方面又鼓吹什么"天才论"、"顶峰论"，来歪曲领袖的形象，损害人民群众对自己领袖的忠诚信仰。我们的文艺工作者一定要满怀热情地而又实事求是地来描写和歌颂我们无产阶级革命的不朽的英雄们。写他们的事迹，也就是写中国革命的历史，这也是比较熟悉这些历史的年老的作家的光荣职责。

歌颂不等于不要批判。有两种批判：一种是对敌人的批判，这就是彻底暴露和无情打击；另一种是对自己人的批判，是自我批判，这就具有完全不同的性质。这种批判，对于社会主义文学来说，也是必不可少的，十分需要的。有歌颂就有批判，歌颂之中也必然有批判。

人们常常给社会主义现实主义和资产阶级的批判现实主义这样来划分界线，似乎只有后者要批判，而前者就不要批判，似乎两者之间的主要区别就在于要不要批判。这是一种错误的看法，至少是一种误解。这只能削弱社会主义文学的批判的任务。没有批判，社会主义文学的战斗性就没有了。社会主义文学不但要批判资本主义、封建主义及其他剥削阶级的各种敌对的思想，也要批判社会主义社会中的各种消极现象，各种弊端和阴暗面。当然，这种批判，应当是积极的，而不是消极的，要维护人民的根本利益，要掌握分寸。因为我们的文艺任何时候都要有益于而不能有害于人民。但是我们决不能因噎废食而不敢揭露和批评。无产阶级是不怕批评的，是经得起任何批评的。马克思主义本身就是批判的，没有批判就没有马克思主义，就没有实事求是，就没有现实主义，就没有革命的艺术。

社会主义文学，从来歌颂的是人民，暴露的是敌人。在我们现在的社会主义新时期，哪些是我们最应该歌颂的人民英雄？哪些又是我们最应该暴露的敌人呢？前者是我们应当努力学习的榜样，后者是我们应当时刻警惕的祸害。

我们的时代是英雄辈出的时代。毛泽东同志是伟大的革命导师。周恩来同志、朱德同志和其他一些老一辈的无产阶级革命家，都是毛泽东同志的战友，是真正革命的共产主义的英雄。他们既有无产阶级的共性，又有个人独特的个性。我们的文艺要以严肃的历史唯物主义的观点描写他们的丰功伟绩，用以向广大人民和青年群众进行共产主义的教育，使他们懂得，中国革命是经历了多么曲折复杂、艰难困苦的斗争，付出多少血和泪的代价，才赢得了今天的胜利，使我们的子孙世世代代永远牢记革命的历史经验和教训。

我们的文学特别要歌颂那些在各条战线上用各种方式抵制和反对林彪、"四人帮"，坚持工作和学习，坚持生产劳动，坚持科学研究，不怕打击，不怕坐牢砍头，表现出大无畏精神的千千万万的无名英雄们。天安门的革命诗歌，就是"四五"英雄们以无比的革命义愤，用血泪凝成的集体创作，是光辉灿烂的政治诗篇。《于无声处》第一次把这种英雄人物搬上舞台，这是文艺战线上的一个勇敢的突破，一个值得庆贺的成功。

在我们文学作品中，过去写过在战场上、在敌人法庭上、在监狱中同民族的和阶级的公开敌人作斗争的英雄，但却没有写过同那些以"共产党员"的面目，伪装革命，混入我们的党和国家机关的各色各样的野心家、阴谋家作斗争的英雄。不怕抓，不怕压，敢于撕下那些坏人的假面具，这比同公开敌人斗争更复杂、更艰难，甚至也更痛苦。这需要胆略和智谋，特别需要有高度的政治敏感和政治勇气。这是一种新型的英雄主义。

我们今天所最需要暴露的敌人，又是些什么人呢？

过去的敌人是地主、国民党反动派、帝国主义者，它们的面目是比较容易识别的。现在又出现了新的敌人，它们就是上面所说的那些形形色色的野心家、阴谋家，它们总是玩弄两面派的手法，往往能够迷惑人，它们的面目就不那么容易识别了。我们的社会主义文学，就要暴露这种最危险的隐蔽的敌人。

在人民内部、在革命队伍里，还有各色各样、大大小小的官僚主义者，他们利用职权，专横跋扈，瞒上欺下，蛮不讲理，他们也是我们的社会主义文学应当无情地加以暴露和抨击的对象。在社会主义时期，还出现了像《于无声处》中的何是非那样的新叛徒。叛徒的概念也应该随着时代的不同而有所改变。像何是非那样的人，他不是在反动时代经不起敌人的威胁利诱而叛变，而是在社会主义时代，为了保官升官，争权夺利，而出卖同志，出卖灵魂，这是一种新的、更可恶、更无耻的叛徒。我们的社会主义文学，难道不应该对这种人加以暴露、加以鞭挞吗？《于无声处》第一次写了大胆反抗"四人帮"的新英雄，也写了无耻投靠"四人帮"的新叛徒。这就是这个戏的重要贡献，也是它受到观众欢迎的原因。话剧《丹心谱》，短篇小说《班主任》等作品，也都是写反对"四人帮"的斗争的，也都受到了群众的欢迎。对这类作品，即使其中不免还有某些缺点和不足，轻率地称它们是"伤痕文学"，"感伤主义的文学"或"暴露文学"，而对之采取贬低或否定的态度是不恰当的。我们正需要有更多更好地揭露林彪、"四人帮"的作品，否则我们怎么能表现我们这个时代的尖锐复杂的斗争，并从中吸取深刻的教训呢？

三 社会主义文学和它的同盟军

正如马克思主义最初只是一个社会主义的流派一样，社会主义文学，最初也只是一个文学的流派。这个流派现在已经成为世界的潮流，在一些国家中占了优势。但是即使这样，它也仍有个同盟军的问题。它如果不同其他的一切进步文学结成同盟，就会是孤立无援的，没有力量的。

社会主义革命是资产阶级民主革命的继续和发展，社会主义文学也是从资产阶级的带有民主性和反抗性的文学中孕育出来的。无产阶级革命家和革命文学家中许多人开始都只是激进的、革命的、小资产阶级的民主派。从民主主义思想进到共产主义思想，它经历了一个转变、发展和成熟的过程。30 年代的一些左翼作家，包括共产党员在内，大都是些革命的小资产阶级知识分子，或者如鲁迅所说的反叛的小资产阶级，是革命的民主派。当他们接受马克思主义思想成为共产党员之后，虽然他们当时执行的是民主革命的任务，头脑中还保留着不少资产阶级思想的影响，但决不能说他们是资产阶级"民主派"，他们已经是无产阶级民主派、无产阶级革命派了，大多数人在党和毛泽东同志革命路线的指引下，并没有走资本主义道路，而是走社会主义道路。"四人帮"把当年的什么"民主派"，说成就是今天的什么"走资派"，而"走资派"则是革命对象，这完全是篡改历史，颠倒敌我，是对老一辈的无产阶级革命家的诬蔑和政治陷害。

民主革命和社会主义革命是两个性质不同的历史阶段，既有根本性质的区别，又有不可割断的历史联系。

我国经历了几千年封建专制主义统治的历史，封建宗法思想根深蒂固，因此，在进入社会主义历史阶段以后，我们不但要大量宣传科学社会主义思想，而且要继续宣传民主主义思想，宣传社会主义的民主和法制，宣传科学思想，破除迷信，同各种愚昧无知和落后现象作斗争。我们的文学艺术也要在这方面发挥它应有的积极作用。

社会主义文学不应该孤军奋斗，而应当联合一切可以联合的同盟军共同作战。在这个问题上，我们的社会主义文学运动也有过历史的经验。苏联十月革命初期，无产阶级文学势力还小，资产阶级的所谓"同路人"文学还占据一定的优势。随着苏联社会主义建设的胜利，无产阶级文学就取得了蓬勃的发展，在这种胜利形势下，就发生了宗派主义和关门主义的倾向，对原来是"同路人"的作家不是采取团结的方针，而是采取了排斥的态度。1933年①以斯大林为首的苏共毅然解散以"拉普"（即"苏俄无产阶级作家同盟"简称）为首的各种无产阶级的艺术团体，清算了它们的关门主义的错误，成立了以高尔基为首的全苏作家协会，为苏联文学的更大发展开辟了广阔的道路。1936年，我们解散"左联"，也是借鉴了苏联的经验，一方面是为了适应当时抗日统一战线形势的需要，另一方面也是为了发展无产阶级文艺本身的需要，主要地也就是为了争取和扩大同盟军的需要。

新时期的社会主义文学，也还有扩大和巩固自己同盟军的问题。今天我们的社会主义文学的队伍，还不够强大。我们首先要在广大工农兵和知识青年中发现和培养新的文艺人才，建立起一支有社会主义觉悟的、有文艺素养的、经得起风吹雨打的新的文艺大军。我们有一批久经考验的党内外的无产阶级老作家，这是十分宝贵的。我们还要团结一切可以团结的、爱国的、民主的文艺工作者作为我们的同盟军。我们整个社会主义的文艺队伍，应该包括他们在内。建设社会主义文学艺术，不能光靠少数人包办，需要联合广大的同盟军。台湾兄弟和海外侨胞，只要他们爱国，愿意为社会主义祖国服务，我们就要欢迎他们，团结他们，同他们建立良好的关系。各国文艺界的进步朋友，特别是第三世界的朋友，也是我们应当与之联合的同盟军。在中外文化交流日

---

① 编者按：应为1932年。

益发展的新形势下，我们争取这个同盟军，也就越加迫切和重要了。我们也要向他们学习，而不应当对他们苛求，拿只适用于衡量我国作家的尺度去强加于他们。

列宁在《论战斗唯物主义的意义》这篇文章中说过，共产党员的唯物主义者，"为了完成应当进行的工作，除了同那些不是共产党的彻底唯物主义者结成联盟以外，同样重要甚至更重要的是同现代自然科学家结成联盟"。并且还说"不敢同十八世纪（资产阶级还是革命阶级的时期）的资产阶级代表人物结成联盟，就无异是背叛马克思主义和唯物主义"（《列宁选集》第四卷）。列宁把这个争取同盟军的问题说得多么重要呵！如果说在哲学思想战线上应当这样做，在文艺战线上就更应当这样做了。

文艺是最广泛的人民事业。人民对文艺的需要也是多方面的，多种多样的。不能单靠现代社会主义文艺，而要吸收中外古今一切带有人民性、民主性的有价值的文艺为社会主义服务，这样，才有利于对广大人民进行社会主义和民主主义的教育，才能满足人民的各种不同的多方面的需要。

这里涉及到毛泽东同志提出的"古为今用，洋为中用"的问题。一切适合我们中国今天的需要，能为我们今天所用的古代的和外国的优秀文艺，既能使社会主义文艺从中汲取营养来丰富自己，又是社会主义文艺的盟友，它在我国的整个文化生活中应当占有一个重要的位置。社会主义文艺不是孤立的，它与中外古今的一切进步文艺既有联盟的关系，又有继承的关系。社会主义文艺和一切旧时代的文艺有根本性质的不同，我国的社会主义又有和别国不同的自己民族的特点，但它决不能遗世独立，孤芳自赏，采取孤立自己的政策，而应当采取争取和扩大自己的同盟军的正确方针。我们既要向同盟者学习，又要对它保持独立的批评的态度。只有这样，我们的社会主义文艺才能得到健全的发展和繁荣。

四　艺术的形式和风格问题

自1956年毛主席提出"百花齐放、百家争鸣"的方针到现在，已经20多年了。执行这个方针不是一帆风顺的，而是一个复杂而尖锐的两条路线的斗争过程。一方面，要反对那种抗拒"百花齐放"的"左"的教条主义、宗派主义的粗暴倾向；另一方面，又要反对那种把"百花齐放"变成资产阶级自由化的右的修正主义倾向。我们曾不得不在两条战线上作战，反对从"左"和右两方面来的干扰。我们自己在执行这个方针的过程中，也有过"左"的或右的偏差，正反两方面的经验都有。我们应当很好地总结这些经验。

"双百"方针，已经经受了两个十年的严峻考验。第一个十年是1956年到1966年；第二个十年是1966年到1976年。第一个十年，这个方针提出不久，引起党内某些同志的忧虑，担心我们一"放"，就会放出牛鬼蛇神，天下就会大乱。可是，天下并没有大乱。经过艰苦斗争，我们保持和发展了开国以来文艺繁荣的局面。无论小说、诗歌、电影、戏剧、音乐、绘画和评论，都有显著成绩，包括江青所窃取来作为她的政治资本的所谓"样板戏"，就是这期间的产物。第二个十年，林彪、"四人帮"不但把开国17年的文艺，而且把"30年代"的革命文艺全部否定，诬蔑它是一条又粗又长的"文艺黑线"。他们借口反对"死人、洋人"，反对"帝王将相，才子佳人"，反对"封资修"，把中外文艺遗产一概打倒。在这十年期间，"双百"方针根本被否定，被践踏，代替的是一条极端反动、极端黑暗的封建法西斯的文化专制主义的路线。在这条路线的摧残下，革命文艺呈现了万花凋谢、一片荒凉的景象。文艺界同志喜欢说文艺是"重灾区"，其实何止文艺界？各行各业都有重灾区呵。林彪、"四人帮"给我们党、我们国家和人所所造成的灾难是空前的，文艺界只不过是受害者之一罢了。"四人帮"被粉碎以后，大批被他们禁锢的文艺作品和电影戏剧，大批被他们诬陷和迫害的文艺工作者都重新出现，重新得到评价，受到广大群众的欢迎，恢复了名誉。"百花齐放、百家争鸣"列入宪法，这是社会主义民主的胜利，也是社会主义文艺的最有力的保障。

"百花齐放、百家争鸣"是发展社会主义艺术和科学的长远方针，又是正确方法。科学和艺术是一种高度创造性的劳动，一种需要有广泛自由来发挥每个人的天赋、个性和才能的劳动，也只有用"双百"方针这种民主的方法才能鼓励他们的积极性和独创精神，激发他们互相比赛、互相讨论的热烈情绪，同时也只有这样，才能提高群众的识别能力和鉴赏水平。如果用简单的行政的方法，只推行一种学派，压制其他学派，只推行一种形式和风格的艺术，压制其他形式和风格的艺术，那只能导致科学和艺术的停滞和灭亡。经过 20 多年的实践的考验，"双百"方针已被证明是完全正确的。在执行这个方针的过程中，我们可能犯这样或那样的错误，但不执行这个方针，却是最大的错误，是方向路线性的错误。现在，"四人帮"的思想流毒和帮派残余还有待继续肃清，他们所设置的种种精神枷锁和禁区，还有待于继续打破，因为它们是不合理的，是窒息人们的思想，阻碍我们前进的。我们要正确地执行"双百"方针，就需继续扫清各种障碍，排除各种阻力，为此付出极大的努力。我们要总结正反两方面的经验，对的坚持，错的改正；发扬民主，解放思想，准备长期进行斗争，不要以为粉碎了"四人帮"就万事大吉了。

所谓"双百"方针，实际就是两个"自由"，即艺术上不同形式和风格的自由发展和科学上不同学派的自由讨论。我们提倡的这种"自由",同资产阶级的所谓"自由化"的区别何在呢?划清这个界限,是需要的,也是大家最为关心的。

首先,所谓百花齐放,是为社会主义而放,不是为放而放,不是放任自流。我们的目的,是为了社会主义的利益,为了最广大人民的利益,为了发展社会主义艺术和马克思主义科学的利益,这和资本主义的所谓"自由化"是根本不同的。他们是为了保护资产阶级的利益,保护个人或少数人的利益。这是两者根本的区别。

我们公开声言,我们的文学艺术是有倾向性的,是为最广大人民群众利益服务的,是受马克思列宁主义、毛泽东思想指导的。难道这样一来,我们的文艺就不自由了吗?难道为最大多数人服务就不自由,为个人和少数人服务就自由吗?如果真是这样,那么这种"自由"就未免太渺小了,它的价值何在呢?资产阶级作家常常喜欢夸耀他们的这种所谓"自由",我看那只是一种虚假的"自由"。资产阶级作家往往受资产阶级世界观的束缚而不自觉,他们总是不能完全摆脱他们的政治偏见和宗教偏见。我们党在粉碎了"四人帮"之后,坚持马克思主义的实事求是的原则,反对各种错误思想,破除各种迷信。马克思主义是一种最活跃的发展的学说。我们提倡的思想解放,就是在马克思主义普遍真理指导下的思想解放。

我们要的是社会主义范围内的"百花齐放",凡是符合人民的利益,符合社会主义的利益的都是花。社会主义的文艺是花,一切爱国的、民主的、具有进步意义的文艺也都是花。既然是百花齐放,当然有各种各样的花,有香的,也有不香的,或不十分香的,但只要它不是违反人民利益的,就不能说它是毒草。在这个问题上,我们要采取特别慎重的态度。

毛主席讲"百花齐放"，特别强调了艺术的形式和风格的重要性。艺术题材要多样化，形式和风格也要多样化。世界就是一个多样化的世界。我们过去对形式问题重视是很不够的，似乎一讲形式就是技术至上，就是形式主义。其实形式问题是非常重要的，特别是对艺术来说，更是如此。内容和形式是一个事物的两方面，世界上没有内容的形式，和没有形式的内容是根本不存在的。每个时代的伟大思想变革、思想解放的运动几乎都要从形式突破，因为任何革命的或反动的内容都要有一定的表现形式。五四运动的反对文言，提倡白话，延安整风运动，反对党八股，把它列为必须整顿的"三风"之一，现在我们要肃清"四人帮"的"帮腔"、"帮调"、"帮八股"，不都是这样吗？当然，任何时候我们都不能离开内容来谈艺术形式问题。但是，艺术没有一定优美的形式和独特的风格，就不可能成为好的艺术品。各类艺术的形式，都具有相对的独立性和历史的连续性，是多少年延续下来的，形成了群众一定的欣赏习惯，这些习惯往往是根深蒂固的。一部文学史、艺术史，可以说就是艺术形式的发展史。诗经、楚辞、汉赋、唐诗、宋词、元曲、明清小说，就是各类艺术形式适应时代和思想内容的变化而不断演变和发展的历史。时代前进了，艺术形式也不能不有所变化，但无论怎样变化，也不能脱离它原来的历史联系。不研究艺术形式的变化和发展，就不能探讨出各个时代艺术和社会生活的关系的变化，也探讨不出艺术发展的历史规律。中国是一个多民族的国家，各个民族都有自己特殊的民族艺术形式。中国幅员辽阔，同一个汉族，又由于地域不同，各地方的艺术也都有自己的地方形式。各个地方的地方戏、地方音乐，例如广东的粤剧、潮剧，广东音乐、潮州音乐，都是很有特色的。其他各个地方的戏剧、音乐也都各有所长。这些地方戏曲、音乐的形式和方言有不可分离的关系。但是，我看全国推广了普通话，即使方言消失了，地方戏、地方音乐可能还会长期存在，继续为当地人民所喜爱。地方戏和地方音乐（包括民歌）和人民生活血肉相连，富于地方色彩，生活气息浓厚，适合于表现现代生活，我们不但不应当加以轻视和排斥，而应当积极扶植、改革和发展。发展革命现代戏，无论是京剧或地方戏，仍是我们戏曲发展的努力方向。传统剧目一定要改革。因循守旧，不加改革是不行的，是和社会主义现代化太不相称了。

西方说，风格即人。我国历来也说，文如其人。我们要重视风格，也就是重视个人的独创性。一个作家、艺术家往往不是一开始就形成自己的风格的。随着他的艺术才能的发展和创作经验的增多，就逐渐形成自己独特风格，为众人所注目和仿效。仿效的人一多，就会形成一个特定的艺术流派。这种艺术流派和政治上的宗派完全是两回事。在共产党内搞派性，是反党的，我们要坚决反对。艺术上的流派，我们不但不应反对，而且应当赞成。好的艺术形式和风格，好的艺术流派应当受到鼓励和赞扬。任何艺术流派，都要靠艺术家本人的成就和声望，自然而然地形成的，而不是可以人为制造的。不但对于艺术，对于每一个人，特别是每一个革命者，风格也是十分重要的。风格就是个性，就是人品。实事求是和革命精神就是每一个革命者所应具有的风格。

周恩来同志曾经引述过毛泽东同志讲的这样一段话："人类总得不断地总结经验，有所发现，有所发明，有所创造，有所前进。""人类的历史，就是一个不断地从必然王国向自由王国发展的历史。"这是讲人类认识世界的发展历史，这对于文艺也同样适用。文艺和科学都是对客观世界的认识和反映，只是两者认识和反映的方式各有不同。要认识世界，就要不断地有所发现，有所发明，有所创造，有所前进。文艺也是如此。艺术要创造典型，探索和发现新的艺术表现形式和手法。我们正处在世界科学技术发生伟大革命的时代，我们在经济和科学技术上要充分利用外国先进的科学技术成果，向外国学习。在文化艺术上，特别在艺术表现手法上，难道外国的东西没有值得我们学习和借鉴的地方吗？难道我们不也应当努力去探求新的表现形式和手法吗？当然，我们艺术的思想内容不同，又有我们自己固有的艺术传统和民族形式，我们不应妄自菲薄，但也不能妄自尊大，故步自封，不去放眼世界，向外国一切好的东西学习。文学艺术史上，向民间学习和向外国学习往往会引起伟大的变革和进步，这样的例子是屡见不鲜的。不要忘记我们的时代是个伟大的社会主义的新时代，我们决不能以已有的成就为满足。我们一定要有所创造，有所前进，一定要无愧于我们的时代。

五　学术上自由讨论的问题

"百花齐放、百家争鸣"的方针，一条是艺术上不同形式和风格的自由发展，再一条就是科学上不同学派的自由讨论。不但对于科学，而且对于艺术，自由讨论也是必要的，必不可少的。没有自由讨论，思想就要僵化，唯心论和形而上学就会猖獗起来。文艺上需要深入讨论的问题很多，有对当代的、外国的和古代的文艺作品的评价，有文艺理论上争论不休的问题。无论是对我国当代的，或是对古代的和外国的作品，都要允许有不同的意见，不同的评价。马克思、恩格斯、列宁、斯大林、毛泽东同志都对许多个别的文艺作品有过十分精辟的评论，对我们有极大的指导意义和重要的启发，但不能因此就认为不再需要我们去进行独立的研究了。对于一部作品，特别是伟大的作品，可以从各方面去评价，各人所见不同，评价也有所不同，经过讨论可以互相补充，互相发明。

文艺作品是客观世界和历史真实的反映，它所反映的世界越广阔、越真实、越丰富、越深刻，对它的探索和评价就越要费工夫，花气力。这些作品要经过较长时间的考验才能评定它们的优劣，对它们作出比较客观的评价。有些作家和作品，是风格的不同，不是孰优孰劣的问题。李白、杜甫，各有千秋。"李、杜优劣论"的争辩，历千年而无结果，就是这个缘故。所以我们对于作品的评价应该采取谨慎的态度，不要主观武断，也不要随风倒，不要以为自己的意见就是权威，就是最后的判断。文艺批评，既要阐明作品中反映人民的生活、思想和情感，其真实、深刻和生动的程度如何，又要从作品中发现新的东西，发现别人所没有发现过的东西。对一个作品有不同的评价，是正常的现象，应该允许和鼓励不同意见的自由辩论，允许批评和反批评，允许保留个人意见。要有勇气不隐蔽自己的观点，公开说出自己的所见，不怕扣帽子，打棍子。

"百花齐放、百家争鸣"，实际上就是发扬社会主义民主，防止思想僵化。而思想僵化，对于我们是最大的危险。

要实行艺术民主，开展自由讨论，至今使人心有余悸的一个麻烦问题，就是如何划清艺术问题同政治问题、世界观问题的界限。艺术、政治、世界观有密切而不可分的关系，往往纠缠在一起，相互之间的关系是极其错综复杂的。正因为不容易区分，所以我们就要更认真地细心地加以区分。我们的艺术服从于无产阶级的政治，受马克思主义世界观的指导。但是，无论是政治也好，世界观也好，都只能包括艺术，指导艺术，而不能等同于艺术，不能代替艺术。苏联早期的无产阶级作家团体，曾提出过唯物辩证法的创作方法的口号。这个口号之所以被批判、被否定，就是因为它把哲学的唯物辩证法和艺术的创作方法完全等同起来，以马克思主义代替艺术，根本抹杀了艺术有它自己固有的特点和规律。到 30 年代中期，又出现了一个以卢卡契为首的"文学评论"派，他们就走到另一个相反的极端，认为创作方法就是现实主义，把创作方法同世界观对立起来，甚至认为世界观越反动就越能显示现实主义的胜利。这显然也是错误的。世界观是对自然现象和社会现象的观点和看法的总和，它包括艺术观，它指导艺术创作，但不能代替艺术创作。艺术作为形象地把握生活、反映生活的手段，有它自己的特殊规律。政治观点在世界观中起决定的作用，但也不是世界观的全部。每个人的世界观也是在变化、在发展的，也不是铁板一块。就在具有无产阶级政治观点和马克思主义世界观的人们当中，也有政治成熟程度的不同，斗争经验的丰富程度的不同，思想视野宽广程度的不同，观察能力的深浅程度的不同。对一切事物都要采取科学的、有分析的态度，不要动不动就把艺术问题提到世界观的高度，提到政治路线的高度，提到政治上革命和反革命的高度。要看到艺术与政治、世界观关系的复杂性，要对具体问题作具体分析。

斯大林否定了唯物辩证法的创作方法的口号，提出了社会主义现实主义的方法，号召作家深入到现实生活中去，号召他们"写真实"。卢卡契及其他一些人就把"写真实"视为惟一的、最高的原则，否定马克思主义世界观的指导作用。我们批判了这种所谓"写真实"论，是对的，但不应因此忽视对现实主义的提倡。"四人帮"却走到完全否定文艺的真实性的极端。我们今天不仅要批判林彪、"四人帮"的种种反动谬论，也要认真总结我们自己的正反两方面的经验，从中吸取教训，更好地坚持革命现实主义的原则，并使这种革命现实主义和革命浪漫主义更好地相结合。要坚决反对一切说假话、说空话的虚伪的文学。文艺应当真实地反映生活，对生活发生积极的影响，推动历史前进，而不是拉历史开倒车。

六 文学艺术的领导问题

这个问题，我本来不想讲，因为十多年来我脱离了文艺工作，没有调查就没有发言权。凭过去的一点经验讲话，是容易讲错的。何况我在长期工作中也有过不少缺点错误，又曾被林彪、"四人帮"打倒过，似乎只能讲自己失败的经验。如果要勉强安慰一下自己，就只好说，失败是成功之母。吃一堑长一智，打过败仗，可能会使自己变聪明一点。在座的许多同志，在一个地区，或在一个方面，担负一定的文艺领导工作。我讲点意见，供你们参考，也是应该的。

任何领导问题，首先是方针路线问题。我们做任何领导工作，总要有一条路线，不是正确的路线，就是错误的路线。我们有了过去正反两方面的经验，现在有党中央的正确领导，我们可以沿着正确路线勇敢前进了，在前进的过程中，也难免要犯错误，我们要力求不犯或少犯错误。

其次，领导方法是一个重要问题。领导文艺同领导其他工作一样，要一般和个别相结合，领导和群众相结合。这是毛泽东同志历来提倡的领导方法。对文艺工作来说，一般就是政治，个别就是艺术。不能只有一般政治号召，不研究文艺工作的具体业务。在各个时期，各种不同场合，文艺怎么为政治服务，文艺本身有什么特点和规律，社会主义新时期的文艺，和过去有哪些不同，当前存在哪些问题。所有这些都需要根据新的情况加以考虑和研究。邓小平同志提出要那些热心科学事业的人去领导科学，是很有道理的。外行不要紧，但要热心于自己所领导的业务，关心和钻研这个业务，并虚心向专家学习，不能长期安于当外行，要逐步使自己变成比较精通本行业务的内行。有些文艺工作的领导者，就是缺少这种热心和钻研精神，不肯和被领导者交朋友，不向被领导者学习，不去或不愿意去研究文艺工作的历史经验和特殊规律。他们不是遵照《在延安文艺座谈会上的讲话》的精神实质，根据今天新情况研究文艺上的新的问题，提出新的任务，而是以背诵《讲话》中的个别词句为满足。这决不是什么高举毛泽东思想的旗帜，而是用这个旗帜来掩盖自己的懒惰、思想僵化和官僚主义。

领导和群众结合，这也是毛泽东同志给予我们的一贯教导。领导任何时候都要坚决相信群众、依靠群众，走群众路线。最近《人民日报》的文章中反复指出：人民群众是文艺的最有权威的评判者。这是不是否定领导的重要呢？难道领导就不是最有权威的评判者吗？他是不是，不能自封，这要看领导是否真正代表最广大群众的意见和利益，是不是和群众血肉相连，息息相通。现在，广大群众，特别是青年的思想觉悟和判断能力是大大提高了，他们在某些方面实在比一些领导人员，一些理论工作者，包括我在内，都高明得多。不要摆老资格，要热情地欢迎青年人，要帮助他们，向他们学习。

文艺界许多同志都提到文艺作品审查制度的问题。我想必要的审查还是要有的，但是尺度要放宽，主要依靠社会舆论，依靠马克思主义的文艺批评，而不是靠行政手段。文艺书刊的编辑看稿，也不要把自己当审查官，而要当作是作者们的朋友。不是专门找错处，挑毛病，而是细心地发现和爱护文艺人才。电影创作单位和艺术表演团体，对电影和戏剧等节目应否拍摄和公演，可以经过集体审议，例如由各单位的艺术委员会来决定，只有涉及重大政治问题，必须向上级请示时，才送交上级审查。这样，审查制度就简化多了，下级机关的责任心和积极性就会大大提高，"双百"方针才能顺利地贯彻。也只有这样，马克思主义的文艺理论和批评，才能得到锻炼和发展。

作风是看不见摸不着的东西，但却是极其重要，关系革命成败的东西。实事求是，就是我们党历来提倡，今天更要提倡的作风。各行各业领导都有一个作风问题。作风最要紧的是要和群众打成一片，平易近人，不搞特殊化，不搞排场，不搞官僚主义和衙门作风。群众对老干部恢复工作，是满腔热情地欢迎，对他们寄以极大的希望。因为他们在长期受迫害的生活期间，比较更多地了解了民间疾苦，对人民有了更深的感情。但是有个别人，恢复工作以后，又当了官，官架子摆起来了，不听群众的呼声了。有的人受"风派"人物包围，只喜欢听阿谀奉承的话，不高兴听稍有不同的意见，这样就与广大群众隔阂了，这是很危险的。"风派"人物差不多每个单位都有，这种人物，虽然一个时期依附过"四人帮"，但究竟不是"四人帮"，而且有些人是有一定能力的，我们不能不用，但是要帮助他们改正错误，并对他们保持一定的警惕，不要被他们的逢迎吹捧弄昏了自己的头脑。

我们要清楚地认识到，摆官架子，搞特殊化，搞官僚主义，是和共产党员的称号绝对不能相容的。官僚主义是无产阶级政党和社会主义国家的致命危害。我们决不可以沾染这种官僚习气，这是一种最腐朽的封建僵尸的余毒。如果我们沾染了这种余毒，势必就会脱离群众，和群众处于对立面，甚至和群众发生公开的对抗。

我们要学习周总理，像他那样联系群众，平等待人，同文艺工作者交朋友，谈心交心。他是文艺工作者的良友严师，是我们的学习榜样。

（录自《周扬文集》第 5 卷）

三次伟大的思想解放运动

——在中国社会科学院召开的纪念"五四"运动60周年学术讨论会上的报告

　　伟大的"五四"运动到今天已经整整60年了。"五四"运动不仅是反帝反封建的政治运动，同时也是空前未有的思想解放运动。

　　本世纪以来，中国人民经历了三次伟大的思想解放运动："五四"运动是第一次，延安整风运动是第二次，目前正在进行的思想解放运动是第三次。历史已经证明，每一次思想解放运动，都对中国革命的发展，起着极大的推动作用。

　　社会存在决定社会意识，这是历史唯物主义的一个基本原理。但是，在这个前提下，马克思主义者也充分承认社会意识对社会存在的反作用。特别是当社会发展到了即将发生激烈变革的关键时刻，旧思想的枷锁严重地阻碍着人们的觉醒和斗争，在这种情况下，思想解放就成为社会政治革命的前导，成为推动历史前进的强大力量。

　　每一次伟大的思想解放运动，都不是一件简单的事情。旧思想已经不再适合历史发展的新趋势，但是要想改变它并不那么容易。一方面，因为它是漫长世代的历史形成的，在社会上有着很深的影响，成了一种传统的力量；另一方面，因为它的背后还必然有保守的社会势力给它撑腰。所以，思想解放的闸门没有打开以前，旧传统往往是天经地义、神圣不可侵犯的。它渗透在社会之中，成为压制人们精神的因袭的重担。要想触动它，推翻它，不但得费很大的力气，而且得冒旧势力垂死挣扎的大风险。正因为这样，古往今来的思想解放的先驱者们，总是具备一种为了追求真理，不怕牺牲的大无畏精神。历史上多少思想家、科学家，都是抱着这种态度从事自己的工作，打破束缚思想的牢笼，坚持科学的新思想，这样才划破了那深沉的黑夜，迎接新时代的黎明。

马克思主义的诞生，就是人类历史上最伟大的思想解放运动。它破天荒第一次创建了惟一正确的宇宙观，破天荒第一次发现了人类历史发展的客观规律，破天荒第一次用严整精确的科学分析揭明了资本主义灭亡和社会主义胜利的不可避免，破天荒第一次给工人阶级提供了战无不胜的理论武器。这样一次史无前例的伟大的思想解放，给人类社会带来的巨大进步，已经为一百多年来的历史充分证实了。

今天纪念"五四"运动60周年学术讨论会开幕，我想对近代中国历史上发生的三次伟大的思想解放运动作一回顾和展望，谈谈个人的一些看法，请大家指正。

一

"五四"运动何以是中国的第一次思想解放运动？因为中国有史以来，还不曾有过这样一个敢于向旧势力挑战的思想运动，来打破已经存在了几千年的旧传统，推动社会的进步。

在鸦片战争以前，中国是个严格的自我封闭的社会，除了邻近几个国家以外，不与外国互通往来。那时即使是最勇敢的思想家，如明末的李卓吾，他是那么样的离经叛道，居然指责儒家经典并非"万世之至论"，攻击宋明理学为假道学，公开以异端自居。但是，他的影响也还是非常有限的，并未能使封建宗法思想的统治为之稍有动摇。与李卓吾同时代的意大利耶稣会传教士利玛窦等，以传授科学知识为布道手段，他们带来的科学知识不仅为中国所无，而且在西方也还是很新颖的，但是没有广泛引起中国人的重视。清代统治者以"天朝"自居，对西方先进事物投以不屑一顾的鄙夷眼光。直到鸦片战争爆发，英国军舰长驱直入，用重炮猛轰沿海的许多重要城市，中国的万里长城终于被打破，再也无法闭关自守下去了。

照理，此时中国人应当睁开眼睛，认出从西方到来的侵略者不可等闲视之，必须改变政策，使本身强大起来，才能与之相对抗。但是中国皇帝和他手下的大臣们实在蠢到了令人无法理解的程度，他们尽管连吃败仗，割地赔款，受尽屈辱，还是死守一条，叫做"祖宗之制不可违"，坚决拒绝任何改革。而且确实任何改革都会有人出来摆出一副卫道君子的面孔，指责"用夷变夏"。戊戌变法，就为了变那么一点点，来讲求富国强兵，杀了六个君子的头。辛亥革命是孙中山领导的资产阶级革命，当时他本人理想甚高，似乎还不以资产阶级革命为满足。但是这次革命除了"建立共和政体"一条以外，没有提出什么资产阶级的或者高于资产阶级的纲领，喊得最响的口号反而是"种族革命"。凡有种族观念的人，连同大批立宪党和守旧党也都混了进来。共和政体在一片"咸与维新"的欢呼声中产生，实权还是掌握在立宪党和守旧党手里。新的资本主义生产方式还刚刚萌芽，社会的经济基础没有变，上层建筑也没有变，只是换了政府的名称，其他一切照旧。所以袁世凯做了总统不满足，要求通过他做

"终身总统"；做了"终身总统"还不满足，又要求"选举"他做皇帝，还立了太子，准备世世代代传下去。诸如此类封建时代的丑剧——上演，终于有些人看不下去了。

正当袁世凯大做皇帝梦的年头，一次空前未有过的思想解放运动，在陈独秀主编的《青年杂志》上，以一种大概并不引人注目的形式开始了。当时，写文章还是习惯于用文言，虽然未必如何古奥，但是不为多数人所理解是可以断言的。从内容来说，也只能说是对资产阶级民主思想有了初步的认识，但是对孔学和维系封建社会制度的旧礼教三纲五常、旧道德忠孝节义的尖锐的批评，不能不使人为之震动。这个杂志出了一年，改名《新青年》，并号召青年要有新的觉悟，担负起时代的使命来。1917 年先后发表胡适和陈独秀的文章，开始提倡文学革命，主张废除早已僵化的体裁、言之无物的文风和摹仿古人、不合文法的陈词滥调，改文言为白话，创造言文合一的新文学。这个倡议很快获得了广泛的反应，特别是在鲁迅发表《狂人日记》等作品以后，其实际影响远远超出了文学范围，使人们的思想大为解放，也使旧势力受到了严重的打击。《新青年》办了几年以后，新旧思想的冲突进入了高潮。当时青年在这种思想影响下开始认识自己，并有少数人在俄国十月革命和战后世界革命影响下接受马克思主义，认识到只有社会主义才能救中国。李大钊就是我国最早的共产主义者之一，他为自己的信仰后来勇敢地走上了绞架。这是发生在 1919 年因反对屈辱的巴黎和约而爆发的"五四"群众爱国运动的思想基础。没有民主思想的觉悟，不可能有民族意识的高涨，也不可能接受马克思主义的思想，把社会主义当作彻底改造中国的道路。

资产阶级革命的规律，向来是在发展过程中影响无产阶级也觉醒起来，争取转变为社会主义革命。"五四"运动的发展完全证明了这个规律。封建传统的打破带来了思想的大解放，为马克思主义的传播和共产党的建立准备了不可缺少的条件。毫无疑问，这是"五四"运动的最重要的成就。

中国共产党成立以后，很快同孙中山领导的国民党结成了反帝反封建的革命统一战线。这是中国革命发展的一个重大的事件。国共两党的统一战线造成一种声势，使工人和农民中的群众性运动获得了广泛的发展，并取得了北伐战争的巨大胜利。但是在1927年的大好形势下，党未能采取正确的策略来巩固自己的胜利。当时党的领袖陈独秀面对反动派的攻击，不是积极加强革命力量，反而采取右倾机会主义路线，使革命遭到了失败。这时，毛泽东同志以大无畏的精神毅然决然地反对了这种错误路线，提出了建立和发展农村革命根据地，以农村包围城市的惟一正确的路线，在革命遭受失败之后，重新积聚力量，使革命继续深入发展。这次失败说明当时中国共产党毕竟还是个幼年的党，还不懂得运用马克思主义的观点来认识中国，发展中国的革命运动。马克思主义如何与中国革命的具体实践相结合，成了亟待解决的问题。

二

历史表明，中国人民接受马克思主义是通过"五四"思想解放运动实现的；同样，要运用马克思主义来解决中国革命的实际问题，以达到解放中国的目的，也仍然需要有一个艰难的历程，需要开展一次比"五四"运动更为深刻的思想解放运动。这个又一次的思想解放运动，就是我们党在毛泽东同志领导下于1942年开展的延安整风运动。

1942年整风运动所要解决的中心问题，就是如何正确对待马克思主义。这是能不能把马克思主义同中国革命的具体实践结合起来的关键问题。

马克思主义不是中国土生土长的，它是西方国家传来的一种主义。因而，自从它在中国传播开来以后，就不断出现一种论调，认为马克思主义不适合中国的国情。这种"国情特殊论"当然不是出自对马克思主义和对中国社会的了解，它不过是反动派用来反对马克思主义、反对无产阶级革命运动的一个方便的借口罢了。但是，马克思主义作为科学的宇宙观和方法论，作为指导无产阶级革命的普遍真理，确实有一个同中国革命的具体实践相结合的问题。用毛泽东同志的话来说："马克思主义必须和我国的具体特点相结合并通过一定的民族形式才能实现。"（《中国共产党在民族战争中的地位》）这个问题不解决好，马克思主义在中国就会行不通，中国革命就不能胜利。1927 年大革命的失败，使人们痛切地感到，必须对马克思列宁主义理论和中国革命实践取得完全的、统一的了解。从 1928 年起到 30 年代先后进行的几次关于中国社会性质问题的论战，就是在这样的思想背景下发生的。在这几次论战中，一些托派分子和国民党御用文人，一面抹煞中国现代社会的半殖民地半封建性质，把中国社会混同于西方资本主义社会；一面又夸大中国古代社会的特点，否认马克思关于社会发展史的学说适用于中国的历史，实际上都是反对和阻挠马克思主义和中国的具体特点的结合。当时我们党的一些理论工作者对这些荒谬观点进行了严正的批驳，但是由于种种原因，对论战没有能作出全面的科学的结论，问题远未得到解决。由于日本帝国主义的侵略，民族危机的严重，革命的深入发展，就把这种争论远远地抛在后面了。在十年内战中，以鲁迅为代表的左翼文化运动取得了辉煌的战果。随着全国人民爱国热潮的高涨，爆发了震撼全国的"一二九"运动。然而 30 年代头几年负责指导中国革命的党的某些领导人，却已经走上了马克思主义同中国革命的具体实践相脱离的道路。在这条道路上走得最远的就是王明。

以王明为代表的"左"倾教条主义者，把具有革命创造精神的、战斗的马克思主义变成了僵死的教条。他们不从中国的实际情况出发来对待马克思主义，而是生吞活剥地把马克思主义书本上的个别词句奉为神圣；不是运用马克思主义的立场、观点和方法来研究中国社会各方面的问题，总结实际经验并从中引出结论以作为行动的指南，而是抛弃马克思主义的活的灵魂，盲目照搬外国经验。在他们看来，凡是斯大林和共产国际说的，凡是苏联做的，就是金科玉律，必须照办，丝毫不能更动，稍有违反就是大逆不道，就要扣上种种大帽子，残酷斗争，无情打击。这样，在"左"倾教条主义者手里，马克思主义就走向反面，变成了反马克思主义的新八股、新教条。它同封建老八股，老教条一样，成为禁锢人们思想的一种精神枷锁，压制着真正的马克思主义的传播和发展。这种教条主义是"五四"运动本来性质的反动，同时又是"五四"运动的消极因素的发展。

"五四"运动本身是有缺点的，有它的历史局限性。那时候许多人还没有掌握马克思主义的批判精神，使用的还是资产阶级的形式主义的方式，好就一切都好，坏就一切都坏，带有很大的片面性。这就影响了这个运动后来的发展。老八股、老教条的影响还没有来得及彻底肃清，一些新思想、新理论却又在一些人的手里变成了洋八股、洋教条。毛泽东同志对此曾作过精辟的分析，他说："'五四'运动的发展，分成了两个潮流。一部分人继承了'五四'运动的科学和民主的精神，并在马克思主义的基础上加以改造，这就是共产党人和若干党外马克思主义者所做的工作。另一部分人则走到资产阶级的道路上去，是形式主义向右的发展。但在共产党内也不是一致的，其中也有一部分人发生偏向，马克思主义没有拿得稳，犯了形式主义的错误，这就是主观主义、宗派主义和党八股，这是形式主义向'左'的发展。"
(《反对党八股》）这里所说的"右"的形式主义，就是胡适、
傅斯年他们所鼓吹的"全盘西化"和帝国主义奴化思想；而所
谓"左"的形式主义，就是指我们党内的"左"倾教条主义，
也就是主观主义。如果说"五四"时期的形式主义只是反对封
建蒙昧主义斗争中的一种偏向，是前进中的缺点，那么党内的这
种形式主义则已经发展到如此荒谬的地步，以致它本身就成为一
种蒙昧主义，成为启发革命精神和发展革命斗争的严重障碍，不
把它彻底除去，革命就要失败。因此，开展一次新的思想解放运
动，把人们从"左"倾教条主义下解放出来，在客观上就成为
刻不容缓的事情。

早在20年代后期，"左"倾机会主义开始在党中央取得统治
地位时，毛泽东同志就在实际工作中，接着又在理论上对这种
"左"倾教条主义进行了不懈的抵制和斗争，而且在1930年明确
地提出"反对本本主义"，指出不认真向社会作调查，不根据实际
情况进行讨论和审察，一味盲目地执行上级的指示，这种单纯建
立在"上级"观念上的形式主义的态度，对革命极为有害。他说：
"我们说马克思主义是对的，决不是因为马克思这个人是什么'先
哲'，而是因为他的理论在我们的实践中在我们的斗争中证明了是
对的。""马克思主义的'本本'是要学习的，但是必须同我国的
实际情况相结合。我们需要'本本'，但是一定要纠正脱离实际情
况的本本主义。"他还警告说："本本主义的社会科学研究法也同
样是最危险的，甚至可能走上反革命的道路。"（《反对本本主
义》）可是，由于"左"倾教条主义是以极端"革命"的、"百分
之百的布尔什维克"的面目出现，很能俘虏一些缺乏马克思主义
觉悟的人，毛泽东同志的这些光辉思想当时并没有为全党所理解
和接受，以致"左"倾教条主义愈演愈烈，终于使白区的党组织

搞掉了几乎百分之百，苏区丧失了百分之九十，几乎断送了中国革命。在这个惨痛的事实面前，全党终于醒悟过来，在长征途中的遵义会议上，结束了王明"左"倾机会主义在党中央的统治，确立了毛泽东同志在全党的领导地位。

为了在思想上和理论上彻底清除"左"倾机会主义的影响，正确解决马克思列宁主义同中国革命的具体实践相结合的问题，1942年党在延安发起了整风运动。这个运动从解决对党内路线问题的认识开始，最后发展成为党内外广大干部和群众重新学习马克思主义，改造错误思想的思想教育运动。整风运动的宗旨，仍然是解放思想，但不是把人们的思想从封建教条下，而是从"左"倾机会主义者制造的关于马列的教条、第三国际的教条下解放出来。毛泽东同志当时指出："直到现在，还有不少的人，把马克思列宁主义书本上的某些个别字句看做现成的灵丹圣药，似乎只要得了它，就可以不费气力地包医百病。这是一种幼稚者的蒙昧，我们对这些人应该做启蒙运动。那些将马克思列宁主义当宗教教条看待的人，就是这种蒙昧无知的人。"（《整顿党的作风》）为了做好这种启蒙，使人们从教条主义的蒙蔽下解放出来，自觉地抵制主观主义、宗派主义和党八股，他号召全党同志对任何东西都要用鼻子嗅一嗅，以鉴别其好坏；对任何事情都要问一个为什么，想一想它是否合乎实际，是否真有道理，绝对不应盲从，绝对不应提倡奴隶主义。毛泽东同志当时提出反对奴隶主义是很有道理的，因为教条主义者所害怕的是尊重客观实际的科学态度，而所需要的正是盲从和迷信，也就是奴性的心理。就这一点说，它同封建专制主义是一脉相通的。正因为这样，所以毛泽东同志又指出，不把主观主义和党八股彻底肃清，对老八股和老教条以及洋八股和洋教条在全国人民中的影响，也就不能进行有力的斗争，不能加以摧毁廓清。可见，反对党内新八股、新教条的斗争，实际上是"五四"运动反对老八股、老教条斗争的继续和发展，也是彻底完成反封建思想革命的前提。

发展和领导这样一场新的启蒙运动，充分表现出毛泽东同志为首的党中央具有无产阶级革命家的胆略，具有理论上的极大勇气和实事求是的科学态度。不然的话，延安整风便根本无从谈起，无法进行了。我们对马克思主义的信念是坚定不移的，但是我们必须用马克思主义的态度来对待马克思主义，要善于区别它的精神实质和它的个别结论，绝对不能把迷信当成忠诚，不能把马克思主义当成亘古不变的宗教信条。马克思、列宁的威信那么高，但是我们在革命的实践中发现了他们的书上个别的话、个别的结论，不适合中国今天的情况，那就不能照着办。共产国际、斯大林的威信当然也是很高的，但是我们看到了他们出的主意不一定每一条都对；不对的、不适合我们情况的，也就不能照他们的主意办。当时能够坚持这样一种解放思想的科学精神来进行整风，来反对教条主义，不难想象，这是需要多么大的勇气和魄力！

延安整风运动提倡的理论和实际相统一的学风，就是主张我们要敢于从实际情况出发，不受马列主义书本上的个别结论和个别字句的束缚，大胆地运用马列主义的立场、观点和方法，来研究新情况，分析和解决新问题，既要有勇气实事求是地在行动中改动或者放弃本本上的个别字句和条文，又要有勇气以首创的精神去做本本上没有记载、前人没有干过的革命新事业，并且作出"合乎中国需要的理论性的创造"。只有这样的马克思主义，才是创造性的马克思主义、活的马克思主义、有生命力的马克思主义。这就是马克思列宁主义同中国革命的具体实践相结合，这就是毛泽东思想。从这个意义上说，毛泽东思想正是在反对教条主义和经验主义、特别是在反对"左"倾教条主义的斗争中形成和发展的。因此可以说，毛泽东思想正是破除迷信、解放思想的伟大产物，尤其是破除"左"倾教条主义者把马克思主义变成僵死的教条而造成的蒙昧主义的伟大产物。

延安整风运动，完成了马克思主义传入中国之后的又一次思想大解放，从思想上扫荡了"左"倾教条主义在党内的影响，使得以理论和实际相结合为特征的毛泽东思想在党内外得到空前的传播。这次整风采取了"惩前毖后"、"治病救人"的正确方针，从总结历史经验入手，用学习的方法，通过深刻的批评和自我批评，分清是非，服从真理，修正错误，使得全党在马克思列宁主义、毛泽东思想的基础上达到了更大的团结。所以我们说，延安整风运动是"五四"思想解放运动的进一步发展，它继承了"五四"的科学和民主的精神，同时又纠正了"五四"运动的形式主义的缺点，把"五四"的革命精神大大地推向前进了。

整风运动的最大收获之一，就是在党内大批干部中养成了实事求是、调查研究和联系群众的作风。从此，一切从实践出发，理论密切联系实际，自觉地用马克思列宁主义的立场、观点、方法去观察和解决实际生活中的各种问题，反对夸夸其谈、言之无物和下车伊始，哇哩哇啦，就形成为我们党的优良传统。如果说"五四"运动促进了马克思主义在中国的传播，那么延安整风运动就在思想上真正解决了马克思主义的普遍真理和中国革命的具体实践相结合的问题，它标志着马克思主义已经在中国的大地上生根成长，并且越来越成熟了。正如毛泽东同志所说："那次整风帮助全党同志统一了认识。对于当时的民主革命应当怎样办，党的总路线和各项具体政策应当怎么定，这些问题，都是在那个时期，特别是在整风之后，才得到完全解决的。"(《在扩大的中央工作会议上的讲话》)

由于整风运动取得了辉煌胜利，我们党摆脱了教条主义的束缚，思想上获得了大解放。这就为整风运动后短短几年内接连取得抗日战争和解放战争的伟大胜利奠定了思想基础。在某种意义上可以讲，没有延安整风运动，没有那样一次深刻的思想解放，也就没有中国革命在全国的迅速胜利，也就没有新的中华人民共和国的诞生，也就没有社会主义革命和社会主义建设的成就。

三

目前我们正在进行的，是中国现代革命史上的第三次伟大的思想解放运动。这次思想解放运动的中心任务，就是要在马列主义、毛泽东思想指导下，彻底破除林彪、"四人帮"制造的现代迷信，坚决摆脱他们的所谓"句句是真理"这种宗教教义式的新蒙昧主义的束缚，把马列主义、毛泽东思想的普遍真理，同在中国实现社会主义现代化这个新的革命实践，紧密地结合起来。

林彪、"四人帮"制造的现代迷信，是对延安整风运动的反动。延安整风运动冲刷了"左"倾教条主义多年来散布的蒙昧主义的流毒，使我们党建立了实事求是的优良传统。实事求是的精神，就是反对迷信、反对盲从、反对思想僵化的精神。我们党把有没有这种精神，提高到党性纯不纯的高度，这是有重大意义的。回想起从延安整风，经过抗日战争、解放战争，到取得全国解放，到进行所有制的社会主义改造，到开展大规模的社会主义建设，这整个过程，也不过就是用了十几年的时间，我国革命的形势发展得是那样快，我们不断遇到又不断解决了的新问题是那样多。很明显，假如我们没有延安整风运动所奠立的"实事求是"的党性原则，假如我们共产党人的认识不能随着情况的变化而急速变化，假如我们的思想不是解放的而是僵化的，不是一切从实际出发而是一切从本本出发，那么我们恐怕早就寸步难行，早就在革命的实践中碰得头破血流了。

在我国社会主义革命和社会主义建设过程中，党中央曾经非常注意发扬这种马克思主义的优良传统。建国以来，毛泽东同志反复多次深刻地阐述过破除迷信、解放思想的重要性。但是，令人痛心的是我们党的这一优良传统，遭到了林彪、"四人帮"的疯狂破坏。他们利用毛泽东同志在我们党和人民中的崇高威望，又利用我们队伍中一些同志思想上的僵化，以及一些青年人的幼稚，采用极"左"的口号，极力制造现代迷信。他们假"高举"以营私，通过宣传"顶峰论"、"天才论"，制造偶像崇拜、宗教仪式，提倡封建伦理、愚民政策，完全否定了延安整风精神，使得"句句是真理"、"句句照办"的现代迷信，风靡一时，流毒全国。这种现代迷信，成为林彪、"四人帮"借以进行篡党夺权的最重要的精神武器。一方面，用来伪装自己，欺世盗名，给人们以只有他们才是"最忠、最忠、最忠"的假象。另一方面，又是打人的大棒，用它来推行封建专制主义，对我们的干部和群众，特别是对坚持党的优良传统的老一辈革命家，进行暴虐摧残，实行"全面专政"。

由于林彪、"四人帮"搞这套现代迷信，路线是"左"的，口号是"左"的，所以初期曾有很大的欺骗性。但是，随着斗争的深入，他们的真相便相继暴露出来。林彪集团被粉碎之后，"四人帮"的秽行劣迹也无法再行掩饰。这时候，林彪、"四人帮"多年推行的极"左"路线，给我们国家和民族造成的灾难性后果已经充分暴露，国民经济已经面临崩溃的边缘。走上了社会主义阶段的伟大祖国，竟然又一次处于生死存亡的关头。破坏了国民经济，也就破坏了社会主义得以立足的物质前提。这时周恩来同志根据毛泽东同志的指示，重新强调提出"四个现代化"的宏伟纲领，就是为了扭转这种严重的危局，为社会主义制度奠立一个牢靠的物质基础。然而这个"四个现代化"的纲领一提出，党和"四人帮"的矛盾便愈形激化了。因为"四人帮"的利益，是同建设一个现代化的社会主义社会绝对不能相容的。他们的暴虐统治，只能是在一个没有文化、没有科学、没有社会主义民主的落后、愚昧、奴化成性的政治环境中，才能够维持得下去。因此，"四人帮"是把实现"四个现代化"，看成了对他们的最大威胁，他们抱着极端恐惧的心理状态拼命地反对"现代化"。他们把法家的封建专制主义、顽固派的闭关锁国主义、程朱理学所谓反对功利的假道学，以及消灭文化和教育的愚民政策等等这一套陈腐的货色，统统搬出来，向"四个现代化"的纲领大举反扑。实行"四个现代化"，还是反对实行"四个现代化"，成为党和"四人帮"之间斗争的焦点之一。这场斗争，是关系到社会主义事业成败的斗争，是关系到中华民族存亡的斗争，不能不引起一切有革命觉悟和有爱国心的中国人的密切关注。这场斗争，在1976年周恩来同志逝世后，发展到了白热化的程度，决战是不可避免了。"四人帮"力图通过所谓"批邓反击右倾翻案风"运动，继续凭仗现代迷信的大棒，来打倒以邓小平同志为代表的坚决主张实现"四个现代化"的老一辈革命家，压制和扼杀革命舆论，扑灭即将烧毁"四人帮"这群败类的革命烈火。但是，为"四人帮"意料所不及，在党的长期教育下的广大干部和群众，已经从斗争实践中认清了是非。现代迷信的紧箍咒，不起作用了。丙辰清明前后，人民群众在悼念敬爱的周恩来同志的同时，愤怒举起了声讨"四人帮"的战旗。"天安门事件"这一轰轰烈烈的群众运动，预示着我国革命史上又一次伟大的思想解放运动的即将到来。这次革命事件，虽然遭到了"四人帮"的镇压，但是反对"四人帮"的斗争，却在党中央的领导下取得了伟大的胜利。粉碎"四人帮"之后，两年多来，党中央领导我们，通过揭露和批判林彪、"四人帮"罪行的斗争，通过多次党和国家的重要会议，特别是通过党的十一届三中全会和全会以前召开的中央工作会议,把这一场思想解放运动,蓬勃地开展起来了。

党中央为目前这场正在进行着的思想解放运动,制定了正确的方针,实行着正确的领导。两年多来,党中央一再号召全党和全体人民完整地准确地理解毛泽东思想科学体系,破除迷信,解放思想,彻底打破林彪、"四人帮"设置的禁令和禁区,肃清林彪、"四人帮"多年来制造的思想流毒;促使一些思想僵化或者半僵化的同志,端正立场,跟上形势,摆脱一切落后于时代的陈腐思想,如官僚主义和小生产习惯势力的束缚,去研究和解决新的历史条件下出现的新情况和新问题。党的十一届三中全会高度评价了"实践是检验真理的惟一标准"的讨论,并且语重心长地告诫全党:"一个党,一个国家,一个民族,如果一切从本本出发,思想僵化,那它就不能前进,它的生机就停止了,就要亡党亡国。"

党中央把思想解放的意义,提到这样高度,就是因为只有解放思想,才能实现我们国家的社会主义的现代化。三中全会适应国内外形势的发展,决定把全党工作的重点转移到社会主义现代化建设上来,这是一个伟大的历史性转变。我们革命者的认识必须跟着这种转变而转变。社会主义现代化,是为了给社会主义制度奠立巩固的物质前提。这是一场规模巨大、变化深刻、任务繁重的大革命。我们面临着许许多多林彪、"四人帮"制造的"老、大、难",也面临着许许多多我们所不熟悉的新课题,因此必须愈加坚定不移地提倡解放思想,开动机器,勤奋学习,勇敢创新;对于怯懦畏难、愚昧盲从、因循守旧之类的坏习气,特别是对于林彪、"四人帮"散布的现代迷信的流毒,我们必须进行一次彻底的大扫除。

要看到,扫除了林彪、"四人帮"所散布的现代迷信、新蒙昧主义或新奴隶主义的流毒之后,许多所谓"老、大、难",许多新课题，都是可以解决，而且不难解决的。因为，我们已经积累了许多经验，有成功的经验，又有失败的经验；看到过"左"的错误，也看见过右的错误。只要对这些经验进行调查，实事求是地加以研究，加以总结，我们就能正确地和比较正确地解决许多问题。

为了健康地进行这场思想解放运动，我们要坚决反对两种错误倾向：

一种错误倾向是，没有能够从思想僵化状态中解放出来，甚至于还被林彪、"四人帮"制造的现代迷信束缚着头脑，看不惯或者反对全党工作着重点的战略转移。这种错误倾向，像当年的"左"倾教条主义那样，把马列著作和毛主席著作中的片言只语，当成神圣不可侵犯的僵死教条，反对解放思想，反对破除迷信，甚至把我们党根据新情况做出的创造性的新方针和新政策，看成是大逆不道，看成是对马列主义、毛泽东思想的背离。这种"左"的错误倾向，是和林彪、"四人帮"极"左"路线的影响分不开的，它是我们解放思想的重要障碍，是我们实现社会主义现代化的主要阻力。

另一种错误倾向是，从右的一端，假借"解放思想"之名，拣起几句支离破碎的资产阶级的陈言滥语，当成新武器，用来反对马列主义、毛泽东思想，反对革命的法制和革命的纪律，反对党的领导，反对社会主义道路，这根本不是什么思想解放，而是变成了资产阶级思想的俘虏。当了俘虏，还自以为是"解放"，岂不可怜！这种资产阶级个人主义的思想倾向，往往又和林彪、"四人帮"煽动的无政府主义思潮结合在一起，它是极端有害的，有很大的破坏性。

必须明确认识：我们的思想解放运动，不是放弃而是坚持社会主义道路，不是取消而是坚持无产阶级专政，不是摆脱而是坚持党的领导，不是背离而是坚持马列主义、毛泽东思想。也就是说，我们党如此强调破除迷信、解放思想，就是为了根据新的历史时期的新情况，更好地坚持社会主义道路，更好地坚持无产阶级专政，更好地坚持党的领导，更好地坚持马列主义、毛泽东思想，以便更好地实现社会主义现代化的宏伟纲领。在这样的原则问题上，是决不能有丝毫含糊和丝毫动摇的。

我们一定要坚持社会主义道路。一方面，我们必须摆事实、讲道理，坚决驳斥那种否认社会主义制度优越性的谬论，向全国人民讲清楚为什么只有社会主义才能救中国。另一方面，我们又必须看到，社会主义正在建设的过程中，很多问题不能说已经都搞得清清楚楚了。一个时候，不是有不少人把"四人帮"鼓吹的那种以极"左"面目出现的普遍贫穷的假社会主义，当成了真社会主义吗？不是把"各尽所能、按劳分配"的社会主义原则，当成了资本主义的货色，主张加以讨伐吗？应该承认，我们对社会主义的认识还是很不够的。在人类历史上，社会主义还是新生事物。从十月革命的胜利算起，社会主义的历史到如今还不过六十多年，这在历史发展中只是一个短暂的瞬间。何况在这期间，社会主义还走了不少迂回曲折的道路。社会主义制度本身，也是在不断变化和发展，不断出现新情况和新问题，需要不断地进行研究和总结，不断地进行改革和调整。而解决这些新问题，是不可能预先就拟制好什么现成答案的。所有这一切，都说明社会主义在很大程度上还有一个需要我们去进行研究、探索和实践的领域。在这方面，重要的是必须克服故步自封、盲目自大的心理。要开阔眼界，活跃思想，善于发现和接受新事物，通过对各种社会主义形式的比较研究，找出一条最好的社会主义道路来。如果不解放思想，要想做到这一点，当然是办不到的。

实现社会主义现代化，是一场根本改变我国经济和技术落后面貌的伟大革命。这场革命既要大幅度地改变目前落后的生产力，就必然要相应地多方面地改变生产关系，改变上层建筑，改变经济事业的管理体制和管理方式，也就必然要改变人们的思想。解放思想，不仅是为了适应社会主义现代化的需要，而且是实现社会主义现代化的先决条件。思想的变革，从来是社会大变革的前导。

为了解放思想、开动机器、实事求是地研究新问题，就必须彻底改变那种把马列主义、毛泽东思想当作现成公式来胡乱套用的错误做法，必须彻底改变凡是本本载了的一律不准更动的错误思想。马克思主义创始人生前一再警告，不要把马克思主义庸俗化、简单化、教条化，马克思本人甚至为此而声明自己不是这样的所谓"马克思主义者"。林彪、"四人帮"完全破坏了马克思主义的这种好传统，他们一方面把毛泽东思想和马列主义割裂开来，一方面把毛泽东思想任意篡改、伪造，把它庸俗化、简单化、教条化，甚至符咒化。他们对马列主义、毛泽东思想的糟踏，简直达到了骇人听闻的程度。他们严重地破坏了我们的党风，破坏了我们的学风，破坏了我们的文风，破坏了我们民族的社会风尚。对于林彪、"四人帮"制造的那种现代迷信，新蒙昧主义，极"左"思潮，危害之大，流毒之深，我们决不可以低估。为了肃清其流毒，应当开展一次大规模的马克思主义的思想教育运动。这场思想教育运动，应当按照党的优良传统来办。第一，要允许自由讨论。政策宣传和科学研究是相联系又有区别的两种工作。政策宣传应当遵守党和政府决定的政策界限，科学研究和理论研究则必须保证有研究的自由。科学无禁区。科学思想不能听命于"长官意志"，不能少数服从多数，应当允许各抒己见，畅所欲言，允许有提出问题进行讨论的自由，有批评和反批评的自由。我们应当鼓励勇于探索、勇于创新的精神。第二，要尊重实践的检验。一切理论和学说，包括马列主义、毛泽东思想，都要不断通过实践的检验，才能够丰富和发展。实践检验出不符合新条件的、或者证明是错误的地方，就应当予以改正；实践中提出了原来所没有的新发现，就应当予以补充。如果能够自觉地切实地做到以上两条，那么我们的马克思主义的理论之树，也就可望常青了。

解放思想的方针，是我们党一贯的方针。这个方针是长期性的方针，而不是临时性的方针。用毛泽东同志通俗的说法，这就是"放"的方针，运用到文学艺术和科学上便是"百花齐放、百家争鸣"的方针。我们党从来主张采取"放"的方针，反对采取"收"的方针，正如毛泽东同志所说："领导我们的国家可以采用两种不同的办法，或者说两种不同的方针，这就是放和收。放，就是放手让大家讲意见，使人们敢于说话，敢于批评，敢于争论，不怕错误的议论，不怕有毒素的东西；发展各种意见之间的相互争论和相互批评，既容许批评的自由，也容许批评批评者的自由；对于错误的意见，不是压服，而是说服，以理服人。收，就是不许人家说不同的意见，不许人家发表错误的意见，发表了就'一棍子打死'。这不是解决矛盾的办法，而是扩大矛盾的办法。两种方针；放还是收呢？二者必取其一。我们采取放的方针，因为这是有利于我们国家巩固和文化发展的方针。"（《在中国共产党全国宣传工作会议上的讲话》）

现在，实现社会主义现代化的伟大任务，要求我们进一步解放思想。"运动在发展中，又有新的东西在前头，新东西是层出不穷的。研究这个运动的全面及其发展，是我们要时刻注意的大课题。"毛泽东同志在抗战初期所说的这些话，对于我们今天进一步开展思想解放运动仍有指导意义。因为我们面对着由现代化而产生的许多新问题，必须解放思想，勇于探索，不断加以解决。我深信，只要我们坚持社会主义道路，坚持无产阶级专政，坚持党的领导，坚持马列主义、毛泽东思想，善于运用正确的方法去领导这场思想解放运动，我们就一定能够战胜一切艰难险阻，完成我们伟大的新的万里长征。

现在我们面前的困难还很多，问题还很多。林彪、"四人帮"给我们国家和人民造成的巨大创伤，包括内伤和外伤，还没有完全治好。彻底扫除他们遗留下来的种种垃圾，还需要时间。我们在经济和文化上还处于落后状态。但是世界历史的事实告诉我们，人类最先进的思想也可以在经济文化比较落后的国家里产生和发展。18、19世纪之交，德国在欧洲国家中经济是落后的，政治上四分五裂，但是在思想文化上产生了歌德和黑格尔，产生了马克思和恩格斯，产生了改变人类历史面貌的伟大的共产主义学说。19、20世纪之交，俄国在经济上也是落后的，人民受沙皇专制主义统治，陷于水深火热之中，但是正是这个国家成了列宁主义的故乡，十月革命一声炮响，揭开了人类历史的新篇章。没有马克思主义、列宁主义，没有十月革命，就没有毛泽东思想；没有毛泽东思想，就没有中国革命的胜利，就没有新中国。我国是一个有悠久文化遗产和革命传统的国家，本世纪又产生了毛泽东和他的战友周恩来、朱德等一大批光耀千古的无产阶级革命家，在文化上也产生了鲁迅和郭沫若这样伟大的作家和卓越的学者。对我国建国30年以来还处在这样落后的状态，我们深深感到惭愧。中国对于人类应当有较大的贡献。我们应当在社会科学和自然科学、文化和艺术上急起直追，刻苦努力，有所建树，有所创新，有所前进。我们不能辜负中国人民和世界人民对于我们的期望，我们也一定不会辜负中国人民和世界人民对于我们的期望。

（原载1979年5月7日《人民日报》）

继往开来 繁荣社会主义新时期的文艺[*]

今天，在欢庆建国 30 周年的日子里，我们在这里举行中国文学艺术工作者第四次代表大会。这次大会距第三次文代会已经 19 年了，从第一次文代会到现在，则已整整 30 年。在将近 1/3 世纪的这段时间中，我们的国家发生了巨大的变化，经受了严峻的考验。人民在胜利进军中，经历了多少狂风暴雨，多少惊涛骇浪！历史的发展，从来不是一帆风顺的，总会有曲折，有时还会有一时的逆转，但是滚滚向前的时代车轮，毕竟是不可阻挡的，人民的力量终究是无敌的。

我国人民经受了林彪、"四人帮"造成的十年动乱，灾难深重。党中央代表人民的意志，拨乱反正，使国家转危为安，初步实现了安定团结的局面。现在我们的各项事业又开始沿着正确的航道胜利前进了。去年年底举行的党的十一届三中全会，坚持辩证唯物主义的思想路线，明确地肯定了实践是检验

真理的惟一标准的原则，为更迅速地建设社会主义的强大国家，向全党和全国人民提出了把工作着重点转移到社会主义现代化建设上面来。这是一个重大的战略决策，一个历史性的伟大转折，一个鼓舞亿万人心的宏伟目标。不久前召开的第五届全国人民代表大会第二次会议，最近召开的党的十一届四中全会和叶剑英同志在庆祝建国 30 周年大会上的讲话，是三中全会精神的继续和发展，进一步增强了全国人民排除万难，去夺取新的胜利的信心。

这次文代会，就是在这样一种形势下召开的。我们的文学艺术将怎样担负起时代所赋予的光荣使命，求得更大的繁荣和提高，怎样为实现四个现代化服务，为培养社会主义新人，提高人民的精神境界，促进社会的进步和发展，不断满足人民群众日益增长的文化需要做出自己应有的努力，这就是我们这次会议要认真商讨的主题。人民期望我们这次会议对这些问题作出正确而实际的回答。我们不能辜负人民的期望。

这次会议，在我国社会主义文艺发展的历史上将具有特殊的重要意义。它标志着林彪、"四人帮"实行封建法西斯专政、毁灭文艺的黑暗年代已经永远结束了，社会主义文学艺术新繁荣的时期已经开始。继往开来的历史任务，落在我们的肩上。我们应当把这次会议开成一个实事求是、总结和交流经验，既有批评又有自我批评的大会；开成一个发扬民主、心情舒畅、斗志昂扬、生动活泼的大会；开成一个同心同德、和衷共济，向社会主义现代化进军的大会。

文学艺术是意识形态的一个十分重要而又复杂的领域。总结30 年的经验，不是很容易的事情。我的这个报告，是抛砖引玉，希望大家共同讨论，求得正确的结论。

艰巨的战斗历程

建国 30 年来，我们的社会主义文学艺术，同我国的其他事业一样，经历了伟大而艰巨的历程。我们取得了巨大的成就，积累了正反两方面的丰富经验。我们需要总结经验，从中吸取教训和智慧，探索规律性的东西，以便更踏实地前进。我们的社会是社会主义社会，我们的文艺是具有自己民族特点的社会主义的文艺。社会主义社会是一个历史过程，它是不断向前发展的，从不够完善发展到比较完善，直到创造出必要的物质和精神条件，最后才能向共产主义社会过渡。这个过程，主要是通过长期的自觉的不断革新和调整来实现的；作为社会主义社会的意识形态之一的文学艺术，也是不断革新和发展的。我们必须倾听实践的声音，倾听人民群众的意见，用历史作一面镜子，不断研究和探索我国社会主义文艺的发展规律。

早在一百多年前马克思和恩格斯的时代，社会主义文艺就诞生于世了。社会主义文艺不是和和平平地诞生，而是经过激烈斗争才争取到自己生存的权利。伟大的十月革命使苏俄文学成了世界社会主义文艺的前哨。我国新文艺，最初就是以俄国和北欧、东南欧的文艺以及苏联文艺为借鉴的。"五四"新文化运动中，鲁迅的《呐喊》和郭沫若的《女神》，在散文和诗歌方面，为我国新文艺奠定了不朽的基础。从"五四"时期的"文学革命"到大革命时期的"革命文学"，这是我国文艺史上的一个飞跃。30 年代左翼文艺运动，在党的领导下，以伟大的鲁迅为旗手，举起了无产阶级文学的旗帜，勇敢地挫败了国民党反动派的反革命文化"围剿"，用革命文艺家的鲜血写下了中国无产阶级文艺的新篇章。从 30 年代柔石、胡也频等五烈士的就义，到 40 年代闻一多的遇害，在我国现代文学史上记载了作家为真理而献身的光辉事迹。30年代的革命文艺，以它强烈的战斗精神，鼓舞了处于民族压迫和阶级压迫下的广大人民，为反帝反封建的新民主主义革命，为民族解放战争的胜利，建立了不可磨灭的功勋。鲁迅的战斗杂文、散文和其他作品，茅盾的《子夜》等小说，叶绍钧的《倪焕之》，巴金的《家》，曹禺的《雷雨》，老舍的《骆驼祥子》，李劼人的《死水微澜》等，都是脍炙人口的作品。田汉、夏衍、蒋光慈、张天翼等许多革命作家的文学和戏剧作品，向广大人民和知识青年传播了革命思想；《包身工》最早描绘了我国产业工人的悲惨经历，为我国报告文学开创了新生面。在鲁迅倡导和扶植下产生的新兴木刻运动，是左翼文艺运动的一个重要方面军；以《义勇军进行曲》等歌曲为代表的群众救亡歌咏运动，和以《放下你的鞭子》为代表的活跃在抗日前线的演剧队的活动，动员和鼓舞了人民群众积极投入抗日救国的斗争。年轻的东北作家们崛起文坛，倾诉了国土沦陷后三千万同胞的苦难和反抗，《八月的乡村》、《生死场》等小说，就是当时斗争的真实纪录。所有这些，都是这个时期革命文艺的辉煌成果。当时江西、陕北等老革命根据地的文艺创作和群众文艺活动，也积累了宝贵的经验。当然，这个时期的无产阶级文艺，因为是中国历史上破天荒第一次出现的，它还是一个幼儿，就大多数作品来说，思想和艺术都不够成熟，许多作者还没有摆脱小资产阶级思想的影响。当时左翼文艺运动的一些活动家，如瞿秋白、阳翰笙、冯雪峰、阿英等同志，在宣传马克思主义文艺理论和组织左翼文艺队伍方面进行了艰巨的工作；但由于我们马克思主义理论准备的不足，以及对我国革命的实际缺乏了解，缺乏足够的历史知识和社会经验，因此在宣传马克思主义文艺思想和吸取国际无产阶级革命文艺运动的经验的同时，也在不同程度上滋长了教条主义和宗派主义的倾向。鲁迅以其深刻的思想、渊博的学识和丰富的斗争经验，对革命文学运动的发展作出了巨大的贡献，给我们留下了最可珍贵的遗产。

1942 年，毛泽东同志《在延安文艺座谈会上的讲话》，在我国文艺史上，是一个具有划时代意义的文件。《讲话》鲜明地提出了文艺要为工农兵服务、为广大人民群众服务，文艺工作者要和新时代的群众相结合的光辉思想。《讲话》的最大功绩，就是从理论上正确解决了文艺为什么人服务以及怎样服务这样一个根本问题。这就使我们的革命文艺，从内容到形式，都发生了巨大的变化。《讲话》前后，革命根据地的文艺工作者走到工农兵群众中去，同人民群众相结合；民间艺术和人民的新的创作，受到作家、艺术家们的重视，人民的思想、感情和审美观念，给作家、艺术家以深刻的影响。以《兄妹开荒》等为代表的新秧歌运动的勃兴，新歌剧《白毛女》、新京剧《逼上梁山》和新秦腔《血泪仇》的成功；新民歌《东方红》和《黄河大合唱》、《八路军进行曲》、《游击队歌》等革命歌曲的创作和演唱；新木刻、新年画的流行；长诗《边区自卫军》、《王贵与李香香》，独具风格的中篇小说《李有才板话》，以及长篇小说《太阳照在桑干河上》、《暴风骤雨》、《高干大》、《开不败的花朵》等的问世，都以描写新时代的革命变化为其特色，使我们的文艺面目一新。许多的文工团，奋不顾身地投入革命战争的烈火，积极参加根据地的民主建设，对革命事业作出了重要贡献。这些，是我们自觉地实践毛泽东文艺思想所取得的初步成果，它提供了宝贵的经验，开拓了社会主义文艺前进的广阔道路。

在国民党统治区，许多革命和进步的作家、艺术家，都创造了不少优秀的作品。诗歌《火把》、《给战斗者》，长篇小说《淘金记》，话剧《清明前后》、《法西斯细菌》和《雾重庆》等，就是这个时期的重要作品。郭沫若的话剧《屈原》，以历史讽喻的手法，勇敢地向国民党反动派挑战，曾经轰动一时。在党的领导下，各种进步文艺活动在广大学生和知识分子中产生了广泛而深刻的影响。《团结就是力量》等革命歌曲鼓舞了人们的斗志。

　　1949 年在北京召开的第一次文代会，是原在解放区的和原在国民党统治区的两支革命文艺队伍的大会师。那次会议是在我党取得全国政权，从战争环境转入和平建设，从农村转入城市这样一个新的历史条件下召开的。文艺工作者响应毛泽东同志的号召，一致表示要为坚持新的文艺方向而努力。中华人民共和国的成立，标志着新民主主义革命阶段的基本结束和社会主义革命阶段的开始，标志着人民民主专政即无产阶级专政在全国的实现。这就给我们的文艺提出了新的任务。首先，过去的文艺是为新民主主义革命服务，现在则是为社会主义革命和社会主义建设服务。我们文艺服务的对象更加扩大，更加广泛，更加多方面了。这就产生了我们的文艺如何同新时代的群众相结合的问题。过去文艺工作者为了求得同广大群众相结合，曾经走过曲折的不平坦的道路，经过了一番探索和磨炼，经受了严峻的考验。现在新的考验又摆在他们面前了。文学艺术这种意识形态如何与社会主义的经济基础相适应，如何丰富多彩地反映这个历史时期人民的新的生活和斗争、思想和感情，如何满足人民群众日益增长的多方面的文化生活的需要，这是我们必须正确地加以解决的问题。全国解放，我们党成为执政党以后，如何正确地领导文学艺术事业，如何指引文艺沿着社会主义的轨道、朝着有利于人民的方向前进，这是我们党面临的一个新的课题。在这些问题上，我们取得了正反两方面的丰富经验。

　　建国以后，在党中央和毛泽东同志的领导下，文艺界进行了对电影《武训传》的批判，对《红楼梦》研究中胡适派主观唯心论的批判，对胡风政治和文艺观点的批判等反对资产阶级思想和封建主义思想的斗争。这些斗争，作为思想批判、文艺批判，是必要的和重要的，但是作为政治运动在全国大张旗鼓地展开，这就产生了某些严重的消极后果。当时中国已经进入了社会主义时期，社会主义改造是一场极为深刻的消灭生产资料私有制的大变革，社会主义的经济、政治要求有与之相适应的社会主义的意识形态。而在意识形态这个领域中，资产阶级和封建阶级的思想意识是根深蒂固的，因此在这个领域中的各个方面必然会发生一系列的思想斗争，这就要求用马克思主义战胜形形色色的剥削阶级的意识形态，力争无产阶级思想在这个领域的优势地位。经过这样一些斗争，党中央和毛泽东同志在 1956 年我国社会主义改造基本完成以后，及时地提出了"百花齐放、百家争鸣"的方针，这对发展和繁荣我国的社会主义文化艺术，有着巨大的意义。

开国之初，我们就面临一个如何对待传统戏曲，包括京剧和各种地方戏的问题。这不但涉及广大人民文化生活的需要，而且是关系到成千上万艺人就业的社会问题。戏曲是我国人民在长期历史中所创造的一份极为丰富的宝贵遗产，但它毕竟是旧时代的产物，既有民主性的精华，也有不少封建性的糟粕，必须进行改革。我们遵照毛泽东同志所提出的，按照有益、无害和有害的三类标准，对我国的传统剧目和传统的表演艺术，和戏曲艺人一道，进行了整理和改革的工作，使许多解放前濒临灭亡的剧种获得新生，大批传统剧目经过去芜存菁，剧本、唱腔和表演都放出了新的光彩。无论在剧目的创作和改编方面，在表演技巧和舞台艺术的革新方面，在培养青年一代演员方面，都获得了很大的成绩，积累了相当丰富的经验。全国解放后的 17 年中，戏曲舞台上虽然也出现过某些不好的剧目，但好戏始终占主导地位。京剧和地方戏都产生了许多好的作品，如《将相和》、《梁山伯与祝英台》、《白蛇传》、《芙奴传》、《十五贯》、《杨门女将》、《生死牌》、《芦荡火种》、《红灯记》、《节振国》、《小女婿》、《刘巧儿》、《天仙配》、《搜书院》、《三打白骨精》、《朝阳沟》等等，都是富有革新精神和艺术感染力的戏曲。特别重要的，是改革传统戏曲使之适合表现现代生活的尝试，获得了一定的成功。1964年，京剧革命现代戏的观摩演出，就是这种成功的一次检阅。对传统绘画、音乐、舞蹈、曲艺、木偶、皮影、杂技的整理和革新，对极为丰富的我国各民族民间文学的搜集整理，也都取得了丰富的成果和经验。

新中国大力发展了自己的电影事业。早在30年代，我们的一些左翼电影工作者，就在党的领导下，冲破国民党反动派的重重压力，开创了我国革命的电影事业。30年代以来，一些优秀电影，如《渔光曲》、《桃李劫》、《万家灯火》、《乌鸦与麻雀》、《一江春水向东流》等，至今为人们所记忆。全国的解放使电影事业获得了空前的发展，把新的世界、新的人物展现在观众面前。我们的电影艺术家摄制了许多好的影片，如《中华女儿》、《钢铁战士》、《白毛女》、《翠岗红旗》、《董存瑞》、《红色娘子军》、《槐树庄》、《李双双》、《永不消逝的电波》、《上甘岭》、《风暴》、《老兵新传》、《林则徐》、《甲午风云》、《祝福》、《大浪淘沙》、《农奴》、《兵临城下》、《舞台姐妹》、《早春二月》、《英雄儿女》等等，都为观众所喜爱。新闻纪录片，作为时代的见证，为党和国家的历史记录了珍贵的资料。《百万雄师下江南》曾创造当时卖座率的最高纪录。科教片和美术片都有优异的成绩和独特的创造。

文学创作，包括小说、戏剧、诗歌、散文等，在17年中获得了蓬勃的发展，涌现出一大批深受广大群众欢迎的优秀作品。

郭沫若同志虽然担任科学和文化方面的繁重的领导工作，仍然辛勤地写下了不少出色的文艺作品和学术著作。老舍回国不久，就以饱满的热情投入了创作，他的《龙须沟》和《茶馆》等作品，描绘了他所熟悉的北京人民的生活风貌，以深沉的笔触，揭露了旧中国的黑暗，热情称颂了人民的新政权。郭沫若的《蔡文姬》，田汉的《关汉卿》、《文成公主》，都对历史人物给与了重新评价，并且以新的观点描绘了汉族和少数民族的兄弟关系，表现了这些老作家的艺术勇气和探索精神。话剧《战斗里成长》、《万水千山》、《霓虹灯下的哨兵》、《千万不要忘记》，歌剧《洪湖赤卫队》、《小二黑结婚》、《刘胡兰》、《红珊瑚》、《江姐》、《刘三姐》等许多作品，从各个方面生动地反映了当代的和历史上的斗争。我们看到了许多描绘半个多世纪以来我国人民革命斗争的壮丽图景和描绘历史人物的小说，长篇小说《创业史》、《红旗谱》、《红岩》、《青春之歌》、《风云初记》、《林海雪原》、《小城春秋》、《三家巷》、《三里湾》、《山乡巨变》、《红日》、《铁道游击队》、《苦菜花》、《保卫延安》、《铜墙铁壁》、《原动力》、《百炼成钢》、《战斗的青春》、《上海的早晨》、《金沙洲》、《香飘四季》、《风雷》、《欧阳海之歌》、《李自成》等，中、短篇小说集《政治委员》、《三千里江山》、《风雪之夜》、《黎明的河边》、《党费》、《百合花》、《李双双小传》、《我的第一个上级》、《春种秋收》等，都是为广大读者所熟悉和赞许的。报告文学《谁是最可爱的人》，以其强烈的国际主义的革命情感和对人民军队的热情赞颂，而传诵一时。《罗文应的故事》博得了广大小读者的喜爱，对青少年儿童起了辅导教育的作用。短篇小说《组织部新来的年青人》、报告文学《在桥梁工地上》等，勇敢地、敏锐地反映了社会主义时期的人民内部矛盾，发挥了文学的批判作用，引起了读者的重视。在诗歌方面，有毛泽东同志的传诵世界的诗词，有老一代无产阶级革命家陈毅等同志的新旧体诗词，有工农兵群众中涌现的新民歌，有诗人们创作的为群众所喜爱的优秀诗篇，如《甘蔗林——青纱帐》、《放歌集》、《石油诗》等，热情地唱出了社会主义新生活的赞歌。

绘画、雕塑、音乐、舞蹈、曲艺、木偶、皮影、杂技、摄影等各种艺术门类，都有很大的发展和新的创造。我们的国画家们用他们的彩笔描绘了祖国壮丽的山河，歌颂了人民的新生活；绘画《开国大典》、《江山如此多娇》、《血衣》，人民英雄纪念碑上的浮雕和大型雕塑《收租院》，大型音乐舞蹈史诗《东方红》，大合唱《长征组歌》、交响诗《嘎达梅林》，舞剧《小刀会》、《红色娘子军》，都是描绘人民革命斗争的创新之作，对社会主义艺术的民族化、群众化，作出了可贵的探索和贡献。曲艺、相声在新时代发挥了轻骑兵的作用，新故事就是说书的一种新形式。少年儿童所喜爱的连环画和儿童剧也卓有成绩。

在这个时期内，我国各类文学艺术教育事业获得了很大的发展，为国家培养了一批又一批的人才，那些忠诚文学、艺术教育事业的同志们是值得大家尊敬的。

全国解放后17年文艺创作的成果是相当可观的。它们对鼓舞人民群众进行社会主义革命和建设，培养青少年一代的社会主义道德情操，满足人民的审美需要，丰富人民的精神生活，起了重大的作用。我们的文学艺术不愧为伟大时代的镜子，同时也是我国人民从中汲取智慧和力量的生活教科书。文艺战线上的这些光辉成绩，决不是林彪、"四人帮"所能一笔抹杀的。历史是公正的，人民是公正的。只要看看粉碎"四人帮"以后，被他们长期禁锢的17年中的电影和文艺作品是如何受到读者、观众的热烈欢迎，就可知人心的向背和群众判断的公正了。

建国以来，在党中央的领导和毛泽东思想的培育下，在周恩来同志的亲切关怀下，形成了一支专业和业余的文艺工作者相结合的文艺大军。不少文艺工作者是从工人、农民、士兵中成长起来的，给社会主义文艺事业输入了新的血液。这是一支忠于党、忠于人民、忠于社会主义事业的光荣的队伍。

林彪、"四人帮"阴谋篡夺党和国家的最高领导权，首先从夺取文权开始。他们通过诬陷《海瑞罢官》打开突破口。所谓《部队文艺工作座谈会纪要》，就是他们实行全面夺权的信号，也是他们对文艺界实行"全面专政"的纲领。将近十年的时间，党对文艺工作的领导被他们所窃取和篡夺。他们利用所攫取的政治权力，推行最反动的文化政策，大搞封建法西斯文化专制主义和文化虚无主义，形成了新中国文化史上最黑暗的年代。他们不仅全盘否定 17 年文艺工作的成就，也否定从 30 年代以来甚至从"五四"以来我国革命文艺的伟大成果和光荣传统。他们把我国的社会主义文艺诬蔑为"反党反社会主义文艺黑线"，把革命的作家、艺术家诬蔑为"黑线人物"，把党对文艺工作的领导诬蔑为"黑线专政"。他们禁绝古今中外所有的优秀文艺作品，妄图扑灭人类一切进步的文化。文联和各协会被诬蔑为"裴多菲俱乐部"，强行解散，大批文艺工作者遭到迫害和凌辱。我国的社会主义文艺蒙受了一场空前的浩劫。刚才，大会已向遭到林彪、"四人帮"迫害和诬陷的许多已故的作家、艺术家和文艺工作者，表示了我们的深切的哀悼和怀念。

"四人帮"推行的路线，是一条为篡党夺权阴谋服务的极"左"路线。他们篡改和歪曲毛泽东同志的文艺思想，割断文艺和人民的血肉联系，否定社会生活是文艺创作的惟一源泉，用谎言和伪造代替生活和艺术的真实，极大地败坏了革命文艺的声誉。他们歪曲文艺和政治的正确关系，用反革命政治奴役艺术，使文艺成为"阴谋文艺"，成为反动政治的奴婢。他们在文艺上传播的诸如"三突出"、"主题先行"之类的谬论和帮八股的恶劣文风，及其所推行的各种荒诞措施，给党的文艺事业造成了严重的灾难，其流毒之深，至今尚待肃清。

但是，林彪、"四人帮"的干扰破坏，从历史发展的角度来看，毕竟是短暂的，他们没有并且不可能完全打断社会主义文艺发展的进程。文艺工作者的绝大多数没有在"四人帮"的淫威面前屈服，他们通过公开或隐蔽曲折的方法坚持斗争。那些不怕牺牲，敢于冒万死和林彪、"四人帮"斗争的文艺界的战士，值得我们钦佩和学习。革命文艺工作者和林彪、"四人帮"之间的斗争，是革命人民和反革命野心家、阴谋家之间的斗争，是党的"百花齐放、百家争鸣"方针同封建法西斯的文化专制主义和文化虚无主义之间的斗争，也是在文艺思想上辩证唯物主义同主观唯心主义，革命现实主义同公式主义、帮八股之间的斗争，这个斗争是非常尖锐的。许多文艺工作者身处逆境，却毫不消极，仍然潜心构思自己的作品，默默地进行写作或做写作的准备。党的好女儿张志新，敢于坚持真理，破除现代迷信，以监狱作讲坛，以诗和歌曲为武器，反抗强暴势力，至死不屈。她的可歌可泣的事迹将永垂不朽。经过严峻的考验，证明我们的文艺队伍，除个别败类和极少数投机分子外，是一支压不垮、摧不毁的革命的队伍。

周恩来同志在身患重病、工作处于逆境的条件下，仍然关怀着党的文艺事业，关怀着文艺工作者的命运。他在力所能及的范围内，保护了不少文艺工作者和文艺作品免遭荼毒。他始终同广大文艺工作者心连心。"四人帮"在文艺上从批所谓"黑画"和批"无标题音乐"，批电影《创业》和《海霞》，到批《水浒》，他们的罪恶矛头，都是针对以周恩来同志为代表的老一辈无产阶级革命家的。

以诗歌为战斗武器的伟大的"四五"运动，是中国人民奋起抗击"四人帮"的一场威武壮烈的斗争，也是我国无产阶级文艺史上具有独特光辉的不朽的一页。摄影工作者冒着万难和风险摄下了这场斗争的壮烈情景。广大人民群众哀悼周总理，怒讨"四人帮"，为后来粉碎"四人帮"的胜利作了思想动员和舆论准备。历史是无情的，也是富于戏剧性的。"四人帮"篡党夺权首先从文艺战线开刀，人民则用文艺的重锤敲响了他们覆灭的丧钟。

粉碎"四人帮"三年来，特别是最近一两年来，文艺界拨乱反正，批判了林彪、"四人帮"的"文艺黑线专政论"及其他种种谬论，党中央和毛泽东同志所制定的文艺方针重新得到正确的解释和认真的实行，我们的社会主义文艺开始复苏和前进。党的十一届三中全会的精神和关于真理标准问题的讨论，大大推动了文艺界的思想解放。"四人帮"一倒，漫画、相声就脱颖而出，成为猛刺敌人的匕首。革命诗歌和诗歌朗诵打破长期沉寂，抒发了人民群众的战斗激情。特别应当提到的是传诵一时的《天安门诗抄》，以及一批新老诗人所创作的歌颂人民英雄、批判"四人帮"的诗篇，如《团泊洼的秋天》、《中国的十月》、《革命人民的盛大节日》、《大浪尖上》、《周总理，你在哪里?》、《一月的哀思》等，在广大群众中引起了强烈的反响。新闻纪录片《敬爱的周总理永垂不朽》表达了千百万人民的哀思和怀念。许多长期以来文艺界不敢触及的问题，现在敢于突破，敢于议论，敢于探讨了，不仅打破了"四人帮"加在文艺工作者身上的重重枷锁，冲破了他们设置的许多禁区，而且冲破了开国后17年中的不少清规戒律。各种形式的文艺创作，如雨后春笋，不断涌现。中、短篇小说《班主任》、《神圣的使命》、《窗口》、《我们的军长》、《伤痕》、《乔厂长上任记》、《大墙下的红玉

兰》、《草原上的小路》，特写《人妖之间》，话剧《丹心谱》、
《于无声处》、《让青春更美丽》、《未来在召唤》、《报春花》，歌
剧《星光啊，星光》等，以激动人心的主题、战斗的风格和独
创的艺术手法，受到了人们的欢迎。最近创作和演出的舞剧
《丝路花雨》，以其新颖优美、富有浓厚民族特色的艺术风格，
歌颂了古代中外人民的友谊以及劳动人民艺术家的不屈的斗争和
艺术创造精神，博得了观众的称赞。此外，还出现了尝试表现老
一代无产阶级革命家的话剧，如《报童》、《曙光》、《陈毅出
山》等。一些老作家也焕发精神，继续创作；描写抗美援朝、
保家卫国斗争的长篇小说《东方》，描写古代历史人物的话剧
《王昭君》和《大风歌》，描写当代科学家的报告文学《哥德巴
赫猜想》等，就是这方面的成果。电影在题材和艺术表现上也
有新的进展，出现了如《从奴隶到将军》、《吉鸿昌》、《小花》
等一些新作。在对越南侵略者的自卫还击战中，许多文艺工作
者，特别是部队文艺工作者奔赴前线，写出了一些反映我国军民
伟大的爱国主义和革命英雄主义精神的作品。

　　艺术创造力获得大解放，在建筑壁画方面也取得了可喜的成
就。新近完成的首都国际机场的大壁画及其他有关美术作品，博
得了各界人士和中外文艺家的高度评价，为我国建筑壁画开创了
新途径。这些壁画的作者大都是有才华的青年壁画家，他们解放
思想，勇于创新，融合我国民族传统壁画的技法和现代技巧，表
现了新的时代精神。这些壁画是他们和陶瓷工艺美术家、建筑师
们密切合作的产物。他们的具有鲜明个性特点的艺术成果及创作
经验，值得总结和推广。

　　这个时期的许多作品，首先是短篇小说和话剧，发扬了社会
主义文艺的现实主义传统，描绘了人民群众同"四人帮"之间
的尖锐斗争以及在那些灾难年月发生的种种复杂的社会矛盾，描

绘了老一代无产阶级革命家和新长征路上涌现的先进人物，揭露了妨碍实现社会主义现代化的种种阻力和弊端。题材尽管不同，却都比较及时地尖锐地提出了现实生活中迫切需要解决的问题，强烈地反映了广大人民群众的心愿、理想、情绪和要求。这些作品是当前我国思想解放运动的伟大潮流的产物，又反过来影响和推动着这个潮流的发展。这些作品很多出自较年轻作者的笔底，他们以敏锐的观察，大胆探索的勇气，真实地描述了他们亲身的经历和体会。他们要控诉，要抗议，要呐喊，因为他们的经历充满了酸辛和血泪、愤懑和悲痛，也有识破欺骗后的觉醒和斗争。他们以泼辣的风格突破成规和戒律，抒写了自己的深切感受和许多令人震惊的所见所闻。这些作品反映了林彪、"四人帮"给人民生活上和心灵上所造成的巨大创伤，暴露了他们的滔天罪恶。决不能随便地指责它们是什么"伤痕文学"、"暴露文学"。人民的伤痕和制造这种伤痕的反革命帮派体系都是客观存在，我们的作家怎么可以掩盖和粉饰呢？作家们怎么能在现实生活的种种矛盾面前闭上眼睛呢？我们当然不赞成自然主义地去反映这些伤痕，由此散布消极的、萎靡的、虚无主义的思想和情绪。人民需要健康的文艺。我们需要文艺的力量来帮助人民对过去的惨痛经历加深认识，愈合伤痕，吸取经验，使这类悲剧不致重演。

这些作品，来自人民的大海，带着浓厚的生活气息和强烈的时代精神。它们的作者多数是新兵，往往不够成熟，难免有这样那样的缺点。对有些作品，人们有不同意见，是正常的，应当允许自由讨论和争辩，作者也应当虚心听取各种不同的意见。总之，这些新的作者是在思考，在战斗，在前进。他们代表我国文学的年轻一代。他们处于一个成长和成熟的过程中。他们的前程是无限的。我们要满腔热情地欢迎他们，鼓励他们，正确地引导他们。我们的文艺应当使人民团结，而不是使人民涣散；应当使人民奋发向上，而不是使人民灰心丧气；应当使人民胸襟开阔，而不是使人民目光短浅。一切腐蚀人们灵魂、败坏社会风气的作品都应当受到抵制和批评。

回顾我国30年来文艺发展的历程，除去林彪、"四人帮"造成的十年浩劫，我们的文艺工作在大部分的时间内，基本上执行了党和毛泽东同志所规定的文艺路线，总的来说，是以马克思列宁主义、毛泽东思想作为自己的指导原则的。毛泽东文艺思想是毛泽东思想的重要组成部分，它教育了我国一代又一代的文艺工作者。周恩来同志是实践毛泽东文艺思想的典范，他总是结合实际，把毛泽东同志提出的文艺方针加以具体化和进一步发展；他和陈毅同志历次关于文艺问题的重要讲话，深刻地阐发了在社会主义文艺事业中发扬民主的极端重要性，对我国文艺事业具有巨大的指导意义。正是在他们的指导下，1961和1962年分别召开的讨论电影、戏剧问题的新侨会议和广州会议是成功的。文化部、关联党组于1962年针对一个时期文艺工作中的缺点错误，提出了关于改进文艺工作的若干意见（即《文艺八条》），这些意见基本上是正确的。无可否认，我们的文艺工作，成绩是主要的、巨大的，主流是正确的、健康的。但是，同样无可否认，我们的工作中确有不少缺点和错误，特别是指导思想上的"左"的倾向给党的文艺事业带来的损害是严重的。林彪、"四人帮"一方面把我们执行的正确路线诬蔑成反革命修正主义路线，另一方面又把我们工作中的一些缺点错误，从极"左"的方面加以利用和恶性发展。当然，我们在工作中所犯的某些"左"的错误，和林彪、"四人帮"为了阴谋篡党夺权所肆意推行的极"左"路线，在性质上有着根本的不同。但是我们不能因为有林彪、"四人帮"的干扰破坏，而原谅自己的过失。我们既要充分肯定成绩，又要正视过去工作中的缺点错误。我们要善于从痛苦的经验中学习，汲取教训，以戒未来。

我们一些担任文艺领导工作的人，由于当时的一定历史条件和背景，以及自己头脑中"左"倾思想没有得到有效的克服，有时未能正确地实事求是地估计文艺战线阶级斗争的形势，正确处理文艺和政治的关系，把阶级斗争扩大化，混淆了人民内部和敌我之间两类不同性质的矛盾，导致在进行思想批判和文艺批判时不适当地采取政治运动和群众斗争的方式去对待精神世界的问题，以致伤害了一些同志。实践证明，采取行政手段和群众斗争的方式去解决意识形态领域的问题，是极为有害的。特别是1957年文艺界的反右派斗争，混淆两类矛盾的情况更为严重，使很多同志遭到了不应有的打击，错误地批判了一些正确的或基本正确的文艺观点和文艺作品，伤害了一大批文艺工作者，其中包括一些有才华、有作为、勇于探索的文艺工作者，使"百花齐放、百家争鸣"提出后，文艺领域出现的生气勃勃的景象遭受了挫折。1958年全国所卷起的一阵浮夸风、共产风和在知识界进行的所谓"拔白旗"的运动，也涉及了文艺界，使"左"的倾向又一度抬头。我们在开展思想斗争的时候，对一些文艺问题的解释和处理，存在着简单化、庸俗化的毛病，以致助长了理论上和创作上的公式化、概念化的倾向，产生了粗暴批评，损害了艺术民主。这个教训是极为深刻的，我们应该引以为训。

那么，究竟有哪些主要经验教训值得记取呢？归纳起来，主要是要正确处理三个关系问题：一个是文艺和政治的关系，其中包括党如何领导文艺工作的问题；一个是文艺和人民生活的关系，表现在艺术实践上，也就是文艺创作上的现实主义问题；一个是文艺上继承传统和革新的关系，也就是如何贯彻推陈出新、古为今用、洋为中用的方针的问题。这三个关系处理得正确与否，直接关系到社会主义文艺的成败兴衰。

　　在这三个关系当中，文艺和人民生活的关系是最基本的，起决定作用的。文艺是社会生活的反映，它把生活的整体作为自己的对象。它从生活出发，又落脚于生活，并给与伟大的影响于生活。作家任何时候都应当深入生活，忠实于生活，写他自己所熟悉的、有兴趣的、感受最深的、经过深思熟虑的东西。作家不应只根据一时的政策，而应从更广阔的历史背景来观察、描写和评价生活。正是在这个意义上，文艺的真实性和政治性是统一的。我们提倡革命现实主义和革命浪漫主义，提倡社会主义文艺表现我们时代的英雄人物，承认正确世界观对文艺创作的指导作用，这些都是对的。关于"写真实"、现实主义道路、写英雄人物和中间人物等等问题，本来都是学术问题，是完全可以自由讨论的，简单地、笼统地把"写真实"、"写中间人物"等等当作资产阶级或修正主义的文艺思想来加以反对，这就不对了。对1962年大连会议及其"中间人物"论的批判，是不符合实际的。真实是艺术的生命。离开了真实，也就谈不上作品的思想性和艺术性。对于作家、艺术家来说，生活是第一位的。生活的实践，包括创作实践，不但影响创作本身，也影响世界观，引起世界观的变化和飞跃。毛泽东同志对文艺创作提出的革命现实主义和革命浪漫主义相结合的主张，对于帮助作家正确地而又富有远见地观察和描写生活，是有指导意义的。但无论是革命现实主义或革命浪漫主义，都必须植根于现实生活的土壤。革命现实主义往往包含着革命浪漫主义的因素，因为它要反映现实的发展前途和生活理想。革命浪漫主义也应以现实主义为基础，即使幻想小说也不能脱离现实。当然，任何创作口号，都不应成为束缚创作生命力的公式和教条。在遵循文艺必须正确地反映现实生活这个客观规律的前提下，每一个作家或艺术家采用什么样的创作方法来从事创作，这是作家、艺术家的自由。我们要提倡我们所认为最好的创作方法，同时更要鼓励创作方法和创作风格的多样化，不应强求一律。文学艺术发展的历史表明，以某一种固定的创作方法来统一整个文艺创作是不可取的，也是不可能的，这样做不利于充分发挥不同个性的作家、艺术家的创作才能，不利于创作的繁荣和发展。

作家和艺术家在认识和反映生活的时候，应该努力以马克思主义的科学的世界观作指导。这种世界观承认社会生活是充满矛盾的，没有矛盾就没有世界。社会主义文艺要勇于揭露和反映生活中的矛盾和斗争。是正视矛盾，揭露矛盾，还是回避矛盾，掩盖矛盾，这是两种不同的世界观、艺术观的反映。所谓歌颂和暴露，并不是彼此对立的，不相容的，而是一个问题的两个方面，关键在于站在什么立场，歌颂什么，暴露什么。文艺创作既要描写人民生活中的光明面，也要揭露社会的阴暗面。有光明面就有阴暗面，有颂扬就有批判。社会主义文艺负有批评和自我批评的任务。"辩证法不崇拜任何东西，按其本质来说是批判的和革命的"（马克思）。丢掉了这种批判精神，它的革命性就丧失了。我们不仅要批判敌人，对于我们自己和我们的实践，也必须采取批判的态度，否则我们就不能前进了。社会主义的作家、艺术家必须以锋利的眼光，清醒地注视生活中各种矛盾及其发展，敏锐地反映新情况和新问题，善于发展一切新生事物和先进力量，也勇于揭露一切阻碍我们前进的东西。

文艺和政治的关系，从根本上说，也就是文艺和人民的关系。我们的文艺要反映人民的生活，反映人民在各个革命时期的需要和利益。我们所说的政治，是指阶级的政治，群众的政治，不是少数政治家的政治，更不是一小撮野心家和阴谋家的政治。我们党所制定的政治路线和政策，归根到底，都是为了实现人民的长远利益和当前利益。因此，文艺反映人民的生活，不能与政治无关，而是密切相连，只要真实地反映人民的需要和利益，也就必然给予伟大的影响于政治。鼓吹脱离政治，只能使文艺走入歧途。在政治、经济、理论等各种阶级斗争的形式中，政治总是居于主导地位。但是任何政治家，包括无产阶级的政治家，并不能保证自己在任何时候总是正确的，也难免有发生错误的时候。政治路线和具体政策，总是要随着国内外形势的变化而变化，要根据实践的检验而有所补充和修正，要根据当时当地的不同情况而有所改变。彼时彼地认为是正确的东西，此时此地就可能变成不正确的了。因此，文艺反映生活的真实，就应当适合一个历史阶段的政治的需要。在今天来说，就是社会主义现代化建设的需要，凡是有利于实现现代化的，凡是能直接间接鼓舞人们献身于建设社会主义祖国的，都是为无产阶级所需要的，都是符合无产阶级和广大人民的利益的，而不应该把文艺和政治的关系狭隘地理解为仅仅是要求文艺作品配合当时当地的某项具体政策和某项具体政治任务。政治不能代替艺术。政治不等于艺术。政策图解式的、说教式的、公式化概念化的、标语口号式的作品，由于缺乏生活的真实和艺术的力量，是不为人们所欢迎的，也不能很好地发挥文艺的政治作用。

我们的文艺要培养社会主义的新人，提高人民的精神境界，促进社会主义社会进一步完善和发展，满足人民日益增长的文化生活的需要，这就是社会主义文艺的目的，也就是它的政治任务。把文艺说成只是阶级斗争的工具，把文艺和政治的关系简单化，是不对的，文艺对政治发生影响，要通过典型化的艺术形象，采用多样化的艺术手段。作品的典型化程度越高，艺术手段越多样，感染人的力量越强，就越能对政治发生作用。无论在文艺的领导工作方面，还是在作家、艺术家本身，那种但求政治无过、不求艺术有功的思想都是对人民不利的。

文艺和政治的关系，包括党如何领导文艺工作这个至关重要的问题。党对文艺工作的正确领导，应当是依靠群众包括尊重专家的群众路线的领导，应当是力求由外行变为内行，按照艺术规律办事的实事求是的领导，而决不应当是只凭个人感情和主观意志发号施令的家长式的领导。作家写什么和怎样写，应有自己的自由，领导不要横加干涉，而要善于诱导；要鼓励不同意见的相互讨论和争辩，要允许犯错误和改正错误，允许批评和反批评。

今天的文艺是从过去的文艺发展而来的，有历史的连续性，有一定的民族特点。但是，社会主义文艺又是一种不同于任何过去时代的崭新的文艺。这里就有一个传统的继承和革新的关系问题。前不久发表的毛泽东同志 1956 年同音乐工作者的谈话，对如何正确对待中外遗产，如何保持艺术的民族特色，如何标社会主义之新，立无产阶级之异，都是十分精辟的论述。我们必须把传统的继承和革新这两者的关系处理恰当。在批判了保守倾向之后，要防止民族虚无主义的倾向；在批判了粗暴倾向之后，要防止保守倾向的抬头。现在我们的舞台上，许多传统戏曲剧目又恢复演出了，并且受到了群众的欢迎，但也有人为"帝王将相、才子佳人"重返舞台而担心，对此我们要作具体分析。有的帝王将相是为祖国的安全统一立过功勋或给人民做过好事的杰出人物，有的才子佳人是敢于冲破封建礼法的樊篱、争取个人自由和幸福的叛逆者。舞台上不但要有正面人物，也需要有反面人物作为谴责和鞭挞的对象。我们不应当不加区别地把他们一律赶下舞台，而应该用历史唯物主义的观点来重新评价他们，使他们在戏曲舞台上重新占有一定的位置。戏曲艺术，必须从内容到形式都不断革新，不断发展，停滞了，僵化了，就会失去生命力。戏曲有它自己一套长期流传的剧目、相当凝固的艺术程式和精湛的表演技巧，它向人民灌输了历史知识，培养了人们辨别邪正、是非和美丑的观念，它的民族气派和美感魅力往往令人倾倒。但由于长期封建意识形态的影响，不少戏曲剧目所描绘的历史情节常常是被简单化了的、被歪曲了的，给了人们一些不正确的是非观念和道德标准，同时又养成了人们固定的欣赏习惯。所以对传统戏曲的改革，是一个非常艰巨的任务。这种改革必须是积极而又审慎，大胆而不鲁莽。既要反对因循守旧，也要反对粗暴急躁。任何改革都要注意不破坏它的民族特色和艺术精华，而是使之更加完善，更加提高，更富于表现力。我们不但要改革传统剧，而且要用历史唯物主义的观点创造新的历史剧。运用传统戏曲，来表现现代的新的人物和新的生活，是时代的需要，人民的需要，也是艺术本身发展的需要。我们不能满足于民族的旧形式，而要努力发展和创造民族的新形式，一方面要推陈出新，古为今用；另一方面也要把外国一切好的东西拿来，加以改造，洋为中用。我们应当重视革命现代戏的成果，决不能因为"四人帮"曾经窃取和歪曲这些成果并荒谬地封之为"样板戏"，而对它们采取一概排斥的态度。我们要彻底清除"四人帮"强加在它们身上的污染，正确总结革命现代戏的经验，使它们重放光辉。

新时期光荣任务

我们国家已经进入一个新的历史时期。我们的历史任务，是在促进社会主义经济发展的同时，促进社会主义文化艺术的繁荣。我们的文艺应当反映人民向社会主义现代化进军的伟大斗争，帮助人民认识和克服前进道路上的困难和障碍，鼓舞他们的斗志和信心。我们的文艺对于培养社会主义新人和教育青少年一代，具有十分重要的意义。

三年来，文艺战线冲破重重阻力，已经在新的长征中迈出了勇敢的步伐。但是，应该承认，目前的文艺还远远不能适应四个现代化的要求，不能满足人民群众的需要。我们的文艺作品所反映的生活和人民群众波澜壮阔、龙腾虎跃的斗争实际还很不相称。文艺作品的题材范围还不够广阔，艺术风格还不够多样，思想上还缺乏深度，艺术技巧也有待于进一步提高。广大群众的文化艺术生活还比较贫乏，人民要求改变这种状况的呼声是很强烈的。每一个文艺工作者，都深深感到自己责任的迫切和重大。我们应当力争在一个不太长的时间内，使各类文学艺术有更大的发展和繁荣，对广大人民，特别是青少年，发挥更大的鼓舞和教育作用。

实现社会主义的四个现代化，是生产力的伟大变革，也是从经济基础到意识形态的一场深刻的变革。这就要求人们的思想有一个大的解放。从"五四"到"四五"，革命文艺历来是中国人民思想解放运动中重要的一翼。我国革命文艺的奠基者鲁迅，就是思想解放运动的伟大先驱和闯将。我们的革命文艺家，在历次思想解放运动中，都发挥了自己的作用。1942 年的延安文艺整风就是和全党伟大的整风运动相适应，相配合的。1976 年的天安门革命诗歌，吹响了向"四人帮"发起冲锋的号角，为人民的思想解放打开了闸门。我们的文艺应当深刻反映我国人民思想解放运动的伟大历程，促进和鼓舞这个运动持续深入地发展。

正因为我们的文艺肩负着这样的历史任务，文艺工作本身就需要来一个思想的大解放。文艺是一种富于创造性的精神劳动。创造为四个现代化服务的社会主义新文艺，是一项宏伟而又十分艰巨的事业。进行这样的事业，因循守旧行吗？墨守成规行吗？照抄照搬行吗？停滞不前行吗？胸无大志行吗？我们必须从林彪、"四人帮"极"左"思潮的精神禁锢中解放出来；必须从他们所制造的现代迷信的束缚中解放出来；必须从封建主义、资本主义思想以及严重存在着的小生产者的狭隘眼界和习惯势力的影响中解放出来；必须从文学教条主义、艺术教条主义和形形色色的唯心主义、形而上学观念的影响下解放出来。要使我们的文艺真正沿着符合社会主义文艺创作发展规律的轨道前进。要使我们的文艺真正成为植根于人民的生活，真实地反映客观实际，忠实地表达人民的思想愿望，并且全心全意地为人民服务的文艺，成为列宁所预言的那种摆脱了剥削阶级的思想桎梏，摆脱了一切庸俗低级趣味的真正自由的文艺。

目前，文艺战线的思想解放，还存在着阻力。有些同志指责文艺界的思想解放"过了头"，造成了群众思想的"混乱"，把社会上出现的某些错误思想归罪于文艺，这是不符合实际的。当然，我们要批评各种错误思想，反对无政府主义、极端个人主义和资产阶级"自由化"的倾向。但是现在的情况不是思想解放过了头，而是思想解放还不够，束缚思想解放的阻力还很大，思想僵化或半僵化的，还大有人在。我们对人们的思想解放，只能促进，不能促退，只能加以正确引导，而不能加以压制。要求文艺工作者解放思想，首先文艺工作的领导人员自己要带头解放。

目前，文艺界正在继续开展关于真理标准问题的讨论，进一步开展对《部队文艺工作座谈会纪要》的批判，以彻底肃清极"左"路线的流毒。这对于文艺战线的拨乱反正，对于党的文艺方针、政策的贯彻执行，具有非常重要的意义。不肃清极左流毒，不端正思想路线，我们的文艺事业就不可能继续前进。

文艺界要解放思想，就必须坚定不移地贯彻执行"百花齐放、百家争鸣"的方针。这个方针是社会主义文化政策的一个新的实验。根据我们正反两方面的经验来看，实行这个方针，文艺就比较活跃和兴旺，违背这个方针，文艺就停滞倒退。多年来，思想政治斗争的频繁和扩大化，使这个方针在许多时候没有能够很好地贯彻执行。林彪、"四人帮"则是把这个方针彻头彻尾地毁灭了。由于背离和破坏这个方针，对文艺的发展造成了巨大损失，这个经验教训是十分深刻的。

现在"双百"方针已经列入我国的宪法，这就保证了人民有进行科学研究和文艺创作的自由，保证了文艺创作和文艺评论有互相竞赛和互相争论的自由。也就是说，我们是用群众路线的方法，自由竞赛和自由争论的方法，来发展社会主义的和一切有利于人民的文化艺术。我们要相信马克思主义的思想威力，相信人民群众的创造力和鉴别力。我们一定要创造一种最适宜于科学和艺术自由发展的气氛，广开文路，广开言路，广开才路，把文化艺术工作者的积极性和创造性最充分地调动起来，为开创一个社会主义文艺繁荣的新时期而共同奋斗。

为了实现这个目的，摆在我们文艺工作者面前的主要任务是什么呢？

首先，要积极发展各类文学艺术创作，提高思想和艺术水平。我们的文艺应该从各方面反映当代伟大历史性转变中人民的生活和斗争。我国人民正在进行的为实现现代化的斗争，是关系整个国家和人民的命运，也关系每一个人、每一个家庭的命运的斗争。我们要鼓励作家、艺术家投身到沸腾的生活洪流中去，吸取最丰富的艺术原料，在我们的作品中反映社会主义现代化建设的艰巨斗争过程，提出并回答时代和人民所迫切关心的新问题，塑造出站在时代前列的当代人物的艺术形象，反映新长征的壮丽图景。作家主要是描写各种人的生活和命运，刻画人物的复杂性格，表现人的丰富的内心世界，描绘人们在为现代化斗争中的精神面貌的深刻变化。我们的文艺要写英雄人物，也要写其他各种各样的人物，包括中间状态的人物、落后人物和反面人物。要更有力地、更深刻地去暴露林彪、"四人帮"一类阴谋家、野心家及其帮派体系和他们的社会基础，也要以批评和自我批评的精神，去揭露和批判官僚主义习气、封建特权观念、小生产者的狭隘眼光、保守思想和一切因循守旧的旧意识、旧习惯，批判阻碍社会前进的资产阶级、小资产阶级和无政府主义的思想。我们的文艺应该充分反映这场斗争的复杂性和艰巨性，以帮助人民群众认识生活，改造生活。

我们的文艺作品还应该反映老一辈无产阶级革命家和无数革命先烈的英雄业绩，把被林彪、"四人帮"歪曲和篡改了的革命历史端正起来，恢复历史的本来面目，帮助人民特别是青少年一代，正确认识历史，认识我国革命胜利来之不易，用革命传统教育人民，激励人们进行新的长征。这不但在今天有着重大的现实意义，而且千秋万代，也将是鼓舞人民前进的思想动力。

在描写革命历史的时候，我们要坚持用历史唯物主义的观点，塑造无产阶级革命家的典型形象。我们的作家、艺术家应当以饱满的无产阶级热情，在详细占有历史资料的基础上，描写出我们的革命领袖们和许多老一辈无产阶级革命家对中国革命所建立的不朽功勋。表现革命领袖人物，不是一件轻而易举的事，一定要忠实于历史环境和人物性格，要慎重从事，不可掉以轻心。我们高兴地看到，洗清了多年的文字沉冤，小说《刘志丹》已经重见天日。许多作者在描写老一代革命家方面已经作了可贵的尝试。从这一侧面或那一侧面描写毛主席、周总理、朱委员长、陈毅、贺龙等的剧本出现了。革命回忆录也纷纷问世，这些回忆录除了它们本身的历史价值外，还为创作无产阶级革命家传记文学准备了基础。文艺作品在表现革命领袖和革命家的崇高品德和伟大精神的时候，一定要正确表现领袖和人民群众的关系，在表现领袖人物杰出作用的同时，表现出人民群众是创造历史的动力。领袖是人民的带路人，又是全心全意为人民服务的社会公仆，决不是凌驾于群众之上"全知全能"的救世主。任何对于领袖人物的神化，对于人民群众的恩赐观念，都是和生活的客观实际相背离，和历史唯物主义的原则相违背的，都是对领袖人物的歪曲和对人民的蔑视。

其次，我们提倡文艺反映当前实现社会主义现代化的伟大斗争，反映我们无产阶级革命斗争的光辉历史，也要鼓励作家、艺术家以及各种形式、体裁和各自不同的风格，描写其他各种历史题材和现实题材，表现各种各样的人物，帮助人民认识古代和当代的一切生活形式和斗争形式，扩大视野，鼓舞斗志，增长智慧。古今中外，天上地下，上下几千年，纵横数万里，都应该在作家、艺术家的视野和关注之中，都可以成为艺术描写的对象。

在各类艺术形式中，电影是最具有群众性，同时也是手段最现代化的艺术形式。人们希望，电影的题材、品种、样式和风格要更加多样。我们的电影，不但要满足国内观众的需要，而且要在世界影坛上赢得应有的荣誉。传统戏曲和曲艺要进一步革新和发展，创造出更多更好的历史和现代题材的节目。话剧、歌剧和舞剧，儿童剧、广播剧和电视剧，芭蕾舞和交响乐，应该进一步提高表演和演奏艺术。应当造就一大批出色的表演艺术家。电影和剧团都要改革体制，改善经营管理，使之更有利于电影和戏剧的发展和提高。科教片应更好地配合四个现代化，作出新的贡献。人们感到现在歌咏活动不够活跃，往往回忆起革命战争年代的动人情景。我们现在不但需要各种鼓舞斗志的进行曲，还需要有使人愉悦的抒情歌曲和轻音乐，希望我们的音乐家和广播电台能够满足人们这种迫切希望。雕塑、壁画、国画、油画、木刻、连环画和年画，都要积极发展和提高。工艺美术和人民日常生活密切相关，应在保持传统特色的基础上进一步革新和提高。应设立雕塑和壁画的专业机构；中国画和油画应通过复制或其他手段，使之普及。任何一类文学艺术，都要不断努力提高思想水平和艺术技巧。传播文学艺术的各种工具和手段，如出版物的印刷质量和封面装帧，舞台技术装置和音响效果，电影工艺、技术、设备、器材，都要力求现代化，做到精益求精。

儿童文学、儿童戏剧和连环画一类的儿童文艺读物，对于教育青少年一代，满足他们的文化需要，培养他们的社会主义道德情操，帮助他们健康地成长，具有特别重要的意义。这是关系到培养共产主义事业接班人的重大问题，应该给以高度重视和积极提倡。我们的作家、艺术家责无旁贷地应当为此做出自己的贡献。

第三，积极开展群众文化活动，使社会主义文艺进一步得到普及。我国有九亿多人口，农村人口占八亿。所谓群众文化，主要是社会主义的农村文化。如果不用新的社会主义文化去教育提高广大农民，那就是眼睁睁地看着我们的亿万农民兄弟继续受封建迷信、愚昧无知以及各种小生产者落后习惯的束缚，他们在思想上就不能解放，所谓提高整个中华民族的科学文化水平就大半成了一句空话。一方面，专业的文艺演出、电影放映、书刊的出版和发行，要千方百计地普及到农村、工矿和连队去，要进一步扩大农村广播，发展农村电影放映网，改进电影放映设备和戏剧的服装、道具，使之能轻装上路，便于跋山涉水，有计划地发展乌兰牧骑式的流动文化组织；另一方面，要积极开展工矿、农村、部队和城市人民群众的业余文艺活动，并从他们里面发现人才，培养源源不竭的文艺后备军。要积极注意和推动城市人民的健康的文化生活的开展。发展社会主义文化艺术，光靠专业的文艺团体是不够的，还必须依靠广大群众中的文艺爱好者、业余文艺活动分子，和他们结合在一起，共同前进。开展群众业余文化活动，一定要根据群众的需要和自愿的原则，不可妨碍生产，增加群众的负担。

第四，我国各少数民族居住的地区，占我国幅员百分之六十左右，他们世世代代在这辽阔的土地上生息，有各自悠久的文化和历史传统，都为发展我国的文化做出了各自的巨大贡献。今后，我们要进一步积极发展各兄弟民族的文化艺术，加强各兄弟民族之间的文化交流。

建国以来，各兄弟民族的文化艺术工作取得了巨大的成绩，传统艺术的宝藏得到了开掘和整理，新的创作不断产生。长诗《百鸟衣》，小说《花的草原》、《欢笑的金沙江》，电影《秦娘美》，舞剧《召树屯和楠木婼娜》等的整理或创作，为我国多民族的文艺增添了异彩。虽然遭到林彪、"四人帮"严重的几乎是毁灭性的摧残，但由于这些文化是千百年来植根于各族人民生活的土壤中的，像长流的河水一样，永远不会干涸。《阿诗玛》长期为人们所传诵。世界上最长的著名史诗《格萨尔》的手抄本，在濒于绝灭的境地中被歌手们冒着生命危险保存下来。流传千余年的东方音乐史上的巨大财富《十二木卡姆》，在继续得到整理。史诗《江格尔》和《玛纳斯》也正在整理。

我们现在面临的任务，就是要搜集和整理各兄弟民族的许多艺术珍品，用科学的方法记录、整理各种优秀的口头文学作品，使它们得以继续保存和流传。许多被废止的风俗性的文艺活动，只要是有益于兄弟民族的文艺生活的，就应该加以恢复和改进。要重建和发展各少数民族文学艺术的表演团体和研究机构。要重视和培养兄弟民族的文学艺术人才。我们要特别注意发扬各兄弟民族文艺自己的特色，而决不要削弱这种特色。各兄弟民族文化交流的结果应该使各自的文艺更为丰富，更有独创性，而决不应该简单地用一个民族的东西来代替另一个民族的文化艺术。因为这样做，是脱离群众，不符合本民族人民的利益，也是不利于发展丰富多彩的多民族文化的。

第五，加强马克思主义的文艺理论和文艺批评，对于发展我国社会主义文艺具有关键性的意义。我们的文艺理论批评工作在揭批"四人帮"、肃清极"左"流毒的斗争中发挥了积极的战斗作用，促进了思想解放，促进了文艺创作。但是，总的看来，目前文艺理论研究还不充分，文艺批评仍然不够有力，理论批评的队伍还不够强大，不能完全适应形势发展的需要。

毛泽东思想，包括文艺思想，从来是，现在也仍然是指导我们文艺工作前进的指针。林彪、"四人帮"出于篡党夺权的需要，为所欲为地阉割、篡改和践踏毛泽东同志的文艺思想，抛弃它的精髓即它所揭示的普遍真理和根本原则，抓住片言只语，把只在一定的条件下和一定范围内才适用的个别论点，加以绝对化，当成愚弄人的符咒和打人的棍子。这种极端恶劣的情况，绝不能允许继续存在了。现在帮派残余和思想流毒还远远没有清除，彻底解决这个问题，还需要我们作出巨大的努力。如何正确地对待毛泽东思想，是思想路线中的一个重大原则问题。我们不应当把马克思列宁主义、毛泽东思想看成千古不变的教条，而应当看成是我们行动的指南。我们面临着马克思主义经典作家包括毛泽东同志所没有遇到的许多新情况和新问题，我们不能要求革命导师的著作对当前文艺工作的一切问题提供现成的完整的答案。我们要根据自己的切身经验，联系当前的实际，来重新学习和研究毛泽东同志有关文艺问题的论著，考察、探索和解决当前文艺实践中所出现的新情况和新问题。我们不只要遵循毛泽东同志所阐述的关于文艺问题的根本原则，同时还应当加以具体运用和发展，对他的关于个别问题的某些批示和论述，凡属不适合或不完全适合于实际情况的，要有勇气适当地加以修正和补充。我们应当为丰富和发展马克思主义文艺理论和毛泽东文艺思想作出自己的贡献。

马克思主义文艺理论是从外国输入的，但又必须在我们自己民族的基础上加以发展。要把马克思主义理论和中国文艺运动的实践结合起来，和我国悠久的文化传统结合起来。我国有两千年来悠久的文艺理论批评的传统，出现过不少文论、剧论、乐论、画论、诗话、词话、评点小说传奇等著名论著，历代大作家、大诗人、大画家、大思想家、评论家都曾发表过许多关于文学艺术的精辟见解。这是我们民族的美学思想的珍贵资料。我们要以马克思主义的观点来整理研究和批判继承这些宝贵遗产，以利于发展我们自己的具有民族特色的马克思主义的文艺理论。

文艺理论批评工作者，要注意研究和了解生活，了解作家和读者。专门的理论批评家要和群众的批评家很好地结合，要承认人民群众是文艺创作的最有权威的评判者。

第六，世界各民族的优秀文化遗产和当代进步文艺，是人类的共同精神财富。为适应社会主义现代化建设和文艺事业发展的需要，我们要加强和扩大国际文化交流活动，发展和建立同世界各国作家、艺术家的友好往来。我们要广开眼界，把人类一切优秀文化成果拿来，丰富我国人民的文化生活，为建设社会主义文化服务；同时要积极地把我国社会主义新文化和优秀的传统艺术介绍到世界人民面前。这种文化交流，不但对于丰富我国的社会主义文化艺术，而且对于发展人民之间的友谊，团结各国人民反对帝国主义、霸权主义和保卫世界和平的斗争，都具有重大的意义。

在积极主动开展国际文化艺术交流时，我们必须遵循毛泽东同志所教导的，向一切民族、一切国家的长处，一切真正好的东西学习。但是，必须"有分析有批判地学，不能盲目地学，不能一切照抄，机械搬运"，"不能学他们的短处、缺点"。很显然，在与外国文化的交流中，如果忽视了资本主义文化思想和生活方式对我国人民和青年腐蚀的危险，如果不加强人民的思想武装，不提高识别和抵御这种腐蚀的能力，而完全拜倒在西方资本主义文化思想面前，以至丧失自己民族的自信心和自尊心，那就是危险的，我们要有所警惕。我们既要反对妄自尊大，也要反对妄自菲薄。

文联和各协会的职责

为了完成上述的光荣任务，全国以及各地文联和各个协会，要适应新形势的需要，积极加以恢复，切实改进和加强自己的工作。现在，有些地区和单位，还没有认真落实政策，文艺界的一些冤案、错案，还没有完全改正，这是不利于文艺界的团结和文艺事业的发展的。当前，首要的任务是要尽一切可能，团结一切可以团结的文艺工作者（包括台湾、港澳的爱国文艺工作者），发挥他们的才能和智慧，推进各类文学艺术创作和理论批评的发展和繁荣，同心同德，为实现四个现代化的总目标奋斗。

中国文联是各个协会的联合组织。各个协会是各类文学艺术工作者（包括创作、表演、评论、研究、翻译、编辑人员，艺术教学人员和文艺单位的组织工作者）自愿结合，独立主动地进行学习和艺术实践，促进艺术创作、理论批评和国际文化交流的专业团体。

文联各协会要特别注意吸收青年、中年文艺工作者参加各协会领导机构工作。在工作方法上，要广泛采取社会方式，贯彻民主原则，真正体现人民团体的性质，力戒简单生硬的行政方式。要紧密联系广大文艺工作者，使文联各协会成为生动活泼、富于创造性的各类文学艺术创作和评论的组织，而不是死气沉沉的文牍主义的官僚衙门。文联各协会要在体制、作风各方面都有所改进，要有新的面貌；组织机构要力求精干，工作要富有成效，有声有色。

文学艺术生产是一种创造性的又是集体相结合的个体的精神劳动，文联各协会常设机构的一切活动和工作，都应当充分注意文学艺术生产的特点，充分尊重文学艺术生产的特殊规律性，尊重每个作家、艺术家个人的创造性的劳动，尊重其创作个性和风格。要鼓励创作题材、体裁、形式、风格的多样化，鼓励不同的创作风格、不同的艺术流派的自由竞赛，鼓励各种不同文艺观点的自由讨论。

全国以及各地文联和各协会应通过各种途径，联系和团结文艺界一切愿意为祖国和人民服务的团体和个人。凡对文学艺术某一门类、某一方面有专长、有贡献的人，各有关协会应发展他们为会员。要提倡会员顾大局，识大体，讲团结，讲互助，反对宗派主义、个人主义、无政府主义。各协会员中的共产党员，应当成为起团结作用的模范。

文联各协会应当在党的领导下进行工作，协同文化行政领导部门和工、青、妇等人民团体，和它们密切配合与合作，把我们的工作主动地、积极地、生动活泼地开展起来。

首先，文联各协会要对专业的、业余的文学艺术工作者进行适当的安排，采取各种必要的措施，为文艺界的老、中、青力量进行创作、研究、学习和深入生活提供必要的条件，创造有利的气氛，设立必要的创作场所。要按照作家、艺术家的具体情况，采取有效的灵活的方式，组织他们到工矿、农村、部队以及各行各业深入生活，蹲点落户，或参观访问，进行艺术交流和相互观摩，以扩大眼界，增长知识，积累创作素材。

其次，要积极帮助会员和广大文艺工作者联系实际，学习和研究马克思列宁主义、毛泽东思想，学习和研究我国和世界文学艺术的历史和现状，研究和总结革命文艺运动的经验，以不断提高自己的思想和理论水平，积极开展文艺评论的活动。各协会都应当建立相应的理论研究机构，培养理论人才，办好文艺评论刊物。

第三，文联各协会应尽一切力量，协同文化行政领导部门培养各类文学艺术人才，以逐步改变和克服当前文艺界青黄不接、后继乏人或埋没人才的严重现象。各协会可以举办各种类型的讲习所、讲习会，以加强对青年文艺工作者的基本训练，提高他们的艺术技能；要努力办好文艺期刊、丛刊，创办以文艺青年为对象的文艺刊物。实践证明，办好刊物，是指导创作、繁荣创作、发现和培养人才的好方法。要提倡老作家、老艺术家、老评论家带助手，带徒弟，带研究生，传经授艺，培养后起之秀。要为青年文艺工作者创造更多的艺术实践的条件；文艺评论应该特别注意扶植青年艺术人才，坚决反对压制新生力量。文艺书刊的编辑在这方面负有重大的责任，希望他们作勤恳的园丁和有眼力的伯乐，他们的劳动是光荣的。

第四，文联各协会应协助教育部、文化部、共青团中央加强对中小学生的美育，提高青少年的艺术欣赏水平和艺术修养，陶冶他们的情操，丰富他们的精神生活。在社会主义制度下，美育是培养共产主义道德和情操的有力手段。这件事做好了，不但可以为我们文艺队伍的建设，造就大批的后备军，而且对于改造我们民族的精神面貌，提高全民族的科学文化水平和艺术素养，都有极为深远的意义。

第五，要保护作家、艺术家的创造性劳动，保障文艺家的一切正当权利，保障他们从事创作、演出和学术研究的充分自由。对于任何打击、压制作家、艺术家和他们的劳动成果，任意侵犯和剥夺作家、艺术家劳动权利的违法行为，文联各协会有义务和权利为之辩护，直至依法向检查机关、司法机关提出申诉和公诉。

要关心作家、艺术家的福利，按照社会主义"各尽所能，按劳分配"的原则和我国现有经济条件，协同文化出版部门重新制订或修订合理的稿酬、版税制度和上演制度。要协同文化行政部门，建立奖励制度，举办各种评奖活动，尤其要注意对青年和业余作者的奖励。要关心作家、艺术家的生活状况，他们由于年老、体弱或其他难以抗拒的原因而丧失工作能力、造成生活困难的，要给以补助和照顾。

第六，要更有计划、更积极、更主动地开展国际文化艺术交流活动。随着我国现代化建设的需要和外交工作的开展，这种文化交流活动必将日益频繁，日益重要。我们要尽力做好这方面的工作。我们不但要通过这种活动广泛交结朋友，向各国的进步文艺和文艺工作者学习，而且要更多地熟悉各国人民的斗争生活，促进我国国际题材的创作，加强对我国人民的国际主义教育，并支援世界人民争自由求解放的斗争。

同志们：

经历了30年艰巨而曲折的道路，经过全国人民的团结奋斗，在不久的将来，我们的国家必将以一个崭新的社会主义现代化强国屹立在东方，这个强国也将创造出无愧于我国人民，也无愧于我们祖先的崭新的文化艺术，来丰富人民群众的精神生活，并给世界文艺宝库增添新的财富。

面对光荣而繁重的任务，我们是充满信心的。我们有"五四"以来的革命文艺的光荣传统，有马克思列宁主义、毛泽东思想的指导，特别是有30年来我们付出巨大代价换来的宝贵经验和教训，而现在，我国九亿人民在党中央的领导下，正在从事建设社会主义现代化强国的伟大而复杂的斗争，这种斗争所激起的沸腾的生活，以及随之而来的人们的思想感情与精神面貌的巨大变化，都为我们的文学艺术提供了前所未有的最丰富、最深广的创作源泉，并为我们的作家、艺术家提供了最有力的精神动力。祖国的大变革为我们的文学艺术的新繁荣创造了优越的时代条件。我们前进的路上尽管还有很多困难，很多艰难险阻，也还可能遇到曲折，但是只要我们敢于斗争，敢于创新，就没有什么困难和艰险能够压倒我们。

　　创造伟大的文化，开辟社会主义文艺繁荣的新时期，没有"闯将"是不行的。我们这样一个大国的文艺事业，不仅需要有几个、几十个闯将，而是需要成千上万的闯将。在旧中国的时代，鲁迅曾经深深感叹于"无声的中国"，他祈求能有"勇猛的闯将"，敢于"打破一切传统的思想和手法"，敢于打破文坛的沉寂。在50年代，毛泽东同志曾热烈地渴望在我国文艺前进的道路上，将有"几十路，几百路纵队的无产阶级文学艺术战士""纵横驰骋"。虽然林彪、"四人帮"一度几乎又把新中国变成了"无声的中国"，但是解放了的具有高度觉悟的人民，他们的声音，到底是压不下去的。我们深信，我们的文艺战线上，必将有几百路大军，千万个"闯将"，唱出我们这个伟大时代的战歌，能够在我国人民和世界人民的心灵中激起最强烈的反响和共鸣。他们将突破我国文艺现有的水平线，做开辟社会主义文艺繁荣新时期的光荣的先锋。

　　回顾过去，展望未来，我们满怀希望。在我国古代文学艺术史上，曾经出现过诗经、楚辞、汉魏乐府、唐诗、宋词、元曲、明清小说等艺术高峰，在现代文艺史上，又出现了以鲁迅为代表的包括郭沫若、茅盾、巴金等一代的文学巨匠和聂耳、冼星海、梅兰芳、欧阳予倩、程砚秋、周信芳、齐白石、徐悲鸿等杰出的艺术家。我们今天生活在社会主义的时代，我国人民经历了最壮阔、最复杂的斗争之后，又从事着新的更伟大的斗争。在这种新的历史条件下，我们只要团结奋斗，一定能踏进前人足迹未到的境界，攀登比过去任何时代都更加雄伟的高峰。

　　奋勇前进，辛勤创造吧！人才辈出、群星灿烂的新中国社会主义文艺复兴的时代，是一定要到来的！

　　　　　　　　　　　　　　（原载《文艺报》1979年第11期）

解放思想，真实地表现我们的时代[*]

——谈有关当前戏剧文学创作中的 几个问题（节选）

今天，我想讲三点意见：第一，讲要正确对待有争议的作品；第二，讲解放思想和真实地表现我们的时代；第三，讲如何看文艺为政治服务和"干预生活"。这个讲话只是作为个人发言，讲得不对的地方，就请你们指正。

关于政治和文艺的关系

在社会主义社会中，无产阶级专政的条件下，文艺和政治到底是什么关系？如何正确地处理这个关系？这确实是关系到我们的文学艺术事业发展的重大问题。邓小平同志最近说：我们不继续提文艺从属于政治这样的口号，但并不是说文艺可以脱离政治。文艺和政治的关系是如此密切，要脱离也脱离不了的。但决不能把这种关系，简单地说成只是一种从属的关系。文学又是要写人的命运的。但人的"命运"是什么呢？有一次，拿破仑跟

---

[*] 本文是作者 1980 年 2 月 11 日在剧本创作座谈会上的讲话。

歌德谈到悲剧的问题，他说古代"命运"这一概念现在要由"政治"来代替，他的意思是说，现代支配人们命运的东西主要就是政治。他这个话讲得很深刻。但也不能由此就说人的命运，完全是由政治来决定的。文艺也不能说是完全从属于政治。回顾30年代以来，我国革命文艺从来服务于革命的政治，革命文艺运动就是整个革命运动的一个有机部分。这是我们文艺的光荣传统，尽管我们在处理文艺和政治关系的问题有过一些"左"的偏差。特别是全国解放以后，无产阶级取得了全国政权，文艺成为了广大人民精神生活、文化生活的不可缺少的部分，它的作用又是多方面的，而且是长远的、潜移默化的。文艺从属于政治、文艺为政治服务的口号决不能穷尽整个文艺的广泛范围和多种作用，容易把文艺简单地纳入经常变化的政治和政策框框，在文艺和政治的关系上表现狭隘功利主义和实用主义的倾向，导致政治对文艺的粗暴干涉。毛泽东同志说，文艺是社会生活在作家头脑中的反映，革命文艺是人民生活在革命作家头脑中的反映，这是一个科学的论断。这里所说的生活，是指整个社会生活，包括物质生活、精神生活和政治生活在内，而不只是政治生活。马克思说："物质生活的生产方式，制约着整个社会生活、政治生活和精神生活的过程。"这就是历史唯物主义的基本定义。这就是说，制约整个社会生活的是物质生产力和生产关系。文艺作为一种意识形态，它从属于经济基础，往往要通过政治作为中介，因为政治是经济的集中表现。但推动文学艺术发展的最后动力还是经济基础。政治是上层建筑，文艺也是上层建筑，最后决定它们的发展的还是经济基础。马克思、恩格斯强调宣传经济基础在社会历史发展中的决定作用，这个历史唯物主义的真理，是社会科学上前所未有的一个大革命，它是与剩余价值学说同等重要的科学发现。但为了宣传这个真理，就不免过多地强调了经济基础的决定作用，以致有人就把这种作用当做惟一的了。似乎只有经济起决定作用，其他因素都不起重要作用了。恩格斯晚年就为此做了自我批评，说他和马克思两人都因为强调经济因素的决定作用，而忽视了其他因素的作用，忽视了经济基础和上层建筑之间的相互作用，忽视了各种上层建筑之间的相互关系，以及每一上层建筑特别是意识形态的上层建筑在其历史发展中的相对独立性。马克思因为看到别人甚至他的门徒们把历史唯物主义的原理简单化、庸俗化了，就声称自己不是马克思主义者。他没有打棍子，只是幽默地说：我只知道我不是马克思主义者。这就可见经济基础和上层建筑之间，以及各种上层建筑主要是政治上层建筑和意识形态的上层建筑之间的关系是极其错综复杂的，而不是简单的，直线的。虽然意识形态对经济基础的依赖关系要通过的中间环节往往是政治，因此马克思、恩格斯都十分重视政治对文学艺术的巨大影响；但他们都从来没有讲过艺术要从属于政治。艺术不但要受政治的影响，也要受宗教、哲学、道德等等其他意识形态的影响。各种上层建筑之间的关系是密切联系的，互相影响的。各种意识形态同时又都各有其相对的独立性。当然，不是绝对的独立性，因为它们归根结蒂最后还是被经济基础所决定的。但是过去唯心主义的历史观把这种相对的独立性看成绝对的，认为文艺本身的历史，是一个不依赖于经济和政治因素的独立发展的过程。好像它的背后并不存在什么经济、政治的背景，这当然是错误的。现在我们在否定文艺发展的绝对独立性的同时，连它的相对独立性也否定掉了，这同样也是不对的。

因此，如果否定了包括文艺在内的意识形态对经济基础的相对独立性，否定了包括文艺和政治在内的上层建筑各个部分之间的相互影响，否定了文艺除接受政治的影响之外，还接受其他意识形态的影响，否定了除政治作用于文艺之外，文艺也反作用于政治，总之，把上层建筑同经济基础之间以及上层建筑各种因素之间的本来是极其错综复杂的关系过于简单化，庸俗化，这就不是真正的唯物主义，而是走向了它的反面。林彪、"四人帮"在其长期反动宣传中，一方面叫嚣反对什么"唯生产力论"，否定物质生产力和经济基础的决定作用，从根本上破坏了历史唯物主义，另一方面又叫嚣什么"政治可以冲击一切"，把政治的作用提到吓人的高度，以企图颠覆无产阶级专政，摧毁一切革命的意识形态的上层建筑。他们造成的损害是难以估量的。

从历史上看，文艺和政治的关系从来是比较复杂的。例如，我国封建社会时代，封建主义的思想是统治的思想，文艺不能不受这种思想的支配，但并不等于文艺一定要从属于封建统治集团的政治路线。它更多地是受封建宗法道德等儒家学说的影响。

从30年代左翼文学运动以来，我们的文学艺术一直是和革命的政治有着密切而不可分的关系。左翼就是个政治概念。我们的文艺就是革命的无产阶级文艺。既然长期以来，我们都提文艺为革命的政治服务的口号，而且这个口号也确实起了革命的作用，为什么现在不要再这样提了呢？是不是过去提错了呢？有些口号过去提过，后来不再那样提了，并不等于过去错了。过去的某些口号曾起过很好的作用，同时也发生过副作用，现在情况变化了，又有了过去的经验，不再重复以前的口号，换一个更好一些的，更适合于今天情况的口号有什么不可以呢？口号是随形势的变化而更替的，而且总是带有一定的局限性。我们不要把任何口号凝固化，神圣化。我们对任何事物都要有分析。

就是讲为政治服务吧，也要分清是什么政治，是革命的政治还是反革命的政治。林彪、"四人帮"的反革命政治，你也为他们服务吗？就是为革命的政治服务，也要看这政治是正确还是错误。你能为错误路线，为官僚主义的政治服务吗？我们所讲的政治，主要是指总的阶段性的政治任务和政治路线，而不是指个别的具体的政策和工作任务。我们的革命文艺不应违背我们党的总的政治路线，但也不能要求它一定要配合当前的具体政策和工作任务。根据各种艺术类型和表现手段的不同，文艺与政治的关系，有的比较直接、密切，有的则比较间接、疏远，比如山水画、风景画、抒情歌曲、舞蹈等等。我们提文艺要为人民服务、为社会主义服务，这不比单提为政治服务更适合、更广阔吗？社会主义的含义不只包括政治，还包括经济和文化。第四次文代会提出，我们的文艺要培养社会主义新人，促进社会主义社会的进一步完善和发展，提高人民的精神境界，满足人民日益增长的文化需要，这不就是文艺为人民服务、为社会主义服务的主要内容吗？

再顺便谈谈文艺"干预生活"这个口号。所谓"干预生活"，主要就是要揭露生活中的阴暗面，干预当前的政治问题。假如说文艺为政治服务，是把文艺置于从属的地位，而"干预生活"，则反过来，把政治置于从属的地位。这两种情况都属于如何正确处理政治和文艺两者关系的问题。文艺可以干预政治生活，但也不能把文艺凌驾于政治之上。文艺的职能本来是反映生活，影响生活，推动历史前进，因此在很大程度上也就是影响政治，对政治起促进或促退的作用。现在人们讲文艺干预生活，通常只是指那些揭露生活的阴暗面，描写社会的消极现象，可以有助于克服那些现象的作品，而对那些描写人民生活中先进事物，对推动历史前进起了积极作用的作品，却不叫干预生活。这和这个口号的来源，以及这类文学所产生的实际效果是有关系的。这个口号好像是 50 年代苏联一位作家提出来的。在斯大林时期文艺创作中有"无冲突论"的倾向，只写光明面，不写阴暗面。有一个作家叫奥维奇金，他到农村去实际考察了，他看到的不是像一些作品所描写的那样，一片光明。于是他提出这么一个口号，叫做"干预生活"。这个作家后来到中国来过，我1954年在莫斯科也和他交谈过。多少是在他这个主张的影响之下，在中国也出现了"干预生活"的口号。那么可不可以干预生活呢？当然可以。只是我希望这个口号不要把文艺创作引到专门揭露阴暗面的方向去。

现在似乎有这样一种看法，好像只有这样干预生活的作品才是现实主义的，否则就不是现实主义的或不够现实主义的。这种看法就片面了。文艺既然是反映生活，影响生活，推动历史前进的，从广义上讲，都是干预生活。写革命战争，写土地改革，写地下斗争，写抗日战争，写解放战争的许多作品在人民中起了那么大的作用，难道还不算干预了生活，推动了生活的前进吗？一个作家应该多方面地表现生活，他可以侧重某一方面，但不能说只有侧重揭露生活中的消极现象才算是干预生活，才是现实主义的，否则就不算干预生活，因而就不是或不够现实主义的了。这样来理解干预生活未免太带片面性、阴暗性了，也许这个口号本身就多少带有这种片面性的毛病。作家眼界要广阔，题材要多样，取材要广，选材要严，挖掘要深。我们提倡题材应当广泛，要多样，在题材问题上不要加以限制，不要设禁区，下禁令。列宁说过，作家写什么，怎么写，有他的自由。但是我们是共产党人，对文艺事业也不能袖手旁观，我们要加以指引。

（原载《文艺报》1981年第4期）

继承和发扬左翼文化运动
的革命传统 *

　　今年是中国"左联"成立 50 周年。半个世纪前，在中国共产党的领导下，以伟大的鲁迅为旗手，创立了名震一时的中国左翼作家联盟（简称"左联"），随后又相继成立了左翼社会科学家、戏剧家、美术家、教育家联盟（简称"社联"、"剧联"、"美联"、"教联"）以及"电影、音乐小组"及其他左翼团体，形成一支浩浩荡荡的文化新军。这支文化新军在第二次国内革命战争时期，在文坛纵横驰骋十年之久。这次伟大的左翼文化运动，常被称为"左翼十年"，它是"五四"新民主主义文化的发扬光大，又是新中国社会主义文化的光荣先驱。它在我国现代文化史、文学史上是光芒四射，流芳千古的。当年许多左翼文化工作者为宣传马克思主义真理，创造革命的无产阶级的文艺，英勇奋斗，不惜牺牲，对中国人民的革命事业作出了巨大的贡献。当年参加左翼文化运动的同志，现在还健在的已经为数不多了。今天，我们邀请参与过左翼文化运动的老同志们，和文艺界的有关同志共聚一堂，开一个纪念会，目的是回顾历史，展望未来，总

---

　　* 本文是作者在纪念"左联"成立 50 周年大会上的讲话。

结经验，增进团结，为促使我国社会主义新时期的文学艺术事业更加繁荣而作出自己新的努力。

中国左翼作家联盟是 1930 年 3 月 2 日在上海成立的。它同以后陆续成立的其他许多左翼文化团体组成中国左翼文化总同盟（简称"文总"），共同接受我党中央的文化工作委员会（简称"文委"）的领导。因为"左联"成立最早，影响最大、人数也较多，尤其是因为鲁迅是"左联"的领袖，是党所领导的"文化新军的最伟大和最英勇的旗手"，因此，我们选择"左联"成立的日子，来纪念整个左翼文化运动。明年，我们将隆重纪念鲁迅诞生一百周年，还要纪念"左联"五烈士牺牲 50 周年，那也是对于伟大的中国革命文化运动的纪念。

"左联"和左翼文化运动并不是偶然产生的，它们是在中国革命的重要转折关头出现的，是世界共产主义思潮和革命文艺运动的产物。

"左联"和其他左翼文化团体都产生于 30 年代。"30 年代"这个历史概念，长期遭到林彪、"四人帮"的严重歪曲和诽谤，使许多不了解世界和中国历史的人们竟把"30 年代"看成是一个不光彩的名称。这简直是对于历史的莫大的颠倒和嘲弄。台湾反动分子至今还在咒骂"30 年代"的革命文艺，把它称作"幽灵"。可见"30 年代"，正是叫敌人害怕的革命的幽灵，红色的幽灵。

30 年代，无论国际国内，都处于革命大转折的重要年代。在国际上，在列宁和斯大林领导下的苏联，以崭新的姿态，向全世界宣告：社会主义不但可以单独在一个国家中取得胜利，而且可以取得建设的成功。1929 年，资本主义世界爆发了经济总危机，而社会主义国家苏联却经过艰苦奋斗，在经济上得到蓬勃的发展，实现了工业化和农业机械化，面貌一新。这对于资本主义国家的工人运动和殖民地半殖民地国家的民族民主革命运动是一个多么巨大的鼓舞力量呵！苏联的文艺成了世界革命文艺的先锋。《铁流》、《毁灭》等作品产生了世界的影响。日本、美国、德国等国家的左翼文艺也风起云涌。它们的作品和刊物成了我们珍贵的精神食粮。鲁迅、郭沫若、茅盾等中国左翼作家都和世界各国的革命作家建立了友好的联系。我们和苏联的高尔基、法捷耶夫、绥拉菲摩维奇，法国的罗曼罗兰、巴比塞、古久利，英国的萧伯纳，德国的布勒希特、路特维奇棱、珂罗维支、基希，美国的史沫特莱、斯特朗、斯诺，日本的小林多喜二、秋田雨雀、尾崎秀实，新西兰的艾黎等，都有交谊，他们都曾是中国人民和中国作家的朋友。1928 年和 1930 年在莫斯科和哈尔科夫先后召开了世界革命作家大会，成立了国际革命作家联盟，并用几种文字发行机关刊物。中国"左联"成了国际革命作家联盟的正式成员之一。萧三同志就是"左联"派往那里的常驻代表。

因此，从世界范围来说，30 年代也就是从资本主义文艺向无产阶级革命文艺转化发展的年代。"左联"等左翼文艺团体正是在这个转折关头，顺着世界潮流应运而生的。它是国际无产阶级文艺运动的一个组成部分。

"左联"等左翼文化团体当然是在自己国家民族的土壤上产生的，是本国革命运动发展的产物。左翼文化团体的相继成立，正值革命力量与反革命力量的斗争空前激烈的十年内战时期。正如毛泽东同志所说的，是"一方面反革命的围剿，又一方面革命深入的时期"。这个时期"有两种反革命的'围剿'：军事'围剿'和文化'围剿'；也有两种革命深入：农村革命深入和文化革命深入。"这两种革命是遥相呼应，密切配合的。在 1927 年"四·一二"反革命政变之后，国共合作破裂，轰轰烈烈的大革命失败了。国民党新军阀实行白色恐怖，把千千万万革命者投入血泊之中。革命暂时处于低潮。年轻的中国共产党和革命人民都面临着严重考验，都在思索和探求新的革命途径和新的斗争方式。我们党经过南昌起义、秋收起义和广州起义，走上井冈山，建立了农村革命根据地，开始了武装斗争，创立了中国工农红军，终于找到了领导中国革命的正确道路，开始了新民主主义革命新的光辉的一页。历史上的伟大革命从来不能没有文化战线上的斗争与之配合。正是在这个革命大转折的时期，"四·一二"以后，一大批革命的宣传文化工作者，从北伐前线，从武装起义的战场，从"革命策源地"，从海外，带着满身尘烟，陆陆续续聚集到上海。他们身在白色恐怖笼罩的国民党统治区，心在红旗飘扬的革命根据地。毛泽东、朱德、周恩来等同志的光辉名字，深深吸引着每个革命者的心。根据地的建立，苏维埃代表大会的召开，红军的北上抗日和长征的胜利，都极大地鼓舞了他们。他们在旧中国最黑暗的年代里，响亮地提出了无产阶级革命文学的口号。他们以大无畏的革命英雄气概，发出了战斗的号召，把大批青年召唤到革命旗帜之下，他们高举革命文学大旗，创办刊物，开辟阵地，写作革命文学作品，传播马克思列宁主义文艺思想，使无产阶级革命文学像火焰似地烧向整个黑暗的旧中国。这种革命文学运动，是中国文学史上破天荒的伟大运动，它以高度的革命热情和胆识，突破了国民党反动派的重重禁令，宣告中国无产阶级将独立地建设本阶级的文学艺术，中国的劳苦大众将开始占领文艺阵地。革命文学的先驱者，他们倡导无产阶级革命文学的伟大历史功绩是不可磨灭的。

　　然而，革命文学的倡导者们也有自己的弱点。它带有一切革命新生事物开始出现时的那种难以避免的左的幼稚病。1928年左右，爆发了关于"革命文学"问题的有名论战。"创造社"、"太阳社"等文学社团的成仿吾、李初梨、阿英（钱杏邨）、冯乃超等同志，以马克思主义初学者的无比锐气，不顾自己理论武装的不够齐全，勇猛地冲上文坛，占领阵地，充当了革命文学的急先锋。这在当时革命正遭受失败，中国变得一片黑暗，暗哑无音的情况下，他们的声音就像空谷的足音，就像寂静空气中的惊雷一样，使人们振聋发聩，为之奋起。因此不管他们在理论上和实践上有多少弱点和缺陷，他们的文章还是博得了对现实不满、渴望革命的广大知识青年的热烈共鸣。鲁迅开始的时候曾经对他们的这种革命作用估计不足，后来却作出了全面的正确的评价。鲁迅对这些早期革命文学家的弱点的一些批评是中肯的，深刻的。他指出，当时所谓无产阶级文学家，有许多人实际是反叛的小资产阶级。他们只是从书本上学了马克思主义，并没有能够和实际相结合，和群众打成一片。他们以为只要有了某些马克思主义的书本知识就可以变成无产阶级。其实，没有和人民群众结合，是不可能真正成为无产阶级的。教条主义脱离群众，必然带上宗派色彩。教条主义和宗派主义往往是相连的。也正因此，我们许多人未能认识比我们更了解中国社会和中国历史、更了解中国民众之心的鲁迅，未能认识鲁迅的伟大之处，一个时候反而把鲁迅作为论争的主要对象。关于"革命文学"问题的论争终于引起了党中央的注意，从 1929 年开始，党中央开始过问文艺工作，要求停止论争，要求正确认识鲁迅、团结鲁迅，并着手筹备建立左翼文艺统一组织。这个要求得到了鲁迅和其他同志的积极响应和赞同。经过不到半年的准备，"左联"便正式成立了。发起人除鲁迅之外，还有夏衍、阳翰笙、郁达夫、冯乃超、冯雪峰、郑伯奇等同志。郭沫若、茅盾当时不在国内，但征得了他们的同意，作为发起人。"左联"自它成立之日起，便是党在文化战线上一面团结战斗的旗帜。鲁迅在左翼作家联盟成立大会上的讲话，就是一个历史性的战斗纲领，这个纲领，至今还有它的积极的现实意义。

"左联"和各左翼文化团体的产生,不仅是当时国际国内革命斗争发展的反映,而且是"五四"文学革命的继续和发展。"五四"的文学革命,打出了平民文学的旗帜,而左翼文学运动却第一次公开地、鲜明地打出了无产阶级革命文学的旗帜。从"五四"时期的文学革命到无产阶级革命文学,这是新文学运动的一个质的飞跃,是"五四"以来文化革命的深入。

党在"五四"时期对文艺战线还只有思想的影响,到了"左联"时期才进行了组织领导,并以自己的成员为核心成立组织,这是党不仅从思想上、而且从组织上领导文艺的开始。从此,革命文艺事业就成了有组织有领导的无产阶级革命事业的一个组成部分,成了必不可少的可以依靠的一个方面军。因此,我们今天可以毫不夸大地说:以"左联"为代表的左翼文化运动是耸立在中国现代文化史、文学史上的丰碑!

毛泽东同志在1942年总结"五四"以来这一段文化历史的经验时说:"在'五四'以来的文化战线上,文学和艺术是一个重要的有成绩的部门。革命的文学艺术运动,在十年内战时期有了大的发展。"今天,我们应当实事求是地肯定左翼文化运动的伟大历史功绩,把林彪、"四人帮"强加给30年代革命文学艺术运动的一切诬蔑诽谤之词统统推倒。

左翼文化运动的历史功绩,表现在什么地方呢?

首先,在国民党反革命围剿的白色恐怖中,配合红军的反围剿、土地革命和革命根据地的建设,在地下活动中,展开了我国文化思想战线上第一次有组织的英勇斗争,开展了马克思主义的思想宣传和无产阶级革命文学艺术的创作,用自己同志的鲜血写下了无产阶级文学的最初篇章。

"左联"一成立,国民党反动派就发出密令,要取缔"左联"，通缉"左联"成员。在反动派眼中，左翼文化团体的成员就是共产党人。十年中，国民党颁布了各种法律和条例，封闭书店，查禁刊物和书籍，检查稿件，拘捕刑讯，秘密杀害革命作家、艺术家。"左联"、"社联"、"剧联"、"美联"、"教联"等都有同志被逮捕、被杀害。他们实行法西斯专政，想把左翼文化工作者斩尽杀绝，把左翼文艺彻底消灭。但是，和反动派的愿望相反，左翼文化队伍非但没有被消灭，反而在残酷的镇压和迫害下，踏着烈士们的鲜血，经过严重的考验和锻炼，成长发展了。左翼文化团体的人数不断增加，活动地区也不断扩大，由上海发展到北平、天津、武汉、广州，远及日本东京，影响及于南洋一带。"左联"和其他各左翼文化团体先后创办了几十种刊物，较早的有《萌芽月刊》、《拓荒者》、《文化月报》、《世界文化》、《巴尔地山》、《北斗》、《文学月报》、《文学》、《文学杂志》、《文学季刊》、《杂文》等，开辟了进步文化的阵地，创作了大量的为群众所欢迎的作品。"左联"还为革命根据地编过文化课本，输送过许多干部和革命青年。鲁迅写了许多闪耀着共产主义光芒的战斗杂文、论著和文学作品，茅盾完成了巨著《子夜》和其他优秀短篇，郭沫若当时亡命日本，除了和国内左翼文化运动始终保持密切联系外，还以十分饱满的精力从事历史科学和中国古文字研究，他的《中国古代社会研究》就是用历史唯物主义的观点研究我国古代社会的第一部著作。瞿秋白为《鲁迅杂感选集》写了出色的序言，他协同鲁迅对"左联"的活动起了积极的指导作用；他们两人之间的战斗友谊是众所周知的。左翼作家蒋光慈、丁玲、张天翼、叶紫、沙汀、艾芜、欧阳山、周文、丘东平等的小说受到了人们的注目。鲁迅特别关怀培养青年作家，他为萧军、萧红、叶紫等的小说，和徐懋庸等的杂文都写了序文。在鲁迅的倡导和扶植下，一批革命青年美术家艰苦开创了新兴木刻。田汉以自我批判的态度结束了他创办"南国社"以来的艺术生涯,成为了"剧联"的发起者和领导者。田汉、夏衍、洪深、阳翰笙、于伶等同志活跃在戏剧和电影战线上卓有成绩。诗人柯仲平、殷夫、艾青、蒲风、杨骚都有新的创造。聂耳、星海的歌曲激励了广大人民抗日救国的高度热情。作为左翼文化的同盟军和战友,我们可以举出以下的许多有声望有影响的文化界人士和作家、艺术家:蔡元培、马相伯、胡愈之、邹韬奋、陶行知、陈望道、吴承仕、范文澜、闻一多、朱自清、巴金、曹禺、老舍、郑振铎、叶圣陶、王统照、许地山、曹靖华、周信芳、欧阳予倩、徐悲鸿、林风眠、司徒乔、赵元任、黄自、孙师毅、蔡楚生、史东山、应云卫、袁牧之等等,他们都曾同我们党和党所领导的左翼文化运动有过交往,很多人都是我们的战友,有的人,如郑振铎、叶圣陶、王统照等,由于当时党争取合法的政策,没有吸收他们公开参加左翼文化团体。有的人当时是秘密党员或后来参加了党,他们对我国进步文化和文艺运动都是有贡献的。上面所列举的一些名字,挂一漏万,但也可以窥见当时进步文化阵势的一斑。

对于左翼文化运动的战斗业绩,我们应当给予足够的评价。尽管由于历史条件的限制,左翼文艺不可能反映革命根据地的翻天覆地的斗争和革命人民的生活,但是,在大量作品中却反映了封建军阀的混战,农村经济的破产,帝国主义的侵略,劳动人民和贫苦小资产阶级的痛苦和要求。把 30 年代左翼创作作为一个整体来看,无论是反映生活的广度和深度,还是情节的生动和丰富,人物形象的多样性和性格的典型化,都达到了新的水平,把我国现代文学推向了一个新的阶段。正如鲁迅所说,在当时的中国,无产阶级的革命的文艺运动,其实就是惟一的文艺运动。无产阶级革命文学在诬蔑和压迫中滋长,终于在最黑暗的年代里,用我们的同志的鲜血写下了第一章。今天我们纪念和缅怀革命先烈，不能忘记李伟森、柔石、胡也频、殷夫、冯铿、童长荣、洪灵菲、潘漠华、应修人、宗晖等光辉的名字。我们还不能忘记以宋庆龄、何香凝、蔡元培、杨杏佛等为首的民权保障同盟、济难会在那些黑暗年代为营救被捕作家艺术家所作的努力。我们将永远铭记他们勇敢的正义行为。今天还要纪念和缅怀在抗日战争、解放战争期间，在林彪、"四人帮"肆虐期间，文艺界许多英勇牺牲的烈士。郁达夫在太平洋战争期间死于日本军国主义者的屠刀之下，是我国文学界的一大损失。历史已经证明并将继续证明：30年代的无产阶级革命文学，不仅能经得住帝国主义、国民党反动派的镇压和屠杀，也能经得住像林彪、"四人帮"这类凶恶的内部敌人的恶意诽谤和残酷打击。

同志们，上述事实都说明，30年代的左翼文化运动是一个伟大的革命运动，它是具有强大的生命力的。这个无产阶级文艺运动的伟大的历史功绩是任何人也不能抹杀的。

30年代革命文艺运动的另一个重要成就，就是对马克思主义的文学艺术理论的介绍和宣传。

"五四"时期介绍了马克思主义学说，首先是他的哲学和经济学说。那时候，各派思潮、各种主义都在传播，都有人信奉。学术界并没有把马克思主义理论视为正宗，对马克思主义的文艺理论更是所知无几。"左联"、"社联"成立前后，李达、许德珩、杜国庠（林伯修）、李一氓、彭康、吴亮平、王学文、何思敬、柯柏年、章汉夫、钱亦石等同志较早地为翻译介绍马克思主义理论著作付出了辛勤的劳动，是有功劳的。艾思奇的《大众哲学》是用通俗形式把辩证唯物主义哲学普及到人民群众中的最早的尝试。随着无产阶级文艺思潮的发展，马克思主义文艺理论才开始比较有系统地介绍进来。"左联"成立大会通过的决议，就明确规定要"确立马克思主义的艺术理论和批评理论"。
"左联"还成立了马克思主义文艺理论研究会，把建设马克思主义文艺理论的任务正式提到了我们的议程上。一些同志，顶着国民党反动派的腥风血雨，冒着生命危险，翻译了马克思主义的经典著作，其中也包括有关文艺的著作在这方面，鲁迅和瞿秋白同志作出了最可宝贵的贡献。《共产党宣言》的最早翻译者陈望道以及冯雪峰等同志也在这方面作了努力。鲁迅所译的普列汉诺夫的《艺术论》及其他同类著作，在我国文艺界产生了很大的影响。梁实秋攻击鲁迅是"硬译"，然而，这种"硬译"是一种多么可贵的韧性战斗的精神呵！从此以后，我国的无产阶级文学艺术运动开始找到了科学的理论基础。这对于左翼文艺思想来说，对于无产阶级文艺创作来说，都是一种根本性的建设，正如鲁迅所说的，是求医于根本的切实的社会科学，是一个好的、正当的转机。由于这个转机，革命文学阵营的作家和艺术家们对于文学艺术的阶级性，对于文艺与政治的关系，对于文艺与群众的关系，便有了比较正确的认识。他们开始试图运用历史唯物主义观点解释文学艺术的现象，用阶级分析的武器，取得了批判新月派的胜利，击败了民族主义反动文学思潮。斗争的胜利，证明马克思主义文艺理论是有力的科学的武器，使左翼文艺工作者提高了掌握理论的自觉性。学习运用马克思主义文艺理论的观点，贯穿于30年代左翼文艺运动的始终。这个观点的明确确立，是"左联"的一大功劳。

左翼文艺工作者曾试图运用马克思主义文艺观点来解决文艺同人民群众的关系的问题。"左联"成立了文艺大众化研究会，开展了多次关于文艺大众化的讨论。"左联"根据列宁的文艺应当为千千万万劳动人民服务和文艺应当属于人民的观点，提出了文艺为大众、写大众、大众写的口号，发出了全体盟员"到工厂，到农村，到战场上，到被压迫群众当中去”的号召（“左联”执行委员会决议：《无产阶级文学运动新的情势及我们的任务》）。这个口号的提出，在现代文学史上也是一个新的创举。"左联"还在历史提供的活动范围内，进行了文艺大众化的实践。比如，创办通俗性刊物，创作民歌民谣，改编名著为通俗小说，建立工人夜校，在工厂组织读报组、办墙报，开展工农通讯员运动，办蓝衣剧社等。但是，当时由于客观历史条件和主观思想认识的限制，我们实际上并没有可能真正解决文艺和工农群众相结合的问题。当时提出的"大众化"的口号，确实有"化大众"的倾向。一些左翼文艺工作者以为自己已经"获得无产阶级的意识"，而大众化，就是要将这种革命意识用通俗易懂的形式灌输给大众，去改造大众的落后意识，去教化大众，而较少想到首先自己要向工农群众学习，要与工农群众结合，改造自己旧的思想和感情，在思想感情上来一个变化；首先要教育改造自己，然后才能教育改造大众，否则就很难有真正的文艺大众化。把这个问题在理论上真正解决的，是在毛泽东同志的《在延安文艺座谈会上的讲话》发表之后。《讲话》的最杰出贡献，就是它用科学的世界观，正确地解决了文艺与群众结合，与时代结合的问题，给革命文艺指出正确的方向，对马克思主义文艺理论作了创造性的发展。

30 年代，我们在同"自由人"与"第三种人"的论争中，涉及到了文艺和政治的关系问题。在阶级社会、在火与血的革命斗争中，文艺不可能脱离政治而自由，它必然要受一定政治势力、政治倾向的支配和影响。一些人叫喊"勿侵略文艺"，文艺不要"堕落"成为"政治的留声机"，那是别有用心的，是为了反对无产阶级的文学。"左联"在这场论争中，不仅把左翼队伍的马克思主义理论水平向前推进了一步，并且使我们的作家艺家更自觉地把自己的文学艺术作为无产阶级解放斗争的一翼，大大地提高了革命文艺的战斗力。当然，这并不是说，在 30 年代，左翼文艺运动从理论到实践已经完全正确地解决了文艺与政治的关系问题。对这个问题也还常常解决得不恰当，不正确，还有简单化、庸俗化的毛病。特别在重大的革命转折关头，政治往往呈现出剧烈变化、错综复杂的现象，要认清政治形势，正确掌握政治和文艺的关系就更不容易了。在革命文艺队伍内部，由于观点的不同和认识水平的差异，有时难免会发生一些意见分歧和争论。假如说 1928 年左右关于"革命文学"的论争是"左联"诞生的前奏，那么 1936 年关于"国防文学"和"民族革命战争的大众文学"两个口号的论争就是"左联"宣告结束的尾声。两次争论都是在革命大转折时期发生的，都是这些大转折的反映及其所引起的思想纠纷。当共产国际举行了第七次代表大会和我们党提出了抗日民族统一战线之后，1936 年发生了"两个口号"的争论。争论的双方，都表示拥护党的抗日民族统一战线的政策，并愿为此而斗争。但是，对于统一战线的了解，以及对各自的口号解释各有不同，究竟哪一口号更符合党的统一战线的需要，更有利于无产阶级，就发生了认识的分歧。这种分歧完全是人民内部的争论，本来是可以经过讨论和实践来解决，应该按照鲁迅所说的，两个口号可以并存。但是，当时争论双方都有一些同志，不愿意接受鲁迅的这个顾全大局的看法。对鲁迅许多正确意见，没有加以应有的尊重。这场争论，虽然扩大了抗日民族统一战线的宣传，但是在某种程度上又抵消和削弱了左翼文艺队伍本身的团结战斗的力量。这是应当引为教训的。随着抗日统一战线形势的迅速开展和"左"的关门主义的逐步克服，我们的左翼文化运动，还是获得了新的发展，打开了新的局面。

总之，尽管左翼文化运动在理论上还不够成熟，还有许多弱点和薄弱环节，但是，它却从来十分重视马克思主义文艺理论的工作，这是我们的一个优良传统。我们纪念"左联"等左翼文化团体，就要继承和发扬这个传统，要为建立具有我们自己民族特点的马克思主义文艺理论而努力。我们要继承毛泽东同志在《讲话》和其他有关论述中给我们留下的珍贵遗产，并在此基础上有所发展，有所前进。要使马克思主义文学艺术理论在我国更进一步发展，首先要注意研究我国当前的文艺现状，注意总结现代文学的实践经验，深入研究一些有代表性的作家、艺术家及其作品，把我们对作家作品的评论提高到真正科学的水平。另一个方面，我们也要注意发掘、整理和深入研究我国古典文学艺术理论的丰富遗产，学习哲学和历史及其他必要的科学知识。今天我们从事文艺理论研究的条件比30年代的条件不知要好多少倍了，我们有基本上安定团结的环境，有思想解放的时代条件，特别是建国30年来的历次文化运动中的正反两个方面的经验教训，经过第四次全国文代会做了初步总结，只要我们锲而不舍地勤奋学习，刻苦钻研，经过一段时间的努力，我们一定能造就自己的马克思主义的文艺理论家，建立具有中国特点的马克思主义的文艺科学。

最后，我还要特别指出"左联"和各左翼文化团体在培养造就人才方面的重大功绩。鲁迅、郭沫若、茅盾等同志，在创作和理论著作方面，都为我们留下了极为丰富的精神财富。更重要的是他们披荆斩棘，为我们开辟了道路，创立了有自己民族特色的无产阶级的新文化，对我国新文化运动，有着极为深远的影响。他们的革命精神和文化成就，使一代又一代的新人，不断在战斗的历程中成长和壮大起来。因此，以"左联"为中心的左翼文化运动，在几十年的战斗中，为我们党造就了大批宣传、文化人才，培养了一支"完全崭新的文化生力军"。正如毛泽东同志指出的，这支生力军无论在社会科学、文学艺术等各个方面，从思想到形式，都是极大的革命，简直是所向无敌的。这支队伍在当年反对国民党反动派的斗争中，是中流砥柱，充当了革命文艺的生力军；在抗日战争和解放战争中，许多人成了我党我军在政治战线、思想战线、文化战线的骨干。正是经过长期的严峻的考验和战斗，又经过这些骨干不断地培养了大批新人，在全国解放后，才能迅速地发展社会主义的文化教育、文学艺术事业。今天我们要发现人才，培养人才，重视人才，也应当从"左联"等各左翼文化团体的历史中汲取经验。

左翼文化运动的成就是多方面的，左翼文化的传统是宝贵的。它坚持党的领导，坚持社会主义道路，对无产阶级革命事业坚定不移，对人民赤胆忠心。我们要从总结过去的历史经验中，发扬成绩，克服缺点。我们一定要继承左翼文化的战斗传统，并加以发扬光大，在社会主义新时期，使社会主义文艺获得新的更大的成就。我们要接过前辈们手中的笔，坚韧不拔地把无产阶级的革命文学的历史继续写下去，写出更无愧于社会主义新时代、无愧于我国和世界人民的伟大篇章。让我们响应党中央的号召，努力攀登科学和文学艺术的高峰吧！

（原载 1980 年 4 月 2 日《人民日报》）

建设社会主义的、民族的音乐文化*

　　讲几点意见，和同志们商讨，讲得不对，请你们指正。

　　第一，建设社会主义的、民族的音乐文化。

　　党的十一届三中全会，提出了工作着重点转移的问题。什么叫着重点转移呢？就是转移到社会主义的现代化建设上来。这是个历史性的战略性的转折。过去相当长的一个时期内曾不断进行阶级斗争，现在重点由斗争转入建设，当然，建设过程中也还会有斗争。这个转移不是很容易的。我们不但要从事物质的建设，还要从事精神的建设，不但要有高度的物质文明，还要有与它相称的精神文明。要建设我们的社会主义的文学艺术，建设我们的马克思主义的文艺理论。就音乐来说，就是要建设社会主义的、民族的、同我们国家地位相称的、无愧于中国人民的高度的音乐文化，使之能够站立于世界先进音乐文化之林，放出自己民族音乐独特的新的光彩。这应该是我们一代音乐工作者的共同使命。

　　音乐文化是人类精神文化中一个重要的组成部分。人类艺术发展的历史，告诉我们产生最早的是音乐、舞蹈和绘画。我在去

---

　　* 本文是作者 1980 年 5 月 9 日在音乐创作座谈会上的讲话。

年音协举办的灯节茶会上讲过一句话，我说我们要"制礼作乐"，要为社会主义的新中国"制礼作乐"。"作乐"的任务落在我们音乐工作者的肩上。过去革命战争年代我们的作曲家写了许多革命歌曲，那也是"作乐"，那个"乐"对动员和鼓舞广大人民群众的革命斗争曾起了巨大的作用。现在我们进入了社会主义新时期，要为社会主义现代化建设"作乐"。这个"乐"，要和这个宏伟的建设任务相适应，我们的国家要有现代化的新水平。

我们的祖先很聪明，讲上层建筑只用了四个字，就是"刑、政、礼、乐"。"刑、政"两字代表了政治制度、法律制度等上层建筑；"礼、乐"代表了意识形态的上层建筑。"乐"代表整个艺术，"礼"是代表整个礼教。"刑、政、礼、乐"四个字把全部上层建筑都包括无遗了。我们现在也要解决"刑、政、礼、乐"问题。只是内容和形式都不相同了。我们要健全我们的社会主义法制，发扬我们的共产主义道德，发展我们的社会主义的文学艺术。建设精神文明不是一项简单的任务，不是宣传一阵就可以完成的，而是一个长期的艰巨的建设任务，要在意识形态的各个领域都有所前进，有所创造，有所建树。

古代的人讲"礼、乐"，也讲得相当好。什么叫"礼"？什么叫"乐"？"礼"是讲"分"，讲"差别"，讲"等级"；"乐"是讲"和"，讲"协调""和谐"，这是有道理的。"礼"是为维护封建制度、封建秩序、封建等级服务的。你违背了这些，就是非礼，中国的封建社会就靠这个礼法维持了两千多年，"礼"最后就变成了"吃人的礼教"。资产阶级标榜"自由"、"平等"，取消"封建等级"，而代之以"资产阶级法权"，这也是讲"分"。我们的国家现在实行按劳付酬，还不能废除一切资产阶级法权。我们反对的是特权和特权思想。最近制订的党内生活准则也是讲"分"，讲"差别"的，但内容和意义却同过去完全不同了。历代剥削阶级一方面讲等级，讲特权，不准你僭越，另一方面用音乐来调和，来同化你。音乐本是人类情感交流的手段，在阶级社会中，同时也成了阶级调和、阶级融化的一种手段。对于我们现在来说，"乐"也是要起"和"的作用，就是要团结和鼓舞我们的人民同心同德为搞社会主义现代化建设而共同奋斗，把我们人民的精神境界提高到共产主义道德的水平。

第二，评奖是一种发展音乐和一切文艺的好方法。

对文艺和科学，采取奖励的方法是需要的，有好处的。奖励，主要不是物质奖励，而是精神奖励。它应该成为我们党和国家发展文学艺术事业的一种重要的、经常的方法。要使这种方法，成为制度，并使之不断完善。这也是"制礼作乐"所不可少的。各类脑力劳动者都应受到人民的尊重。他们的优异劳动成果应当受到鼓励。评奖不过是鼓励的一种方法。

15首歌曲的评奖，采取了群众投票的方法。有的同志认为，单靠群众投票不一定真正代表民意，但群众投票，还是有好处的。对中央人民广播电台和《歌曲》编辑部15首歌曲评奖，应该肯定。不是说每首歌曲都好，整个来说是好的。当然，它还有不够完善之处，没有完全做到"三结合"，即群众、专家和领导"三结合"。最近美术作品的评奖，也有类似的缺点。他们也是采取群众投票的办法。油画就没有一个头等奖，未免美中不足！还有戏剧、电影等的评奖，基本上采取了普遍鼓励的办法。我们评奖既要照顾全面，又要注意避免平均主义的倾向。有奖，还要有评。评上了的作品要奖，得奖的作品，也还要评，让大家自由讨论，可以讲好，也可以讲坏，并允许大家有不同意见。有定评的，都是经过时间考验的。群众投票要和专家、领导"三结合"。每一个艺术门类的奖励，一年奖一次也好，两年奖一次也好，三年奖一次也好。奖有好处，当然也不能太多、太滥。

第三，音乐创作的水平。

要建设社会主义的音乐文化，正如这次座谈会大家所讨论的，就是要大力发展我们的音乐创作，进一步提高我们各类的音乐作品和各类演唱、演奏的思想和艺术水平，这是问题的关键。音乐创作的领域非常之广，它的形式、体裁、风格，是最多样、最广阔的。我们的戏剧、电影、广播、电视都离不开音乐。

对三年来歌曲创作的成绩应充分肯定。音乐和其他艺术门类一样，也是很有成绩的。音乐界的同志谦虚，说短篇小说、戏剧、电影等等都成绩很大，惟独音乐比不上。这种谦虚态度是好的。我看文学艺术的各部门都有成绩，也都各有不足之处。总之，成绩是主要的。

"四人帮"时期只准唱样板戏，除了少数几首经过篡改的民主革命时期的歌曲，就没有什么革命歌曲了。现在完全改观了，歌声多起来了，轻音乐也流行起来了，各种地方戏曲，歌剧也活跃起来了。这种情况，不但"四人帮"横行时期，17 年中也是少见的。三年多来，文艺的成绩是很明显的，谁也不能否定的。至于发展过程中发生了一些问题，出现一些不正常的不健康的现象，这并不奇怪，是事物发展的规律，是不难克服的。

过去一些歌唱伟大领袖的动人歌曲，今后还要歌唱，还要继续创作。但歌颂领袖也不能把领袖神化，也不能超过歌颂人民。人民是永存的、不朽的。最伟大的领袖也必然由于自然法则要有所更替。我们党推倒了林彪、"四人帮"所加于我们老一辈无产阶级革命家的一切诬陷不实之词，但是另一方面，我们在赞颂任何伟大人物的时候，也不要有阿谀不实之词。无论电影、文学、回忆录等等，都要注意这个问题。实事求是，这是我们的思想路线。传记文学和电影传记片要忠实于历史，艺术的想象和夸张也不能违背历史的真实。对于人民，对于党要热情歌颂，但也要实事求是。今天我们的国家，我们的社会在前进的道路上，还面临很多的困难，要靠提倡艰苦奋斗而不是靠什么"歌舞升平"来鼓舞人心。

希望我们的作曲家、歌唱家更要深入到广大群众的生活中去，从中汲取营养和灵感。现在许多歌曲创作像其他文艺创作一样，给人以新鲜的感觉，其中虽也有十年动乱所留下的某些"伤痕"和从外界所受的某些不健康的影响。音乐是一种可以超越普通语言来感染和交流人们情感的东西。由于过去长期同外界相隔绝，一同外来的文化相接触，就必然会受到影响，有好的影响也一定会有不好的影响。现在对外开放了，中外文化交流发展起来了，可以互相吸收，互相学习，取长补短，这是好事。问题是我们的作曲家、诗人学习和吸收外国的东西，要立足于自己民族的土壤，立足于本国的实际，永远保持和人民群众的血肉联系，保持自己民族的色彩，这是最重要的，如果离开了人民的生活，不注意提高他们的情操和美感，单纯去追求"新奇"，卖弄"技巧"，虽可博得一时的掌声，但经不起时间的考验，不能算是真正的成功。我们的作家一定要注意表现工人农民及各行各业在为现代化建设中所建立的丰功伟绩，以及人民的丰富的思想感情。希望诗人、作曲家以及广大音乐工作者要多为工人、农民创作更多更好的东西，不要只听到了部分听众的掌声，就踌躇满志了。任何时候也不能忘记工农兵各行各业的干部和群众的需要。

对于"百花齐放、百家齐鸣"的方针，要坚定不移地执行。要保证艺术形式、艺术风格的自由发展。这是任何时候也不能动摇的。我们的任何艺术都要有它自己的风格，风格就是个性，没有个性就没有艺术。我们传统的京剧表演艺术家曾创造了各种有名的流派，为什么我们现代声乐的演唱艺术家不应该有自己的特殊风格，形成自己的流派呢？我们要有高尚的艺术风格。一味去迎合观众、听众的不健康的落后的趣味，是不可能有高尚的风格的。

第四，要有抒情歌曲。

这次会议中讨论较多的是关于抒情歌曲的问题。文艺的百花园中，没有抒情歌曲这朵花，是不行的。这方面过去我们做得不够，今后应当注意这朵花，使它健壮地成长。有人耽心抒情歌曲发展起来是不是会影响革命歌曲呢？我看这种担心大可不必。我们提倡的抒情歌曲，抒的是人民之情，革命之情，健康之情，优美之情。使人消沉颓废的靡靡之音，当然是人民所不需要的。文学艺术从来包含有抒情、叙事两方面。周总理在世的时候一再讲需要有抒情歌曲，他自己也领着唱《洪湖水，浪打浪》。文艺作品如没有抒情，那算什么艺术创作！叙事作品也有抒情，叙事、议论和抒情常常是融合在一起的。抒情歌曲应在各种歌曲形式中占有一个重要地位。中国古代讲美有阳刚之美和阴柔之美。外国讲美也讲崇高和优美。人的生活中，不能只有严肃紧张而没有轻松愉快，音乐生活中也不能光有进行曲而没有抒情歌曲。我们的抒情歌曲，既要柔美，又要刚健，既要使人愉悦，又要鼓舞人心；它和进行曲是相辅相成的。我们习惯讲文化娱乐，把文化和娱乐连在一起，是有道理的。人不能老是紧张，也需要文化休息。抒情歌曲、轻音乐，正是调剂人们的精神生活所必需的。抒情歌曲要不要加"革命"二字，这不应成为争论的问题。我们当然需要革命抒情歌曲，但第一不是把它当标签，第二不是排斥，而是需要一切有益于人民精神生活的各式各样的抒情歌曲。

第五，传统和革新的关系。

我们要继承和发掘自己民族的有几千年历史的古代音乐的传统，更要继承近代和现代的"五四"以来的特别是我们渊源所自的 30 年代以聂耳、冼星海为代表的革命音乐的传统，并使之进一步加以发展。传统的优秀作品我们今天还要演唱，更重要的是继承老一代作曲家的革新精神和创作经验。聂耳、冼星海所处的时代正是我国人民灾难深重的年代，当时技巧比他们高明的音乐家还有不少，为什么没有产生他们那么大影响，没有得到他们那么高的声誉呢？这主要是因为他们的创作表现了时代精神，唱出了人民的声音。我们要学习聂耳、冼星海的也正是这一点。他们的作品，例如《义勇军进行曲》和《黄河大合唱》，历久不衰，至今还可以演唱。可是他们所表现的那个时代毕竟早已过去了。我们处在社会主义现代化的新时期，新的时代需要新的歌声！演唱他们的作品只能是很少的一部分了。杜甫这么伟大的诗人，写了那么多好诗，至今还被人传颂的也只是极少数。传统是很顽强的东西，可以持续几百年，几千年之久，但究竟要受时间淘汰。荷马的诗是永存的吧，可是现在还有多少人在念荷马的诗？希腊的剧作是永存的吧，可是现在还有多少人在演希腊的悲剧或喜剧？任何事物都是要受时间淘汰的。一个时代有一个时代的歌声，一个时代有一个时代的艺术，古人都知道，"时运交移，质文代变"。文艺总是要随时代而革新。传统要革新，学习前人要超过前人。聂耳、冼星海不能超过吗？我们新一代的音乐家们应当超过他们。

第六，向外国学习。

外国音乐，不论是古典的和现代的，只要是对我们有益处、有启发的东西，都要学。要学它们好的东西，坏的、腐蚀我们的东西，不但不能学，而且要加以抵制和批判。自从我们粉碎了"四人帮"横行时期的那种反动的、愚蠢的锁国政策，结束了长期同外国文化隔绝的状况，我国的大门是向世界敞开了。不论世界如何变化，社会主义和资本主义国家的情况怎样错综复杂，我国坚持社会主义道路，坚持反对帝国主义、霸权主义，维护世界和平和发展各国人民友谊的国际主义的立场是不变的。"东方是东方，西方是西方"的古老的帝国主义的逻辑早已不适用于今天的世界了。我们今天面临一个特别重要的任务，就是要以更积极、更自觉的态度来发展各国人民之间的友谊和文化交流。我们在向外国学习的时候，一定要善于吸收，也善于批判。现在是世界交通空前发达的时代，十几个小时可以飞到美国，两个小时就飞到了日本，文化交流比之过去是频繁密切得不可比拟了。最近，报上宣传"鉴真和尚"回国探亲。一千多年前鉴真和尚六次冒着生命危险渡海到日本，是为了什么？就是为了向外国宣扬他所信仰的佛教同时也宣扬中国古代的文化。我们是无神论者，我们不信任何宗教。我们相信马克思主义的科学真理，也要向世界的人们宣传这个真理。这位古代高僧的精神，今天不是也还有值得我们学习的地方吗？

中国古代音乐中的所谓的雅乐，实际上是中原一带的音乐。楚国的音乐叫楚声，它对中原的音乐来说，也是外来的。屈原把楚国的民间音乐吸收了，创作了《离骚》这样的诗体。汉代以后，印度的文化传到中国来了，主要是佛教和佛学思想，对于中国的哲学、诗文、雕塑、绘画和音乐都发生了很大的影响。这种外来的影响丰富了中华民族的文化艺术。唐代是我国古代文化高度繁荣发展的时代，更大规模地吸收了外来文化的影响。当时十部乐只有两部是汉民族的音乐，其余八部都是西域的，就是现在的新疆以及外国中亚细亚一带。只有吸收外来的营养，才能使自己民族的文化更加丰富和发展。我国现代音乐文化是随五四新文化运动而发展起来的，它接受了西方的影响。难道现在西方的音乐就没有可吸收、可学习的东西了吗？难道一定要把德彪西一笔抹杀吗？资本主义世界走向没落，可是文化是人民创造的。资本主义制度没落了，统治阶级变反动了，但是人民并没有没落，人民仍在前进，仍在创造。

雅乐同俗乐，从古以来就有对立。"阳春白雪"和"下里巴人"之别，恐怕永远会有。我们需要有"阳春白雪"，但也不能轻视"下里巴人"。现在所谓流行音乐，我们对它也要有分析。流行音乐大概属于"下里巴人"，是高级的专门音乐家所看不起的。民间音乐，民歌民谣，民间吹鼓手，都是"下里巴人"。大城市中流行的则有迎合市民趣味的所谓酒吧间音乐，也是"下里巴人"。高级的音乐可以说无不是从"下里巴人"中吸收了营养的。美国有名的爵士音乐原来是黑人音乐，不也是"下里巴人"吗？过去我们抗战时期的许多歌曲很流行，不也是流行歌曲吗？从来电影歌曲也有很多流行歌曲。不应以贬低的口气来谈论流行歌曲，我们需要有好的高质量的流行歌曲。

港澳的流行歌曲有好的，也有不少是庸俗的、低级趣味的，我们的作曲家和歌唱家当然不应受它们的影响。但对所谓流行音乐也要采取分析的态度，不可一概否定。我们的作曲家、歌唱家要学习别人的某些长处，但不能学落后的、庸俗的东西。要重视观众的正当需要和爱好，但决不能去迁就和迎合他们的落后低级的趣味。我们对观众也要进行教育，要提高他们的欣赏趣味和水平，艺术家不能满足于某些听众的掌声，而要帮助教育和提高听众，保持自己的艺术风格，保持人民艺术家应有的尊严。

第七，音乐要不要为政治服务。

我们的音乐，和一切其他艺术一样，和政治有密不可分的关系，它反映和推动了革命的政治。但音乐活动的领域及其所能发挥的作用是极其广泛的，它满足人们的精神需要，提高人们的精神境界是不能简单地以为政治服务来概括的。轻音乐为什么政治服务啊？难道就能因此排斥或者硬要给它贴上政治标签？这样就容易导致限制艺术创作的广阔自由，把政治庸俗化，助长对文艺的不适当的干涉。我们不继续提文艺从属于政治，提"文艺为人民服务，为社会主义服务"，比较更好。为人民服务的含义，就是为最广大的人民群众，首先是为工农兵服务，也就是为他们的根本利益和需要服务。为社会主义服务，社会主义包括经济、政治、文化、军事各方面，在今天就是要为实现社会主义现代化建设，为培养社会主义新人服务。人民不是一个抽象的统一体，有阶级、阶层的区别，有先进、中间和落后的区别。我们文艺只能满足人民正当的、健康的、进步的需要，而决不能迎合他们不正当的、庸俗的、落后的需要。任何时候我们的艺术都要把广大人民的根本利益放在首位，而不可追求所谓"票房价值"。

第八，要重视音乐教育。

要把中小学的音乐教育课程恢复和健全起来。美育应列入课程计划，成为整个教育内容的一个重要组成部分。最近报刊上提倡学生要讲礼貌，要有文明行为，这是很需要的。中小学都应重视美育，德、智、体、美都是培养文明行为和提高道德风尚所不可缺少的。专门的高等音乐学院毕竟是少数，要提高和普及音乐文化，还要靠中小学校中的音乐教育和广大群众的歌咏活动。军队的战斗歌曲，是提高部队战斗力所必需的，也是人民的需要。不但部队，工矿企业、服务行业、机关、学校都要广泛开展群众歌咏活动，并从中发现和培养音乐人才。

我曾建议，音协要同广播、电视、电影、戏剧各方面合作，以电台为主，成立一个包括各有关负责人和专家的艺术委员会，作为咨询机关，定期商讨电台的音乐、戏剧节目问题，以不断改善和提高广播节目的水平。电台每时每刻都在向听众广播，没有音乐、电影、戏剧方面的有关负责人和专家通力合作，不依靠社会力量，单靠广播艺术团的力量，是不够的。我曾向张香山同志作过这样的建议，他也赞成。这样可以把音乐战线，包括电影音乐、广播剧音乐、戏曲音乐、曲艺音乐，都集中通过电视和广播来传播。加上广泛开展业余的群众歌咏活动，这样，我们的社会就会处处有歌声，我们民族的、社会主义的、高度的音乐文化就一定会繁荣发展起来。

（原载《人民音乐》1980 年 6 月号）

关于美学研究工作的谈话

（1980 年 5 月 26 日）

你们准备在昆明召开第一次全国美学会议，要我讲点意见。我对美学没有什么研究，翻译过车尔尼雪夫斯基的一本书，① 也没有特别研究，但我一直支持美学研究，支持你们开这个会。

现在，我就开展美学研究工作的问题，谈一点个人的想法。

一　四化建设需要美学

对于美学的研究在遥远的古代就开始了。历史上许多思想家、艺术家都对美、自然美、艺术美、人的美感等问题发表过看法，例如古希腊的柏拉图、亚里士多德对美的问题就曾提出过不少见解，但把关于美的研究正式当作一门独立的科学则是很晚的事，一般从鲍姆嘉通（1714—1762）发表《美学》（1750）算起。鲍姆嘉通是德国启蒙运动的代表人物。他认为，逻辑学研究理性认识，伦理学研究意志，这是已经确立了的，那么还应该有一门专门的学问去研究情感，即感性认识的问题。正是他首先建

---

① 指《生活与美学》，即《艺术对现实的审美关系》。

议并设立了这样一门科学，起名为"埃斯特惕卡"（Aesthetica），即"美学"。

鲍姆嘉通的美学理论在美学史上并不见得占多么重要的地位，但是他的这一主张对后来美学的发展产生了重要影响。从他以后，"美学"这个名称逐渐被人们所沿用。美学与其他学科的界限也逐渐清晰起来。在德国古典美学中，康德和黑格尔等人对美学问题提出过系统的学说。康德的《判断力批判》上半本，作为他的三大批判之一，是专门讨论美学问题的。黑格尔更把美学当作一个重要方面纳入到他的庞大的哲学系统之中。可以说，美学是在近代才逐渐形成一门独立的科学学科的。

我们中国近代资本主义文化思想主要是从西方输入的，西方许多近代科学学科到上世纪末和本世纪初才开始传入中国。美学作为一门专门的学问，在中国最早进行研究的有王国维和蔡元培。蔡元培提倡美育，主张用美育代替宗教，他说文化运动不要忘记美育。虽然他搬来的还是康德的那些东西，但在当时有反封建的进步意义。王国维的《人间词话》颇有创见。鲁迅也非常重视美育。30 年代，鲁迅更是特别重视对马克思主义文艺理论的介绍和研究。他和瞿秋白等同志一道亲自翻译了不少早期马克思主义者的文艺理论著作，例如普列汉诺夫的《艺术论》，等等。与此同时，也有人介绍了西方唯心主义美学，例如朱光潜同志的《文艺心理学》和《谈美》，这两本书在当时颇有影响。观点是唯心主义的，主要是克罗齐的，朱光潜同志数十年如一日，对美学研究用力最勤。全国解放以后，他转向马克思主义，力求用新观点来从事美学研究的工作，是有贡献的。

目前世界上许多国家都很重视美学的研究和教育，不仅成立了美学协会，出版美学书刊，而且注意在大专院校积极培养美学专门人材，甚至在中学里也设立有关美学的课程。200 多年来，美学作为一门独立的科学之所以能够确立，并且有了相当的发展，是因为人们的审美活动（包括艺术创作和欣赏）是社会生活中的一个重要组成部分。它们在人们社会生活的基础上产生，同时给予人们所从事的生产活动、阶级斗争以及其他各种社会实践活动以影响。有哪一个人在对世界发生关系的时候，能够完全不带有审美的成分呢？有哪一个人能够与艺术完全隔离呢？没有。可见，美学所研究的问题可以说与每一个人的生活都有密切关系。社会越是向前进，社会的物质文明的精神文明越高，美学作为一门科学，对整个社会的发展就会显示出越益广泛的作用和深远影响。因此，在我们这样一个有十亿人口的大国，在实现社会主义现代化建设的斗争中，应该充分估计美学的重要性，应该把开展研究美学问题的工作放到一个应有的恰当的位置上来。

50 年代以来，我国学术界对美学若干基本问题展开过讨论，对推动我国的美学研究工作产生了一定的积极作用。60 年代初期，一些文科院校开办了美学专题课，北京大学、中国人民大学建起了美学教研室，高等院校文科教材编选机构也开始组织编写并出版美学方面的教科书。可惜的是，这些刚刚兴起的工作在一个相当长的时期内，曾受到极"左"路线的干扰和破坏，在十年浩劫之中，美学作为一门学科整个被宣判为是资产阶级的反动东西，连美学这个名词也被看作是坏东西，消灭得无影无踪了。"四人帮"垮台之后，美学的研究和普及工作才重获新生。但是必须看到，目前我们的美学研究和宣传工作还很落后，我们的美学队伍还不能适应当前发展的需要，有不少美学部门至今仍是空白，对国外美学研究的状况也所知甚少。目前在人民群众之中，特别是广大青少年，确实有一股渴望学一点美学知识的很高的热情。这种追求美的热情是我国人民在清除了"四人帮"之后，精神上获得解放的表现，是十分可喜的事情。它反映出，人们经过十年动乱，饱尝痛苦辛酸，看够了"四人帮"一伙的丑恶表演和由他们所造成的无数丑恶现象之后，要求过真正美好生活的强烈愿望。许多人在总结历史经验的同时，也在重新探索着思考着理论上的和现实生活中的美与丑的问题。现实生活和新的艺术实践提出了许多新的美学问题，有待我们回答。可见，随着我国社会主义现代化建设的发展，随着人民群众物质和文化生活的提高，就会提出一系列赋有现实意义的重要美学课题，所有这些都迫使我们必须把美学工作迅速地搞上去。

二 努力建立与现代科学水平相适应的马克思主义的中国美学体系

我们用什么观点来研究美学呢？我们是马克思主义者，当然要用马克思主义的观点来研究。也许我孤陋寡闻，我还很少看到世界上有用马克思主义观点来专门论述美学的书，也许有，我还没有看到。

美学在历史上一直是唯心主义占统治地位。与马克思同时稍早的车尔尼雪夫斯基，用唯物主义观点对美作了说明。他的《生活与美学》尽管篇幅不大，却是一种开创性的工作，在美学上是一个革命。但是车尔尼雪夫斯基不是马克思主义者，他是用费尔巴哈的人本主义解释美的。马克思在《1844 年经济学－哲学手稿》等著作中虽然涉及到美的问题，并且据说曾试图写有关美学的著作，但是马克思、恩格斯和后来的列宁都没有来得及对美学作系统的考察。列宁写了《党的组织和党的文学》，毛泽东同志写了《在延安文艺座谈会上的讲话》，这些都是无产阶级社会主义文学艺术的历史性纲领性的文件，永远值得我们学习和研究，但也都还不是专门的美学著作。

马克思主义出现 100 多年，普列汉诺夫是最早用马克思所开创的历史唯物主义的观点探讨了艺术的起源和原始艺术的发展，他的《艺术与社会生活》对艺术发展的某些规律作了探索。他的研究是开创性的。但是他也并没有全面地系统地研究美学的课题。用马克思主义研究美学的现代人中，卢卡契算是比较著名的了。他的著作在学术界有一定的影响。过去我们一直把他当作修正主义的代表人物进行批判，现在看来应该再仔细分析和研究一下，看他的观点，哪些是对的，哪些是不对的，虽然他的文章有些晦涩难懂。我们必须给自己提出这样一个重大的历史任务，就是用历史唯物主义，对美、美感这种现象，对美的产生和美的发展作出科学的说明，形成一个马克思主义的中国美学体系。

为了完成这样一个历史任务，美学工作者无疑应该认真学习马克思主义。而要学好马克思主义，特别重要的一条就是要彻底地用马克思主义的态度对待马克思主义本身，或者说必须树立一种科学的实事求是的态度，才能把握马克思主义的精神实质。我们常说，马克思主义不是教条，而是行动的指南。又说，马克思主义并没有也不可能穷尽真理，而仅仅是开拓了通向真理的道路。这些话都是很正确的。可是我们自己有时却喜欢把马克思主义当作万古不变的教条，到处套用，以致在有些场合，把马克思主义简单化庸俗化了，背离了马克思主义。马克思主义向来把人类的认识看作是一个辩证发展的永恒过程，认为每一种学说的真理性如何无一例外地都要接受社会实践的检验而后定。

我们必须睁开眼睛看世界，必须承认和尊重事实。马克思主义产生 100 多年来，人类历史的确发生了许多巨大的变化，帝国主义国家和社会主义国家的工人群众都积累了许多丰富的经验和教训。世界上出现了许多马克思、恩格斯、列宁所没有估计到的情况。在自然科学的不少领域，科学家们获得了许多具有重大意义的新发现。20 世纪以来，量子力学、相对论、分子生物学、控制论等学说的建立，已经根本改变了人们在 18、19 世纪所形成的一些对于物质世界的重要观念。随着世界经济突飞猛进的发展，我们今天已经从马克思所生活的那个以蒸汽机为中心的科技革命时代，跨入了以电子技术和自动控制为中心的新的更高级的科技革命时代。这样巨大的变化就必然会在各个领域提出一系列新的重大理论问题和实际问题。这些问题根本不可能在马克思主义的创始人那里找到现成的答案。所以，在新的历史条件下，我们必须用新的社会实践经验检验马克思主义，丰富和发展马克思主义，使马克思主义能够适应今天的历史发展，也就是说必须容纳和吸收新的经验和新的科学成果。这就是我们常说的，要研究新情况，新问题，马克思主义的理论必须联系实际，才有生命力。只有用这种态度对待马克思主义，才真正符合马克思主义。

要使马克思主义在我国社会主义现代化建设中得到正确的运用和发展，当然是一件十分艰巨的工作，决不是轻而易举的事情。但是我们必须冲破一切障碍，克服一切险阻，同各式各样的反马克思主义的反科学的思潮进行斗争。只有这样，我们才能有所前进，有所发展，才能回答和解决我们所面临的许多现实问题。否则，马克思主义不就成了一个封闭的僵死的东西了吗？我们的认识不就永远停滞在一百多年前的水平上了吗？所以，当我们说要用马克思主义的学说去研究美这种现象的时候，决不是提倡那种翻来覆去只在经典作家的著述中引章摘句的神学院式的研究方法，那样做是不会有出息的，只能害人、害己、也害了我们的民族和国家。当然，也毁了科学本身。

马克思主义的观点是我们总的指导原则，但是光有了这种最一般的指导原则还不够，还必须根据美学的特性和我们自己民族的特点探索和掌握一些研究美学所不可缺少的正确的研究方法。

科学史上的无数实例已证明，没有先进的科学的研究方法就难于取得良好的科研成果。

应该看到，美学实质上是一门跨界学科。它和哲学、历史、文学、心理学、伦理学、教育学，和各门艺术理论等多种学科有着广泛的密切联系，我们必须注意到这一特点。因此研究美学一定要广泛吸取各有关学科的科学成就，要注意现代自然科学、社会科学的整体化趋势和综合发展的特点。同时还应注意吸取和应用一些已被实践证明具有相当普遍性的先进的科学方法论，从多种不同的角度和方面来探讨美学问题。另一方面，美学本身也可细分为多种不同的专科，除马克思主义美学基本原理外，还要分东西方美学、中国美学，以及各个艺术部类的美学等等，要组织专门人才分门别类地进行研究。在美学这个领域中发展马克思主义的文艺理论，这是文艺理论中一个最根本的任务。各个艺术部门的基本理论问题，从某一方面讲，归根到底是美学问题。我们要对美学内部各分科之间，以及美学与其他各有关学科之间的结构关系进行探索，以利于做出适当的安排和配置，使它们相互渗透，相互促进，得到共同的较快的发展。

在这里还需要谈一谈理论联系实际的问题。这是我们的总的原则，但不可做庸俗化简单化的理解。美学中的基本理论问题，如美的本质、美感、艺术与社会生活的关系、真善美的关系等等，都是一些高度抽象的复杂的问题。我们不能要求对这类理论问题的探讨都直接地与某个非常具体的实际问题联系起来。那是一种狭隘的简单化的做法。我们知道，事物的本质有不同的等级，理论的深度有不同的层次，这就决定了理论与实际的统一也表现为许多等级和层次。不同性质的理论与实际的统一还会有不同的形式。所以，把美学基本理论的研究随意地斥之为"从概念到概念"、"理论脱离实际"是不对的。

但是，也还有另一个方面值得我们注意，就是科学的理论概括工作，必须建立在对大量可靠的资料进行系统研究的基础之上。当然，所谓"资料"，不一定都是指直接的感性的实践经验，它的表现形式随着理论概括的水平而变化。不同层次不同特性的理论概括，需要不同形式的与之相应的"资料"。如果把理论来源于实践，理解为一切理论工作都必须直接地去整理概括那些最初级最原始的感性材料，那是不正确的，但是如果不能全面地搜集和掌握一切相应的有关的资料，不在资料上下一番苦功夫，甚至单凭坐在家里冥思苦想，那是绝不会得出什么有科学价值的成果的。所以，为建立现代化的具有中国特点的马克思主义美学，既要提倡深入的理论研究，又要将这种研究建立在现代科学、现实生活和艺术实践的大量资料的坚实基础之上。

三 整理几千年来中国的美学遗产

以马克思主义为指导对中外美学史进行研究，是建立马克思主义美学体系所不可缺少的一项工作。我们要形成和发展马克思主义的美学理论，需要批判地继承过去的美学思想，需要探索美学思想发展的规律。因此，美学工作者应该认真研究西方、东方和中国的美学思想史。我们是中国人，对研究中国的美学遗产肩负着特别重大的责任。

中华民族有着悠久的历史，在过去曾经创造过光辉灿烂的文化，在文学艺术上有极为丰富的宝贵遗产，有自己独特的风格和气派。无论是文学、绘画、雕塑、建筑、音乐、戏曲、舞蹈、工艺、园林、书法、篆刻，几千年来我们勤劳的祖先留下了许许多多水平极高的艺术作品，至今仍然是我们的艺术生活和审美活动的重要内容。我国古代的文艺理论也是发达的，许多见解是很精辟的。例如音乐，春秋时代（前770—前476）就以阴阳五行为中心，形成了关于五音六律的一种理论。战国时期（前476—前221）的《乐记》恐怕是世界上最早最系统的音乐理论，同时也是一部相当完整的古代美学著作。在我国，文论也很早。曹丕的《典论·论文》、陆机的《文赋》是出现较早而且很有见地的文论专著。《文心雕龙》则已经形成了一个相当完整的理论体系。在画论方面，魏晋南北朝谢赫的《古画品录》，唐代张彦远的《历代名画记》，对我国绘画艺术的特点作了相当深入的说明。如此等等。历代的思想家、艺术家、文学家在他们的哲学和艺术著述中，经常对美学发表一些精彩的议论。当然，这些有关美学的论述有很大一部分是零碎的，不系统的，但是由于它们的背后有着雄厚的艺术实践经验作基础，同时又受到我国古代深刻的哲学思想的影响，因而具有自己民族的理论特色。我们应该组织力量进行挖掘，编出若干种内容比较完整的中国美学思想资料，并用马克思主义的观点分析它，批判它，发展它。然后在这个基础上建立起真正马克思主义的，同时又具有中华民族特色的美学理论。这种美学理论不仅包含了我国现代文学艺术的丰富材料，而且有我国古代的丰富材料作基础，既符合辩证唯物论和历史唯物论的根本原则，又带有中国气派和中国特点。这样的美学理论著作现在还缺少，我们期待着它的出现。

研究中国美学思想史，应该揭示出中国文学艺术和中国美学理论的特点。中国的历史、政治、经济、文化与欧洲，与世界其他国家相比，有自己鲜明的特殊性。比如中国的哲学、伦理学、医学、军事学以及音乐、绘画、文学、戏曲等都有自己一套特殊的观念、范畴和体制。研究中国的东西，就要注意这种特殊性，研究它们的特殊规律。当然，这种特殊性并不脱离人类历史和文化历史的一般规律，而且恰恰是这种一般规律的具体表现。在美学上，中国古代形成了一套自己的范畴、概念和思想，如比兴、文与道、文与情、形神、意境、情景、韵味、阳刚之美、阴柔之美等等。我们应该对这些范畴、概念和思想作出科学的解释。揭示中国美学的特点，也可以把中国的美学思想与西方的作比较研究，通过比较，能够更清晰地显示出中国美学的独到之处。虽然比较研究法的直接结果常常只能揭示出一些现象上的异同，但对于进一步用马克思主义方法来找出事物的规律，仍然是很有用处的。多年来，在各学科中，很少看到有人用这种方法了。钱钟书同志在这方面占有大量中外文史资料，旁征博引，在他的巨著《管锥篇》中开创了在我国比较文学的新的途径。

四 重视审美教育，加强美育研究

我们要提高整个中华民族的科学文化水平，加速实现我国社会主义现代化建设。艺术界、文学界、理论界在这方面如何作出自己的努力呢？这里面包括一项很重要的内容，就是为培养全面发展的社会主义新人，在美育方面贡献自己的力量。美育同德育、智育、体育有着密切的关系，是缺一不可的。一个人要全面发展，不能缺少技术教育，也不能缺少美育。在现代化教育中，没有美育是不成的。

美育又称审美教育、美感教育。它的任务是培养和提高人们对现实世界（包括自然和社会）以及文学艺术作品的美的鉴别、欣赏和创造能力，陶冶人们的情操，提高人们的生活趣味，使人们变得高尚、积极，在思想感情上全面健康成长。这就是说，整个美学研究的目的，不仅在于美学理论的提高，而且在于发挥美学在四化建设和人民生活中的积极作用，其中包括在日常生活和教育事业中的美育作用。我们知道，高尚的道德情操和道德行为与追求美的理想这二者常常统一在一起，是密不可分的。在进行共产主义道德教育的同时，结合审美教育，就可以取得相得益彰的效果。美育与智育也是相互促进的。要提高审美能力，就需要学习文化，增进科学知识。科学和文化的修养越高，审美能力也会越高。反过来，优美的审美情趣必然导致并表现为对科学事业的热爱，对知识和真理的渴望和追求。良好的审美活动，可以使人们情绪饱满、积极向上，对促进人们身心的健康和智力的发展都有很大益处。科学地深入地研究、说明和宣传德、智、体、美的关系，是一项很重要很有意义的课题。它们是相辅相成的，又是不可相互代替的。马克思说，人类是按照美的规律改造世界的。可见，人们在改造世界的实践活动中，总是把自己的意志、道德和审美理想，以及对事物运动规律的认识统一在一起进行的。因此，我们要实现人类最崇高的理想——共产主义，要培养自觉地建设社会主义的新人，就不能不发展美学，不能不发展审美教育。

在人民群众中，尤其是在青少年中大力提倡和实施美育，这是一件长远的具有重大战略意义的任务，而在当前，又有很大的迫切性。十年动乱不仅在经济上政治上给我们的国家带来了巨大的灾难，而且给我们民族在精神上造成了极大的创伤。"四人帮"一伙疯狂破坏文化，破坏人世间一切美的东西，把历史上和现实中那些最丑恶最肮脏的东西捧为神圣，加以宣扬，向广大干部和群众灌输，使得一些人，尤其是许多在十年浩劫中长大的青少年，不清楚什么是美，什么是丑，什么是文明，什么是野蛮，什么是高尚，什么是邪恶，甚至根本颠倒了美丑善恶。这给我们的民族在心灵上造成的危害和创伤远远比在经济上造成的损失要更大得多，更深重得多。我们一定要努力改变这种状况。为此，必须首先改善党的领导，搞好党风，同时需要大力普及科学文化，加强共产主义道德教育以及审美教育。正确地指导和积极地开展审美活动，使人们懂得什么样的生活态度，什么样的生活方式，什么样的人与人之间的关系，什么样的行为作风是美的，是应当追求和令人向往的，这对于移风易俗，改变不良的社会风气具有巨大意义。

我们美育的内容要宣传社会主义，批判封建主义和资本主义，美育的形式应是多种多样的，不要把美育搞得太狭窄了。不只音乐、美术，还有语文教学，体育训练，各种艺术品的展览，文学戏剧的欣赏，业余文艺创作都属于美育的范围。文明行为、环境保护和清洁卫生在一定意义和一定范围内也与美育有关或属于美育。应该充分利用书刊、广播、电视、电影、舞台、讲座、展览、旅游等多种形式和手段，开展美育工作。在四化建设中，应该争取把我们的整个社会和生活环境统统变为进行美育的场所。美化全中国，这也是四个现代化的目标。

我们要做好美育的宣传工作，使各级领导特别是教育部门的领导懂得美育的意义。要注意培养从事美育工作的专门人才，有计划地在大、中、小学设立与美育有关的课程。一定要普遍培养学生的文明行为，努力把中小学的美育搞好，这是整个审美教育的最广大的基础。同时也要使学生家长了解和重视美育，做到和学校相互配合。因此，普及美学知识，普及美学研究的正确成果，便是一个重要任务，这样才能使美学研究和人民群众，和广大文艺工作者结合起来。如果美学不普及，人家怎么知道什么是美育呢？艾思奇同志写过一本《大众哲学》，内容并不是怎样高深，但它起到很大的宣传和教育作用。艾思奇把哲学与广大群众结合起来了，美学也要同广大群众结合。如果美学工作者能写一本《大众美学》，那不是很需要吗？要向这方面努力，不过，要避免庸俗化简单化。蔡元培在20年代曾到处奔走，呼吁美育，但是在那个黑暗的旧社会，广泛实施美育是不可能的。今天，时代不同了，我们完全有条件而且有责任在全国逐步地把普及美育的工作做好。

五 学术问题要鼓励自由讨论

我们不能把美学神秘化，也不能把它简单化。对于美学上的一切需要探索的问题，都必须允许并鼓励自由讨论。通过自由讨论，促进认识的发展，推动问题的解决。美是主观的，还是客观的？对艺术美和自然美究竟应该怎样看？共同美、共同人性到底应该怎样估计？真善美是怎样统一的？外国出现了什么新理论，应如何评价？所有这些学术上的问题都可以自由讨论。我们应该鼓励建立不同的学术派别，各学术派别的争论对于繁荣学术、推动美学事业的发展是有好处的。所谓自由讨论，就是说必须允许批评，同时也允许反批评。否则，那还有什么自由讨论？蔡仪同志长期从事美学研究，他有劳绩，有著作，有自己独特的见解。对他的美学观点，人们可以提出不同的看法，他本人也可坚持自己的观点，反驳别人的批评。

百家争鸣，百花齐放，其主要精神就是提倡自由地、平等地、同志式地讨论。可以批评，也可以反批评，凭讲理，不凭权势；在学术、艺术问题上，领导人不要轻易地下结论，以免妨碍自由讨论的发展，这是要特别注意的。

今后我们不再提文艺从属于政治，当然，也不要提美学从属于政治，或者美学为政治服务一类口号。这并不是说文艺或美学问题同政治没有关系，但把这种关系说成只是从属，那就有片面性，就不能正确反映事物的本来关系，势必导致在政治和文艺的关系问题上流于狭隘功利主义和实用主义的偏向。这不但不利于文艺和学术，也不利于政治。所谓不许"打棍子"，当然主要是指打政治棍子。动不动就是"反党"、"反人民"，这种做法是贯彻双百方针的严重障碍，今后一定要加以克服。现在"四人帮"虽已垮台了，贯彻双百方针仍然不会是一帆风顺的，仍然会出现各种各样的阻力，要进行艰苦的斗争。自从1956年提出双百方针之后，经过20多年的实践，经受了考验，我们取得了正面和反面两方面的经验。今后能不能搞好，要靠我们的继续努力，我们还要经受再考验。

在社会主义民主和法制的保证之下，一定要充分发扬学术民主，保证学术讨论的自由。在学术讨论中，我认为你的观点有错误，你认为我的观点有错误，可以充分展开辩论，这是正常的，不叫"打棍子"。如果互相批评，互相辩驳的话也不能说，那还怎么自由讨论呢？现在似乎连这种话也不能讲，讲了就说是打"棍子"。领导人更难讲话，讲的不好，也会有人说你是打"棍子"。其实，这仍然是心有余悸的一种表现。因为过去总是把学术上的争论硬是和政治问题扯到一起，混淆了政治和学术的界限。一涉及政治问题，谁都害怕，这是极"左"路线遗留的恶果。今后我们一定要注意，不可把学术问题随便和政治问题拉到一起。同时要说明，即使是政治问题，也必须准许发表不同意见，承认有批评和反批评的自由，如果连这点权利都没有，那么我们的社会主义民主不就成了一纸空文？所以，只要社会主义的民主自由的权利切实得到保障，害怕打棍子，害怕领导讲话的心理自然会消失，热烈的自由讨论就会开展起来。

在学术讨论中，要摆事实，讲道理，尽量拿出可靠的论据，以理服人。讨论的目的是为了相互启发，相互补充，通过诘难，打开思想。所以我们主张有批评和反批评的自由，决不是提倡相互指责、谩骂、挖苦，更反对随便扣帽子。我们要树立互相尊重，互相切磋的良好风气。领导人讲话，要格外慎重。一般地说，领导人的好处是，党的政策和情况掌握得全面一点，但也有个缺点，就是他们对每门具体学科没有也不可能有很深的研究，所以，领导人对于学术问题的是非，发言要谨慎，不要随便表态。领导的主要责任是宣传和执行党的方针政策。

美学至今仍然是一门十分年轻的学科，许多问题研究得还很不够，要使美学具有真正严格的科学的形态，还需要付出艰苦的努力。对此，我们中国的美学工作者应该有志气，也有责任作出自己应有的贡献。在美学这个天地里是大有可为的！第一次全国美学会议就要召开了，我预祝大会圆满成功，预祝同志们在美学工作中不断取得新的成绩！

（原载上海文艺出版社《美学》1981 年第 3 期）

进一步革新和发展戏曲艺术 *

（节选）

　　戏曲是我国各族人民创造的传统艺术。戏曲遗产之丰富，剧种、剧目之繁多，表演技巧之独特和精湛，都可以说是举世罕见的。

　　在将近 1000 年的漫长岁月里，戏曲艺术在我国的农村和城镇广泛流传。同人民群众保持着十分密切的精神联系，成为人民群众精神生活的重要组成部分。长期以来，占我国人口大多数的农民，他们的文化历史知识，很大部分就是来自土生土长的戏曲艺术。这种情况，至今还在一定程度上延续着。

　　在建设高度的社会主义物质文明的同时，建设高度的社会主义精神文明，这是进入社会主义新时期之后，我国人民努力为之奋斗的崇高目标。我们要实现的现代化是中国式的社会主义的现代化，我们要建设的精神文明也应该是具有中国特点的。这当然不是说我们可以拒绝吸收外国先进的科学文化，而是说我们应当在继承和发扬民族传统文化的同时，也学习、借鉴外国一切有用的东西。在我们所要建设的精神文明中，戏曲艺术占有着无可置疑的重要地位。由于戏曲与广大人民生活的密切联系，我们没有

---

* 本文是作者 1980 年 7 月 27 日在戏曲剧目工作座谈会上的讲话。

理由不重视她的继续流传和发展改革。但戏曲毕竟是从长期封建社会流传下来的艺术，带有鲜明的封建时代的烙印，如何进一步革新和发展戏曲艺术，使之和社会主义新时期的需要相适应，当之无愧地成为社会主义精神文明的组成部分，这就是我国广大戏曲工作者的一项光荣使命。

一 总结戏曲改革的经验

戏曲改革的任务并不是今天才提出来的。早在抗战时期我们在延安上演评剧《逼上梁山》时，毛泽东同志为此写了一封信给杨绍萱、齐燕铭两同志，祝贺此剧开创了旧剧改革的新生面。这封信就是一篇充满革命激情的戏曲改革的宣言书。1948 年解放战争期间，中共华北局刚成立不久，中央所在地转移到了河北平山，当时正处于全国胜利的前夜，我们曾就旧剧改革问题，请示过毛泽东同志和刘少奇同志。发表于 1948 年 11 月 23 日《人民日报》的那篇关于戏曲改革的社论《有计划有步骤地进行旧剧改革工作》，就是主要根据毛泽东同志的意见写的。从此，戏曲改革工作就在党的领导下，逐步在全国范围内开展起来。建国 30 多年来，我们累积的戏曲改革经验是非常丰富的。

几百年来，我国传统戏曲艺术，经历了封建社会、半殖民地半封建社会，受到广大人民的爱护和培养，经过大多是无名的人民艺术家的努力，按照她自身的客观规律，一直在或快或慢地发展着。我们不但有元、明、清以来大量杂剧传奇的优秀遗产；近百年来还出现了程长庚、谭鑫培、梅兰芳、程砚秋、周信芳等杰出的京剧表演艺术家。抗战期间，田汉、欧阳予倩等戏剧家都积极参与了戏曲改革的工作。但是直到新中国成立，戏曲改革的发展还是比较迟缓的，多少带有一种自发的、个别的性质。新中国成立后，这一发展就进入了划时代变革的新阶段。我们自觉地努力运用马克思主义关于批判地继承文化遗产的理论，去改革戏曲艺术，把我们民族悠久的戏曲文化传统和社会主义新时代的精神以及现代戏剧文化成果结合起来，这就促使戏曲艺术的面貌发生了急遽的变化。它的经验带有开拓性和独创性。世界各国很少有这样丰富的改革古老传统戏剧的经验。所以，建国30多年来戏曲改革经验很宝贵，特别值得总结。希望能有这样专门研究中国戏曲改革历史的著作问世，从中找出规律性的东西，用以丰富我们的戏剧理论，指导当前的戏剧工作，这是我们责无旁贷的义务。

建国以来的戏曲改革，无论剧本、音乐、表导演、舞台美术各个方面，都有很多经验。这些经验都应加以搜集、整理、研究，使其条理化、系统化，以指导今后的戏曲改革工作。我今天着重谈的有这样两个问题：第一，如何开展戏曲战线上的思想斗争，既反对保守，又反对粗暴；第二，必须不断提高整个戏曲队伍的科学文化水平，使戏曲真正成为一门有完整体系又是丰富多彩的艺术。

要改革戏曲，就要反对因循守旧、拒绝革新的保守倾向。我国戏曲作为一种民族文化遗产，一种传统艺术，它所反映的时代内容，虽然早已成为历史陈迹，但它却可以在新的社会条件下，仍然保有艺术的魅力。对这种传统戏曲采取广为挖掘、十分重视和细心保护的态度，这是完全必要的，正确的，不能斥之为保守。但是，传统戏曲毕竟是旧时代的产物，不可避免地要包含一些陈旧的、过时的、为新时代所不容的糟粕，需要加以剔除和改革。传统中好的东西，应该保存的，要坚决地保存；坏的东西，应该抛弃的，就要坚决地抛弃。保守倾向，就是犯了"时代错误"的病症。时代前进了，人的思想感情和欣赏趣味都在变化，它却不能适应这种变化。留恋旧事物，宁愿抱残守缺，也不肯有所革新，这就是保守。一部戏曲史，实际上是戏曲不断推陈出新的历史。我们所处的时代，社会面貌变化之剧烈，时代步伐前进之急速，是前所未有的。我们的戏曲如果停滞不前，就势必落后于时代的需要，而为群众所抛弃。

开国以后，我们工作中既有过保守倾向，也有过粗暴倾向。而且一种倾向往往是作为另一种倾向的否定而出现的。如果说保守倾向反映了我国精神文化的停滞和落后状态，迎合了某些干部和观众在艺术欣赏趣味上的习惯势力；那么，粗暴倾向就反映了某些干部和观众对戏曲改革的简单化和急躁情绪。粗暴倾向，发展下去，可以走向文化上的专制主义和虚无主义。30多年戏曲改革的历史告诉我们，要特别注意防止和克服粗暴的现象。在这个问题上，曾经发生过严重的分歧和斗争。

建国之初，就发生了如何正确对待旧剧的问题。这是关系到全国刚刚获得解放的几亿人口文化生活的问题，也是关系到成千上万戏曲艺人就业的问题。显然，任何轻率和粗暴的态度都是对戏曲事业不利的。当时，我们根据毛泽东同志的意见，对剧目的取舍提出了三条标准：即提倡有益的，反对有害的，容许无害的。有益、有害和无害，主要是从思想内容来说的。这三条标准的提出，是为了在有计划、大规模地开展戏曲改革之前，便于对旧社会遗留下来的大量戏曲剧目作出衡量和评价。后来提出的"百花齐放，推陈出新"的方针，是戏曲工作的根本性的方针。但原来提出的三条在当时也是正确的，防止了对旧戏采取简单的"禁止"的方针。采取禁的办法，将造成混乱，肯定是行不通的；正确的方针是采取慎重的、有分析的、区别对待的办法。

建国后不久，周恩来总理签发了政务院关于戏曲改革工作的指示，明确提出"改戏、改人、改制"。改制是因为那时戏班还存在把头，必须进行起码的民主改革；改人，是指艺人的思想改造，提高觉悟；改戏，则是要求清除旧剧舞台上的有害因素，要与艺人一道改，尊重艺人，尊重旧剧方面的专家，在戏曲改革工作中走群众路线。这样的做法，显然是正确的、稳妥的。

1950年，在全国戏曲工作会议上，有人提出"戏曲要百花齐放"，就是要让各种地方戏都得到发展。毛泽东同志非常欣赏"百花齐放"这个提法，认为这是反映了广大群众和艺人的意愿和利益的，就采用了这个口号。1951年毛泽东同志为新创办的中国戏曲研究院题词，就用了"百家齐放，推陈出新"八个字，1956年"百花齐放"又和"百家争鸣"连接起来。这样，"百花齐放，推陈出新"和"百花齐放、百家争鸣"，就成为我们文化工作的长期的根本性的指导方针。戏曲工作也是在这个指导方针之下进行的。因此京剧和地方戏，都得到了前所未有的新的发展。许多经过改革的地方戏，面貌焕然一新，特别给人们以清新、活泼、健康的感觉。戏曲改革工作是很有成绩的。毛泽东同志在和我们的一次谈话中说到，我们中国没有犯过像苏联十月革命后的"无产阶级文化派"那样的错误。他们对待过去文化遗产采取全盘否定的虚无主义的态度，指望依靠少数所谓"无产阶级文化专家"来制造"无产阶级文化"。列宁坚决地反对了这种错误思潮，认为无产阶级文化不能离开当前政治，不能割断历史传统，不能靠少数专家闭门造车来炮制。解放后，我们中国没有犯这种错误，没有对传统文化采取虚无主义态度，这无疑是正确的。

但是，对传统文化采取粗暴态度、反对党的"百花齐放，推陈出新"的正确方针的人也还是有的，江青、康生就是这种人。记得我们曾经和江青有过一场争论。我们说对待文艺，包括戏曲工作不能粗暴。她说"革命就要粗暴，粗暴就是革命"。于是就发生了一场反对粗暴与反"反粗暴"的斗争。后来江青又提出继承文化遗产只是采用其形式，认为内容是根本不能吸收的。这就完全违背了毛泽东同志关于剔除封建性糟粕，吸取民主性精华的原则，势必要引向文化虚无主义。康生在戏曲问题上，本来是一个热心复古的保守派，后来他又和江青一唱一和，并摇身一变而为极"左"派，成为煽动"全面内战"、"打倒一切"的罪魁之一。江青、康生等人粗暴野蛮的毁灭文化的行为，假"文化大革命"之名，猖獗一时，彻底践踏了"百花齐放，推陈出新"的方针，使我们的文艺和戏曲事业陷入了绝境。

江青一方面反对党的戏曲改革方针，推行灭绝文化、灭绝戏曲的文化虚无主义，一方面又抓住"革命现代戏"这面旗帜，大搞所谓"样板戏"，自封为"文化革命的旗手"，这完全是政治野心家的骗术。建国以来，戏曲表现现代生活的问题，一直受到党和广大人民群众的重视，许多剧种都在不断地试验和摸索，地方戏在这方面有着特殊的贡献。在现代戏发展历史上有重要意义的1964年全国京剧革命现代戏的观摩演出，就是在这个基础上由周恩来同志创议举行的。所谓"样板戏"，原来是广大戏曲工作者的创作成果，并非江青的创造，只是被她窃取了去，作为沽名钓誉、篡党夺权的资本罢了。江青窃取了别人的创作成果，又把别人打成"反革命"，《红灯记》导演阿甲同志就曾是这样的一个受害者。我们应该怎样来评价所谓"样板戏"呢？"样板戏"这个名称根本是不科学的，应当废止。艺术应当是最富于独创性的，不可能也不应当有什么"样板"。至于那八个被江青称为"样板戏"的作品，其优劣得失各有不同，其中被程度不同地渗入了"四人帮"的文风，我们应对之加以批判分析，重新进行修改和加工。"四人帮"借总结所谓"样板戏"的创作经验得出的什么"三突出"、"高大全"一类反现实主义的公式主义的创作理论，必须加以彻底批判，肃清其流毒。

提倡京剧演现代革命题材的戏是无可厚非的；但完全不顾京剧的特长和特点，采取强制的办法只准演现代戏那就不对了。提倡戏曲表现我们时代的英雄人物，这也是对的，是我们时代的需要；但是我们的戏曲和其他文艺一样，不应当只着重表现英雄人物，而忽视多种人物性格的塑造，更不能要求表现英雄人物一定要是"完美无缺"的"高大形象"，不允许反映英雄人物身上的任何短处，这是一种反现实主义的公式主义和形式主义，势必导致创作上的公式化和概念化。后来"样板戏"之所以受到大家非议，这是一个很重要的原因，提倡讲求革命现代戏的艺术质量，这也是对的；但这个质量，首先应当是作品的革命现实主义的内容和为群众喜闻乐见的艺术形式，而不是"四人帮"所吹嘘的那种公式主义和形式主义的空洞词藻和表演程式。现代戏要与传统戏竞赛，就得提高它的质量。

总之，无论是古典戏曲，还是现代戏曲中一切有益的东西，都应该慎重地保存下来。旧传统中和新创作中的好东西都要保存，加以发扬光大，这才是实事求是的精神。既反对保守，又反对粗暴，这可以说是30多年来戏曲改革的重要经验。

不断提高整个戏曲队伍的科学文化水平，推动戏曲艺术创作和理论研究的发展，使戏曲真正成为有完整体系、能更好地表现新时代新生活的艺术，这是我们进行戏曲改革工作一贯努力的目标。建国以后，许多新文艺工作者被祖国丰富的传统戏曲艺术所深深吸引，欣然投入戏曲工作的行列，同戏曲艺人合作，共同从事戏曲改革工作，这件事意义十分深远。我们不能仅仅把这看成是戏曲队伍的扩大增添了新的力量，而应当充分估计这种新的力量对整个戏曲队伍所引起的质的变化。

戏曲既然是在旧时代形成和发展起来的，它不可避免地打上了历史的烙印，而同新时代的需要在许多方面不相适应。无论剧目的思想内容和艺术形式，都需要相应地进行改革和创新。但是，广大戏曲艺人在旧社会大多被剥夺了受教育的权利，戏曲队伍总的说来文化水平较低，不可能单独承担起戏曲改革的任务，必须吸引具有现代文化知识和艺术素养的新文艺工作者到戏曲队伍中来与广大艺人合作，才能完成这个任务。这是由我国具体历史条件所决定的。事实证明，新中国成立以后，由于新文艺工作者加入戏曲队伍，同戏曲艺人合作，在短短的几年中，大量戏曲剧目经过甄别、整理和改编，恶劣的舞台形象得以清除，使戏曲的面貌为之一新；此后戏曲的进一步革新、发展、提高，也都是与新文艺工作者和广大艺人的合作分不开的。

一般说来，新文艺工作者有较多思想政治锻炼和一定的文艺理论修养，熟悉话剧、歌剧、电影等等艺术形式，他们的眼光不为传统戏曲所局限，能够向戏曲艺术引进进步的文艺思想、先进的表现技巧和技术，促进戏曲的现代化。编导制度的建立，对剧本创作质量的提高和舞台艺术的丰富、完整，起了重要的作用。虽然解放前某些有识之士也做过这方面的一些试验，但作为戏曲改革的重要内容和成果大量出现，还是在大批新文艺工作者参加戏曲队伍之后。

当然，新文艺工作者也有对传统不熟不懂的问题，他们加入戏曲工作行列，有一个在实践中学习和摸索的过程，更重要的是，有一个向戏曲艺人学习的问题。两者在戏曲改革实践中密切结合，相互取长补短，新文艺工作者向戏曲艺人学习他们丰富的经验和传统技巧，戏曲艺人也向新文艺工作者学习新的文化知识和新的艺术经验，提高文化艺术修养，这就使整个戏曲队伍的科学文化水平得到了提高，促进了戏曲的革新和发展。尽管在合作过程中也曾经发生过某些问题，但整个来说，成功经验是主要的，是应该充分肯定的。

　　与建国初期相比，今天戏曲队伍的状况已发生了很大的变化：在新中国成长起来的或正在成长的中、青年演员，由于接受了正规的现代的文化教育，都具备一定的文化知识和艺术修养，老艺人也在不断的学习中提高了自己的文化水平，缩短了同新文艺工作者之间的差距。那时的所谓新文艺工作者，经过长期的工作和学习，对于戏曲也由不熟不懂变为比较熟、比较懂了。但这不是说，提高整个戏曲队伍的科学文化水平和革新戏曲艺术的任务已经完成了。对于整个戏曲艺术的批判继承、革新创造，是一个长期的过程，因而也是一个长期的任务。这个任务在今后将是更加重要，更加艰巨了。时代在飞速发展，世界文化交流日益频繁，各种姐妹艺术也日新月异，戏曲观众成分的变化和欣赏水平的不断提高，都对戏曲改革提出了更新更高的要求，戏曲队伍的科学文化水平和艺术修养如果不能相应提高，可能与时代的要求脱节，甚至会成为戏曲艺术改革的阻力。十年动乱中，毁灭文化的愚蠢行动，贻误了不止整整一代人，其中也包括戏曲队伍。这个问题必须引起我们足够的注意。我们应当把提高戏曲工作者的科学文化水平和艺术修养，培养新的一代，作为一项战略任务，要为他们创造学习和进修的条件，使他们打开眼界，增长见识，成为有比较全面的文化艺术修养的艺术家。这样，保守的习惯势力就会容易破除，粗暴的倾向也容易得到克服，阻力就会变成动力，革新和发展戏曲艺术的工作，就能加快步伐，顺利进行。戏曲工作者所担负的建设社会主义精神文明的任务就会完成得更好。

二　丰富和革新戏曲剧目

　　剧目问题是戏曲改革的关键问题。建国以来，我们执行了一个正确的戏曲改革政策，但也不时受到"左"和右的干扰，特别是"左"倾错误的干扰。"文化大革命"中，就把戏曲改革的正常过程完全打乱了。多年来，广大戏曲工作者在整理改编传统剧目、创作新编历史戏和现代戏方面，在整个舞台艺术革新方面都作出了很多成绩，这些成绩，曾一度被"四人帮"所全盘否定。粉碎了"四人帮"以后，拨乱反正，这些成绩又重新得到承认和发展；同时也出现了一些新的问题：一个时候，上演剧目混乱，一些坏戏在舞台上出现没有受到应有的抵制和批判，这是应该引起注意的。现在我们的工作着重点已转移到社会主义现代化建设的轨道上来，这是新的形势，没有一个适应新形势的戏曲剧目政策是不行的。在这次会议以后，文化主管部门要根据新的情况，制订出一个戏曲剧目政策来，使戏曲事业沿着正确、健康的方向发展。

我们要丰富和革新戏曲剧目，提高剧目的思想和艺术水平，根本方针仍然是"百花齐放，推陈出新"，对此，不能有任何怀疑和动摇。我们的剧目，一方面要力求丰富多样，有所创新，避免雷同和单调；另一方面又要遵从为人民服务、为社会主义服务的方向，寓教于乐，而不流于混乱。对上演剧目，一定要放宽尺度，不能随便禁演，只要不是政治上反动的，不是宣传淫猥凶杀的，都应当允许上演。要制定适合需要的剧目政策，要有必要的行政措施，更重要的是采取社会方式，靠社会舆论和戏剧评论来解决艺术思想方面的问题，坚持"百花齐放、百家争鸣"的方针。只有这样，才能促进戏曲的繁荣和发展，使我们的戏剧评论，沿着马克思主义的轨道健康发展，戏剧理论的水平得以提高。

戏剧是一种对人类心灵、社会风习道德具有广泛影响的事业。历史上许多伟大的启蒙主义者、伟大的思想家、文学家都是非常重视戏剧这种艺术形式的。剧作家有按照自己的意愿进行创作的自由，但他如果是一个对人民负责的剧作家，他就不能不考虑自己的作品在人民中的影响。剧本不只是给人读的，还要演给人看，所以，剧作家、演员、导演、剧团、剧场和有关文化主管部门都要对人民负责。这里不只是考虑经济问题，考虑能卖多少票的问题。首先要考虑对人民是否有益的问题。戏曲，是娱乐，但又不单纯是娱乐。寓教于乐，古今中外，莫不如此。任何时代，包括封建社会，戏曲也都是"高台教化"，不单纯是娱乐工具。我们要注意文艺作品的社会效果问题。有的同志一听社会效果，以为又要"收"了，这是不对的，不能把社会效果和党的"双百"方针对立起来。"百花齐放，推陈出新"是戏曲工作坚定不移的长远方针，我们要坚信和坚持这个方针，不要听到一点什么风吹草动就担心这个方针要改变，忧虑重重。我们大家都经历了"文化大革命"的考验，我们应当相信现在党中央的领导，相信群众的觉悟和判断力；我们应当更有勇气，而不是更胆怯。

"推陈出新"，推什么陈，出什么新，这是同志们议论较多的问题。我们的文化艺术就整体来说，既然是社会主义的，那么，戏曲艺术的推陈出新，主要就是出社会主义之新。社会主义又是和民主主义、爱国主义不能分开的，所以也是出民主主义、爱国主义之新。凡用这种新的精神艺术地反映现实生活和历史生活，包括用新的观点整理改编的传统剧目，一般地说，都属于社会主义文化的范围。

社会主义文化应当是广阔的，不但包括一切表现我国社会主义新时代的文化艺术作品，一切对我国革命斗争历史和建设经验的理论总结和艺术概括，对我们自己民族文化遗产的整理，而且还包括对全部人类文化优秀成果的研究和借鉴。我国社会主义文化如果脱离了本国当前的现实、历史传统和同世界的联系，把它孤立起来，成为与外界隔绝的东西，那就不成其为社会主义文化了。社会主义文化是从旧文化中发展出来的，推陈出新是辩证的发展。对社会主义文化采取狭隘的宗派的看法是不对的。我们讲时代精神，主要指的就是社会主义精神或者是以社会主义思想为主导的精神。当然，现在舞台上演出的剧目，有不少是产生于封建时代或资本主义时代脍炙人口的中外传统戏剧，这些剧目，可以给现代的观众以艺术上的享受，从思想内容上也能取得借鉴和启发，引起感情上的共鸣。对这些剧目，我们不能简单地一概加以排斥，而应当耐心地加以挑选、甄别和革新、提高，使之成为整个社会主义戏剧文化的不可缺少的组成部分。一个作家只要忠实于人民，忠实于社会主义事业，他的内心浸透着社会主义信念和对人民的情感，他无论是创作新的剧目或改编旧有剧目，都必然或多或少地表现出这种精神。用新的观点整理改编传统剧目，在某种意义上，也是一种创作。既要改编传统剧目，更要创作新的剧目，特别是表现现代革命题材的剧目。现代剧、传统剧、新编历史剧都是人民所需要的，都要发展、提高。提什么"为主"都是不适当的，易于产生流弊，不利于贯彻"双百"方针。文化主管部门要统筹兼顾，确定整个戏曲事业的发展方针。每个剧种、剧团适于演什么，可以有所不同，有所侧重，有所分工。不能否定分工，不能什么都一样。什么是你的优势，就多演什么；要发展优势，扬长避短。但就戏曲事业总的发展趋势和要求来说，我们应当着重强调现代戏。因为戏曲演现代题材的戏是新生事物，所以要提倡，更要扶植。各种地方戏，因更接近民间，形式也比较自由活泼，更易于表现现代生活，应尽量发挥它们在这方面的长处。一种艺术形式，如果只能表现历史生活，不能表现现代生活，那就限制它的发展前途了。一种不能表现现代生活内容的形式，起码是不完善的，没有广大前途的。戏曲要演现代戏，当然也有一定的困难，但是要迎着困难上，要知难而进，不要知难而退。

现代戏的取材要广泛和多样化，当然也要考虑适合戏曲这种表演形式的特点。表现我国社会主义革命和建设，其中包括反映十年动乱中和当前现实生活中的各种社会矛盾的题材，特别是社会主义现代化建设的题材，都可以有所尝试。话剧、歌剧等可以表现这类题材，为什么我们的戏曲不能在这方面急起直追，也显显自己的身手呢？当然，搞现代戏就要搞好。要提高质量，不但要注意思想性，还要讲究戏剧性，讲究文学性，不能粗制滥造。特别是国营剧团，要在艺术上花功夫，写出和演出较高水平的现代戏来。要看到演现代戏并不比演传统戏容易，因此，选材要得当，艺术处理要精益求精。对戏曲来说，无论是编演现代戏或历史剧，都要有相应的生活经验，都要掌握一定的有关资料。特别是写革命历史题材的现代戏，必须忠实于历史。我们的现代革命历史，基本上是以我们的党史、军史为核心的，涉及重要的历史事件和历史人物，必须力求真实，决不可任意臆造和虚构。有同志提出，是否可以不叫历史剧，改叫历史故事剧或历史传奇剧。中外古典历史剧，大都是传奇，因为剧情与写作时间隔离较远，容许带更多传奇的色彩，人们也不会去挑剔和苛求。但写革命历史题材的现代戏，许多当事人都还活着，其中容易夹杂历史纠纷和个人成见，褒贬不当，有所失真，就势必遭到非议，即使改叫传奇，也无补于事。所以特别要慎重。

要重视培养戏曲作家，要为发表戏曲剧本提供更多的园地，要发展戏曲批评，注意培养戏曲评论家。要推广革命现代戏，就要重视那些热心和擅长演革命现代戏的剧种和剧团。例如，上海沪剧团、中国评剧院、河南豫剧院三团、湖南花鼓戏剧团、陕西戏曲剧院、山东吕剧团、浙江省越剧二团、山西省临猗县眉户剧团等，都在演现代戏方面有成绩，受到群众欢迎。要爱护和扶植这类剧种和剧团，给以热情关切和积极帮助，鼓励他们继续编演现代戏的勇气。当然，这并不是说对传统戏就不重视了。传统戏同样重要。在相当长的时间里，有的剧种，例如京剧传统戏还会占相当大的比重。在我国的传统戏曲中，京剧的剧目比较丰富，表现形式和技巧也比较精炼，为许多地方戏所取法，但也流于刻板和程式化，不及地方戏的生动活泼，所以要革新京剧，使之适应社会主义新时期的需要，就要花更多的气力，用更多的功夫。我们决不能像江青那样，把其他剧种统统打倒，让京剧独霸剧坛，那是害了京剧，把它孤立起来，使得它失去竞赛的对手，反而容易枯萎。

无论是现代戏或是传统戏，凡涉及思想、艺术以及演出风格的问题，都需要采取自由竞赛、自由讨论的方法来解决；通过艺术实践、群众检验的方法来解决。既不能采取禁的方法，也不能简单地采取由某一个领导、某一个权威来评断的方法。如何通过互相竞赛和民主讨论来繁荣戏曲创作和开展正确有力的戏曲批评，是我们各级领导的责任之所在，对坏戏，一定要有批评；不批评，那就是自由主义，这是不对的。当然，批评一定要以理服人，不能粗暴。

传统戏曲大都产生于封建时代，那个时代的社会风尚、伦理道德、人们的思想感情和相互之间的关系，都不免带有浓厚的封建主义色彩，这些都是与新社会的要求格格不入的，有消极影响的，我们对这点必须有充分的估计；但是，另一方面，我们又必须看到，封建时代产生的文艺作品，并非都是代表封建主义思想的，其中往往含有不少民主性的反封建的因素。这就是我们通常称之为"民主性的精华"的东西。否则我们整理和改编传统戏曲，就和我们今天在思想战线上批判封建主义思想的任务不相协调了，甚至不能相容了。在这里，我们要作具体的分析。表现封建时代的人物，帝王将相、才子佳人的戏，不都是表现封建主义思想，有的还是反封建主义的。帝王将相有许多是历史上的杰出人物和民族英雄，在他们身上凝聚了治理国家、抵御外来侵略的高度智慧和勇敢，表现了爱国主义精神和一定程度上同人民的联系。关于才子佳人，特别是妇女，在长期封建社会中，她们是最受压迫最受侮辱的；但是在舞台上女将、乔装的女秀才、复仇的女性，却特别引人注目。在封建外衣之下，不正是表现了最强烈的反封建主义的民主精神吗？因此，不分青红皂白地把帝王将相、才子佳人一概赶下舞台是不对的；但是在实现社会主义现代化建设的今天，帝王将相、才子佳人过多地充斥于舞台，也不能认为是正常的、健康的现象。在开国初期，戏曲改革工作中，我们就曾提出要区别神话和迷信，爱情和色情，今天也仍然要注意这些区别。传统历史剧中，尽管大多带有传奇性质，带有民间传说甚至神话的性质，但仍然应注意时代背景，保持历史的真实性，不要把现代人的思想塞进几千年前的古代人的脑子中去，成为主观主义的反历史主义的东西。在评论工作中也存在这类的问题。传统剧目如果不放在一定历史条件下来看问题，许多事情就难以理解。演"打朝"戏，人们就要问皇帝今天是指谁？写农民造反，也要问，今天你造谁的反？我们反对简单的历史类比，以古喻今。"文化大革命"期间曾狠批"清官戏"，说清官是巩固封建地主阶级的统治，比赃官更坏。这就不公平了。我们不能夸大清官的作用，把他当作救世主，但也不能完全否定他的作用，完全否定，那也是广大人民所不能接受的。写历史上国内民族关系的戏，问题就更多，主要是克服大汉族主义的思想，同时也要注意防止狭隘的民族主义的思想。写历史上各民族之间的斗争，要采取历史唯物主义态度，对历史上各民族中的英雄人物，要实事求是地加以描写和称颂。同时，我们要多做些宣传解释工作，用历史唯物主义的理论加以阐明，否则许多戏就都不好演了。另一方面，我们也要看到，无论演什么古代历史的、传奇的、神话的戏，毕竟是演给现代人看的，他们的心理状态和欣赏能力，他们看后有什么反应和联想，会引起什么效果，我们都不能不加以考虑。如果和现代人的思想没有联系，在他们思想上引不起一点波澜，那他们就不会感兴趣了。有些在群众中有争议、有影响的传统剧目，在思想内容上有比较严重的毛病，但剧情和表演艺术却有一定的特色，曾为许多观众熟悉和喜爱，我们可以组织戏剧界的力量重新讨论修改，进行试验演出，这也是"抢救遗产"的一个方面。总之，对于传统剧目，要分别加以整理、提高。我们要鼓励戏曲艺术家的革新精神和创作勇气，不要怕失败，失败了就从头再来。改革有上千年历史传统的我国丰富的戏曲遗产，没有这种精神是不行的。

（原载《文艺研究》1981年第3期）

思想解放和社会主义现代化建设

（1980 年 9 月）

　　今天我讲的题目是：思想解放和社会主义现代化建设。想了五个小题目：第一，关于思想路线的斗争。讲一讲思想路线斗争中我所了解的情形以及我的看法。第二，解放思想，实事求是，总结经验。在这里面讲一讲我个人对于毛主席、毛泽东思想的看法；对于思想文化工作一些问题的看法。第三，物质生产和精神生产。第四，文艺、教育和政治的关系。第五，关于人道主义和异化问题。

一　关于思想路线的斗争

　　三中全会以后，党中央提出了思想路线问题。思想路线，政治路线，组织路线，三者实际上是一个统一体，是互相联系，互相依赖的，而思想路线是主导。我们的政治路线，简单的说法，就是团结全国各族人民，同心同德，建设现代化的、高度民主高度文明的社会主义强国。现在我们还不是强国，还没有摆脱贫穷落后，要建设这么一个强国，首先就要有个思想路线，没有思想路线作指导怎能提出来一个政治路线呢？这个思想路线简单的说法就是实事求是，辩证唯物主义的思想路线。这是三中全会提出的。有了这个思想路线，政治路线才能够有根据。为什么要发展物质生产力？为什么要发展国民经济？为什么要搞民主？为什么要搞法制？为什么要改革？思想路线是灵魂，是指导。再一个是组织路线。有了思想路线，有了政治路线，要有组织路线来保证。所以这三个路线是互相联系，互相依赖，有这样的思想路线才能提得出这样的政治路线；思想路线、政治路线要用组织路线来保证。思想路线是虚的，组织路线是实的。现在党中央提出民主制度的改革，人事制度的改革，干部制度的改革，都是带有关键性的问题，因为如果不解决组织路线问题，思想路线、政治路线还是空的。

思想路线讲起来好像不是太复杂，中央三中全会、四中全会、五中全会一直强调思想路线问题，强调解放思想，实事求是，团结起来向前看的问题。现在回顾一下，思想路线的提出确实经过了一场相当艰巨的斗争，这个斗争还在继续。我们党的历史，从来都贯穿着辩证唯物主义思想路线同主观主义思想路线的斗争。党就是这么发展起来的。怎么会有共产党，没有马克思主义思想，怎么会有辩证唯物主义的思想路线，怎么会有中国革命的胜利呢？去年纪念"五四"运动60周年的时候，我讲了三次思想解放运动。我现在还是这样看法，一次是"五四"运动，这是第一次思想解放，是从几千年以孔子为中心的封建主义思想的统治下解放出来，可以说没有这个解放运动就没有共产党。搞民主，搞科学，批判旧礼教，批判旧的文学，是一个很大的思想解放运动。第二次就是延安整风。延安整风在座的不少同志是参加过的，我也参加过，这是个意义很伟大的运动。延安整风，可以说是恢复了"五四"的革命精神，从以王明为代表的"左"倾教条主义错误中解放出来。这一次解放，对我们革命者来讲，比从几千年的封建思想中解放出来并不见得容易，因为革命者对封建教条不大相信，特别是经过"五四"运动，但是党内"左"倾路线的教条，对我们的同志是很大的束缚。拿我自己来讲，对共产国际是有迷信的，共产国际讲的话，斯大林讲的话，是不怀疑的。在座的年纪大一点的同志都可以回忆得起来，哪一个怀疑呀？毛泽东同志的伟大之处，就是他首先摆脱了这个迷信。在我们党内有一个思想路线问题，是在延安整风运动以后才在党员干部中明确的。我开始不知道党内有什么思想路线，是经过延安整风运动才知道有一个两条路线的问题。我们从参加革命起，都是为了革命不惜赴汤蹈火，那个时候，我们脑子里面只有一个组织上的党性，只有经过延安整风，才知道有思想上的党性，有组织上的党性，有政治上的党性。根本的是思想上的党性，并把思想上的党性摆在第一位。主观主义是党的大敌，民族的大敌，提到这么高的程度，对我是个大的启蒙。我们党内这一正确的思想路线的确立，是同毛泽东同志作为党的领袖这个地位的确立，同毛泽东思想在党内指导地位的确立分不开的，不管他后来犯了多少错误。所以小平同志讲过这样的话：实事求是的思想路线，与其说是确立这个路线，不如说是重申这个路线。因为实事求是是毛主席讲的，作为延安整风一个概括的表现，就是给党校写的题词"实事求是"四个字。现在党校还是"实事求是"这四个字。"实事求是"是思想路线的一种最集中、最概括而且是带有民族形式的表现。我们现在来批评毛主席晚年的错误，也还是用这个路线，还是用这个武器。毛主席提出实事求是的思想路线，可惜在晚年他离开了这个路线，违反了它，走向了反面。当我们批评毛主席的反面的时候，首先不能忘记他的正面，忘记了正面，那就不是科学的态度了，他的正面还是主要的。

对于党中央提出的整个路线，并不见得所有的人都接受了。

关于实践是检验真理的标准的讨论已经三年了。当然，怎么看实践，怎么看真理，作为一个理论问题还可以研究。反对两个"凡是"这是无可怀疑的，但是为什么实践是检验真理的标准提出后遇到那么大的阻力？现在也还有阻力。开始几乎所有省市没有表示态度的，以后都表示了态度，表示拥护真理标准的讨论，拥护实事求是，讲得很好，但是不是真正接受辩证唯物主义思想路线呢？是不是真正从心底里拥护这个路线，为这个路线奋斗？口头上拥护一个东西，这是比较容易的，一遇到具体问题就不行了，一接触到实际政策问题，一接触到干部处理问题，一接触到平反问题，一接触到八字方针的问题，实践是检验真理的标准就检验不下去了。所以我认为关于真理标准的讨论，关于思想路线问题的讨论，还要继续斗争。讲讲容易，实践是难的。真理标准的讨论，思想路线的讨论，势必要归结到组织路线上来。我过去有这个看法：思想路线这一场争论，反对两个"凡是"，是思想斗争，也是政治斗争。它涉及到我们党和国家用什么路线来指导，由执行什么思想路线的人来领导，核心问题就是这个。任何一个理论问题出来的时候都有一个具体的对象，有一个需要。比如随着两个"凡是"的问题，是要不要邓小平同志出来工作，是要不要这些比较注重搞实事求是的、真正执行毛主席实事求是路线的人出来领导。哪里有纯粹的理论问题会引起这么大的反响？要不要搞实事求是？哪个能够反对实事求是呀？最不实事求是的人也不会讲我反对实事求是。所以核心问题是关系到我们党和国家执行什么路线的问题，我们党和国家的命运掌握在执行什么路线的人手里的问题，问题的性质就是这样。所以两个"凡是"就是反对邓小平同志和其他比较实事求是的人出来工作。有人还是要执行林彪、"四人帮"的那个思想路线，因为他们是在那个思想路线上起来的，他们是在那个思想路线下做事的。所以思想路线问题，第一必然要与政治路线联系在一起，第二必然要和一定阶级、阶层、集团的物质利益、实际利益、既得利益相联系。这一场辩论，如果离开政治路线的问题，离开实际利益的问题，就无法理解，它的意义也不能得到正确估计。思想上的争论和分歧，都是不同的阶级、阶层，不同的集团的实际利益的反映。"四人帮"帮派体系尽管不存在一个表面上可以看得见的集团，实际上它成为一种势力。有的同志讲，真理标准问题的讨论，关系到我们党和国家的根本利益，是不是把思想路线问题过分强调了？我说一点都不过分，就是关系我们党和国家的根本利益，关系到我们党和国家的命运掌握在什么人手里的问题。所以批判"两个凡是"的斗争，是一场政治斗争，也是一场思想斗争，并且也是一场思想启蒙。有的人并不代表什么利益，他就是思想僵化了，思想落后于形势，旧的思想成了习惯。所以对这场政治斗争、思想斗争、思想启蒙，要很好地进行分析，充分认识和高度评价它的重大意义。

胡耀邦同志讲，多换思想，少换人。他也讲过，多换思想，少换人，不是不换人。有的同志就理解为不换人了。现在解决组织路线问题，还不是要换人？耀邦同志讲的这个方针我是很赞成的，无论是保证安定团结也好，或者是别的也好，对于人事变动，组织变动，应该采取慎重态度，特别对于犯错误的人，我们再不能采取林彪、"四人帮"那种做法，但是不是不换人。思想路线必然落实到组织路线，必然要涉及到人，涉及到领导制度、人事制度、干部制度的变动。所以对思想路线的意义不能低估。我们强调思想路线要实事求是，要分清路线是非、思想是非、理论是非。现在我们的革命事业取得这样的进展，就是在实事求是这个原则指导下，把颠倒了的路线是非、思想是非、理论是非纠正过来了。我们党要在全国人民中把实事求是的路线贯彻到底，不但要是非分明，而且还要赏罚分明。这次人代会，政协为什么开得好，民主能够发扬呢？就是开始有了一点赏罚。我们的人民代表第一次可以咨询政府机关中的领导人员，过去哪里能咨询？人民代表本来有咨询的权利，监督、弹劾、咨询都应当有，但是过去长期没有使用这种权利，现在开始实行这么一种权利了。可见是非要见之于赏罚才能伸张，不见之于赏罚，这个是非是不能伸张的。

思想路线斗争，主要的应采取思想斗争的方法，不是采取撤职的办法，处分的办法，这是正确的，而且是得人心的。但它是个斗争，而且里面有政治斗争，看不到这一点也是不对的。这是我讲的第一个问题。

二　解放思想，实事求是，总结经验

有一些人把解放思想和实事求是割裂开来，这样解放思想势必走向自由主义、无政府主义，甚至虚无主义。如果认为思想解放可以胡思乱想，可以随便想、随便讲，这是对解放思想的歪曲。解放思想是实事求是，要使得思想符合实际，符合现实的发展，符合历史的发展，这就是解放思想。党中央提出要注意研究新情况、新问题，要总结经验。不但总结当前运动的经验，而且要总结历史经验。这样的思想解放才是正确的思想解放。我这里主要讲两个问题，可能讲的不一定恰当。第一是对毛主席、毛泽东思想的评价要实事求是。再一个是讲一讲我们的思想政治工作问题。因为我过去一直在文化思想部门工作，我们来总结一下很有必要。

第一，对于毛主席和毛泽东思想的评价。

对于毛主席，对于毛泽东思想的评价，这是一个不但关系到中国人民而且关系到世界人民，不但关系我们这一代而且关系世世代代的问题。所以在这个问题上决不能掉以轻心。我这样讲，没有夸张。现在许多外国同志很关心这个问题。保护毛泽东思想的旗帜，不但是中国人民有这个需要，世界人民也感到有这个需要。首先要看到这一点。这不是什么迷信，也不是什么思想不解放。对于这个问题，不应当采取轻率的态度，应当采取郑重的态度。这一点同志们大概都会同意的。

对毛主席，对毛泽东思想的评价必须实事求是，这一条要肯定。我想，也许时间更长一点可能更实事求是一些，因为一个运动要在一个比较长的过程中才能看得更清楚。对于历史的评价，一方面是更近更清楚，但也有另一方面，有一些事情也许更远更清楚。人类的知识、认识总是越来越进步。例如对古代社会，对新石器时代、旧石器时代，对奴隶社会、封建社会的认识，是当时人认识的清楚还是我们认识的更清楚？新石器、旧石器时代的人，他不会认识到他的时代是旧石器时代、新石器时代，而我们却有这个认识。所以对事物的认识，对历史的认识，近有近的好处，当事人都在；远也有远的好处，因为远了可以排除许多个人利害关系，个人感情关系。为什么小平同志总是讲关于历史问题宜粗不宜细？那是有道理的，因为历史问题涉及到利害关系、感情关系，搞得越细麻烦越多。要实事求是地评价当代人物，特别是评价像毛主席这样的伟大人物，应排除个人利害与感情的干扰。广大人民群众，广大干部，特别是老工人、老农民、老干部，他们对毛主席是有感情的，这种感情可能有迷信的成分，但是我认为不能笼统说是迷信。他们根据自己的亲身感受，感觉到毛主席正确，感觉到毛主席给了他好处，这是实实在在的东西。我也主张反对现代迷信，但是我认为人民、干部的这种感情是一种朴素的阶级感情，是革命的感情。这种感情反映了千百万人民的意志，反映了千百万人民的利益，评价毛主席时不能把这种感情认为都是迷信。但另一方面还有一种感情因素，就是这么多的人，也是广大人民群众、广大干部，因为"文化大革命"造成灾难，这个灾难不能说不是毛主席首先要负责的，他们对毛主席有反映，有些反映比较强烈。这两种感情因素都是比较强烈的，要公正地实事求是地评价，必须排除这种感情干扰，真正使脑子清醒、冷静。我们是革命者，不能没有感情。我有一次在中宣部讲，要有感情，一个革命家没有感情，还成什么革命家？但是不能感情用事。一个普通的人，有正义感的人，都有感情，你一点感情都没有，还算什么革命者？所以要有感情，但不能感情用事。我这样看法，不知道对不对？因为在对毛主席的估价，对"文化大革命"的估价上，感情、利益这两个东西跟我们的关系太密切了。有一些人是受害者，有一些人是得利者；有一些人是伤害了他的感情，有一些人是保持原来的感情。所以对毛主席、毛泽东思想的评价要排除感情因素。感情是要的，又要不受感情因素的干扰，保持科学的、冷静的头脑，采取慎重的态度。这样还是不容易哩！

再有一个问题，功过问题，是非问题。毛主席的功过，这个问题中央也讲了话，虽然没有正式的决议。对于一个人的评价无非是功过是非，毛主席肯定是功大于过，功是第一位的，过是第二位的。总而言之，毛主席是我们党和中华人民共和国的主要缔造者。当然还有别的缔造者。但他是主要的。这是他的功。

过是什么呢？这要很好研究，研究他犯错误的原因，他的过属于什么性质。"文化大革命"是一个很大的错误，是一个路线错误。17年中间毛主席工作中也有"左"的错误，这是没有疑问的。总之，对毛主席过的分析要合乎实际才能说服人，不合乎实际是不能说服人的。

有同志提出来，为什么毛主席这么一个伟大人物，哲学思想各方面都很高，会犯错误？为什么伟大人物就不能犯错误呢？只有渺小人物才能犯错误吗？这是不是有一点唯心主义呀？伟大人物犯的错误就大，伟大人物当然也犯小错误，但主要是他要犯大错误，因为他掌握一个国家，掌握一个党，他犯起错误来那是不得了的。我们这些人是比较小的人物，犯错误总是一个局部问题。所以这样提出问题的同志，也是出于对毛主席的感情，不愿意把错误和毛主席连在一起，但是这种想法是不科学的。为什么伟大人物不能犯错误？难道犯错误都要分等级吗？

现在比较困难的需要我们解决的问题是，毛主席为什么会犯这些错误？国庆30周年叶剑英同志的讲话，以及其他中央负责同志的讲话，讲过这个问题，说毛主席对形势的估计不当。这至少应该是一个原因。对当时国内国际反修防修的形势没有恰当的估计，把国内修正主义的危险估计得太高，这是一个原因。特别是中苏关系破裂，苏联国家的变化，他是有要反修防修这个想法的。"文化大革命"以前在中央开会的时候我就听他讲过："如果中央出了修正主义，希望你们云南起义。"他和我谈话的时候，他也讲过这种意见。"文化大革命"以前，我感到文化方面问题很多，我向毛主席汇报，那时他已经提出"帝王将相，才子佳人"问题，他说他在文化方面只抓了一个一个的问题，比如《武训传》、《红楼梦》研究等，没有统盘抓，他有责任。他甚至流露这个意思，就是大搞一下，搞错了，宁可将来纠正。所以不能说他要反修防修是假的，他真的想要反修防修，至于对修是不是认识的正确，特别是对中国这个"修"，或者他心目中所想的"修"的认识是不是正确，那是另外一个问题。但他确实是要反修防修，不让中国变色，这种思想是有的。有的同志不是这样看法，认为他有帝王思想，就是要打倒功臣，搞权术，搞阴谋。这种看法相当普遍。我不同意这种看法，现在还不能赞成这种意见。要看整个的，毛主席这个人是坚决的革命家，他有左，并不能说他不是坚决搞革命的，只是在搞革命的时候特别是在晚年路线错了，思想左了。原因是对形势估计错了。我看这应当算一条原因，但不是惟一的原因。

还有一条，可不可以这样说，他搞民主革命搞成功了，而且这个经验是丰富的，正确的，但是对于搞社会主义革命，搞社会主义工业化，确实比较不熟悉，没有经验。社会主义怎么搞？过去是按照苏联的办法。同苏联关系坏了，看法变了，苏联不能学了，怎么搞？要搞社会主义，主要是搞建设，他没有经验。这一条也是一个原因。

再有一个原因，由于革命成功，毛泽东同志有很大的骄傲情绪，一种猜忌情绪，对共事多年的老同事、老干部猜忌，我看这点起的作用不小。毛主席自己多次讲不要骄傲，几次大的骄傲都使革命遭受到了失败，所以他经常讲。七大、八大都讲要戒骄戒躁，"虚心使人进步，骄傲使人落后"。但是他讲的这些恰恰是自己违反的。如果说我们党的历史上曾经出现过骄傲，那么陈独秀也好，王明也好，谁也没有他这么大的骄傲，那些人谁也没有他这么大的资本骄傲。后来加上林彪、"四人帮"这么一搞，说他不但领导中国革命，还要领导世界革命，是马列主义发展的第三个里程碑。各国的左派党、左派组织说"中国革命的道路就是我们的革命道路"，"毛主席是我们的领袖"，现在亚洲的共产党、欧洲的左派党当时都是这样宣传的。毛主席的左倾路线不仅给中国带来了灾难，给世界革命运动也带来了一些危害。所以骄傲情绪，猜忌情绪，这也是一个思想原因。

还有一点，因为骄傲，只能听奉承的话，不能听不同的意见，因而脱离群众。虽然他也说，"我没有这么蠢，人家喊万岁我就相信"，我就亲耳听到他这么讲过。1957 年张奚若曾经说过"好大喜功"，他没有明说毛主席，实际上是指毛主席。毛主席说"好大喜功"有什么不好？好社会主义之大，喜无产阶级之功。还有你们原来的校长杨献珍同志，在大跃进的时候说，他去河南看了一下，回来说大跃进这一套百分之九十九是浪漫主义，顶多百分之一是现实主义。毛主席听到了，讲了一句话，"百分之九十九呀？现实主义百分之一都没有？"我亲自听到他用怀疑的口吻讲的。我这里讲的是和他接触的时候个人的一些感觉。我这些话都不能算数，还是要等中央若干历史问题决议写出来，作出一个比较全面的、科学的、公正的评价。

不少同志提的比较多的是中国社会长期存在的封建专制主义的影响，认为毛主席就是有封建帝王思想。我也承认他有封建专制主义思想影响。但我不大赞成作这种历史类比，人家说他主要看线装书，这是真的，他看线装书、看历史书。1962 年我到东北，东北的同志告诉我，毛主席说秦始皇算什么？他只坑了四百六十个儒，我们坑了四万六千个儒。我们镇反，不是杀掉了一些反革命知识分子吗？我们超过秦始皇好多倍。他受封建专制主义思想的影响是有的。还有国际共产主义运动，从早期共产国际一直到后来国际共产主义运动发生分裂，不能说对毛主席没有影响。那些影响比封建主义更大一些，至少不会更小。

这里讲对错误要分析。

再说：关于毛泽东思想体系问题。什么是毛泽东思想？有没有毛泽东思想体系？这个问题应当很好地研究一下。

首先，有没有我们现在要当作旗帜，还要坚持、还要继承、发扬的毛泽东思想？现在外国资产阶级都讲"非毛化"，说现在我们执行的政策和毛主席过去提倡的不一样了，好像我们表面上讲拥护毛主席、毛泽东思想，实际上在反毛泽东思想。这当然是不对的。毛泽东思想是个客观存在。毛泽东思想指导中国民主主义革命、社会主义革命取得胜利，这是客观存在，能说这不是客观存在？对于历史现象采取否定的态度，采取虚无主义的态度，采取历史唯心主义的态度，这是最容易的。对于任何一种历史现象，包括毛泽东思想，采取历史唯物主义的分析的态度这是最难的。

毛泽东思想是什么呢？过去一般的讲法，毛泽东思想是马列主义普遍真理同中国革命实际相结合的产物，简单的说法就是马列主义中国化。这是毛主席的功劳。马克思主义早就传到中国来了，但没有与中国的革命实际相结合，所以造成了革命失败、挫折，而毛泽东同志把两者结合起来产生了毛泽东思想。这个说法是可以成立的，是对的，确实是结合了。不管将来用一种什么表述方法，马克思主义和中国革命实际相结合这个说法是对的，这是个事实。至于什么时候结合的最好，什么时候结合的不好，这要分析。结合好就胜利，结合不好就受挫折。总而言之，毛泽东思想可以这样说，是在中国这么一个半殖民地半封建的，具有几千年文化传统的东方大国，进行民主革命和社会主义革命经验的概括、总结。在这么一个东方大国里，民主革命，社会主义革命两大革命，毛主席把这个经验总结了，再没有别人这样好的总结过这个经验。谁也没有毛主席这样高的水平。这能否认吗？还有谁能比他概括的更好？当然中国还有许多革命家，毛泽东思想也是集体智慧的结晶，但首先是结晶为毛泽东思想，以他为代表。在民主革命的时候，他提出三大法宝，统一战线，武装斗争，党的建设。这在马克思主义文库里面确实是新的东西，是增加了马克思主义的财富。统一战线，过去也有，但是在这样一个大国里面和民族资产阶级搞统一战线，并把它提到理论的高度，过去是没有的。我们评价历史人物的时候，只能这么评价，只能看他比前人提供了多少新的东西。毛主席尽管有缺点有错误，但历史上没有一个人提出过的问题，他提出来了；没有一个人总结的比他好，他总结出来了。至于将来有人比他总结的更好，那是另外一个问题。武装斗争，特别是游击战争的战略，不少国家都是学中国，像古巴的格瓦拉都是从中国得到启示，越南也是从中国得到启示。所谓从中国得到启示，还不是从毛主席的著作得到启示吗？党的建设，把思想建党提到第一位，这一套建党的理论中国是很突出的。如果这些东西你不能推翻，那这就是毛泽东思想。

有同志提出来，为什么毛泽东思想不包括错误的东西？毛泽东思想是科学体系，只能包括实践证明是正确的东西。当然实践证明也有一个长的历史过程，可能今天认为是正确的，明天就不正确，那就经不起考验。也可能今天认为是错误的，经过一个更长的历史时期考验证明它还是正确的。总而言之要经过考验。所以毛泽东思想只能包括那些经过实践证明是正确的东西，是科学的东西，是带系统性的东西。这叫毛泽东思想，不是毛泽东同志的任何一个意见都是毛泽东思想。关于什么叫思想，什么叫理论，什么叫体系，黑格尔讲得很好，真理和意见是对立的，他讲得这么肯定，意见不是真理，一个人发表多少意见，哪里有那么多的真理，哪里有那么多体系？毛主席的意见，特别是晚期，他的有些意见，不但不是真理，很多是违反真理的。你不能说不是他的意见，但是要把意见同成体系的、条理化的，而且是经过实践考验了叫做理论的东西区别开来。这样讲当然毛泽东思想的科学体系，就不包括他错误的东西。凡是还没有系统化，还没有经过考验的意见，或者经过考验证明是错误的，不能放在毛泽东思想的科学体系里面去。我觉得黑格尔这话讲得很深刻，意见和真理是两回事。如果认为毛主席的意见都应当放到毛泽东思想里面去，那等于说毛主席讲的话句句是真理。那不是我们反对林彪，结果又走到同林彪一样的结论了吗？对一个伟大人物的思想应该当作一个历史发展过程去看它，在他的思想历史发展过程中，哪些是系统化了，条理化了，而且经过实践证明是正确的，我们把这些东西作为科学体系加以继承，加以发展。任何事物都有一个发展过程。毛泽东思想的发展形成也是一个过程，并且形成了一个科学体系。这个科学体系是有一个发展过程的，不是毛泽东同志一生出来就有毛泽东思想。那样就把毛主席神化了。有一次我去看毛主席，他说他女儿从学校里回来说毛主席小的时候怎么不信神，他说简直是胡说，我小的时候怎么不信神呢，我就信神嘛。这是把毛主席神化了。人，一生出来就是个天才，就是个全知全能，这根本不对，我们如果拿这个观点来要求毛泽东思想，那同样是错误的。毛主席是一个人，是一个具体的人，他是在中国这个半殖民地半封建的国家里面的一个人，在反帝反封建的斗争中成长发展起来的一个人，一个革命家。所以一定要看到这是一个发展的过程。而对这个发展的过程是否可以这样看：一个伟大人物的思想，有它的形成时期、旺盛时期，也有他的衰退时期。既然是一个发展过程，难道只有上升，不下降？只有前进，不后退？思想里面有强的方面，就有弱的方面。打仗，搞游击战争，搞统一战线，是他强的方面；搞社会主义建设是他弱的方面。这才是符合客观实际的。我们讲毛泽东思想的科学体系，是把那些走向反面的东西，那些衰落的东西，那些不正确的东西排除出去。现在毛泽东思想的旗帜不仅关系到中国，而且关系到世界。世界上对于马克思主义、列宁主义，对于毛泽东思想有各种评论，我们应当参与这种评论，我们应当在这个评论中发表我们的观点，既不是肯定一切，也不是否定一切，要实事求是地来评价毛主席和毛泽东思想。

第二，对30年思想政治工作的评价。

我是长期搞文化宣传工作的，我认为文艺工作、宣传工作、文化工作、教育工作在思想政治工作中有着很重要的地位。思想政治工作同经济工作是密切结合的，毛主席历来都是这么讲的，要结合经济工作来做思想政治工作。实际上，过去没有注意这个结合，现在中央注意这个问题了，而且在这方面采取了很多措施。对经济工作，最近中央召开的第一书记会议，讲了很多意见，主要是解决经济方面的问题。在宣传文化、教育工作方面的问题是不是同经济工作方面的问题一样，也要有一个总结。中央关于经济工作方面有了八字方针。八字方针虽包括文化工作，但主要是经济工作。文化宣传工作方面的问题不比经济工作方面的问题少。我想，宣传、文化、教育、文艺这方面工作也能按照中央对经济工作方面采取的一些措施那样，对过去的工作联系起来总结一下。过去，毛主席对这方面的问题抓得比较多。我同毛主席接触40多年了，他在我们党里最注意思想工作、文化工作。在宣传、文化、文艺、教育这方面的工作中，毛主席干预最多。所以这方面取得的成绩，和这方面的问题、缺点、错误，都同毛主席直接的指导分不开。过去少奇同志在这方面，根据我的了解，抓得比较少。周总理抓得很多，但是关于方针性路线性的问题，周总理也是执行毛主席的。如果经济工作的主要问题是"左"的错误，那么思想文化工作恐怕也同样的是这样，甚至某些方面很严重。但我们不应该把责任全部推给毛主席。我们在工作中的缺点、错误，应该由我们自己负责。

我现在着重讲思想文化工作方面"左"的错误（右的错误也有，主要讲"左"的错误）。同志们都是搞宣传工作的，我们共同来回顾一下。

拿我来说，"文化大革命"中，整我整得不算太厉害，但是批的多。批我的修正主义路线，我也承认有过修正主义。但是讲老实话，我这 30 多年或 40 年，甚至 50 年，从 30 年代以来，半个世纪，主要是"左"的错误。右的错误也有，主要是"左"的错误。

在"文化大革命"中，我感到辜负了毛主席。毛主席同宣传文化干部的关系，与我最密切。他对我的教育最大、最多。我跟同志们讲心里话，关了我九年，那时脑子里只有一个感觉：辜负了毛主席。现在我们回过头来看一看，不能不说有些"左"的错误是执行了毛主席的"左"的错误的东西。有些错误是毛主席那里来的，也有许多错误是我们自己的。不能把错误都归于毛主席。过去把一切功劳归于毛主席不对。现在总结"文化大革命"的经验，如果把一切错误归于毛主席，也是不对的。他应该负主要责任，因为他是领袖，是最高领导人。我的基本态度是，共同来总结经验，这些错误、成绩我们有份儿，我们也是做了工作的。过去苏联的那个口号："一切光荣归于斯大林。"是不正确的，我们原来也是"一切光荣归于毛主席"。光荣怎么能归于一个人呢？光荣大家有一份，错误大家也有一份儿。

我想，在思想文化工作里表现为"左"的错误有这么几点：

第一点，30 年来混淆两类矛盾，混淆学术工作、文艺工作同政治的界限。毛主席在《关于正确处理人民内部矛盾的问题》一文里讲得很清楚，要区分两类矛盾，而且这还是他对马克思主义学说的重要发展和贡献。但是他自己就违反了。虽然他说要区分两类矛盾，但是他自己就不区分，自己混淆两类矛盾。他提出了这个问题，是他的功劳，现在看来还是正确的，现在我们还是要区分两类矛盾，并且纠正毛主席混淆了的两类矛盾。在这个问题上，我们也搞错了，并不是我们都清楚的。第一个问题，胡风问题。胡风问题是建国以后第一个大案子，影响很大，这是毛主席亲自领导的，按语写得那么尖锐，向我们提出来一个问题，有暗藏的敌人。但是搞错了，哪有那么多暗藏的敌人？胡风问题大家都关心，现在这个人已经出来了，到了北京。78岁。1955年到现在，20多年了，文艺界有些人对他很同情。现在这个问题中央来抓了，因为这个案子一直是中央、毛主席直接抓的，公安部处理的。公安部写了一个报告给中央。现在中央给他做了结论，说搞错了，他们文艺思想有错误，但不是反革命集团。中央在结论里说，这一错案责任在中央。我们开始把他当作文艺思想问题来批判，后来毛主席批评了我们，说我们书生气十足。那个时候拿我来说，确实感到自己思想水平低，没有看出问题。现在看来是搞错了，这件事我们也有一定的责任。胡风现在有点神经官能征，因为搞了他20多年，又坐牢。在"文化大革命"中又重新把他关起来，神经受了刺激。我是几天前把中央的批语送给他看，问他有什么意见可以提出来，我们可以向中央转达。现在安排他为文化部文学艺术研究院的顾问，将来如何安排再考虑。这是最突出的例子，混淆了两类矛盾。还有反右，右派不只是文化界，但文化界占主要部分，还有很多大学生，这也是混淆了两类矛盾。胡风问题，右派问题，特别是"文化大革命"，混淆两类矛盾登峰造极了，差不多党员、干部都是敌人。那个时候拿我们来说，思想上很痛苦，我们承认工作有错误，但怎么一下子变成了无产阶级的敌人了？说"左"的错误是从1957年开始的还是更早，是否在三大改造运动的时候已经有了？这个问题可以研究，还有不同看法。但是对"文化大革命"，据我所知道的，比较多数人同意这个意见："文化大革命"是"左"的路线。从反胡风到反右，后来那些小的不算了，总而言之主要是"左"，混淆两类矛盾，同时还混淆文艺问题、学术问题同政治问题的界限。混淆两类矛盾常常从这个地方开始，先把文艺问题、学术问题同政治问题混淆了。文艺问题、学术问题同政治问题有个区别，它们需要自由讨论。学术问题自由讨论，"双百方针"也是毛主席提出来的，现在也还是正确的。政治问题当然也需要自由讨论，但是这个自由讨论的领域比文艺问题、学术问题小。特别是公开讨论。现在学术问题要公开讨论，要发扬这个风气不容易，因为它已经有个条件反射，学术问题就是政治问题，一说政治问题就是反革命。现在要打破这个思想顾虑，在党内党外还要做工作。所以要研究一下我们犯的"左"的错误，这是头一条，混淆两类矛盾。

第二点，阶级斗争扩大化。首先在文化思想领域里表现出来，只反资产阶级思想，不反封建主义思想，也不反小资产阶级思想。这算不算"左"倾错误？在思想领域里要坚持阶级分析观点。这对不对呢？我认为这是对的。如果没有阶级分析，那我们就不成为马克思主义者了。所以应该讲阶级分析，应该有阶级观点。当然以政治态度划分阶级是不对的，不妥当的。政治态度不是不重要的，但是阶级只能从经济地位来划分。康生的一个所谓贡献，就是按思想来划分阶级。阶级只能按人们在生产关系中的地位来划分，不同阶级思想上的代表，有时可能同他经济地位没有多少关系。资产阶级的思想代表不一定是资产阶级经济地位出身的人，无产阶级的思想代表也可以是资产阶级出身，思想代表同经济地位还要分析，马克思也讲过：思想代表同他的经济地位有时相差很大。所以强调阶级分析是对的，没有错，错在什么地方？错在把阶级斗争绝对化，扩大化，永久化，普遍化，庸俗化。扩大化到什么都是阶级斗争。永久化到阶级斗争要年年讲，月月讲，天天讲，在整个社会主义时期始终存在，并且越来越激烈。庸俗化到有些东西不是阶级斗争也当作阶级斗争。"文化大革命"讲阶级斗争到了登峰造极的地步。这是对马克思主义阶级观点的最大歪曲。

　　还有在讲阶级斗争的时候，多少年来只反资产阶级思想不反封建思想，不反小资产阶级思想。实际上，我们国家里封建思想和小资产阶级思想是大量的。过去毛主席对小资产阶级思想批判的多，但是后来他提出，不要讲小资产阶级思想，小资产阶级思想就是资产阶级思想。这么一句话，就不批小资产阶级思想了，只提资产阶级思想。封建思想他根本不提。还有封建思想嘛。民主革命在思想方面没有搞彻底。经过林彪、"四人帮"，大量的封建东西泛滥，现在才把这个问题提出来。

　　多年来提出的一些口号，"兴无灭资"、"破资产阶级权威"、"反对走白专道路"等等，当时没有人提出怀疑。比如，"兴无灭资"，我就没有怀疑。实际上稍微推敲一下这个口号很不科学，很不准确。"兴无"可以，灭资的"资"是什么东西呢？指的是资产阶级思想还是资产阶级全部文化科学成果？首先没分清楚。如果指的是灭资产阶级思想，也灭不了，思想能够灭吗？"文化大革命"中讲"全面专政"，就是对思想也要专政，这是根本行不通的。思想怎么能专政？无论什么思想，封建思想也好，资产阶级思想也好，小资产阶级思想也好，怎么能专政？专思想的政除非砍掉你的脑袋，否则就没有办法。你不让他这样想，做得到吗？自己专自己思想的政都专不了。作为资产阶级思想是应该克服的，可以批判，可以反对，可以改造，但是不能灭，因为灭不了。第二，"资"包括资本主义整个的文化，包括它的科学，这些东西你能灭？不能灭。要继承，要吸收。这也是马克思、恩格斯、列宁讲过多次的，毛主席也讲过的。我亲自听毛主席讲过，资产阶级的文化是不能灭的，真正有文化的还是资产阶级。现在我们全世界的所谓文化遗产，当然包括奴隶社会，封建社会的，但主要的是资本主义的文化。所以马克思、恩格斯讲要继承人类的文化科学艺术遗产。还有个交际方式也可以继承一点。他为什么要讲交际方式？我想这是有道理的，首先是语言，语言就是交际的工具。最近强调文明行为，是我们也要继承的。马克思、恩格斯他们对这些好的东西、科学的东西，一切有价值的东西都讲要继承。恩格斯在《论住宅问题》里面讲，要继承人类文化中一切好的东西。讲到科学、文艺、交际方式。他把交际方式看成人类的文明，是应该继承的东西。交际方式除了语言以外，还有风俗习惯，构成一个民族的特性。为什么形成一个民族，无非是语言和风俗习惯等等。所以恩格斯讲要继承一切有用的东西，并且要加以发展。兴无灭资的话，这些都不继承了，还发展什么呢？这个问题很值得我们从理论上搞清。毛主席他过去一向都讲要继承。他亲自同我讲过：我们建国以后，没有犯俄国无产阶级文化派的错误。什么叫无产阶级文化派？就是对过去的文化采取毁灭的态度，这是当时的所谓"马克思主义者"波格丹诺夫这些人的主张。列宁坚决反对，比反对资产阶级还厉害，认为是不能容忍的。还有一个口号，就是1958年提出的"破资产阶级权威"，我当时就有些意见，权威和学术权威是人们所需要的，怎么能够"破"呢？一个人有资产阶级世界观，但是学术特别是自然科学的这个权威怎么能够"破"呢？我记得那个时候还提出这样一个口号，"长无产阶级卫生志气，破资产阶级医学权威"。对资产阶级的医学权威，我们看病还是要请他看，越是权威大家越相信。你要把它破了，那怎么得了？"文化大革命"的时候就是破了，好的大夫都在扫地，打扫厕所，可是病人就要找这些医生看病。破不了嘛。你叫那些小护士来看病，病人不愿意，还是要让医生看。江青看病还不是要找权威？这种口号根本没有意义，是不对的。这是"文化大革命"以前就搞了，那个时候叫做"拔白旗"，拔得好厉害。康生当时还鼓吹一个"经验"，向我都宣传过。他说"拔白旗"好，怎么个拔法？自己出来现身说法。要教授自己讲演，当着许多人说"我是资产阶级"，怎么坏怎么坏。他说这个效果很好。我当时就有点怀疑，这个太难堪了，自我批评可以，但是怎么能这样当着许多人表演，弄虚作假。1960年文科教材会议，我有个讲话，是向中央报告了的，我说我们这个国家需要"专"。现在看来更需要"专"，不是干部也要专业化吗？为什么要把这个"专"同"白"连在一起呢？"白"是个政治概念：反革命，反动。但是把它同"专"连在一起，越专就越是白。对这些口号，现在我们也没有去批判它，但是应该认识到这些口号是不准确的，甚至于是错误的。

"厚今薄古"这个口号最初是陈伯达提出来的。这个口号根本不准确。厚今薄古，马克思算不算古？一百多年了还不算古？你能够薄吗？提倡研究当前那是对的，注意当前的运动，研究当前的问题，这是对的，应该厚。但是古也不能薄。

思想战线方面的问题有一大堆，口号特别多。我现在有点条件反射了，因为我是提过口号的人，有些口号固然有它的作用，但是口号太滥了，确实是个灾难。"文化大革命"中，毛主席讲句话，就敲锣打鼓。林彪讲句话，也敲锣打鼓。林彪讲什么话呢？"大海航行靠舵手，干革命靠毛泽东思想"，这是人家的歌词，作为他的话，报上头条，大肆宣传多么深刻，多么伟大。我当时虽然被关起来，但还能看到报。

这是第二点"左"的表现，就是只反资产阶级，而且是那么一种反法。

第三点，破和立的问题。这个问题，在相当长的时期内，从全国解放以后，就是有点只破不立。现在讲着重点的转移，就是要转移到立，转移到建设上来。20多年来讲破，只破不立。破和立是对立的统一。不破不立是对的，要破。但是破并不等于立，立也不等于破。破什么？立什么？还要研究。现在来看，立，只能立社会主义现代化所需要的东西；破，只能破不利于社会主义现代化的东西，阻碍社会主义现代化的东西。社会主义现代化所需要的东西，像文化怎么能破？所以破等于立这个命题根本是错误的。

第四点，不是始终如一的、认真的贯彻双百方针。为什么现在人家心有余悸呢？我们搞双百方针搞了20多年，人家把你看成是钓鱼。毛选五卷讲了很多，讲双百方针是长久的方针，永远的方针，不能收，只能放。现在我们还是这么宣传。可是人家不相信，他有经验主义，认为"鸣""放"就是钓大鱼。我接触的一些人，不少人还是怕。现在有的人敢讲话了，人代会、政协会都敢讲话了，这个气象非常好。坚决的搞双百方针，并不是说不要批评，不要斗争。要用自由讨论的方法进行批评，进行斗争。要发展我们自己的社会主义的东西，拿那些较好的东西来战胜那些不好的有害的东西。只有走这条道路。除此以外，没有别的办法。简单地讲就是自由竞赛。这种方法虽然比较困难，但是这种方法可以防止我们僵化，可以使我们的科学文艺发展起来。不用这种方法，采取打棍子的方法，那是容易的，因为政权在我们手里。但是这种方法不但在政治上不利，对文化建设、科学发展也是非常不利的。采取这个方法，不但国家的政治民主不能发展，学术也不能发展，这是肯定的。

马克思不是讲两种批判吗？一种批判的武器，一种武器的批判。批判的武器在"文化大革命"的时候也同武器批判差不多，低头认罪、体罚，那怎么叫批判？批判就是允许人讲话，要讲道理。大批判不讲道理，那怎么叫批判呢？不讲道理的东西不能叫批判，批判就是要讲道理。胡耀邦同志也讲过这个话，不讲道理的东西不能叫批判，叫什么都可以。"文化大革命"的大批判，已经不是批判的武器，而是武器的批判。动刀动枪，打派仗，全面内战。大批判的结果是全面内战，这是清清楚楚的。

第五点，忽视文化艺术工作、思想工作本身的规律，忽视知识分子的特点和作用。现在这个问题还没有解决。

文化艺术工作有本身的规律，它是一种精神劳动，它有它特有的规律。我们过去忽视这个规律，不去研究这个规律。学校有学校的规律，文艺有文艺的规律，党校有党校的规律，教育有教育的规律。我们的事业，文化事业、宣传事业、教育事业是党领导的，要领导它不掌握它的规律，怎么领导？为什么小平同志在文代会上讲不要横加干涉，下面的鼓掌最热烈？可见大家深受横加干涉之苦。在座的都是领导干部，你们要想一想被干涉者是什么滋味？我们都是负责人，或是局长，或是厅长，要想一想横加干涉造成被干涉的人的苦。他不好反对你。"四人帮"的时候，大家还可以偷偷的反对，现在的领导不少都是受"四人帮"迫害的，人家怎么好反对呢？

主要的是这么五点，是属于"左"的性质的错误。右的错误也有，但是主要的是"左"的错误。这种"左"的错误对我们的事业，对我们整个国家的政治生活带来了很大的损害。现在我们要纠正这些东西。有一部分是对林彪、"四人帮"进行批判，那是对敌人。还有一部分是对自己的，批判我们自己的错误，采取总结经验的方式。所谓路线错误，"左"倾右倾，每次都可以有不同的具体内容，用简单的话来说，"左"倾是超过了这个运动的可能性，超过了现实的发展，走到前面去了；右倾是运动已经向前发展了，他还落在后面，落后于运动的发展。所以"左"倾一般的就是求快，急于求成，急躁，不是一件事情上面的急躁，是国家前进的路线上面有急躁。列宁在胜利以后经常讲：在文化工作中间，急躁是粗暴。急躁粗暴可以说是我们在文化思想工作上的一个主要特征。大概在 1956 年，江青出来在文化方面开刀的时候，她与我有一场争辩。因为我们写了一个东西，反对粗暴，要搞双百方针。她跟我争，争论得相当激烈，她问为什么要反对粗暴？粗暴就是革命。她就是要为粗暴辩护，所以后来她施行这条路线，就是搞粗暴。她利用毛主席"左"的思想搞粗暴。其结果非失败不可。到后来把所有的地方戏都禁止了，只准搞京戏，只准搞样板戏，一板一眼都不能违背，这能够不失败吗？所以对粗暴，你们不要轻视，尤其是现在管宣传的管组织的。粗暴可以发展成为路线问题。

三 物质生产和精神生产

人类没有生产，一天都活不下去。首先是物质生产；其次，是在物质生产基础上面的精神生产。物质生产同精神生产这两个东西是不能够分开的。特别是现在，以电子技术为中心的科学技术的革命，这是新的工业革命。科学技术对于人类的生产力确实引起了一个很大的革命。物质生产不能离开精神生产。在生产过程当中，脑力劳动同体力劳动的结合越来越密切了。我们讲精神生产和物质生产，主要是指它的产品而言。恩格斯也讲两种生产。他是讲人本身的生产和物质资料生产。而我们讲的是除物质资料的产品以外还生产精神产品。这两种生产以生产物质产品的物质生产为基础。因为人总要吃饭，要穿衣。衣、食、住都是物质资料。这种物质资料里也可以分成生产资料和生活资料，这个是基础。在这个基础上面进行精神生产，生产精神产品。在《资本论》里有一章是专门讲精神生产同物质生产的。随着人类的发展、进化，这两种生产都越来越进步，越来越不可分。我们这些管精神生产的人，应该懂得物质产品的生产，因为这是基础。现在中央提出来要大家研究经济科学，这是很对的。

物质生产和精神生产是人类特有的，区别于动物的一种活动。动物不会生产，人会生产。生产，无论是物质生产也好，精神生产也好，都是一种自觉的、有意识的、有目的的、有计划的活动。马克思讲过一个比方，蜜蜂同蜘蛛的劳动的技巧，是人类比不上的。可是人同蜘蛛、同蜜蜂不同之点在于他的生产是有计划的，有目的的，他在生产之前，脑子里已经有一个蓝图，有一个设计了。既然是有目的的，有意识的，所以他就必须是按照需要生产，他不需要的东西他不会生产。他首先要吃饭。最早的人就是采集，他也不会耕作，也不会搞农业，也不会搞畜牧业。后来慢慢的他就发展了畜牧业、农业，以后工业、商业都来了。最早的工业就是手工业。所以，生产都是有目的的一种行动。去年报刊上讨论生产的目的，虽然我没有研究过经济问题，但是，我对于这个讨论很感兴趣。我觉得要讨论生产目的确实很重要。我认为不但是物质生产的目的要讨论，精神生产的目的也要讨论。去年看到报上关于生产目的的讨论，反映相当强烈，我感到这个讨论是有意义的。总而言之，要按社会需要生产。所谓社会需要，有积累的问题，消费的问题等等，是很复杂的。但是，不管怎么样复杂，总是按需要生产，使生产适合社会需要。这里包括着市场的需要、国家的需要、消费的需要、积累的需要。这个问题我觉得值得我们大家来研究一下。真正是按照需要生产，这就是唯物主义，不是主观主义。我对这个问题没有研究，发言权很小很小。但是我在社会科学院研究生院讲了这个意思。后来到上海，我又讲了一下这个意思。关于生产目的，我的主张不但是物质生产有这个问题，精神生产也有这个问题。不但是物质生产的目的有时候没有搞清楚，精神生产的目的同样没有搞清楚。我是搞精神生产的，人家问我什么目的，我也讲不清楚了。所以我说这个讨论对我有一个启发，就是要注意生产目的，不管是长远的需要也好，当前的需要也好，凡是不适合需要的生产都是浪费的、无效的；适合需要的生产就是有效的、有益的。物质生产和精神生产，这两种生产都是按照需要来进行的，这是共同的。文艺也有一个需要的问题，比方演戏，不按照需要那是不行的。怎样来看这个需要？演坏戏对某些人来说也是一种需要，但那是不正确的，还有正确的需要，更多的人需要得到健康的娱乐，你能不能够满足这个正当的需要？所以，这两种生产都要按照需要生产。

物质生产是基础。精神生产是在物质生产基础上的。高度的精神文明，需要有一个高度的物质文明作基础。

另外也必须看到，精神生产除了要有物质生产为条件外，精神生产同物质生产并不总是平衡的。就是说，在物质生产很差的时候，也可以有很高的精神生产。我们搞精神生产的人不要借口物质生产条件不行，精神生产就只能落后。相反的，应该有这样一种看法，即使在物质生产很低的条件下，也可以生产出很好的精神产品。历史上经常出现这种不平衡现象，好多大作家、大思想家、大艺术家都是在物质生产很低、社会政治制度很落后，甚至政治很反动的条件下面产生的。如果说物质条件不好，就不能生产出很高的精神产品，那你怎么解释这种现象呢？鲁迅那个时代物质生产高吗？政治很反动。所以政治、经济条件并不能直接地决定精神生产，可以在物质条件、政治条件很差的情况下产生很高的精神产品。这也不是我讲的话，这是马克思早就讲过的话。在希腊，就是在经济基础很低的条件下产生了希腊文明。后来，物质文明比当时的希腊不知道要高多少倍，可是没有产生那样大的思想家，没有产生那样大那样多的史诗、悲剧、喜剧，所以我们要研究一下这个问题。

这两种生产的关系：第一是要以物质生产为前提，第二物质生产和精神生产也不是平衡的。在物质生产条件不好的情况下面也可以有很高的精神产品。这两种关系是不是可以这样看？但是不管怎么样，它们的共同点都是要按照需要，适合需要的，才能够发展。不适应需要的就要被淘汰。马克思讲，哲学在一个国家实现的程度，决定于这个国家对它的需要的程度。这个国家需要这个东西，它就实现了，不需要它就实现不了，这是唯物主义。马克思主义在中国得到发展就是因为中国需要它。马克思主义的哲学也好，科学社会主义也好，如果不适应这个需要，它就不能够存在。我们搞思想、文化工作的人就是要时时刻刻去研究这个需要。好像搞经济工作的要研究国家的需要、市场的需要一样。如果你不研究这个需要，那是不行的。人们的需要是变化的，不是永久只有这一种需要。随着社会的发展，随着生产方式的发展，需要也是要变化的。现在我们经济工作注意这个问题了。文化工作是不是也有这个问题？宣传工作有没有这个问题？现在我们的政治教员讲课，学生不喜欢听，你讲的不适合他的需要。当前许多新的问题你回答不了，当然他就不需要了。所以我觉得我们搞思想工作的人应把这个问题很好的研究一下。这两种生产的共同点都是要适合社会需要，适合绝大多数人的需要，而不是适合少数人的需要。不但是适合当前的需要，而且适合长远的需要。

物质生产和精神生产的共同点都是适合社会的需要。那么，精神生产、精神产品到底同物质生产、物质产品有什么区别？精神生产到底有什么特点？我认为有以下几个特点：

第一个特点，物质生产和精神生产都是创造性的劳动。比较起来，精神产品是具有高度创造性劳动的产品。物质产品也有创造性，不能说它没有创造性。比如说现在强调名牌产品，这个名牌产品它总是表现了更多的创造性吧。尽管如此，它生产出来的东西也都是重复的。比如这个杯子，开始第一批生产时，也许有点创造性，但是当你在做第二批杯子时，它就不表现多少创造性。而精神产品就不同了，它不能重复原来的样子，它特别要有创造性，要有独创性，而且每一次都不同。当然，文艺开始也要模仿，它不模仿不行。但是它真正成为一个艺术品，成为一个有价值的艺术，它一定是要有独创的。不但要讲前人没有讲过的、写前人没有写过的，也是他自己以前没有讲过的、写过的。他老是唱一个歌，人家就不欢迎了。如果损害这种创造性、独创性，如果束缚这种创造性、独创性，科学、艺术就不能发展起来。要保护这种独创性，这就是精神产品的头一个特点。也许这个独创性、创造性可能有错误的东西，可能有失败的东西，但总是要鼓励他。你不鼓励他，不保护他，那么未来的好的东西就出不来了。你保护了他，鼓励了他，也许将来会出现好的东西。这种精神生产与思想解放关系太大了，思想不解放，我们好的东西不容易出来。出一点错的东西，也不要紧，错了再纠正嘛！在保护独创性的同时，还要多作引导工作。我觉得我们做思想工作的，这一点应该特别注意。要保护这个独创性，要保护实验，要允许失败。

第二个特点，它同政治的关系非常密切。精神产品是一种上层建筑，有些具有意识形态性质。危险也是出在这种产品上。这种意识形态同政治的关系非常密切。我们要掌握好这种精神生产，就要掌握好它同政治的关系。我们的文艺、社会科学不可能脱离政治，非政治化的倾向是我们所反对的。过去反对，现在仍然反对。但是这两者的关系到底应该怎么样，我们现在还没有完全解决。究竟文艺同政治的关系怎样搞？要搞好精神产品，不把这个问题解决好，那是不行的。

第三个特点，物质产品和精神产品都要强调质量。对于精神产品来说更是质量第一，因为它是高度创造性的，又是同政治有密切关系的，所以首先要强调质量。要掌握精神产品的质量，不单单是政治思想要正确，而且还有艺术的价值，学术的价值要站得住。过去我们只注意政治思想正确，还有一个艺术形式，学术水平。如果学术水平、艺术水平不能提高，那我们的文化工作怎么提高呢？

第四个特点，任何产品都要经过社会的考验。物质产品要看销路。精神产品也有销路的问题。更重要的就是精神产品是要经受人民的历史的考验。物质产品也要经过历史考验。但是这个考验的时间没有那么长。精神产品和物质产品不一样，它好不好，要历史来考验。有很多东西你说它不好，但是经过历史的考验，证明它是好的。精神产品的好坏不是一下子能够考验出来的。所以，我们这些作领导工作的人，眼光要远气度要大一点。不要急于下结论，说这个作品坏，那个作品好，这个文章好，那文章坏。在这个问题上要采取一点虚心的态度，要有一点群众观点，也要有点历史观点。可能你认为它不好，而将来会证明它是好的；你认为它现在是很好，将来可能证明它是不好的。我们搞精神产品，比较起来比管物质产品要复杂一点。我们的国家要有高度文明、高度民主。什么叫文明？高度文明的重要内容就是要有高水平的精神产品。这种精神产品有潜移默化人民思想的作用。这种产品究竟能够产生的快，还是产生的慢，决定于我们这些管宣传、管文化的领导同志。管得好，这种产品就产生的快一点，多一点，产品的质量就更高。如果我们管理得不好，产品还是会有的，但是质量不高，或者质量很坏，甚至也可能有反动的。不能说我们社会主义国家就不会产生反动的、唯心主义的文章。

上面我简单地讲了精神生产同物质生产的关系，有兴趣的同志可以来研究一下这个问题。

四　文艺、教育和政治的关系

这个问题是文艺界比较注意的，现在也还是有各种不同的意见。我们一向的看法是文艺服从政治，我过去也是这么讲的。文艺从属于政治，这是根据毛主席的话讲的。毛主席讲过，一定的文艺从属于一定的政治。错了没有？现在要回答这个问题。

我看也不能说错。到底文艺要不要为政治服务？要不要从属于政治？要判断这个问题，也要有历史的观点。在历史上，我们从来都是讲文艺、教育为无产阶级政治服务。30年代，我们还没有教育，还没有政权，可是有文艺了。那时我们就讲文艺服从于政治。革命文学的论战就是要文艺服从政治。所谓革命文艺，实际上就是政治性的文艺，除政治性的文艺，还有什么革命文艺呢？所以文艺同政治的关系从来都是很密切的。文艺本身就是政治斗争的一种手段。我们这些人过去都是宣传这个观点的。这个错了没有？我看不能说错。那个时候文艺战线上的论战，最突出的一个问题就是文艺要不要为政治服务？要不要作革命的宣传武器？30年代那个时候"第三种人"、"自由人"，他们反对的也主要是这个问题，他们主张文艺不要同政治挂钩。我们说文艺一定要同政治挂钩。那么究竟是他们对，还是我们对？现在有的同志似乎有这么一种观点，好像他们是对的了，因为他们最早就反对文艺要同政治挂钩。文艺不同政治挂钩，那你还能够打倒国民党，还能够打倒蒋介石呀？还能够打倒日本帝国主义呀？那个时候，有个叫胡秋原的，现在在台湾，他就反对文艺要同政治挂钩，在文艺上要反对干涉主义。现在我们也讲，对文艺不要横加干涉。是不是说原来反对政治干涉文艺的人就对了呢？30年代胡秋原那些人反对政治干涉文艺，不是讲国民党不要干涉文艺，而是讲我们共产党（地下共产党）不要干涉文艺，就是这么一个问题。他们写的文章反对文学上的干涉主义，矛头不是对着国民党，矛头是对着共产党的。我现在还记得，那时胡秋原还引了一句英文：Hands off art 你不要管文艺。苏汶写的文章就是反对文学上的干涉主义，把矛头对准我们，对准共产党。那时共产党是受压迫的，我们在那种条件底下反对国民党、反对蒋介石。到底谁对谁不对？当然是我们对。不管那时我们怎么幼稚，我们起来反对国民党，反对日本侵略者，我们要拿起文学这个武器反对日本帝国主义、反对国民党反动派。当然，现在回顾起来也有缺点，我们对文艺和政治的关系讲得简单化了，还有一点是不讲策略，应该争取他们，分化他们。我看至少有这两个缺点。比较起来，鲁迅对他们的论战就比较策略了，而我们这些人则反而是比较粗暴，不讲策略。然而不能说苏汶后来做了汉奸，胡秋原现在还在台湾，是国民党的立法委员，要由我们负责。这不是我们的责任，而是他们自己造成的。

文艺与政治的关系，文艺为政治服务问题，现在有些文章没有从过去这个历史背景上来讲。抗战以后我们到了解放区，一直到后来都是强调文艺为政治服务。抗日战争、解放战争中产生的许多作品都是在这个思想的指导下面创作的。这个问题要从历史上讲，离开当时的历史是讲不清楚的。在讨论四次文代会报告时，有的同志不赞成文艺为政治服务这个提法，说马克思、恩格斯、列宁都没有提过文艺要为政治服务。马克思、恩格斯、列宁强调文艺和政治是不能脱离的，指出非政治的倾向、脱离政治的倾向是错误的。这个话他们讲过。但他们确实没有讲过文艺要从属于政治。从属于无产阶级政治，是毛主席讲的。不能说他们没讲过毛主席就不能讲，或者说毛主席讲了就是离开了马克思主义。但是，现在看起来，经过这么 30 多年或者再长一点 40 多年来看，毛主席所表述的文艺要从属于政治这么一种说法可能不是很完备的。在讨论四次文代会报告的时候，首先是乔木同志提出来的。这个问题是可以讨论的，不是不能讨论的。现在文艺界有些同志有不同的看法，说文艺为什么不从属于政治呀？四个现代化是最大的政治，都要服从，还不是从属于？我想这个问题大家可以讨论。现在提为人民服务、为社会主义服务。社会主义包括社会主义政治，也包括社会主义经济、社会主义文化。是比单提一个为政治服务要好。为人民服务，首先为工农兵服务，因为工农兵是主力。大家对于这个提法都能够接受。至于文艺同政治的关系如何，对于文艺为政治服务这个提法，则有不同的看法。因为这个问题牵涉比较广泛。主要有以下几条：

第一点，毛主席讲过文艺是社会生活的反映。历来的马克思主义者、民主主义者、伟大的文学家、艺术家大概都承认这一点。毛主席讲革命文艺是人民的生活在革命作家头脑中的反映，我看这一条是推翻不了的。不管是现实主义也好，浪漫主义也好，都是社会生活的反映。马克思有个公式，人类的社会意识、社会生活，归根到底是由经济基础决定的。但是经济又不是惟一的因素，只是一个决定的因素。马克思、恩格斯他们是讲经济基础制约人的整个社会生活、政治生活和精神生活。这是马克思有名的公式。基础是经济，生活不只是政治生活，他讲了社会生活、政治生活、精神生活。所以，讲文艺为政治服务，或从属于政治，就容易把生活看成只有一个政治，把社会生活、精神生活排除掉。而社会生活、精神生活对于文艺来说恰恰是重要的。当然政治也重要，但是政治不能概括整个人类的生活，不能概括整个社会生活。文艺的本质是生活的反映。文艺还有一个特点，就是通过形象，形象也是生活中来的。

第二点，文艺为政治服务如果理解得狭隘了，容易导致了这么一种结果，就是只讲政治思想内容，不讲艺术形式。而文艺还有一个艺术形式。没有艺术形式就等于是没有文艺。艺术形式有相对的独立性。过去强调了为政治服务，曾经导致为政治思想内容而忽略了艺术形式的重要，影响了我们这么多年来艺术的质量不能提高。事物总是既有内容，也有形式的。恩格斯晚年的时候，对于经济同上层建筑的关系作了一个自我批评。那个时候马克思已经死了，恩格斯说他们那个时候强调经济基础的作用当然是对的，但是，由于过分强调经济基础的作用，而忽视了上层建筑的反作用。经济基础和上层建筑是互相影响的。文艺、政治都是上层建筑，也是相互影响的。经济基础虽然能够起决定作用，但是也不是惟一的决定因素。恩格斯说，我们为强调内容而忽视了形式。他讲的形式不是我刚才讲的这个文艺形式。他是讲的整个上层建筑的形式。这个话对我们还是很有启发的。唯心主义者，资产阶级的文艺家，他只讲这个形式，把这个形式夸大成惟一的。当然是我们不赞成的。艺术形式有它相对的独立性，过去的唯心史观把相对的独立性变成绝对的独立性。好像文艺同经济、同政治没有关系。他们对待文艺发展的历史，也只看到它的形式的变化。比方：从诗经楚辞发展为汉赋，以至唐诗，宋词，元曲等等。文艺形式确有它自己发展的历史。但是唯心主义者把文艺发展的历史当作是一个绝对独立的历史，这当然是错误的。我们应该看到文艺形式是有它的相对独立性。我们这么多年来对文艺形式的重要，长期没有很好的注意研究，这就影响到我们文艺的发展。

第三点，政治是什么？政治大体上可以分两方面。一个是政权机构——政党，这是上层建筑里面实的部分。虚的部分是政治思想、政治态度、政治观点。讲文艺服从政治，当然要服从那个实的，虚的怎么服从呢？只能服从那个实的，实的就是政党领导。文艺服从政治就是服从党的领导。这个问题，我还可以讲一件我经历的事情。我在延安的时候写了一篇评王实味的文章，文章中说文艺服从政治主要是服从政治倾向、政治思想。主席专门同我谈这篇文章。当时他说，文艺服从政治，只是服从政治思想，不服从人啊？服从政治，也要服从人。我当时觉得主席讲得对。你说服从政治，政治总有一个具体的东西嘛。政治思想、政治倾向那是抽象的。所以他说服从政治也是服从人。后来我的文章里加上了这个意思。这个事情对我的印象很深。

这个问题现在也还是存在。文艺工作者应该尊重党委书记、宣传部长、文化部长、文化局长，尊重他们的意见。但是不能简单地讲要服从。如果是组织作出决定那当然要服从，那是组织原则。作为思想来说，不能简单地讲服从政治就是服从哪一个人。"文艺从属于政治"的提法在组织上面也确实有这种毛病。所以，小平同志在文代会上讲不要对文艺创作横加干涉，下面就鼓掌。

文艺服从政治这个口号，我认为从以上三个方面来说，现在不提为好，也不要去批评它，可以总结这方面的经验。因为这个问题是个带关键性的问题。文艺同政治的关系处理得好不好，确实是关系到我们这个文艺事业发展的前途。

关于"教育为无产阶级政治服务，教育与生产劳动相结合"这个口号，蒋南翔同志曾打了一个电话给我，问我有什么意见。这个口号已经家喻户晓了。过去提这个口号也不能说错了。我个人的意见，觉得不再提这个口号为好。过去也提过另外一个口号，那也是毛主席提出来的，就是要"培养有社会主义觉悟的，有文化的劳动者，要培养德、智、体全面发展的劳动者"。这样的口号是不是更好一些？因为只讲教育为无产阶级政治服务，我觉得这种口号不能够代表教育的特点。这个口号只讲了一个共性，没有讲特性。那么教育的特性是什么？照我看，教育总归还是要发展人的智力。用马克思的话来说，就是培养全面发展的人才。所以办教育是一个人才的投资。现在外国人也好，甚至许多社会主义国家都承认这个道理。现在，这个问题对我们来说还是个很大的现实的问题。

五　人道主义和异化问题

现在的苏联，资本主义国家大体上都是讲人道主义的。我们中国也有许多人，包括许多年轻的作家都是讲人道主义，讲人性的。在这个问题上，我们要采取科学的态度。过去我们对人道主义的批判有错误的地方。对待这个问题，要有历史唯物主义的态度。为什么我们批人道主义呢？因为那时候苏联，还有一些西方的资产阶级学者，他们有一种理论，把人道主义说成是共产主义，把人道主义说成是共产主义的一个最高发展。他们这种说法是违背历史唯物主义的。人道主义在历史上起过重要的作用，这是毫无疑问的。从文艺复兴以来，18世纪的启蒙主义，都是讲人道主义。一直到现在，这个作用还应该充分地估计。我们过去对这个作用没有充分地估计，当然也不是说完全没有估计，是估计得不够。只是强调要批判人性论。人道主义的思想基础就是人性论。这个问题今天我不能详细讲了。我很希望同志们来研究一下，是很值得研究的。人道主义，在今天世界上还是一个强大的思潮，我们过去对于这一点估计得不够，对人道主义在历史上所起的伟大作用估计不够，研究得不够。

还有，对于人道主义在今天还能够起的作用，就是革命人道主义或者无产阶级人道主义的作用也估计得不够。我认为批判以资产阶级唯心主义的人性论为基础的人道主义，批判同马克思主义等同起来的人道主义，还是必要的。但是对马克思主义的革命的人道主义，无产阶级的人道主义在今天的作用没有足够的估计。这是我们的缺点、错误，把人道主义都送给资产阶级了，都算作修正主义了，这个问题还可以研究。

60 年代初期我批了人道主义，得到过毛主席的称赞。现在我认为对于人道主义应采取历史唯物主义的态度。过去的错误就是历史唯物主义的态度不够。说我们都搞错了，向人道主义赔礼道歉，我也不赞成。那也不是历史唯物主义的态度。所以，这个人道主义的问题，又是像 30 年代文艺同政治的关系一样。30 年代梁实秋不是讲人性论吗？鲁迅是批判梁实秋的。他揭露了梁实秋的所谓"全人类""超阶级"的文学理论，其实是"以资产为文明的祖宗，指穷人为劣败的渣滓"的资本家的武器。鲁迅认为，人在阶级社会里，断不能免掉所属的阶级性，但只是"都带阶级性，而非只有阶级性"。

在延安的时候毛主席反对超阶级的人性论，也指出阶级社会里面只有带有阶级性的人性，这个现在还是站得住。有的同志主张在阶级社会里面人性就是阶级性，这种论点看起来似乎很革命，但却是错误的。主席的说法比较好，在阶级社会里只有带阶级性的人性，而不能说在阶级社会里人性就是阶级性。这两者是有区别的，这区别是很重要的。在延安讨论个性和党性时，有的同志说在我们革命队伍里，个性就是党性，当时主席也不赞成。主席讲了两种个性，一种叫创造性的个性，一种叫破坏性的个性。我们要赞成创造性的个性，建设性的个性；要反对那个破坏性的个性。我现在还认为主席的这种说法比较科学。关于人性问题，关于个性问题，主席的这些讲话，我认为还是正确的。

下面讲异化问题。

为什么要讲一个异化问题呢？1963 年我在哲学社会科学学部扩大会议上的讲话中提出异化问题。当时西方国家都大讲异化。异化这个问题，同人道主义有点联系。西方研究异化的著作不少，他们认为一个人的人性本来是好的，让他自由发展就很好。但是人后来异化了，违反他的本性了，违反他的本性就是异化。克服异化就是人性复归。他们说青年时代的马克思是讲人性的，后来搞无产阶级专政了。在欧洲有一些资产阶级学者就是不承认列宁，不承认晚期的马克思，只承认年轻时候的马克思。因为那个时候马克思是讲人道主义的，讲人性的。我没有很好地研究异化问题。现在我讲讲为什么有这个异化的理论。

所谓异化问题，用简单的话来说，就是一个人的活动、实践的产物，成为一种同自己作对的力量。人不是有活动、实践吗？比如我劳动做了一个杯子出来，这种活动的产物就成为异化的力量，成为一种同自己作对的力量。异化同事物向反面转化还不一样。人的活动的产物变成了统治自己的东西，这就是异化。简单的说就是这么一个道理。

异化这个概念最早是黑格尔讲的。他讲这个世界开头就有理性、理念，这个理念，就是他讲的逻辑。后来这个理念就异化了，异化成自然。从精神异化成物质。以后，物质慢慢地发展，产生了人。人又有了思想，有了精神。所以，原来是精神变成物质，物质又转化为精神了。

费尔巴哈用这个异化的概念，说上帝本来是人想出来的，人创造出来的，结果上帝统治人。马克思也用了这个概念。他在《资本论》里还用"异化"的字眼。异化大体上可以这样分：首先是经济异化。这是马克思的《哲学政治经济学手稿》里面讲得最多的了。经济异化是怎么讲的呢？就是说资本主义生产的商品，本来是工人阶级创造出来的，但是这个商品产生出来以后，工人阶级他自己不能享受，享受不到它的好处。它成为一种力量，就是商品拜物教，反过来统治工人。所以，工人生产出来的商品越多，他们就越贫困。这就是经济异化，生产异化。

还有劳动异化。劳动异化不仅是产品异化，劳动过程也异化了，劳动本身也异化了。劳动本来是一件好事。最早的时候，人的体力要发展，劳动适应自己的体力，本来是一件愉快的事情。后来劳动异化了，成了苦事情了。因为劳动的产物统治着他，成了一种异己的力量。所以这叫劳动异化。马克思在《资本论》里也讲，人的手的产物就变成了商品，统治着工人；人的脑的产物创造一个上帝。人无非是一个手，一个脑。手的产物产生了商品，人的脑子的产物产生了一个上帝，这两种产物都反过来统治人，商品拜物教，拜神，信神。

此外还有政治异化、思想异化。政治异化可以作这样的解释，原始社会以后慢慢地产生了国家。国家本来是听人民的，是人民的公仆。结果呢？变成人民的主人。

我觉得这种异化现象是客观存在。异化现象是客观的社会现象，又是意识现象，思想现象。我们感觉到有什么东西统治我们，它是个异己力量。1963年我讲了这个话以后，好多地方的省委书记要他们的宣传部长查，这个异化到底出于何典。就是我刚才讲的是从黑格尔那里来的，费尔巴哈、马克思都讲过。这个异化现象，我认为是客观存在。确实有异化现象。到底怎么看这个异化问题，请大家研究。

苏联的理论家（所谓正统派的理论家），认为异化现象的产生是由于私有财产。人类有了私有财产，产生了阶级、产生了国家。私有财产消灭了，这个异化现象就消灭了。但是，是不是私有财产消灭了以后异化现象就消灭了呢？我还有点怀疑它是不是消灭得了。

我想异化现象通俗点说，可以解释为作茧自缚。蚕吐出丝来，结果吐出来的丝把自己搞死了。这个有点像异化现象。这种现象是怎么产生的？这种现象会不会消灭？任何一种现象既然能够产生，它也一定可以消灭。

现在外国有一些小说家写所谓意识流。现在中国也有点模仿了。所谓意识流，是说人的意识里面有一种潜意识。一个人想什么问题，做什么事有一种下意识的东西。出生在奥匈帝国的一个作家，叫弗朗兹·卡夫卡（1883—1924），他是写异化的。我看过他的《变形记》，写一个小职员，一夜之间突然变成了一只甲虫。看起来相当恐怖。他是写在资本主义社会里面人都异化了。这本小说可以看看。

异化问题，作为一个认识问题来看，从人类认识论的发展中来看，它是从必然王国向自由王国飞跃过程中的一种现象。当人还不能掌握这个客观事物的时候，他感觉到这个东西对他是压制，这就是必然王国对人的压制。当他掌握了客观事物规律以后，他就达到自由王国了。所以，这个异化的问题，是人不能掌握自己命运的问题，人能够掌握自己的命运时异化就消失了。

如何克服这个异化现象，恐怕也不是一个简单的意识形态问题。要改变这个社会的状况，要改造这个世界。世界不改造，这个异化现象消除不了。要改造这个世界，要使得这个世界能够更多地受人来控制而不是控制人。人不能控制它的时候，这个异化现象就解决不了。所以要克服异化，还是要改革。改革越彻底，这个异化现象可能会少一些。所以结论还是要革命。我看到一些材料，现在信神的、信教的多了，这种问题怎么解决？要使人的智力、体力能够得到自由的、充分的发展，这是我们的一个目的。可以这样说，智力、体力的充分发展，只有改革了这个社会，改革了这个世界，也改革了我们的思想意识才能够达到。

我讲的这几个问题，只是把我的一些想法向同志们提出来，请同志们考虑、研究，请同志们批评。

（录自《周扬文集》第 5 卷）

坚持鲁迅的文化方向　发扬
鲁迅的战斗传统[*]

同志们、朋友们：

今天，我们在这里隆重集会，纪念中国人民的伟大儿子、中华民族新文化的伟大开创者——鲁迅先生诞生 100 周年。

鲁迅诞生以后的 100 年间，中国和世界都发生了天翻地覆的变化。鲁迅诞生的时候，灾难深重的中华民族，正处于危急存亡之秋，祖国大地上黑夜漫漫，风雨如磐；而现在，我们伟大的国家，却充满生机和光明，它在中国共产党的领导下，以马克思列宁主义、毛泽东思想为指导，经历了漫长的、曲折复杂的斗争，排除了无数的艰难险阻，正以新的力量充满信心地向建设社会主义现代化强国的宏伟目标前进。鲁迅虽然没有来得及目睹新中国在东方的出现，但是他在仅仅几十年的时间里，却为这场数千年来中国历史上空前的伟大变革，做出了不可估量的贡献。他的作品和思想，影响遍及全球。今天我们中国人民以深切的敬仰和怀念来纪念鲁迅，并以他的光辉榜样来激发我们前进。

每个时代的伟大思想，无不是那个时代的社会的产物。它往

＊　本文是作者 1981 年 9 月 25 日在鲁迅诞生 100 周年纪念大会上的报告。

往植根于自己的悠久深厚的文化传统之中，产生了各种社会矛盾激化斗争和各种思潮巡回激荡的新旧时代交替之际。鲁迅思想产生的时代，是中国人民反帝反封建的斗争经过挫折失败、又如火如荼地开展起来的时代。如果说辛亥革命结束了几千年的封建帝制的统治，那么，以"五四"运动为标志的新文化运动，则是新民主主义革命的开端。

鲁迅这样一个伟大人物，是大变革时代产生出来的，是革命斗争造就出来的。因此，他的天才和修养没有仅仅使他成为单纯的作家和学者，而是同时使他成为站在时代最前列的彻底反帝反封建的英勇战士、思想解放运动的杰出先驱、伟大的共产主义者。正如毛泽东同志所说："鲁迅是中国文化革命的主将，他不但是伟大的文学家，而且是伟大的思想家和伟大的革命家。鲁迅的骨头是最硬的，他没有丝毫的奴颜和媚骨，这是殖民地半殖民地人民最可宝贵的性格。鲁迅是在文化战线上，代表全民族的大多数，向着敌人冲锋陷阵的最正确、最勇敢、最坚决、最忠实、最热忱的空前的民族英雄。"

鲁迅的诞生地浙江具有悠久的历史文化传统，在近代，这里又首当资本主义入侵的前沿，接触外来事物较多，甚得维新风气之先。民族矛盾和阶级矛盾纵横交错。维新的道路已被事实证明无法走通以后，浙江又进一步发展成一个反清革命的重要发源地。这里是秋瑾、蔡元培、章太炎等人的家乡。鲁迅曾师事章太炎，和蔡元培有长期交谊。鲁迅又参与过光复会的活动，对孙中山先生始终保持着崇高的敬仰。1840年鸦片战争失败后，中国的危亡迫在眉睫，为了寻找救国救民的真理，中国的先驱人物，呕心沥血，奋进不已，学习西方的社会学说和自然科学，形成了强大的学习新学的热潮。正是当时中国和世界的条件，以及家庭环境的变故，使鲁迅从少年时代起便脱离中国封建知识分子

"读书应举"的"正路"，顺应时代的潮流，走上了"异路"。在这新的路途上，鲁迅的思想经历了一个相当长的痛苦而深刻的矛盾运动过程。由学洋务到赞助维新，再由赞助维新转向推翻清王朝统治的民主革命，鲁迅的思想是和时代的发展共同着脚步的。他曾经接受达尔文的进化论和其他西方近代自然科学知识，法国 18 世纪启蒙思想家卢梭等的民主自由思想，19 世纪拜伦、雪莱等浪漫主义诗人的反抗精神，汲取了东北欧与各被压迫民族的文艺作品的营养，同时也一度多少感染了叔本华和尼采的唯心主义哲学的影响。但是，他的探索道路，始终充满着勇敢的进取精神和高度的爱国热忱。鲁迅一生道路的出发点，正是对祖国、对人民的无比热爱。他弃医就文，也是为此目的。辛亥革命失败后，他经过一段沉思和观察，随着俄国十月革命的成功，世界进入无产阶级社会主义革命的新时代，中国革命也从旧民主主义转入新民主主义，迎着新世纪的曙光，鲁迅英勇地投身到新民主主义革命实践之中。早在"五四"时期，他就和以《新青年》杂志为中心的思想先驱们，包括最早的共产主义者李大钊站在一起。这个时期，他又同帝国主义和封建军阀势力进行了不妥协的斗争。当着大革命失败、共产党员和革命人民遭到国民党反动派镇压和屠杀的严重关头，他更进一步接受马克思主义，实现了世界观的根本转变，站到中国共产党的旗帜下，参加党领导的中国自由运动大同盟、"左"翼作家联盟、民权保障同盟，并直接参与了许多支援各国无产阶级和进步人士的国际性反法西斯斗争。鲁迅在国内外严峻的政治斗争中，在反对国民党反动派的反革命文化"围剿"中，成为中国无产阶级革命文化的坚强旗手，成为坚定的无产阶级革命家和伟大的共产主义战士。鲁迅的道路，典型地反映了 20 世纪中国优秀知识分子不断追求真理、不断前进的道路，不断的从爱国主义、民主主义走向社会主义、共产主义的道路。以鲁迅为伟大代表，在 20 世纪的中国，一批优秀的知识分子，例如宋庆龄、郭沫若、茅盾、邹韬奋、闻一多等，都是沿着这条光荣的道路走过来的。作为一个埋葬旧时代、开拓新时代的伟大先驱，鲁迅对新旧交替时期中我国社会各阶层的人们，特别是对农民、地主、知识分子、小市民、官僚绅士的生活和思想，对中国的历史和文化的作用和影响，有着极其深刻、透彻的认识。他前期用民主主义，后期进而用马克思主义的思想武器，对中国几千年的封建文化和帝国主义的殖民文化，进行了气魄雄伟，鞭辟入里的总结性的批判。以鲁迅和他的这种批判为标志，结束了中国封建主义思想文化占统治地位的旧时代。

鲁迅进行了成绩辉煌的文学创造。他的《狂人日记》揭开了中国新文学的第一页，以后又陆续创作了《药》、《阿Q正传》、《祝福》、《伤逝》等一批极为成功的现代小说，后来又创作了风格特异的《故事新编》。他对我国人民中的消极落后的精神状态进行了无情的鞭挞，但他对人民的不幸遭遇又是充满同情。他创作了蔚为世界文学奇观的、独树一帜的杂文，这就是后来瞿秋白高度赞扬的鲁迅式的杂文。与此同时他又撰写了第一部中国人自己写的中国小说史。此外，他还翻译介绍了大量的外国文学和艺术作品，特别是马克思主义文艺理论。他不畏艰辛，创造了我国现代文学艺术的高峰，成为我国新文化最伟大的奠基者和开拓者。正是这种具有划时代的历史意义的贡献，确立了鲁迅在中国思想文化史上崇高的地位。他的作品也流传于世界，他在世界文化史上的地位，已为世界所公认。

鲁迅的贡献是多方面的，但最卓越的历史功勋是他在文化战线上，以自己辉煌的战斗实绩，为整个中华民族的文化开辟了一个崭新的方向。毛泽东同志正确地指出："鲁迅的方向，就是中华民族新文化的方向。"这个方向概括地说，就是民族的、科学的、大众的方向。按照当时的历史条件，它的性质是人民大众反帝反封建的文化，即无产阶级领导的新民主主义文化。我们今天的社会，进入了社会主义现代化建设的新时期，我们不仅要建设高度繁荣的社会主义经济，建设高度民主的社会主义政治，而且要建设高度发达的社会主义文化。今天的文化，是以为人民服务、为社会主义服务为宗旨，反映社会主义制度的各方面和它的不断发展完善过程的社会主义文化，其内容之丰富多样，都非新民主主义文化所可同日而语。但是不应忘记，我国社会主义文化又是在新的历史条件下从新民主主义文化继承和发展下来的。在新民主主义阶段，我们的文化也是以共产主义思想为指导的、属于世界无产阶级社会主义文化的一部分。过去如此，今天更是如此。我们的社会主义文化，不但要吸收和融化人类一切文化的精华，而且要借助于这种营养来丰富我们的文化，反映社会主义的现实生活和斗争，用共产主义精神教育和鼓舞人民，使共产主义理想，共产主义思想，在广泛得多的范围内得到普及，在培养社会主义新人、建设社会主义高度精神文明方面负起历史责任。因此，鲁迅所代表的文化方向，并没有随着新民主主义革命的完成而过时，而将随着社会主义现代化建设事业的前进而进一步发展和发扬光大。鲁迅的方向，仍然是我们应当继续坚持并加以发展的方向；鲁迅的遗产，仍然是我们建设社会主义精神文明的宝贵财富，是我们中华民族文化前进道路上无可争议的前导和明灯。

　　世界任何国家的伟大文化无不带有本民族的鲜明特色和独创性。它是民族的，也是世界的，或者说正因为是民族的，才能成为世界的。鲁迅逝世之后，他的老友沈钧儒所题的"民族魂"三个字，正代表了人民对他的崇高评价。鲁迅以其杰出的创造才能和富于民族特色的风格，表现了我们民族的苦难和悲愤，更重要的是表现了我们民族内在的最宝贵的品格，最高尚的思想情操，最坚韧的战斗精神。在鲁迅身上和著作中，可以找到我们民族极其丰富的思想精华，找到半殖民地半封建社会中国人民的智慧、热情和创造力，找到我们民族的真正灵魂。

鲁迅处在中国新旧时代的大交替中，敏锐地感到时代的脉搏。他为民族的前途感到深深的忧虑。他对于那种主要由于受到长期压迫、剥削、侮辱、损害而造成的民族精神的偏枯和国民性格的弱点怀着极其沉重的痛切之感。但是，鲁迅没有因此而消沉，他怀着"我以我血荐轩辕"的满腔爱国热忱，为中国的新生而战斗。

鲁迅早期开始探索民族出路的时候，就提出我们应当走"外之既不后于世界之思潮，内之仍弗失固有之血脉，取今复古，别立新宗"的道路。一方面吸取外来文化思潮，一方面又继承我们民族文化的血脉。这反映出鲁迅试图将民族文化与世界文化潮流结合起来的宏图，注意到要兼顾两个方面。但是，他此时所理解的"世界思潮"，主要还是西方自然科学所揭示的进化论和社会革命论中的西方民主自由的思潮。辛亥革命以后，他目睹这场革命的失败，痛感中华民族精神负累的沉重。这种事实的教训和深刻的体验，使他在"五四"新文化运动中，以空前的战斗豪情，和同时代的其他前驱一道发动了对旧文化的批判。他当时认为，保证民族的生存、温饱和发展，使无声的中国变成有声的中国，才是第一要义。他大声疾呼地主张改革，坚决抨击那些以"保存国粹"为借口、钻在硬化的传统里不肯革新的封建卫道士。他呼吁青年不要唱千篇一律的八股老调子。他呼吁冲破一切传统的思想和手法，创造出新的文学艺术。他以无比锋利和尖锐的笔法，发展和丰富了我国历来所最缺少的"文明批评和社会批评"。这个时候，鲁迅已经深刻地认识到我们民族文化中那些封建主义糟粕是那样致命地窒息着我们民族的生机。我们的民族要复兴，要强大，必须无情地撕去旧社会的假面，非把束缚人民的封建主义枷锁打碎不可。

因此，"五四"以来，鲁迅更坚决地大力倡导接受外来文化，他希望能通过这一途径使我们的民族文化获得新生和发展。他主张以雄大的"汉唐气魄"，大胆采用外来事物，就如"将彼俘来"一样，自由驱使，毫不介怀。鲁迅本身的艺术实践，正是这种豁达闳放的"汉唐气魄"的发扬光大。

鲁迅在"五四"时期激烈地抨击我国固有的文化传统，但是，他却从来不是一个民族虚无主义者。他最善于鉴别我国文化传统中的精华与糟粕。鲁迅在《中国小说史略》、《魏晋风度及文章与药及酒之关系》、《门外文谈》等文学论著中，科学地评价了我国的文化艺术的起源和优秀传统，并在自己的艺术实践中，极大地丰富和发扬了这种传统。他看到民族文化是相递嬗的，新文化是对旧文化的扬弃，是否定其消极的部分、糟粕的部分，而对于积极的部分、精华的部分则应当保存继承下来。鲁迅为了民族的复兴，不能不怀着深广的忧愤鞭挞自己民族的弱点，在我国思想文化史上，还没有人像他这样对我们民族的消极方面作过如此痛切而深刻的解剖和批判。但是鲁迅在这同时，从来没有忘记，我们的民族向来就有一批埋头苦干、拼命硬干、舍身求法、为民请命的人，这些人正是我们民族的脊梁，支撑着我们民族的生存和前进的力量。即使在黑暗的年月里，鲁迅仍然对我们民族充满信心，批判所谓中国人失去了自信力的悲观论点。他严肃地指出："说中国人失掉了自信力，用以指一部分人则可，倘若加于全体，那简直是诬蔑。"鲁迅在自己的许多作品中，就描写了中华民族的伟大特征，也可以说是中华民族伟大的魂魄。他在临终前不久，还特别指出，我们的民族几经浩劫，屡遭失败，"历史上满是血痕，却竟支撑以至今日，其实是伟大的。但我们还要揭露自己的弱点，这是意在复兴，意在改善"。鲁迅是一个充分尊重外国人民并善于学习他们的长处的人，同时又是一个有高度民族自尊心和民族尊严感的人，是一个像钢铁一样坚实的伟大爱国者。

鲁迅一方面实行把外国文化拿来以发展自己民族文化的"拿来主义"，一方面又把民族文化的成果，介绍给世界，推动世界文化的发展。鲁迅坚持的是民族性与世界性相结合、爱国主义和国际主义相结合的思想，既反对夜郎自大，也反对妄自菲薄，崇洋媚外。他鄙视那种丧失民族自尊心、对外国人卑躬屈节的"西崽相"，鄙视那种认为中国样样不如人的买办文人。同时，鲁迅对从西方舶来的和自制的毒害青年的颓废文化，更像对待鸦片一样地进行扫荡。他是保护人民、保护青年精神健康的卫士。鲁迅的经验告诉我们，一个民族的优秀作家，应当始终忠于自己民族最大多数的人民，善于发扬自己民族的优秀文化传统，同时又要具备能够突破狭隘的民族局限性的眼光，把握世界文化进步的潮流，善于择取外来的文化丰富自己，从而把我们的民族文化不断推向前进。鲁迅正是一个能够勇敢地博采外国文学的众家所长，又有深厚的民族文化素养的人，他对中华民族的历史和中国的国情都非常熟悉。因此，他成为屹立于世界的中华民族文化的伟大代表，决不是偶然的。

我们要继承鲁迅的战斗传统，建设社会主义精神文明，就要联系今天的实际，发扬鲁迅的革命精神和科学精神，并将两者很好地结合起来。鲁迅从事社会活动，包括文学艺术活动，从来都是出于一片爱祖国，爱人民，力图改革社会的热忱，而又保持着一种严格的科学态度。民族的独立和发展，也必须按照自然科学和社会科学所揭示的规律办事，尤其在长期受封建迷信统治的中国，更需要科学的武器。鲁迅青年时代受过自然科学的熏陶和训练。鲁迅一生那样严肃、认真、透辟地解剖社会，那样尊重实际，尊重真理，那样坚定地摒弃任何迷信和偶像崇拜，都是与他的科学素养分不开的。鲁迅在"五四"前后进入创作的鼎盛时期，虽然当时他还没有掌握分析社会的历史唯物主义的科学理论，但是由于他的坚定地探求社会人生真理的科学态度，因此，他的作品对中国社会的解剖仍然达到了异常深刻的水平。

鲁迅确立了马克思主义的科学世界观之后，他的科学精神得到了进一步的升华。他对中国社会的认识以及对文学艺术规律的认识也都达到了更高的水平。鲁迅把马克思主义称做"根本的，切实的社会科学"，认为这种科学将大有利于文学艺术的前进。他说："这回的读书界的趋向社会科学，是一个好的，正当的转机，不唯有益于别方面，即对于文艺，也可催促它向正确，前进的路。"

鲁迅对于马克思主义确实像他自己说的，是经历了"事实的教训"之后才接受的。在追求真理的中国人中，鲁迅接触马克思主义是很早的，但是他当时并没有接受马克思主义，而是在他经历了辛亥革命等一系列变故之后，才终于认识到只有马克思主义对人类社会的分析和它所指明的道路才是正确的，马克思主义适合中国国情，救治中国需要马克思主义。先前许多文学史家说了许多但仍然是纠缠不清的问题，终于在马克思主义学说中找到了回答，于是，他毅然地纠正自己思想上的"偏颇"，接受了马克思主义科学。1927 年"四一二"事变之后，在"万家墨面没蒿莱"的白色恐怖的艰难岁月中，鲁迅挺身而出，公开站到中国共产党的旗帜下。

由于鲁迅对马克思主义的信念是建立在对中国社会状况、对历史发展规律的深刻理解之上，因此，他应用马克思主义指导自己的言行和创作时，便毫无教条气息。他知人论世，分析复杂的社会矛盾，比前期更加全面、更加深刻。他对于革命斗争的实际，革命队伍的状况，他们的力量和弱点的所在，也认识得更深透、切实。他反复强调革命者应当"明白革命的实际"，他指出："革命是痛苦的，其中也必然混有污秽和血，决不是如诗人所想象的那般有趣，那般完美；革命尤其是现实的事，需要各种卑贱的，麻烦的工作，决不如诗人所想象的那般浪漫；革命当然有破坏，然而更需要建设，破坏是痛快的，但建设却是麻烦的事。"因此，他从不为血污所吓倒，不为困难和挫折所屈服，在革命非常艰难的时期，仍然相信唯新兴的无产者才有将来。当革命队伍在行进中有人退伍，有人落荒，有人颓唐，有人叛变时，他对革命事业的信仰，仍然坚定不移，深知这是革命行程中的不可避免的现象。带着这种坚定的革命信念，鲁迅战斗到生命的最后时刻，表现出信仰共产主义的知识分子最宝贵的革命气节和政治操守。

鲁迅一生，都把革命精神和科学态度贯彻到自己的艺术实践中，坚持走革命现实主义创作道路。他从"五四"时代起就一直遵从革命先驱者的将令，甚至把自己的作品称之为"遵命文学"，另一方面又始终忠实于艺术的真实，大声疾呼作家艺术家应当大胆地睁开眼睛观察社会。他正确地指出："只有真的声音，才能感动中国的人和世界的人。"在旧中国强大而残酷的文化专制高压下，鲁迅表现了一个作家最高的道义和现实主义勇气。由于鲁迅具有清醒的现实主义态度，因此，他一再强调革命作家首先应当成为革命人，亲身体验革命的生活，这样，才不会把革命写歪。鲁迅在强调革命作家正视现实的同时，又指出革命作家应当有远大的目的，应当有理想。鲁迅的科学态度不仅在于他重视实际，而且还在于他重视从实际出发，不倦地追求远大的目标，远大的理想。他对那种丧失理想从而也丧失今天的努力的悲观厌世主义者，一直是加以鞭挞的。他说："厌恶现在的人们还住着。这都是现世的仇敌，他们一日存在，现在即一日不能得救。"与厌世者相反，鲁迅对于人生，对于未来，都是满怀信心的。鲁迅的作品所以达到非常成熟的水平，其中一个重要原因，就在于他的现实主义是现实与理想相结合的，它能激发人们改造社会的热情，增强人们走向伟大目的地的战斗力量。

鲁迅的这种科学态度不仅贯彻在他的创作中，而且突出地体现在社会批评和文艺批评中。鲁迅的战斗一生就是对封建主义和资产阶级的旧社会、旧文化进行彻底批判的一生，而鲁迅的批判其所以最深刻有力，就因为它抓住了根本，就因为它科学。鲁迅指出，文学是战斗的，文学家应"有明确的是非，有热烈的好恶"。任何中庸主义、巧滑、自由主义都是同鲁迅精神不相容的。他把杂文看成是感应的神经，攻守的手足，主张"作者的任务，是在对于有害的事物，立刻给予反响或抗争"。当形形色色的封建主义和资产阶级的沉渣泛起和泛滥的时候，鲁迅总是给予迎头痛击。他与"国粹派"战，与"现代评论派"战，与所谓"自由人"、"第三种人"战，与所谓"民族主义文学者"战，与鼓吹闲适和性灵、以标榜自我为中心的所谓"论语派"战，其中虽有旧友、同事和上司，他也一点不退让，毫不留情。他决不对之"陪笑脸，三鞠躬"。在论战中，他采取了严肃的战斗的科学态度。他强调，辱骂和恐吓决不是战斗。我们"战斗的作者应该注重于'论争'；倘在诗人，则因为情不可遏而愤怒，而笑骂，自然也无不可。但必须止于嘲笑，止于热骂，而且要'嬉笑怒骂，皆成文章'，使敌人因此受伤或致死，而自己并无卑劣的行为，观者也不以为污秽，这才是战斗的作者的本领"。鲁迅对于敌人或敌对思想的斗争是最明确的，是最坚决的。鲁迅逝世前不久，回答托派分子恶意挑拨的义正词严的书信，就是一个很好的例子。

鲁迅经常指出，我们需要坚实的、懂得社会科学的批评家，需要科学的批评。这种批评首先应当怀有"热烈的好意"，即纯正的动机和团结的目的；这种批评，就是实事求是、与人为善的批评。鲁迅从不隐讳自己的观点，正如他严于律己一样，对自己的同志和战友，与他们也时有争论，对同志的缺点错误，从不轻饶，批评起来也很尖锐。他常常告诫我们要注意克服"左"的思想情绪。但他总是诚恳地对待他们，正确地肯定他们的长处和成绩。他没有任何私敌，即使在他生前与他有过争论和误会的同志，在为同一目标的共同斗争中，也决不记着"个人的恩怨"。

我们每个经历过十年内乱的人，总结痛苦的历史教训，我们永远不能放下批评的武器。我们任何时候也不能放弃批评和自我批评。我们要学会运用批评和自我批评的武器，正确处理和解决人民内部的矛盾。为使我们的批评工作要与社会主义精神文明相称，就要提高我们的文艺批评以及其他各个方面的批评（包括自我批评）的水平，使这种批评更加切实，更加科学。

毛泽东同志《在延安文艺座谈会上的讲话》中指出，我们的文艺是为人民大众的，首先是为工农兵的。为人民服务，为社会主义服务，这就是我们必须坚持的方向。1930年中国"左"翼作家联盟的宣告成立，是我国文学史上的伟大创举，鲁迅是这个联盟的主要发起人，是中国左翼文学运动的真正导师和领袖。毛泽东同志对以鲁迅为旗手的左翼文学运动在历史上的巨大功绩给予了高度的又是科学的评价，同时也指出了这个运动的弱点。

鲁迅在临终前曾高度地评价高尔基，说高尔基的崇高理想后来都成为事实，最重要的原因，就在于"他的一身，就是大众的一体，喜怒哀乐，无不相通"。鲁迅也正是一个把自己融入大众，和大众的情感无不相通的人，他一生始终怀着对人民大众的最真挚、最热烈、最深厚的爱，为人民大众而呐喊，为人民大众而战斗。鲁迅作为一个伟大的文学家，他用笔配合中国共产党领导的中国人民争取解放的斗争。他把自己的笔当成匕首与投枪，无情地揭露帝国主义、封建主义和国内外反动派在中国造成的黑暗和罪恶。鲁迅以自己的战斗，为迎接中国人民的解放贡献了巨大的力量，他是我国伟大革命前驱者中极其杰出的优秀人物。他的声音是半殖民地半封建社会中国人民要革命、求解放的心声。他的声音引起我们人民大众的强烈共鸣，就在于他是真正代表中国人民的。鲁迅的不朽力量就在于此。毛泽东同志号召一切共产党员都应当学习鲁迅。"横眉冷对千夫指，俯首甘为孺子牛"，做人民大众的牛，鞠躬尽瘁，死而后已。这就是要我们学习鲁迅热爱人民、献身于人民的最本质的伟大品格。

对于人民大众在整个历史进程中的作用与地位，鲁迅并不是一开头就认识清楚的。他在早年，作为一个年轻的启蒙思想家，曾经热烈地希望中国得到改造，希望人民大众迅速地摆脱痛苦的命运，但是他把希望寄托在那些不同凡响的超群英雄身上，对人民群众的力量还估计不足，"五四"时期，他的思想大大前进了，但有时又痛感到中国大众只是戏剧的看客，1925 年以后，鲁迅逐步看到支撑世界的正是占人口大多数的被当时统治者视为"愚人"的民众。在接受了马克思主义之后，他更自觉地找到改造中国的物质力量就在于人民大众，中国的文学艺术应当首先着眼于作为民族大多数的人民大众。1930 年，他针对我国一些资产阶级作家的偏见，强调指出"多数的力量是伟大，要紧的，有志于改革者倘不深知民众的心，设法利导，改进，则无论怎样的高文宏论，浪漫古典，都和他们无干，仅止于几个人在书房中互相叹赏，得些自己满足"。看到中国的改革的伟大物质力量和成败的决定力量在于人民大众之中，这是鲁迅后期思想成熟的一个重要标志。

为使我们的文化变成人民大众的文化，鲁迅作了坚韧的努力。他对反人民的反动文化和形形色色的错误思潮作了坚决的斗争。在这些斗争中，鲁迅切实地把革命文学艺术作为无产阶级和人民大众解放斗争的一翼，作为革命事业的一部分。只有像鲁迅这样，文学艺术才能在根本上代表人民大众的利益。

为了使人民大众成为文化的主人，鲁迅和他的同志，为文学艺术的大众化付出了巨大的努力。他坚决反对文字和文学的贵族倾向和士大夫倾向，反对文字和文学的故作烦难和故作高雅，反对把文字和文学变成"特权者的东西"和"特殊阶级的工具"。他以高度的热情，提倡中国文字的改革，提倡连环图画，提倡新木刻，提倡民间戏剧。当时为人民喜闻乐见的通俗文艺，如连环图画，被许多人所不重视，而鲁迅却站出来为它作了感人至深的辩护。在中国，鲁迅是文化素养极高的知识分子，但他又是科学普及和文艺普及的热情倡导者，他是把提高与普及结合得很好的典范。

鲁迅也坚决反对无原则地迎合与俯就大众的艺术尾巴主义。他对人民大众怀有一种革命作家的高度使命感和社会责任感。鲁迅认为，一个真正的人民的知识分子，"必须有研究，能思索，有决断，而且有毅力。他也用权，却不是骗人，他利导，却并非迎合。他不看轻自己，以为是大家的戏子，也不看轻别人，当作自己的喽罗。他只是大众中的一个人，我想，这才可以做大众的事业"。这是鲁迅对革命者如何正确对待和处理个人和群众关系的最精辟的概括，也是他自己的人生态度和创作态度。作为革命知识分子，革命作家、艺术家，他的崇高职责是他的"利导"，而不是"迎合"。鲁迅说："主张什么都要配大众的胃口，甚至于说要'迎合大众'，故意多骂几句，以博大众的欢心。这当然自有他的苦心孤诣，但这样下去，可要成为大众的新帮闲的。"鲁迅作这样的论断决不是耸人听闻的。在我们的时代里，如果文学艺术不是着眼于人民大众的整体利益和长远利益，不是站在人民群众先进部分的立场上去观察生活、理解生活，而是降低思想的水平线，借大众的名义，用庸俗性的东西偷换通俗性的东西，用一些刺激性的东西去迎合一部分落后群众的胃口，污染群众的心灵，这种做法，文艺家不就变成新帮闲了吗？

　　鲁迅具有对人民高度的责任感。他把人民的利益放到高于一切的地位上，时时考虑到艺术作品问世之后的客观社会效果。当他的作品发表之后，他总是想到它对人民心灵会产生怎样的影响，他说："在寻求中，我就怕我未熟的果实偏偏毒死了偏爱我的果实的人。"又说："有人以为我信笔写来，直抒胸臆，其实是不尽然的，我的顾忌并不少。"尤其值得钦佩的是，他自觉地改造自己，严肃地解剖自己。他说："我的确时时解剖别人，然而更多的是更无情面地解剖我自己。"这种自我解剖的精神，正是一个伟大的革命作家艺术家富有高度的社会责任感的表现。今天，我们的社会主义革命文学家们，要学习鲁迅这种高度责任感，把这种责任感看成是一种对个人自由的束缚是不对的。一切有抱负的革命作家艺术家都应当把这种责任感作为自己艺术生命的一个重要部分，任何时候也不应当动摇。有了这一点，我们的文学为人民服务，为社会主义服务的方向，才是坚实的，才能经得起历史的考验。

　　在民族的、科学的、大众的新文化方向下，鲁迅以韧性的战斗精神，整整奋斗了一生。鲁迅的锲而不舍的韧性战斗和实事求是的精神，是他最基本的思想作风，是他对中国社会的深刻认识和彻底唯物主义革命精神的集中体现。没有这种精神，鲁迅创造民族文学艺术的高峰是难以设想的。没有这种精神，就不可能创造和发展民族的、科学的、大众的新文化。今天，我们要建设新的社会主义精神文明，毫无疑问，更加需要继承和发扬鲁迅的韧性战斗精神。

鲁迅指出，"在文化战线上要有成绩，非韧不可"。鲁迅这个论断，是建立在他对中国社会和中国思想文化的深刻认识之上的。他清醒地看到，中国旧社会的根柢是非常坚固的，中国的封建主义文化和帝国主义的殖民文化的力量是异常强大的。因此，在中国，任何一点社会的改革，都是非常艰难的，而鲁迅认为，"即使艰难，也还要做，愈艰难，就愈要做"。这就非有坚强的韧性战斗精神不可。

与韧性战斗精神相对立的，是追求形式、追求表面轰轰烈烈、一曝十寒的浮泛作风。鲁迅一再批评这种作风，他认为，一哄而起，又一哄而散，激烈得快，也颓废得快，是办不了大事的，尤其在中国，更是得不到成功。因此，他教导青年应当"有一分力，尽一分力，不必一时特别愤激，事后却又悠悠然"。应当注意克服"愤激一时的缺点"。鲁迅还说，"我以为国民倘没有智，没有勇，而单靠一种所谓'气'，实在是非常危险的，现在，应该更进而着手较为坚实的工作了"。鲁迅这些意见，确实是中国革命走向成功的根本之点，这对我们是一种切实的、意义深远的教导。

鲁迅告诫青年作家、艺术家，千万不要把文学当作一种敲门砖，出了一二本诗集或小说集，取得了一点小成绩，就放弃艰苦的努力，以为用一年半载、几篇文字和几本期刊就可立下"空前绝后的大勋业"。同时，鲁迅也希望文学批评家注意保护和激励青年做长期努力的积极性，切不可"捧杀"和"骂杀"，这是语重心长的教导，是值得我们每个人重视的。鲁迅深深知道要创造我们民族的新文化，让我们的文化事业如无尽的长江大河奔腾不息地长流下去，就需要造出大群新的战士。为达到这种目的，还应当进行长期坚韧奋斗，用韧性战斗精神和刻苦钻研的精神武装大群新的战士，使他们永远保持和广大劳动人民血肉联系。这是建设我们民族新文化的战略任务，是我们社会主义文学艺术的希望所在。这样，才能从广大青年中造就一批又一批具有坚定正确的政治方向和优良的战斗作风、能够攀登社会主义文学艺术新高峰的人才。我们一定要切切实实地这样做，这才是对鲁迅的最好纪念。

以鲁迅为代表的中国革命作家艺术家们所开辟的中国新文化的发展道路，是无比广阔的，只要坚持党的十一届三中全会的路线和党中央所指示的四项基本原则，认真学习党的六中全会所通过的《关于建国以来党的若干历史问题的决议》，坚持文艺为人民服务，为社会主义服务，毫不动摇地贯彻执行"百花齐放、百家争鸣"的方针，用马列主义、毛泽东思想武装自己的队伍，我们的文学艺术必将取得更光辉的战绩。在过去一个世纪中，我们的国家，在反帝、反封建的伟大斗争中，曾经产生了以鲁迅、郭沫若和茅盾为代表的一批文化巨人，今天，我们的国家已进入一个崭新的历史时期，更加需要涌现一批社会主义的文化巨人。我们今天隆重地纪念鲁迅诞生 100 周年，既是表达我们对鲁迅的崇高敬仰，又是对我们国家的一代新人寄予一个殷切的希望。在我们的时代里，已经涌现出一大批沿着鲁迅等先辈所开辟的新文化方向前进的作家艺术家。我们期望今后在建设我国社会主义精神文明的事业中，涌现出更多披荆斩棘的开路先锋和冲锋陷阵的闯将。

同志们、朋友们：

我们所走过的道路，尽管并不平坦，但是我们的国家毕竟大大地前进了，我们中华民族现在是生气蓬勃的。过去几年中，我们在文学艺术领域内恢复和发展了"五四"以来的革命现实主义的优良传统，也闪耀了革命浪漫主义的新的光辉。一批优秀作家的作品，无论在反映社会生活的深度和广度上，还是在艺术形式上，正在把社会主义文学艺术推向新的水平和新的境界。但是，在我们工作中也存在不少缺点和错误，正像耀邦同志所指出的，一部分文艺工作者有资产阶级自由化倾向和其他错误倾向，没有受到领导方面的及时的应有的批评和斗争，文艺领导工作中的软弱涣散状态亟待克服，我们一定要在党中央的领导下，正确地运用批评和自我批评的武器，发扬成绩，克服缺点，以使我们的文艺队伍更加团结，更加坚强，更富于战斗力，从而使我们的文艺事业更加健康地发展。我们坚信，在我们这样一个具有悠久文明和历史传统的东方大国里，一个崭新的东方式的伟大社会主义文艺复兴一定会到来。让我们用自己千百倍的努力来迎接它的到来吧！

（原载 1981 年 9 月 28 日《人民日报》）

一要坚持 二要发展[*]

为纪念《在延安文艺座谈会上的讲话》发表40周年，在京文艺界的同志举行了"毛泽东文艺思想讨论会"。这次讨论会开得很好。

关于文艺问题有不少分歧意见，这不是坏事，而是好事，这说明我们的思想活跃。我们不要求在一切问题上都完全一致，那是不可能的，但在原则问题上，在领导思想上却必须力求一致。党中央关于文艺问题的方针，邓小平同志在第四次文代会上的祝辞已经作了阐述。胡耀邦同志也先后有过多次讲话。最近，胡乔木同志重新发表了《在思想战线问题座谈会上的讲话》，其中也谈到了文艺问题。这些都很重要。

这次座谈会上，大家一致的意见都认为，对毛泽东文艺思想，一要坚持，二要发展。

要坚持毛泽东文艺思想，就要正确地宣传、解说毛泽东文艺思想。在从事这项工作的人中，我也可以算是一个。1946年在张家口时，我曾出过一本小册子，叫做《表现新的群众的时

---

* 本文是作者1982年5月12日在中国文联、文学研究所联合召开的"毛泽东文艺思想讨论会"上的讲话。

代》，序言中我表示愿意做毛泽东思想的"宣传者、解说者、应用者"。30多年过去了，我的这个任务却没有完成得很好。虽然我对毛泽东思想历来是忠诚的，但忠诚并不等于正确。所以，宣传、解说的工作，也就是马克思主义通俗化的工作，并不容易。一方面，不应该违背原意；另一方面，也不应该变成照本宣科，而应有所发挥，有所建树。毛泽东同志多次提倡唯陈言之务去，但我们讲话和文章中的陈言还是不少。要准确完整而又结合实际地解说毛泽东思想，也很不容易啊。

为了正确理解和评价毛泽东文艺思想，我想有这样几点值得注意。

第一，不要把毛泽东思想与马克思列宁主义割裂开来。毛泽东思想是马克思列宁主义在中国的发展，是马列主义与中国革命实践相结合的产物。我记得毛泽东同志曾经很形象地说过："马列主义是一棵大树，而我们只是一些枝叶。"当然，这体现了毛泽东同志的谦虚，但不止是谦虚，也是真理，因为确实是从马列主义这棵大树上长出来的繁茂枝叶。马克思主义是社会科学的伟大革命，列宁把它发展了，以后毛泽东同志把它应用到中国革命中，又进一步发展了。发展的方面、发展的深度和广度各有不同，但都是创造性的发展。马列主义这棵大树在中国这块富饶的土地上是充满生命力的。5000年的文化历史传统，10亿人口的大国，丰富无比的革命历史经验，在这样的土壤上，马克思列宁主义这棵大树难道不应该根深叶茂，地久天长，万古长青吗？

其次，不要把毛泽东文艺思想与整个毛泽东思想割裂开来。毛泽东文艺思想，是整个毛泽东思想的组成部分，只有对毛泽东思想有完整、准确的了解，才能很好地了解毛泽东文艺思想。这是部分和整体的关系。在整个毛泽东思想中，最有普遍意义，也是最根本的，是毛泽东哲学思想。哲学思想的代表著作当然是大家所熟知的《实践论》《矛盾论》等，但几乎在他所有重要著作中都闪耀着哲学思想的光辉。毛泽东同志在他的军事著作中把唯物辩证法运用得最突出，最丰富，也最有特色。《讲话》本身也充满了唯物辩证法。

第三，不要把毛泽东文艺思想同我国几千年来的文化传统与"五四"文学革命传统割裂开来。刚才有的同志讲话提到这个问题，好像毛泽东同志在《讲话》中对"五四"新文学讲得比较少，这是事实。但了解毛泽东文艺思想，不能只限于《讲话》；《新民主主义论》、《反对党八股》、《关于正确处理人民内部矛盾的问题》、《同音乐工作者的谈话》等文章，也都是非常重要的。毛泽东同志关于文艺问题的讲话，包括和个别文艺工作者的谈话，总是十分亲切，深入浅出，使人心悦诚服，永志不忘。还有毛泽东同志本人的文学作品，也不可忽视。他没有因为自己擅长旧诗词而有所偏爱，仍然提倡要以发展新诗为主。他对以鲁迅为主帅的"五四"新文化运动曾作过很高的评价。他有一次在和我谈话中突然问我对鲁迅的作风如何看法，我还没有来得及回答，他就说鲁迅的作风就是断制和谦虚的结合。这也就是毛泽东同志本人所一贯提倡的革命精神和实事求是的精神。毛泽东同志在高度评价"五四"功绩的时候，也严正地指出过它的形式主义的错误。"五四"新文学运动响亮的口号之一，就是打倒"桐城谬种，选学妖孽"，这在当时是很革命的口号。但认为好就一切都好，坏就一切都坏，就是犯了形式主义的毛病。毛泽东同志本人受过桐城派古文和《文选》的不小影响。桐城派统治的时间很长，一百多年；后来曾国藩当政，桐城派又再度复兴，起码有一二百年统治中国文坛。桐城派的古文有个优点，比较简洁，不能说都是谬种。《昭明文选》是我国古代韵文的精华，毛泽东同志青年时代是熟读过的，也不能说是妖孽，所以我想，毛泽东同志的文风可不可说是桐城派古文的简洁和"文选"的华丽文采两者的结合。这是个不成熟的意见，提出来和大家研究。"五四"运动是彻底革命的，它在初起的时候，不能不对统治千百年之久的旧文化传统采取打倒一切的态度。30年代我们有些同志也曾一度对"五四"运动时期的白话文加以贬低，认为是非驴非马，甚至比文言还坏。从革命历史的过程来看，革命往往伴随着某种简单、粗暴的现象，面对比自己强大千百倍的旧文化传统势力，似乎非此不足以廓清它的影响。这也要以历史观点来看。总的来说，研究毛泽东文艺思想和学习《在延安文艺座谈会上的讲话》，都要有历史观点，不能割断历史。

《讲话》是重要的历史文献，经得起考验，过去是、现在还是指导我们文艺运动的指针。这也就是说，对毛泽东文艺思想，一定要坚持。这是毫无疑义的。

问题在怎样坚持。坚持不等于原封不动，一切照搬。那样，就变成"句句是真理"了。我们讲的坚持，是在发展中坚持。马克思主义本身就是一种发展的学说。根本不要坚持，那就无所谓发展；根本不发展，也不可能坚持。列宁对马克思主义就是又坚持又发展。如果列宁句句照搬马克思，不提出社会主义革命有可能在一国首先取得胜利的论点，那就没有列宁主义，没有十月革命，因而也就不可能坚持马克思主义。中国革命是走十月革命的道路，但中国革命也不是照抄十月革命。如果照抄十月革命，不走农村包围城市的道路，那就没有毛泽东思想，也不会有中国革命的胜利，从而也不可能在中国坚持马列主义。我们党的十一届三中全会抛弃了"两个凡是"的观点，解放思想，实事求是，从而才真正坚持了毛泽东思想。我们对待毛泽东文艺思想，也应该这样。

应该看到，从《讲话》到现在，国内外起了空前巨大的变化。首先是历史时代的变化，阶级关系的变化。那个时候我国还没有进入社会主义，也没有社会主义现代化建设，主要是进行民族民主解放斗争，驱逐日本侵略者，推翻旧制度。我们要看到这个变化。现在我们讲和新的群众时代相结合，就要具体看一看，什么样的群众，什么样的时代？《讲话》讲为人民服务。人民这个概念，当时主要包括四种人，除了工农兵以外，还包括城市小资产阶级劳动群众和知识分子在内——那时是把知识分子的多数列入小资产阶级范畴的，但一般都是提"为工农兵服务"，似乎知识分子不包括在内。后来，主要是在1957年以后，又把多数知识分子看做是资产阶级知识分子。这样一来，多数知识分子就只是改造对象，而不是服务对象了。现在，知识分子已经是劳动人民的一部分，工人阶级的一部分，用过去那种眼光去看待他们就不对了。1962年，在纪念《讲话》发表20周年的时候，《人民日报》发表过一篇社论，题目是《为最广大的人民群众服务》。社论提出："人民民主统一战线内的以工农兵为主体的全体人民都应当是我们的文艺服务的对象和工作的对象。"尽管这篇社论在"文化大革命"中遭到了批判，现在看来，这个提法还是对的。至于为社会主义，40年前没有这么提，因为那时还只有作为指导思想的社会主义，而没有社会主义的实际。我们有些同志只是拘泥于旧口号，有一点不同都不行，这样跟不上时代的前进步伐，就有落后于时代的危险。

大家谈论比较多的，是文艺与政治的关系问题。这个问题，邓小平同志说过，今后不再提"文艺从属于政治"，因为这种提法不完全符合文艺和社会生活的历史，而且容易产生流弊。按照马克思主义的观点，社会发展中起决定作用的最后是经济。物质生活条件即社会生产方式制约着精神生活、政治生活、社会生活。这是历史唯物主义最基本的公式。文艺与政治同属上层建筑。上层建筑各种因素之中影响有大小、强弱、久暂的不同，但起最后决定作用的还是经济基础。说文艺从属于政治，既否认了经济基础的最后决定作用，也否认了上层建筑各因素之间的相互作用，以及文艺在长期历史发展过程中所形成的相对的独立性。我们过去批判把这种独立性看成是绝对的，那是批判得对的，但由此而连相对的独立性也不承认，那就不对了。研究这种相对独立性的历史联系及其发展，正是文学史应该探索的问题。

政治作为上层建筑之一，不是任何时候都是正确的，也会有不正确的时候。即使是正确的，它也不能强使意识形态都从属于它。不再提文艺从属于政治，这并不是说文艺与政治无关，可以脱离政治。我们有党的四项基本原则。共产党员还有党性和党的纪律的约束。文艺的党性原则是自觉自愿的。在今天，文艺为人民服务，就要为社会主义服务，因为社会主义是人民的根本利益所在。三中全会以来，文艺的主流是好的，必须肯定，但是也有错误、也有支流。随着对外开放和对内搞活经济的巨大政策转变而来的思想战线上的资产阶级自由化倾向，就是不容忽视的支流。强调文艺为社会主义服务，就要反对这种倾向。

大家对深入生活谈论得很多。作家要深入生活，这是天经地义。所谓深入生活，就是不做旁观者，要做当事人，我看这一点最要紧。做当事人，就会感到与你所描写、所反映的生活血肉相连，利害与共。毛泽东同志说，感情的变化是最主要的。立场、观点、方法都以感情的变化为标志，感情变了，对事物的观察和体会就会不相同。因此，所谓深入生活，不是纯粹学院式的问题，而是生活实践和艺术实践的问题。

文艺评论工作十分重要，这几年有发展，也有成就，但和创作相比，就显得逊色一些。评论工作问题很多，现在谈得比较多的是人性论、人道主义等问题。我觉得有一种误解，以为共产党人、革命者不能讲人道，不能讲重视人。其实毛泽东同志早就讲过，人是一切事物中最宝贵的。人的价值、人的尊严，不应当被轻视、贬低，应当被重视、尊重，而人的价值和尊严都不是抽象的，不能离开历史的阶级的分析。

现在谈得比较多的还有一个"异化"问题。这个问题，1963年我在中国科学院社会科学学部大会也讲过。我认为这个问题是重要的。我当时说："根据唯物主义的观点来解释异化，按照事物总是一分为二、走到自己的反面这个辩证的规律来理解异化，……就应当承认，异化是自然界和人类社会的一种普遍现象，而异化的形式是各种各样的。"现在我还是这样看。由于"异化"这个概念不好懂，常常产生一些误解。我曾想过，是否可以用"作茧自缚"这个成语来形象地说明"异化"呢？（当然，从生物学上说，蚕吐丝作茧是为了保护自己。不过我们这里是按照"作茧自缚"这个中国成语的意义来了解的，就是自己的产物束缚了自己。）马克思本人也有这样的比喻。社会异化，无论经济异化，思想异化，或政治异化，都是一种很复杂现象，需要作专门的研究。是否到共产主义社会，阶级消灭了，异化现象就没有了？但至少现在还有。至少有阶级或阶级残余的存在，异化现象就不会消失。宗教就是异化，人的头脑想象出一个神，这个神反过来统治了人。这和"作茧自缚"不是一样吗？不但人的头脑的产物会成为一种异己的力量，反过来束缚人、支配人，人的双手的产物也一样，在资本主义社会里，工人用双手生产出来的商品或财富，也成为一种神秘的、异己的、奴役人的力量。换句话说，是物统治了人。马克思把这种现象称之为"商品拜物教"或"货币拜物教"。现在我们社会里有一些人迷信金钱万能，一切朝钱看，这是不是异化啊？这个问题，当然还可以研究。

社会现象、自然现象，都非常复杂，我们要研究这些现象。青年人特别喜欢探索，热心于探索，我们不要去反对。我们只有鼓励他们探索的义务，而无阻碍他们探索的权利。在这里，最需要的是正确的引导，是循循善诱，是严以律己、宽以待人。如果他们在探索中出了差错，领导人该负责的就负责，该批评的就批评，批评也还要采取保护的态度。我们是社会主义国家，建国30 多年了，好多青年都是社会主义制度下培养出来的，他们走错了路，我们年纪大一些的人都负有一份责任。我们一方面要高度重视他们对新鲜事物的敏锐感觉，在这点上要向他们学习。另一方面也要帮助他们学习社会、学习历史、学习马列主义。这是我们义不容辞的责任。

总之，不要孤立地、片面地、静止地理解毛泽东思想。马列主义如何在中国得到发展，就看它和中国的历史、现状结合的程度如何。如果结合得好就发展得快，结合不好就发展得慢。这也是马克思讲的话："理论在一个国家的实现程度，决定于理论满足这个国家的需要的程度。"你的理论不能满足社会和人民的需要，那这个理论就是不行的。我们努力的目标，就是要使马克思列宁主义、毛泽东思想最大限度地满足社会和人民的需要。

（原载 1982 年 6 月 23 日《人民日报》）

关于马克思主义的几个
理论问题的探讨

一　马克思主义是发展的学说

伟大的无产阶级革命导师马克思已经逝世一百年了。在这一个多世纪中，人类历史发生了前所未有的大变化。许多曾经显赫一时的人物已经在人们的记忆中无影无踪地消失了。许多曾经名震遐迩的学说已经失去它的光泽，不再能唤起人们的最初热情，而变得越来越暗淡了。可是作为推翻旧世界解放全人类的革命导师马克思的形象却永远放射着光芒，他所创立的马克思主义学说却像常青树那样永远保持着青春的活力。它迎接了来自各个方面的挑战，克服了重重险阻，始终胜利地前进。我们用不着讳言，在这一百多年中，马克思主义所经历的道路并不是平坦的。它曾受到严峻的考验。它在一定时期和一定场合，也出现过停滞、倒退、甚至质变。从最初的马克思主义政党的成立，直到目前为止，我们可以找到不少说明这种情况的历史事实。我国由林彪、江青两个反革命集团所造成的十年内乱，就是其中一个突出的例证。在这种时刻，往往有人对马克思主义丧失信心了，产生了怀疑。可是无论经过什么惊风恶浪，马克思主义总是显示了永不衰竭的战斗力，在曲折的道路上不屈不挠地向前挺进。

这是什么缘故？因为马克思主义是科学。马克思主义不相信什么终极的真理。马克思主义是发展的学说。马克思主义不仅运用批评自我批评的武器来克服自身的缺点，纠正自身的错误，并且随着生产斗争、阶级斗争和科学实验这三大革命实践的发展而改变自己的形式。这样就防止了停滞和僵化。列宁曾经在《国家与革命》中根据马克思和恩格斯在不同时期所写的著作，指出他们如何丰富和发展了无产阶级专政的学说。恩格斯于 1892 年为自己早期著作《英国工人阶级状况》所写的德文第二版序言中，说明他早年所作的英国工人阶级状况的调查报告及某些分析和论断，由于情况的改变而过时了。这都说明，马克思主义创始人并不认为他们自己的一切论断和观点都是臻于至善的永恒真理。相反，他们批判了杜林对于"永恒真理"这个字眼的庸俗玩弄。他们以三大革命实践作为发展自己理论的主要依据。马克思尤其关心自然科学的发展，认为科学能转化为生产力。他认为，科学是"一种在历史上起推动作用的、革命的力量"①。根据恩格斯的回忆，马克思对于自然科学中的任何一种新的发现都是感到欢欣鼓舞的。这原因就在于自然科学的新发现新突破，不仅推动了人类社会的进步，同时也可以促使马克思重新检验自己的学说，发展自己的学说。

马克思主义既然是发展的，所以对于社会主义革命和社会主义建设也就没有固定的模式。列宁并不是把马克思恩格斯原来关于革命的设想作为固定的模式，去制定十月革命的理论的。中国的新民主主义革命，曾经根据俄国的城市武装暴动的

---

① 恩格斯：《在马克思墓前的讲话》。

模式去进行，结果遭到失败。后来毛泽东同志根据中国的革命实际，把马克思主义普遍真理和中国革命实际相结合，确立了农村包围城市的革命理论，才取得了胜利。实际上，倘使不抛弃固定的模式，不承认马克思主义是发展的学说，我们的民主革命就不可能成功。我国的社会主义建设也应当是同样的。我们党中央提出了走自己的道路，这是符合马克思主义的根本原则的。无论在进行民族解放斗争的问题上，或在进行社会主义革命和社会主义建设的问题上，每个民族都要从自己的实际出发，选择自己的道路。在这个问题上，既不应强人从己，也不应强己从人。马克思主义的发展，必须同各个国家、各个民族的历史和实际相结合，所以必然要形成各自所具有的马克思主义的不同特色。正如列宁所说，一切民族都将走到社会主义，但各个民族的走法却不一样，每个民族都有自己的特点。我们党提出的建设具有中国特色的社会主义，正是列宁这个思想的运用和发展。多样性的、各具特色的社会主义学说异彩纷呈，终归会丰富马克思主义并促进它的发展。

就世界的范围来说，社会主义建设有成功的经验，也有失败的教训，需要在实践中探索，在实践中总结。正如胡耀邦同志在"十二大"报告中所指出，目前我国正在新的历史条件下，在新的伟大实践中，积累新的经验，创造新的理论，把马克思列宁主义、毛泽东思想推向前进。我们不能走回头路，完全照搬过去的经验和过去的理论，纵使这些经验和理论曾经是正确的，在当时条件下起过积极良好的作用，但在目前也要根据新情况加以重新检验和估计，需要发展的就应加以发展，需要改造的就应加以改造，而不能墨守成规。我们不应被习惯的惰性作用所左右，必须克服穿新鞋走老路的倾向。

在不断发展中的马克思主义，需要根据不同时期革命任务的需要，和不同学派结成一定的同盟，在今天新的历史条件下，马克思主义要寻找、争取、扩大的同盟军。马克思主义不能没有同盟军，恩格斯曾嘱咐过德国无产阶级的领导人，要把 18 世纪末叶战斗的无神论的文献翻译出来，广泛地传播到人民中去。列宁也着重谈到这个问题。他认为，一个马克思主义者，如果以为，只有通过纯粹马克思主义的教育这条直路，才能使千百万人民群众摆脱愚昧状态，那就是最大的而且最坏的错误。他甚至说：如果不敢同 18 世纪（资产阶级还是革命阶级的时期）的资产阶级代表人物结成同盟，就无疑是背叛马克思主义和唯物主义。我们应该重视恩格斯和列宁关于马克思主义要有同盟军的思想。目前，在世界范围内，有些人不是马克思主义者，是进步的民主主义者、民族主义者、人道主义者。但是，他们可以和我们合作。我们也应尽力争取和他们合作，在某一特定时期，在某一特定问题上和他们合作。在中国近代历史上，许多知识分子，就是通过民族解放的要求和爱国主义思想情绪走向马克思主义的。我们不应该轻视和排斥还不是马克思主义者的爱国主义者。要尊重他们，团结他们，和他们一道努力实现祖国的统一和繁荣的大业。在一定的条件下，马克思主义者也可以同资产阶级或小资产阶级的人道主义者结成同盟。法国的杰出作家、伟大的人道主义者罗曼·罗兰，同时也是一位反对帝国主义反动派和法西斯主义的英勇战士，是社会主义苏联的真诚朋友。他在 30 年代访问苏联后所写的书简和别的文稿中，一再表示，世界进步和人类的幸福是和社会主义休戚相关的。当然，马克思主义者与非马克思主义者结成同盟军，要注意自身体系的独立性，要有团结和批评的两手，要力争马克思主义在同盟中处于主动地位，不使自己成为别人的附庸。

二 要重视认识论问题

要捍卫发展马克思主义，认识论是个重要问题。恩格斯说："自由是在于根据对自然界的必然性的认识来支配我们自己和外部自然界"（《反杜林论》）。这种对必然性的认识和利用，就是自由。在认识论问题上，有哪些方面沿着马克思主义的轨道，也就是科学的认识论轨道前进了？有哪些背离了？这是摆在我们面前要求解答的问题。认识论问题取得进展，我们的思想就可以大大提高一步，我们的实践就可以更有成效，就可以少犯错误。我们在这方面有弱点。我们党在建党前没有这方面的理论准备，不像俄国有赫尔岑和车尔尼雪夫斯基，他们本人不是马克思主义者，但和马克思主义比较接近。普列汉诺夫和列宁在俄国革命前就发表了不少文章。中国的情况不同。陈独秀虽然是中国党的创建人，但实际上只是一个激进的革命民主主义者。李大钊是最早宣传马克思主义的，他是最早的建党人之一，并且是我党的第一个勇敢的殉道者，不过他的著作并不多。直到毛泽东思想的形成和确立，中国共产党在理论上才成熟起来。经过七大，用毛泽东思想统一了全党的认识，从而取得了新民主主义革命的胜利。不过到了社会主义革命和社会主义建设时期，我们党又面临理论准备不足的问题。毛泽东同志在 1957 年说，经济建设我们还缺乏经验，还需要积累经验。这个思想，他在 1962 年又提了一次，说中国的社会主义建设对我们还是一个很大的必然王国，我们必须认识它。因此，缺少马克思主义的理论准备，这是中国党的一大弱点。

马克思主义三个组成部分来自英国、法国和德国，可以说是这三个发达国家的革命斗争和代表当时最高水平的理论成果的总结。马克思大半生在英国度过，他的许多著作都是在英国写成的。英国不仅产生了出色的政治经济学，同时又是资本主义经济发展的典型。《资本论》就是取它作为探讨资本主义经济发展规律的范例。法国的资产阶级革命进行得最彻底，经历了十分复杂而又曲折的政治变革，为剖析资本主义社会中的阶级斗争提供了丰富的资料。马克思写的《法兰西内战》等著作都取材于法国。同时，在空想社会主义方面，法国又有像圣西门、傅立叶这样卓越的人物。我国从向西方寻找真理时期起，就已经对英法这两个国家的学术文化开始介绍。严复曾译出不少这两国的名著。唯独对于德国的古典哲学接触得最少，也最不熟悉。王国维只是了解一些尼采和叔本华的哲学观点。那时的人们都不熟悉德国思想家的著作。但是德国古典哲学恰恰是马克思主义三个来源之一。德国古典哲学经过马克思的批判，其中的认识论和方法论被继承、被改造，成为他据以剖析一切社会现象的根本原则。列宁晚年曾研究了黑格尔哲学，虽然也批评了黑格尔的思辨观点，但总的说来对黑格尔哲学给予了很高的评价。他说，不懂黑格尔的全部逻辑学就不能完全理解马克思的《资本论》，特别是它的第一章。他还曾经给当时苏联党刊《在马克思主义旗帜下》撰文，倡议组织"黑格尔辩证唯物主义之友协会"。列宁去世后，由于斯大林对德国古典哲学的蔑视，苏联哲学界并没有认真执行列宁的上述指示。在中国，尽管毛泽东同志对于斯大林把德国古典哲学视为对资产阶级革命的反动这种错误观点表示了反对，可是上述否定德国古典哲学的思潮仍冲击了我们思想界，使我们无形之中割断了马克思主义和德国古典哲学之间的联系，这就不能不给我们在认识论研究方面带来偏差。

在我国，具有代表性的马克思主义哲学著作自然要算是毛泽东同志的两论。尽管两论发表在斯大林的《辩证唯物主义和历史唯物主义》之前，但是比起斯大林这部著作来，它自有其优点。斯大林《辩证唯物主义和历史唯物主义》也有它的优点，在把马克思主义通俗化方面起了很大作用，但是也有缺点错误。比如，他把辩证法和唯物主义的区别归结为方法和理论的区别，并把两者割裂开来。他对辩证法的解释是不完整的。在概括唯物主义三个基本特征时，他把世界及其规律是可认识的作为其中一项。这等于说唯心主义者都是不可知论者。其实不少唯心主义者也认为世界是可以认识的，如黑格尔、贝克莱。斯大林著作一发表，整个苏联哲学界都按斯大林的体系讲，哲学停滞了。50年代，毛泽东同志批评了斯大林的错误。他说，斯大林讲事物的内在矛盾，只讲对立面的斗争，不讲对立面的统一。这一批评十分中肯，也很重要。斯大林只讲斗争，这是他那阶级斗争日益尖锐化的政治观点在哲学中的反映。毛泽东同志批判了斯大林的这一错误观点，坚持了矛盾的同一性，坚持了从马恩到列宁所阐述的对立统一律的原旨。毛泽东同志以此为基础，并根据他在《矛盾论》中所提出的不同矛盾应用不同方法去解决的原则，建立了在社会主义社会中存在着两类不同性质矛盾的学说和党在文化上的双百方针。这是对马克思主义的一大贡献。不幸的是，毛泽东同志晚年违反了初衷，背离了自己所坚持的矛盾同一性观点，用"一分为二"反对"合二而一"，把对立绝对化，甚至认为综合也只能用一方吃掉一方去解释。这样就造成了阶级斗争扩大化的后果。

毛泽东同志在《实践论》中，不仅阐述了实践是检验真理的标准，并且阐述了实践是认识的源泉，由此阐发了马克思所提出的人在改造世界中认识世界的实践观点。不过在实践问题上同样存在着值得我们总结经验引为教训的问题。一个问题是毛泽东同志在后来过分强调人的主观能动性，以致把上层建筑对基础的反作用加以夸大，这就在大跃进时期造成了主观主义的泛滥。另一方面，毛泽东同志又把理论为实践服务了解为单纯地为政治或阶级斗争服务，忽视了理论的相对独立性。这给我们的理论界带来一些消极影响，形成一种急功近利的学风。例如，对于理论联系实际作简单化庸俗化的理解，把基础理论的研究当作脱离实际来批判，认为任何理论都必须收到立竿见影之效。十年内乱时期形而上学猖獗，实用主义横行一时。林彪提出急用先学，做什么学什么，一度成为指导思想。实用主义恶性膨胀的结果便是抛弃系统知识和基础理论，否认完整准确地掌握马克思列宁主义、毛泽东思想的必要性，扬言只要背诵一小本语录就可以解决一切问题。十一届三中全会以后，经过拨乱反正，实用主义受到了批判。但我们在划分实践观点和实用主义的区别上还没有给予充分的注意。我们必须坚定不移地坚持实践检验真理的标准，同时又必须划清实践观点和实用主义的界线，以防止实用主义所起的以紫夺朱混淆是非的作用。

我觉得恩格斯《自然辩证法》中所举的一个例证很值得我们思考。他说美索不达米亚、希腊、小亚细亚以及其他各地的居民，为了扩大耕地，砍光了森林，虽然当时收到了效益，可是失去了森林也就失去了积聚和贮存水分的中心，以致使这些地方后来竟成了荒芜不毛之地。这个例证告诫我们在坚持实践观点的时候不能采取急功近利的态度，必须把眼光放远，不能只顾眼前之效。正如列宁所说，"实践标准实质上决不能完全地证实或驳倒人类的任何表象。这个标准也是这样的'不确定'，以便不至于使人的知识变成'绝对'，同时它又是这样的确定，以便同唯心主义和不可知论的一切变种进行无情的斗争"。①

---

① 《列宁全集》第 14 卷，第 142—143 页。

认识论中的另一个问题也值得我们探讨，即感性认识和理性认识以及它们之间的关系。这一问题，目前理论界已有所涉及，值得我们注意。我们已经习惯地认为，一旦形成概念、判断就进入理性认识，就反映了本质。这是一种误解。实际上有大量的概念、判断只反映了现象，并未反映本质。另外，说感性认识只是感觉、印象，这也不妥。概念也有发展过程，就是由抽象概念到具体概念或由知性到理性。因此，不能说一旦形成概念，就掌握了本质。这是把问题简单化了。

德国古典哲学自康德起采用了三范畴，即：感性、知性、理性。后来黑格尔也承袭了这一用法，只是赋予了不同的含义。我认为在认识论中可以考虑用感性、知性、理性三范畴去代替感性和理性两范畴，这样就可避免前面所说的那种缺陷。划分知性和理性的区别很重要，因为这有助于辨清辩证法和形而上学的界限。按照黑格尔的解释，知性的特点是坚持固定的特性和各种特性间的区别，凭借理智的区别作用对具体的对象持分离的观点。它把我们知觉中的多样性内容进行分解，使它们变成简单的概念、片面的规定、稀薄的抽象。所以，知性所达到的只是抽象概念或抽象的普遍性。它不能反映事物的整体、本质和内在联系。这种抽象的普遍性不是把个体性和特殊性统摄于自身之内。用通俗的话说，就是它拆散了事物的多样性统一，使本来具有内在联系结合在一起的各种特性变成只有松散的外在关系。黑格尔所解释的知性和理性的区别是恩格斯所肯定的。他在《自然辩证法》中说，黑格尔所规定的知性和理性的区别是有意思的。长期以来，我们几乎把知性这一概念完全摒弃，以致常常使它和理性的概念混淆起来。从而知性的分析方法也就往往被视为正确的方法而通行无阻，以致成为简单化、概念化的思想根源之一。

马克思在《〈政治经济学批判〉导言》中提出了研究政治经

济学的两种方法，一种是由混沌的关于整体的表象出发，在分析中达到越来越简单的概念，越来越稀薄的抽象，直到作出一些最简单的规定，这是17世纪古典经济学家所采取的方法（即知性分析法）。另一种是由上面的行程再回过头来，达到具有许多规定和关系的丰富的总体。马克思把这称为"从抽象上升到具体"的方法，并且断言这才是科学的正确方法（即辩证的方法）。后一种方法才达到具体的普遍性，也就是说才反映了事物的整体、本质和内在联系。不过，我们同时也要注意马克思并不是全盘否定知性的分析方法。照他看来，知性分析方法出现在认识过程的一定阶段，它只在一定范围内方有效准，一旦越出这个范围就会变成谬误。知性分析方法是有片面性的。采用这种方法的人往往以为抓住了事物的某个主导方面，即所谓抓要害，就算抓住了事物的整体和本质。事实上事物的主导方面不是孤立自在的，而是和这一事物的其他方面紧密相关，彼此相涵，有着不可拆散开来的内在联系，从而构成多样性统一的总体。因此，我们要记住列宁的话：必须把握、研究事物的一切方面、一切联系和"中介"，才可以防止错误，防止僵化。我国历史上一些尊重事实治学严谨的学者也说过一些值得注意的话。比如，戴震所提出的"巨细必究，本末兼察"，我觉得就可以参考。在认识论方面像这类问题还有不少，都值得我们去认真探讨。倘使我们在认识论的研究方面有所突破，有所前进，那么就可以使我们的马克思主义水平得以提高。我觉得这在我们的理论建设中是一个重要的问题。

三 马克思主义与文化批判

继承过去的遗产，吸取外国的东西，必须有批判，不批判就无法继承和吸取。毛泽东同志曾经说：要在各个学术领域中树立起马克思主义的批判旗帜。他又提出"古为今用"，"洋为中用"。后来，批判的名声被搞坏了。特别是在十年内乱中，所谓大批判已经变质为恫吓诬陷的手段，这就需要拨乱反正，为批判恢复名誉。批判一词原是德国古典哲学使用的术语，康德的哲学就称为批判哲学。按其本义，所谓批判指的是对旧形而上学的各个范畴加以重新的衡量和估价。这也就是说，对于那些从未经过追究的既成范畴去进行考核，探讨这些范畴究竟在什么限度内具有价值和效用。批判是不接受未经考察过的前提的。就这一点来说，批判具有反对盲从，反对迷信，提倡独立思考的积极意义。18 世纪的启蒙学者可以说是开创了批判精神的先河。恩格斯说："他们不承认任何外界的权威，不管这种权威是什么样的。宗教、自然观、社会、国家制度，一切都受到了最无情的批判；一切都必须在理性的法庭面前为自己的存在作辩护或者放弃存在的权利。思维着的知性成了衡量一切的惟一尺度。"（《社会主义从空想到科学的发展》）

自然，马克思主义的批判不是以思维着的知性为依据，而是以实事求是的科学精神，把一切放在实践的法庭上去衡量、去再估价。马克思主义是科学，不是宗教，因此马克思主义的批判精神也就是科学精神，不接受未经考察过的前提的。这也就是说，马克思主义作为革命的科学理论，它本身也是在不断经受实践的验证的。

马克思主义向来认为原则不是出发点而是它的最终结果，不能用原则去剪裁事实，而只能从事实中把原则抽象出来。在封建时期，我国的经生讲究家法，师之所传，句句都是真理，一字毋敢出入，背师说即不用。但是清代也有一些具有胆识的学者，不为这种僵硬刻板的法度所拘。近代中国学术思想史上就不乏这种具有灼见的人物，戴震就是一个杰出的代表，他的《孟子字义疏证》就是一本精湛之作。难道我们今天马克思主义者不更应以这些前人作为光辉榜样并力求超过他们吗？马克思主义的创始人就是以这种实事求是的批判精神作为自己立身行事的准则，并建立他们的伟大的学说。马克思在1844年写的《手稿》中就已指摘了国民经济学把应当加以论证的东西当作理所当然的东西的错误。他还说他们就如神学家用原罪来说明罪恶的起源那样，把应当加以推演的东西当作历史的事实了。马克思主义和这种独断论的态度相反，它接受实践的检验，自觉地把实践作为检验真理的标准。毛泽东同志说马克思主义是不怕批评的。就包含着这种意思在内。在我们党内有两次都在马克思主义领域内进行了严格的批评和自我批评。第一次是在1942年的延安整风。第二次就是十一届三中全会以冲破长期存在的教条主义和个人崇拜为目标的解放思想。马克思主义具有生命力，因为它是革命的，而不是僵化的，所以它不怕批评和自我批评，经得起实践的检验，并在实践的检验下充实自己，发展自己。

我们在贯彻马克思主义的文化批判上，曾经产生偏差和错误，"文化大革命"中的所谓"大批判"就是开国后历次思想批判运动的消极因素的发展和恶性膨胀，它为少数野心家利用，以致造成一场全民大灾难。全国解放初期，我们曾警惕过"无产阶级文化派"所犯的错误，对我国文化遗产，特别是对戏剧采取了比较谨慎的态度，因而所犯错误较少，成绩也较显著。这和我们如何认识并掌握作为文化批判依据的某些马克思主义原则有着密切的关系。我们是主张批判继承的，这就是既有肯定，又有否定，既有克服，又有保存。这就是"扬弃"。过去我们很少谈否定之否定律，这对批判继承问题有一定影响。否定之否定是黑格尔辩证法中的一条规律，同时又是他构成自己哲学体系的主要原则。他的体系毫无例外地都是按照自在——自为——自在自为即否定之否定的三段式构成的。黑格尔为了使自己的哲学纳入这个整齐划一的三段式的结构，往往采取了人工强制性手段，特别是在由一个环节向另一个环节过渡时就显得十分晦涩，甚至神秘。但是，唯物主义者是完全可以批判地吸收黑格尔的这一思想，并运用它来观察历史的。黑格尔认为哲学的发展不外是一种哲学体系推翻另一种哲学体系，但尽管如此，哲学史却并不是错误陈迹的展览。他认为每一种被推翻的哲学都作为一个低级阶段保存下来了。比如辩证法就超越了同时也包括了诡辩论、怀疑论、相对主义。这种历史发展上的否定之否定的观点，是马克思恩格斯所肯定的。但在我国理论界却未受到应有的重视。这大概是受到斯大林把否定之否定律当作黑格尔的遗迹力加摈斥的影响。毛泽东同志也没有纠正这一偏颇。他对否定之否定律也有意见。他的文章中从未提过这一规律。听说，他以为生活中有些例子很难用否定之否定规律去说明。比如封建社会否定奴隶社会后资本主义社会又否定封建社会，就没有包括低级形态在高级形态上的复归现象。但这是由于某些规律具有这样一种特性，即它只在更宽广的时空领域内才有效准。正如恩格斯在《致符·博尔吉乌斯》中说的："我们所研究的领域愈是远离经济领域，愈是接近于纯粹抽象的思想领域，我们在它的发展中看到的偶然性就愈多，它的曲线就愈是曲折。如果您划出曲线的中轴线，您就会发觉，研究的时期愈长，研究的范围愈广，这个轴线就愈接近经济发展的轴线，就愈是跟后者平行而进。"比如，私有制否定原始共产社会后，共产主义社会又否定私有制社会，这就构成了否定之否定的发展规律。固然，像黑格尔那样采用人工强制手段运用否定之否定律建立整齐划一的三段式的体系结构是牵强附会的，但我认为也不可由于他机械运用的缺陷就否定这一规律，否定这一规律就会把文化发展的曲线进程看做简单化的直线进程，并且还会产生更严重的恶果。我以为，"文化大革命"中出现的所谓"彻底决裂"以及把过去文化一概斥为封资修加以消灭，是和长期以来不讲否定之否定律，歪曲科学的批判精神分不开的。马克思主义的批判精神不是简单的全盘否定，而是含有前面所说的那种扬弃的意义。

我们曾对批判继承文化遗产问题做过一些探讨，这几年更有突破。例如，以唯物唯心或现实主义和反现实主义来划线去评价文化艺术遗产，就是曾经引起过讨论的问题。我们坚持唯物主义，这是不容置疑的，但是把过去思想的发展史概括为唯物论和唯心论两条路线的斗争，并且认定只有唯物的才是好的，值得继承的，而一切唯心的都是坏的，必须抛弃，这就有些简单化了。列宁曾经说："聪明的唯心主义比愚蠢的唯物主义更接近于聪明的唯物主义。"[1] 黑格尔哲学就是聪明的唯心主义，它比那些被恩格斯称为江河日下和叫卖小贩的庸俗唯物主义者（即愚蠢的唯物主义者）更接近辩证唯物主义（即聪明的唯物主义）。现实主义原则也是我们要坚持的，但如果把千百年来的文艺史一律归结为现实主义和反现实主义的斗争，那也失之简单化。根据这种观点就无法解释许多文化、文艺历史事实。难道文学史上许多伟大作家、诗人不是不仅是现实主义者，同时又是浪漫主义者吗？

我想，在批判地继承文化遗产的问题上，我们应该遵循恩格斯在通信中所提出的原则，那就是思想家是以前人所留下的思想资料为前提来建立自己的新学说的，因此，任何一种新学说都不能超越前人提供的思想资料。我们不要把思想资料这句话理解得过于狭窄，它包括思想形式，也包括思想内容，同时也往往越出

---

[1] 《哲学笔记》，第305页。

国界，涉及到外来的影响。我们在考察一个国家的文化成就时一定要从世界的眼光看。《共产党宣言》中提出了文学正突破民族和地域的狭隘性而成为"世界文学"。歌德比这更早就提出了"世界文学的时代已快来临"，并对中国文学加以称赞。早在中世纪以前，不同国家和民族之间的文化交流就已开始。最早，中国和印度两国之间，就有了文化来往，印度佛学思想在中国文化史上留下了深刻的烙印。比如，魏晋时期出现了带有思辨色彩的玄学，除了以老庄周易为骨干外，主要是受到流入中土的佛书影响。当时的名士名僧多由玄入佛，形成玄佛并用的一代学风。在传译佛典方面，最初是采用汉化方式，多以固有的老庄术语去代替具有自身特点的佛学名相，而在讲解佛法方面又多以外书比附内典，号称格义。经过这种汉化阶段后，由道安、鸠摩罗什等开始才逐渐转入信实可靠的正译。很可能正因为传译佛书经过了这样的曲折的探索过程，所以在当时产生了大量可称为翻译文学方面的理论，这些理论随同佛书的经论一起对我国文化发生了巨大影响，其中不少成分融入我国文化里面。特别是唐宋以后，禅学盛极一时，从那时起，著名学者、作家，无不或多或少地受到禅学的影响。对这些方面我们迄今还没有进行较充分的研究，这和长期以来由于玄佛属于唯心主义学说，从而被视为必须抛弃的糟粕有关。但这不是实事求是的科学态度。我以为除了佛学中的辩证法外，它把认识作用和心理活动联系起来，在其职能、性质、类别等等方面所做的缜密细致的剖析，以及玄学在深化抽象思维能力，丰富了概念和范畴方面……都对我国文化产生了一定的影响，起过一定的积极作用。对于这些，我们都应以马克思主义的批判精神予以总结。

目前国外有些国家把东方学改称中国学，加强了对我国学术文化的研究。可是多年来，我们在这方面也落后了，必须急起直追。通过马克思主义的批判，我们不仅可以正确地描述并评价我国文化的历史事实，同时还可以揭示我国文化的发展规律，殚其系统，明其脉络，这无论在发展我们的文化方面或发展马克思主义方面都会作出一定贡献。此外，我们还要在世界范围内去考察人类积累下来的文化成果，也要对当代的世界文化进行研究。文化是在发展着的。目前知识更新加快了速度，自然科学几乎在各个领域都有所突破，出现了许多跨界的崭新科学，这不能不对整个世界文化起着冲击作用，引起连锁反应。面临这种新形势和新情况，我们不能故步自封，采取过去那种闭关锁国的政策。事实证明，禁锢的办法只有带来无知和落后，并且是行不通的。在开放的情况下，随着先进的、有益的、值得借鉴的东西，也涌进了一些有害的东西，我认为，纵使是反面的东西也应加以研究。不敢接触，怎么去批判？思想问题不能用行政命令去解决，只有经过马克思主义的批判，通过摆事实，讲道理，用颠扑不破的真理和强大的说服力，才能消除它的有害影响。

四　马克思主义与人道主义的关系

人道主义和与此相关系的人性论，是关系到哲学、伦理学、社会学、文艺学等的重大理论问题。马克思主义与人道主义是什么关系？这是在全世界范围内探索、研究的问题，也是我国学术界、文艺界近几年来热烈讨论的一个问题。

在"文化大革命"前的17年，我们对人道主义与人性问题的研究，以及对有关文艺作品的评价，曾经走过一些弯路。这和当时的国际形势的变化有关。那个时候，人性、人道主义，往往作为批判的对象，而不能作为科学研究和讨论的对象。在一个很长的时间内，我们一直把人道主义一概当作修正主义批判，认为人道主义与马克思主义绝对不相容。这种批判有很大片面性，有些甚至是错误的。我过去发表的有关这方面的文章和讲话，有些观点是不正确或者不完全正确的。"文化大革命"中，林彪、"四人帮"一伙把对人性论、人道主义的批判，发展到了登峰造极的地步，为他们推行灭绝人性、惨无人道的封建法西斯主义制造舆论根据。过去对人性论、人道主义的错误批判，在理论上和实践上，都带来了严重后果。这个教训必须记取。粉碎"四人帮"后，人们迫切需要恢复人的尊严，提高人的价值，这是对"四人帮"倒行逆施的否定，是完全应该的。

对人的问题的探讨，给我们提出一个问题，就是完整准确地掌握马克思主义的问题。许多年来，我们对马克思主义的了解，侧重在阶级斗争和无产阶级专政方面。在进行急风暴雨的革命斗争时期，我们当然需要马克思主义的阶级斗争和无产阶级专政学说，正是由于有了这个伟大学说的指引，我们才取得革命的胜利。在社会主义建设的新时期，我们仍不能忽视阶级斗争的存在，仍要坚持人民民主专政。但是，阶级斗争究竟不是我国社会的主要矛盾了，全党和全国各族人民的总任务是实现社会主义现代化，把我国建设成为高度文明、高度民主的社会主义国家。正如斯大林所说，社会主义生产的目的"是人及其需要，即满足人的物质和文化的需要"。① 人是我们建设社会主义物质文明和精神文明的目的，也是我们一切工作的目的。生产本身不是目的，阶级斗争、人民民主专政本身也不是目的。过去许多同志把这一点忘了。马克思从他成为共产主义者的第一天起，就是以全人类的解放为己任的。关于人的问题，他在早期著作中谈得比较多，比较集中，其中有十分精辟的见解，当然也有不成熟之处。

---

① 《斯大林选集》下卷，第598页。

后期马克思集中力量研究经济问题，关于人的问题谈得少一些，但比之早期著作又有新的发展。只有把马克思的早期著作和后期著作连贯起来研究，既看到两者的区别，又看到两者的联系，才能对马克思主义获得完整准确的了解。

二三十年来，西方的马克思主义者和马克思主义研究者集中力量研究马克思的《1844年经济学—哲学手稿》，写出了不少著作。与此同时，人道主义思想也很盛行。一个时期里，我国不少青年学生对现代西方哲学的一些流派颇感兴趣。这种现象，我们应该认真引导。我认为，只有用马克思主义的人道主义，才能真正克服资产阶级人道主义。

作为欧洲文艺复兴时期出现的资产阶级人道主义（亦译人文主义），是资产阶级先进思想家提出来的，在打破封建主义束缚，揭露中世纪神学和宗教统治方面，曾经起过非常积极的作用。此后，资产阶级人道主义的社会作用，在不同历史条件和不同环境下，有所不同，因此也要作具体考察和分析，不能一概否定。在某种条件下，资产阶级人道主义也可以成为马克思主义的同盟军。但是，必须指出，资产阶级人道主义的思想体系，与马克思主义思想的体系是根本不同的。它的根本缺陷，是用抽象的人性、人道观念去说明和解释历史。尽管这种人道主义学说，对旧制度的抨击，也曾经显示出某些激动人心的力量；对历史的认识，也有过片断唯物主义的见解，但总的说来，未能跳出社会意识决定社会存在的历史唯心主义的框框。作为整个思想体系，未能成为科学。

我不赞成把马克思主义纳入人道主义的体系之中，不赞成把马克思主义全部归结为人道主义；但是，我们应该承认，马克思主义是包含着人道主义的。当然，这是马克思主义的人道主义。

在马克思主义中，人占有重要地位。马克思主义是关心人，重视人的，是主张解放全人类的。当然，马克思主义讲的人是社会的人、现实的人、实践的人；马克思主义讲的全人类解放，是通过无产阶级解放的途径的。马克思把费尔巴哈讲的生物的人、抽象的人变成了社会的人、实践的人，从而既克服了费尔巴哈的直观的唯物主义，并把它改造成实践的唯物主义；又克服了费尔巴哈的以抽象的人性论为基础的人道主义，并把它改造成为以历史唯物主义为基础的现实的人道主义，或无产阶级的人道主义。在这一转变过程中，"异化"概念的改造起了关键的作用。

所谓"异化"，就是主体在发展的过程中，由于自己的活动而产生出自己的对立面，然后这个对立面又作为一种外在的、异己的力量而转过来反对或支配主体本身。"异化"是一个辩证的概念，不是唯心的概念。唯心主义者可以用它，唯物主义者也可以用它。黑格尔说的"异化"，是指理念或精神的异化。费尔巴哈说的"异化"，是指抽象的人性的异化。马克思讲的"异化"，是现实的人的异化，主要是劳动的异化。关于"劳动异化"的思想，马克思在《1844年经济学—哲学手稿》中有详细的论述。后来，他把这个思想发展为剩余价值学说。这在《资本论》中说得很清楚。那种认为马克思在后期抛弃了"异化"概念的说法，是没有根据的。

马克思认为，私有制下的异化现象，到资本主义社会发展到了顶点。各种异化现象，都是束缚人、奴役人、贬低人的价值的。马克思和恩格斯理想中的人类解放，不仅是从剥削制度（剥削是异化的重要形式，但不是惟一形式）下解放，而且是从一切异化形式的束缚下的解放，即全面的解放。马克思认为，共产主义将使"人的本质力量，人的肉体力量和精神力量……得到充分的自由发挥和实现"（《1844年经济学—哲学手稿》），使"个性的全面发展代替旧的分工制度下个人的片面发展"（《资本论》）。实现人的全面发展，是共产主义的"目的本身"。①他甚至说，共产主义就是"以每个人的全面而自由的发展为基本原则的社会形式"。②毫无疑问，这是从早期的马克思到成熟时期马克思的重要思想。应该说，这个问题是与历史上的人道主义有着思想继承关系的。我们都知道，从文艺复兴以来，崇尚人的全面发展是资产阶级人道主义的基本标志之一。卢梭在他的《论人类不平等的起源》一书中，就论述过人的肉体和精神上的全面发展的主张。席勒在他的《美育书简》中更有出色的论述，他要求通过美育活动，使人获得解放，"成为一个全面的完整的人"（《美育书简，第二封信》）。傅立叶设想在他的未来协作制度中，使人"实现体力和智力的全面发展"（《傅立叶选集》第3卷，第217页）。但是几个世纪以来，先进人们崇尚的人的全面发展的理想，只有到了马克思主义这里，才有实现的可能。因为马克思主义与以往的人道主义不同，马克思主义找到了实现人的全面发展理想的现实依据的方法，即改变旧的社会关系，取消私有制，建立社会主义、共产主义。而以往人道主义者幻想在人奴役人的社会里，靠"理性力量"、"泛爱"、"美育"等唯心主义说教，实现人的全面发展，那只能是一句空话。在这个意义上，不妨说，马克思主义确实是现实的人道主义。

马克思在他的早期著作中，曾经肯定地谈到人道主义。不能否认，这个时期他还未完全摆脱黑格尔、费尔巴哈的错误影响。1845年以后，马克思、恩格斯都曾对"真正社会主义者"的人道主义呓语进行批判。在他们成熟时期的著作中，也确实不再用人道主义这个词了，这些都是毋庸回避的事实。不承认马克思主

---

① 《马克思恩格斯全集》，第46卷上，第486页。
② 《马克思恩格斯全集》第23卷，第649页。

义有一个发展过程，看不到马克思早期著作与后来成熟时期著作的区别，是不正确的；但是，否认马克思早期著作与后来成熟时期著作的联系，把两者完全对立起来，认为后期马克思从根本上抛弃了人道主义，也同样是不正确的。即使马克思在早期著作中讲的人道主义，也是和费尔巴哈的人道主义不同的。马克思所理解的人，是现实的、社会的、历史发展的，这和他后来所讲的有名命题"人的本质不是单个人所固有的抽象物，在其直观性上，它是一切社会关系的总和"，是一致的。而费尔巴哈把人看成是抽象的，把人的本质看成是理性和爱。马克思从费尔巴哈那里吸取了一些东西，但并没有停留在费尔巴哈的水平上，他超越了费尔巴哈；马克思批判了费尔巴哈的人道主义，但未从根本上否定人道主义。后来唯物史观和剩余价值论的创立，使马克思的人道主义思想放在更科学的基础上，而不是抛弃了人道主义思想。

肯定人的价值，或者如毛泽东同志所说，"世间一切事物中，人是第一个可宝贵的"，那就要肯定社会主义和共产主义，反对一切形式的异化。承认社会主义的人道主义和反对异化，是一件事情的两个方面。社会主义消灭了剥削，这就把异化的最重要的形式克服了。社会主义社会比之资本主义社会，有极大的优越性。但这并不是说，社会主义社会就没有任何异化了。在经济建设中，由于我们没有经验，没有认识社会主义建设这个必然王国，过去就干了不少蠢事，到头来是我们自食其果，这就是经济领域的异化。由于民主和法制的不健全，人民的公仆有时会滥用人民赋予的权力，转过来做人民的主人，这就是政治领域的异化，或者叫权力的异化。至于思想领域的异化，最典型的就是个人崇拜，这和费尔巴哈批判的宗教异化有某种相似之处。所以，"异化"是客观存在的现象，我们用不着对这个名词大惊小怪。彻底的唯物主义者应当不害怕承认现实。承认有异化，才能克服异化。自然，社会主义的异化，同资本主义的异化是根本不同的。其次，我们也是完全能够经过社会主义制度本身来克服异化的。异化的根源并不在社会主义制度，而在我们的体制上和其他方面的问题。十一届三中全会提出解放思想，就是克服思想上的异化。现在进行经济体制和政治体制的改革，以及不久将进行的整党，就是为了克服经济上和政治上的异化。所以，我们的改革是具有深远意义的。掌握马克思关于"异化"的思想，对于推动和指导当前的改革，具有重大的意义。关于"异化"问题，理论界已经进行了一些有益的探讨，希望这个探讨能够进一步深入下去。在这个问题上，也应当贯彻"百家争鸣"的方针和理论联系实际的原则。

总的说来，社会主义社会，最有利于人的才能的发挥；社会主义社会新型的社会关系，使每个劳动者都可以平等地受到社会尊重。当然，即使是在社会主义条件下，或由于某些制度不完善，或由于旧意识影响，在某些局部情况下，糟踏人才，埋没贤能，侵犯人格尊严的情况，并不是不会发生的。人的尊严、人的价值，理应受到重视。我们要教育青年建立科学的价值观。把人的价值抽象化，用实现"人的价值"来装扮自己的极端个人主义是不足取的。应该在建设社会主义的创造性劳动中，在为实现共产主义远大理想而献身的奋斗中，实现人的价值，提高人的价值。

在当前伟大社会主义现代化建设中，配合全国各个领域改革工作的进行，研究异化问题，在政治、经济、文化建设各个方面，采取正确区分两类矛盾的方法，克服和消除异化现象，是当前理论和实践的重要课题。

（原载 1983 年 3 月 16 日《人民日报》）

周扬著译书目

《伟大的恋爱》（长篇小说）

　　［苏］柯伦泰著，周起应译，上海水沫书店1930年6月初版。

《大学生私生活》（小说）

　　［苏］顾米列夫斯基著，周起应、立波合译，上海现代书局1932年1月10日初版。

《果尔德短篇杰作选》（小说）

　　［美］果尔德著，周起应译，上海辛垦书店1932年4月15日初版。

《苏俄文学中的男女》

　　［美］库尼兹著，周起应译。

《高尔基创作四十年纪念论文集》

　　周起应编，上海良友图书印刷公司1933年10月20日初版。

《路》（短篇小说集）

　　［苏］巴别尔等著，周扬辑译，［上海］文艺出版社1936年8月初版，［重庆］文学出版社1941年12月第3版。

《安娜·卡列尼娜》（上下册）

　　［俄］L.托尔斯泰著，周筦、罗稷南译，上海生活书店1937年3月初版，为郑振铎主编的《世界文库》之一；桂林文学出版社1944年4月出版；北京三联书店1950年3月出版，为《世界文艺名著译丛》之一；人民文学出版社1956年12月出版，署周扬、谢素台等译（此译本1992年又以《托尔斯泰文集》第九卷出版）。

《苏联的文学》

　　周起应著（译），中流书店1938年11月初版，为《苏联现势丛书》之一。《译者附记》说，本书译自美国《十月之声——苏俄的艺术与文学》一书之第二章,原名《苏俄文学中的男女》,库尼兹著。

《马克思主义与文艺》

周扬编,解放社 1944 年 5 月出版;大连大众书店 1946 年 3 月出版;安东东北书店 1947 年 5 月翻版;中原新华书店 1949 年 4 月初版;解放社 1949 年 9 月初版。

《奥罗夫夫妇》(短篇小说)

〔苏〕高尔基著,周笕译,上海杂志公司 1945 年 4 月重庆复兴第 1 版,1946 年 4 月上海第 1 版;上海生活书店 1946 年 6 月初版,译者署名周扬。

《解放区短篇创作选》

丁玲等著,周扬编,哈尔滨东北书店 1947 年 9 月出版,为《新文艺丛刊》之一;西北新华书店 1949 年 11 月出版。

《解放区短篇小说选》(第二辑)

周扬编,东安东北书店 1947 年 7 月出版,为《新文艺丛刊》之二。

《论文艺工作》

周扬等著,香港正报社 1947 年 10 月初版。

《民间艺术与艺人》

周扬、萧三、艾青等著,东北书店 1947 年 10 月出版,为《民间文艺丛书》之一。

《论文艺问题》(按:本书即《马克思主义与文艺》)周笕编,香港谷雨出版社 1948 年 4 月初版。

《表现新的群众的时代》

香港海洋书屋 1948 年 2 月出版,为《北方文丛》第 1 辑,东北书店 1948 年 11 月出版,新华书店 1949 年 11 月出版。

《秧歌论选集》

周扬等著,西北新华书店出版(未见版权页)。

《论赵树理的创作》

周扬等著,哈尔滨东北书店 1949 年 4 月出版。

《生活与美学》

〔俄〕车尔尼雪夫斯基著,周扬译,香港海洋书屋 1949 年 9 月再版,为《文艺理论丛书》之一,人民文学出版社 1957 年 5 月出版。

《新的人民的文艺》

周扬著,上海新华书店 1949 年 12 月初版。

《坚决贯彻毛泽东文艺路线》

周扬撰,文艺建设丛书编辑委员会编辑,人民文学出版社 1952 年 2 月出版。

《文艺战线上的一场大辩论》

周扬等著，作家出版社 1958 年 6 月北京第 1 版。

《早晨的太阳》

周扬等著，人民日报出版社 1958 年 8 月出版。

《红旗歌谣》

郭沫若、周扬编，红旗杂志社 1959 年出版。

《我国社会主义文学艺术的道路》（1960 年 7 日 22 日在文学艺术工作者第三次代表大会上的报告）

周扬著，人民文学出版社 1960 年 9 月第 1 版。

《哲学社会科学工作者的战斗任务》

周扬著，人民出版社 1963 年 12 月第 1 版。

《高举毛泽东思想红旗，做又会劳动又会创作的文艺战士》（1965 年 11 月 29 日在全国青年业余文学作者积极分子大会上的讲话）

周扬著，人民文学出版社 1966 年 1 月第 1 版。

《艺术与现实的审美关系》

（俄）车尔尼雪夫斯基著，周扬译，人民文学出版社 1979 年 6 月第 2 版。

《周扬文集》（共五卷）

人民文学出版社分别于 1984 年 12 月、1985 年 10 月、1990 年 9 月、1991 年 12 月、1994 年 3 月出版。

《周扬近作》

作家出版社 1985 年 6 月第 1 版。

《关于马克思主义的几个理论问题的探讨》

周扬等著，于光远编，人民出版社 1988 年 8 月第 1 版。

周扬生平年表

1908

出生在湖南益阳。原名周起应。主要笔名有企、绮影、周笕等，以周扬行世。

幼时受过私塾教育。在长沙读完中学，旋即到上海，先后就读于国民大学和大夏大学。

1927

"四一二"之后加入中国共产党。

1928

大学毕业后，到日本留学。与日共党员、著名文艺理论家藏原唯人有过交往。

1930

回到上海。先加入中国左翼戏剧家联盟，后加入中国左翼作家联盟。

1932年主编左联机关刊物《文学月报》。从这年下半年起，担任中共左联党团书记。

在左联时期，靠写文章和翻译的稿费维持生活。介绍美国的辛克莱、杰克·伦敦、迈克·果尔德和约翰·里德俱乐部，写《巴西文学概观》，评果戈里的《死魂灵》，介绍《铁流》的作者绥拉菲摩维奇，编写《十五年来的苏联文学》；翻译出版了《伟大的恋爱》、《果尔德短篇杰作选》、《苏俄文学中的男女》、《大学生私生活》、《安娜·卡列尼娜》等。

在左联组织的文艺大众化讨论中，写《关于文学大众化》，代表左联党团发表意见。

在与"自由人"和"第三种

人"的辩论中，先后发表《到底是谁不要真理，不要文艺?》、《自由人文学理论检讨》和《文学的真实性》。

发表《关于"社会主义的现实主义与革命的浪漫主义"——"唯物辩证法的创作方法"之否定》、《高尔基的浪漫主义》、《现实主义试论》等，在中国文坛第一个比较系统地介绍了社会主义现实主义的创作方法，批判了苏联"拉普"的"唯物辩证法的创作方法"的错误。

以《现实主义试论》和《典型与个性》等文，与胡风讨论典型问题。

1936

两年前，曾在一篇短文中，提出"国防文学"口号。

一年前的2月19日，共产党在上海的各级组织遭到严重破坏。担任中央文委书记。在极其艰险的条件下，保存党的组织和左翼文艺团体，并积极找党。

本年春，根据"左联"驻莫斯科代表（实则中共驻共产国际的代表）的来信，根据共产国际路线和策略的变化，根据长征途中中共中央发表的《八一宣言》的精神，自动解散左联等左翼团体，同时筹组抗日民族统一战线的文艺团体。在这个问题上与鲁迅产生矛盾。

在随即展开的"国防文学"和"民族革命战争的大众文学"两个口号的论争中，发表《关于国防文学》、《现阶段的文学》、《与茅盾先生论国防文学的口号》。

1937—1945

8月，从上海到延安。先后担任陕甘宁边区教育厅长、鲁迅艺术文学院院长、中央文委委员、延安大学校长。

先后发表《艺术与人生》、《我们需要新的美学》、《文学与生活漫谈》、《关于车尔尼雪夫斯基和他的美学》，翻译别林斯基的《论自然派》和车尔尼雪夫斯基的学位论文《艺术与现实之美学的关系》，第一个比较集中地输入了车尔尼雪夫斯基的美学思想，并将别林斯基、车尔尼雪夫斯基和杜勃罗留波夫并提，介绍到中国。开始注意建立中国的马克思主义美学体系，并终生不渝。

先后发表《一个伟大的民主主义现实主义者的路》和《精神界之战士》，论述鲁迅的道路和鲁迅的伟大。在其他一系列文章中，还论述郭沫若及《女神》，论述抗战文学、民族形式、"五四"文学传统，等等。

1942年毛泽东发表《在延安文艺座谈会上的讲话》以后，他成为《讲话》的权威解释者、宣传者、贯彻者、捍卫者。

所写《王实味的文艺观和我们的文艺观》由毛泽东修改定稿，受到毛泽东的好评。发表《表现新的群众的时代》，认为秧歌内容新、形式新、语言新、气象新，代表了工农兵文艺的方向；组织编写《马克思主义与文艺》，并写长篇序言，全面阐述毛泽东文艺思想；论赵树理的创作，为一些作家的作品写序，充分肯定《讲话》以后文艺创作的新收获；组织编选《中国人民文艺丛书》，汇总工农兵文艺创作。

1945—1949

抗战胜利以后，由延安到根据地，先后担任华北联合大学副校长、中共晋察冀中央局宣传部长、华北局宣传部长等职。

1949年在全国第一次文代会的报告《新的人民的文艺》是关于工农兵文艺运动的历史性总结。

1950—1966

中华人民共和国成立后的17年中，先后担任中共中央宣传部副部长，文化部副部长和党组书记，中国文联副主席，中国作家协会副主席。是中共八大代表，被选为中共中央候补委员，第一、二、三届全国人大代表，第三、四届全国政协委员。

这一时期，他位高，权大。在文化、文学艺术，及宣传、意识形态领域的政治运动，学术、思想批判，几乎都由他领导或实际操作，并最后作总结。极"左"路线在这样一些领域所造成的恶果，他都有责任。

批判电影《武训传》，写《反人民、反历史的思想和反现实主义的艺术》；批判俞平伯《红楼梦研究》和胡适唯心论，批判胡风"反革命集团"，他写《我们必须战斗》；具体领导了文艺界的反右派运动，其总结性的文章是有名的《文艺战线上的一场大辩论》和《我国社会主义文学艺术的道路》（第三次文代会的报告）；在反修正主义的运动中，作《哲学社会科学工作者的战斗任务》的报告；1963、1964年毛泽东关于文艺的两个批示之后，领导文艺界整风，最后作《高举毛泽东思想红旗，做又会劳动又会创作的文艺战士》的报告。1958 年，毛泽东提出"二革"结合的口号，写《论革命现实主义和革命浪漫主义的结合问题》，从此就由这"二革"的口号代替了苏联人提出的社会主义现实主义的口号。

在 60 年代上半期，具体组织领导了高等学校文科教材的编写工作。这项工程包括文学、哲学、逻辑、政治、经济、历史、美学、教育、外语等教材和教学参考资料 200 余种。他雄心勃勃，试图从中国的实际出发，注重对本国的研究，特别是要用我们的眼光来看世界，来总结中国建国 10 年的正反两方面的经验，摆脱苏联的影响，编写出一整套中国自己的大学文科教材。这些教材，从学科的建立到大纲的拟定，从章节安排到一些具体提法，他都有指示、有设想。

1966—1976

"文化大革命"运动一开始，他即被打倒，关入监狱。其"罪名"主要是 17 年"文艺黑线"的总头目，"反革命修正主义分子"，"走资本主义道路的当权派"，中宣部"阎王殿"的"阎王"，"奴隶总管"，"四条汉子"之一，等等。

1978 年以后

从秦城监狱出来，先后担任中国社会科学院副院长兼研究生院院长、学部委员，国务院学位委员会第一副主任，中国文联副主席、主席、党组书记、名誉委员，中国作家协会副主席、顾问，中共十一届中央委员、十二大代表，中共中央宣传部副部长、顾问，中纪委常委，中顾委委员，第五届全国政协常委等职。

这 10 年，他坚持思想解放，坚持实事求是，检讨过去的错误，总结历史经验教训。

参与实践是检验真理的惟一标准的讨论，宣传党的十一届三中全会的路线；领导制定哲学社会科学研究规划，具体筹建中国社会科学院研究生院，担任院长，为国家培养高级专门人才；1979 年为纪念"五四"运动 60 周年，作《三次伟大的思想解放运动》的报告；在第四次文代会上作《继往开来　繁荣社会主义新时期的文艺》的报告；先后以《学习鲁迅　沿着鲁迅的战斗方向继续前进》、《坚持鲁迅的文化方向　发扬鲁迅的战斗传统》等文，提出重新认识鲁迅，重新学习鲁迅；1980 年纪念中国"左"翼作家联盟成立 50 周年，作《继承和发扬"左"翼文化运动的革命传统》的报告；1983 年，在纪念马克思逝世一百周年的学术讨论会上作专题报告《关于马克思主义的几个理论问题的探讨》，对认识论问题、马克思主义与文化批判、马克思主义与人道主义（含关于异化问题）等进行再认识，再探讨。这篇报告后发表在 1983 年 3 月 16 日《人民日报》上。

1989

7 月 31 日，在北京去世，终年81 岁。盖棺论定，中央的结论（悼词）是：中国共产党的优秀党员，无产阶级革命家，著名的马克思主义文艺理论家，无产阶级革命文化运动的先驱者之一，党在文艺战线的卓越领导人。

今有五卷本《周扬文集》传世。